Expiación

Ian McEwan

Expiación

Traducción de Jaime Zulaika

EDITORIAL ANAGRAMA

BARCELONA

Título de la edición original:
Atonement
Jonathan Cape
Londres, 2001

Ilustración: © lookatcia

Primera edición en «Panorama de narrativas»: septiembre 2002
Primera edición en «Compactos»: mayo 2011
Segunda edición en «Compactos»: noviembre 2011
Tercera edición en «Compactos»: enero 2014
Cuarta edición en «Compactos»: octubre 2014
Quinta edición en «Compactos»: octubre 2015
Sexta edición en «Compactos»: noviembre 2016
Séptima edición en «Compactos»: septiembre 2017

Diseño de la colección: Julio Vivas y Estudio A

ISBN: 978-84-339-6005-4
Depósito Legal: B. 16617-2017

Printed in Spain

Liberdúplex, S. L. U., ctra. BV 2249, km 7,4 - Polígono Torrentfondo
08791 Sant Llorenç d'Hortons

A Annalena

–Querida señorita Morland, considere la terrible naturaleza de las sospechas que ha albergado. ¿En qué se basa para emitir sus juicios? Recuerde el país y la época en que vivimos. Recuerde que somos ingleses: que somos cristianos. Utilice su propio entendimiento, su propio sentido de las probabilidades, su propia observación de lo que ocurre a su alrededor. ¿Acaso nuestra educación nos prepara para atrocidades semejantes? ¿Acaso las consienten nuestras leyes? ¿Podrían perpetrarse sin que se supiese en un país como éste, donde las relaciones sociales y literarias están reglamentadas, donde todo el mundo vive rodeado de un vecindario de espías voluntarios, y donde las carreteras y los periódicos lo ponen todo al descubierto? Queridísima señorita Morland, ¿qué ideas ha estado concibiendo?

Habían llegado al final del pasillo y, con lágrimas de vergüenza, Catherine huyó corriendo a su habitación.

JANE AUSTEN, *La abadía de Northanger*

Primera parte

1

Briony escribió la obra –para la que ella misma había diseñado los carteles, los programas y las entradas, construido la taquilla con una cartulina doblada por un lado, y forrado la caja de recaudación con papel crepé rojo– en una tormenta compositiva que duró dos días y que le hizo saltarse un desayuno y un almuerzo. Cuando los preparativos hubieron terminado, no le quedó nada más por hacer que contemplar el borrador acabado y aguardar la aparición de sus primos del lejano norte. Sólo habría un día para ensayar antes de que llegara su hermano. Por momentos gélida, a ratos tristísima, la obra refería la historia de un alma cuyo mensaje, transmitido en un prólogo en verso, era que el amor que no asentaba sus cimientos en la sensatez estaba condenado. La temeraria pasión de la heroína, Arabella, por un malvado conde extranjero es castigada con el infortunio cuando ella contrae el cólera durante un avance impetuoso hacia una ciudad costera con su prometido. Abandonada por él y por casi todo el mundo, postrada en cama en una buhardilla, descubre que posee sentido del humor. La fortuna le ofrece una segunda oportunidad en forma de médico empobrecido: en verdad, se trata de un príncipe disfrazado que ha elegido ocuparse de los necesitados. Curada por él, esta vez

Arabella elige sensatamente y obtiene la recompensa de la reconciliación con su familia y una boda con el príncipe médico, «un día ventoso y soleado de primavera».

La señora Tallis leyó las siete páginas de *Las tribulaciones de Arabella* en su dormitorio, ante su tocador, mientras los brazos de la autora le rodeaban el cuello. Briony examinó la cara de su madre en busca de cada rastro de emoción cambiante, y Emily Tallis correspondió con expresiones de alarma, risas de alegría y, al final, sonrisas de gratitud y gestos de juicioso asentimiento. Cogió a su hija en brazos, la sentó en su regazo –ah, aquel cuerpecito terso y cálido que ella recordaba de la infancia y que todavía no había perdido, no del todo– y dijo que la obra era «magnífica», y accedió al instante, cuchicheando en la tensa voluta de la oreja de la niña, a que esta palabra suya se citase en el cartel que habría en el vestíbulo, colocado sobre un caballete, junto a la taquilla.

Briony difícilmente podía saberlo entonces, pero aquél era el punto culminante del proyecto. Nada igualaba aquella satisfacción, todo lo demás eran sueños y frustración. Había momentos en los anocheceres de verano, después de haber apagado la luz, en que, acurrucándose en la penumbra deliciosa de su cama doselada, hacía que el corazón le palpitase con luminosas y anhelantes fantasías, obras breves en sí mismas, en cada una de las cuales aparecía Leon. En una, su carota bondadosa se contraía de pena cuando Arabella estaba desesperada y sola. En otra la sorprendían, cóctel en mano en algún abrevadero de moda, alardeando ante un grupo de amigos: Sí, mi hermana pequeña, Briony Tallis, la escritora, sin duda habéis oído hablar de ella. En una tercera daba un puñetazo exultante en el aire cuando caía el telón, aunque no había telón ni posibilidad de que lo hubiera. Su obra no era para sus primos, era para su hermano, para celebrar su regreso, provocar su admiración y apartarle de su alegre

14

sucesión de novias para orientarle hacia la clase idónea de esposa, la que le convencería de que volviese al campo, la que dulcemente pediría que Briony oficiase como dama de honor.

Era una de esas niñas poseídas por el deseo de que el mundo fuera exactamente como era. Mientras que el cuarto de su hermana mayor era un desbarajuste de libros sin cerrar, ropas sin doblar, cama sin hacer, ceniceros sin vaciar, el de Briony era un santuario erigido a su demonio dominante: la granja en miniatura que se extendía a lo largo de un ancho alféizar contenía los animales habituales, pero todos miraban hacia un mismo lado —hacia su ama—, como si estuvieran a punto de cantar, y hasta las gallinas del corral estaban meticulosamente guardadas en el corral. De hecho, el cuarto de Briony era la única habitación ordenada de todas las del piso superior de la casa. Las muñecas, con la espalda rígida en su casa de muchas habitaciones, parecían haber recibido instrucciones severas de no tocar las paredes; las diversas figuras, del tamaño de un pulgar, colocadas de pie en el tocador —vaqueros, submarinistas, ratones humanoides— recordaban por el orden y la distancia que reinaba en sus filas a un ejército de ciudadanos a la espera de órdenes.

El gusto por las miniaturas era un rasgo de un espíritu ordenado. Otro era la pasión por los secretos: en un precioso buró barnizado, en un cajón secreto que se abría presionando el extremo de un ingenioso ensamblaje a cola de milano, guardaba un diario cerrado con un broche y un cuaderno escrito en un código inventado por ella. En una caja de caudales de juguete, con una combinación de seis números secretos, guardaba cartas y postales. Tenía una vieja cajita de hojalata escondida debajo de una tabla suelta debajo de la cama. En la cajita había tesoros que databan de hacía cuatro años, desde su noveno cumpleaños, cuando empezó a coleccionar: una mutante bellota doble, pirita de hierro, un hechizo para provocar la lluvia comprado en una feria, una calavera de ardilla liviana como una hoja.

Pero cajones secretos, diarios bajo llave y sistemas criptográficos no le ocultaban a Briony la sencilla verdad: que no tenía secretos. Su anhelo de un mundo organizado y armonioso le denegaba las posibilidades temerarias de una mala conducta. El tumulto y la destrucción eran, para su gusto, demasiado caóticos, y en su talante no había crueldad. Su estatuto, en la práctica, de hija única, y el relativo aislamiento de la casa Tallis, la apartaban, al menos durante las largas vacaciones del verano, de las intrigas femeniles con amigas. Nada en su vida era lo bastante interesante o vergonzoso para merecer un escondrijo; nadie sabía lo de la calavera de ardilla debajo de su cama, pero nadie quería saberlo. Nada de esto representaba para ella una congoja especial; o, mejor dicho, parecía representarlo sólo retrospectivamente, cuando se hubo encontrado una solución.

A la edad de once años había escrito su primer relato; una tontería, una imitación de media docena de cuentos populares y desprovisto, como comprendió más tarde, de ese conocimiento vital de las cosas del mundo que inspira respeto a un lector. Pero esta torpe primera tentativa le enseñó que la imaginación era en sí misma una fuente de secretos: una vez empezada una historia, no se la podía contar a nadie. Fingir con palabras era algo demasiado inseguro, demasiado vulnerable, demasiado embarazoso para que alguien lo supiera. Hasta escribir los *eya dijo* y los *y entonses* le daba escalofríos, y se sentía una tonta al simular que conocía las emociones de una criatura imaginaria. Al describir la debilidad de un personaje era inevitable exponer la suya propia; el lector no podía no conjeturar que estaba describiéndose a sí misma. ¿Qué otra autoridad podía tener ella? Sólo cuando un relato estaba terminado, todos los destinos resueltos y toda la trama cerrada de cabo a rabo, de suerte que se asemejaba, al menos en este aspecto, a todos los demás relatos acabados que había en el mundo, podía sentirse inmune y en condiciones de agujerear los márgenes, atar los capítulos con un bramante, pintar o dibujar la cubierta e ir a enseñar la obra concluida a su madre o a su padre, cuando estaba en casa.

Sus esfuerzos recibieron aliento. De hecho, fueron bien acogidos porque los Tallis empezaban a entender que la benjamina de la familia poseía una mente extraña y facilidad para las palabras. Las largas tardes que pasaba consultando diccionarios y tesauros explicaban construcciones que eran incongruentes, pero de un modo inquietante: las monedas que un maleante escondía en sus bolsillos eran «esotéricas», un matón sorprendido en el acto de robar un automóvil lloraba «con indecorosa autoexculpación»; la heroína a lomos de un semental pura sangre hacía un viaje «somero» en plena noche, la frente arrugada del rey era un «jeroglífico» de su desagrado. Briony era exhortada a leer sus narraciones en voz alta en la biblioteca, y a sus padres y a su hermana mayor les asombraba oír a la niña apacible leyendo con tanto aplomo, haciendo grandes gestos con el brazo libre, arqueando las cejas al hacer las voces, y levantando la vista de la página durante varios segundos a medida que leía, con el fin de mirar una tras otra las caras de todos y exigir sin el menor empacho la atención total de su familia mientras vertía su sortilegio narrativo.

Aunque no hubiese contado con la atención, el aplauso y el placer evidente de sus familiares, habría sido imposible impedir que Briony escribiera. En cualquier caso, estaba descubriendo, como muchos escritores antes que ella, que no todo reconocimiento es útil. El entusiasmo de Cecilia, por ejemplo, parecía un poco exagerado, quizás teñido de condescendencia, y además entrometido; su hermana mayor quería que todas sus obras encuadernadas fueran catalogadas y colocadas en los anaqueles de la biblioteca, entre Rabindranath Tagore y Quinto Tertuliano. Si aquello pretendía ser una broma, Briony hizo caso omiso. Ya estaba encauzada, y había encontrado satisfacción en otros planos; escribir relatos no sólo entrañaba secreto, sino que también le brindaba todos los placeres de miniaturizar. Se podía construir un mundo en cinco páginas, y hasta más placentero que una granja en miniatura. La infancia de un príncipe mimado podía comprimirse en media página; un rayo de luz de luna sobre un pueblo dormido era una frase rítmicamente enfática; era posible describir el hecho de enamorarse con una sola palabra: una *mirada*. Toda la vida que contenían las páginas de un cuento recién terminado parecía vibrar en su mano. Su pasión por el orden también se veía satisfecha, pues se podía ordenar un mundo caótico. Se podía hacer que una crisis en la vida de una heroína coincidiera con granizo, vendavales y truenos, mientras que las ceremonias nupciales, por lo general, gozaban de buena luz y brisas suaves. El amor al orden configuraba asimismo los principios de la justicia, en los que la muerte y el matrimonio eran los motores para el gobierno de un hogar, el primero reservado en exclusiva para lo moralmente dudoso, y el segundo como premio postergado hasta la última página.

La obra que había escrito para el regreso de Leon a casa era su primera incursión en el teatro, y el cambio de género le había parecido muy fácil. Era un alivio no tener que escribir *eya dijo*, ni tener que describir el clima, el comienzo de la primavera o la cara de la heroína; había descubierto que la belleza ocupaba una franja estrecha. La fealdad, por el contrario, poseía una variación infinita. Un universo reducido a lo que se decía en él representaba el orden, en efecto, casi hasta el extremo de la inanidad, y, para compensar, cada frase se enunciaba enfatizando al máximo un sentimiento u otro, al servicio de lo cual era indispensable el signo de admiración. Puede que *Las tribulaciones de Arabella* fuera un melodrama, pero su autora no conocía aún ese vocablo. La obra no se proponía inspirar risa, sino terror, alivio e instrucción, por este orden, y la inocente intensidad con que Briony emprendió el proyecto –los carteles, las entradas, la taquilla– la hacía especialmente vulnerable al fracaso. Le habría sido fácil recibir a Leon con otro de sus relatos, pero fue la noticia de la llegada de sus primos del norte lo que la había empujado a dar el salto hacia un género nuevo.

A Briony debería haberle importado más que Lola, que tenía quince años, y los dos gemelos de nueve, Jackson y Pierrot, fuesen refugiados de una acerba guerra civil doméstica. Había oído a su madre criticar la conducta impulsiva de su hermana pequeña, Hermione, y lamentar la situación de los tres niños, y denunciar a su cuñado, Cecil, pusilánime y evasivo, que había huido a la seguridad de All Souls College, en Oxford. Briony había oído a su madre y a su hermana Cecilia analizar las últimas novedades y agravios, las acusaciones y las réplicas a éstas, y sabía que la visita de sus primos tendría una duración indefinida y que quizás se prolongase hasta el comienzo de las clases. Había oído decir que la casa podía absorber con facilidad a tres niños, y que los Quincey podrían quedarse tanto tiempo como quisieran, siempre que los padres, si les visitaban los dos al mismo tiempo, se abstuvieran de dirimir sus querellas en el hogar de los Tallis. Habían limpiado el polvo de dos habitaciones cercanas a la de Briony, habían colgado cortinas nuevas y trasladado muebles de otros cuartos. Normalmente, ella habría participado en estos preparativos, pero casualmente coincidieron con una racha de escritura de dos días y con la reconstrucción de la fachada. Vagamente sabía que el divorcio era una aflicción, pero no lo consideraba un tema apropiado, y no pensaba en ello. Era un desenlace mundano irreversible, y por lo tanto no ofrecía oportunidades a un narrador: pertenecía al reino del desorden. Lo bueno era el matrimonio o, mejor dicho, una boda, acompañada de la pureza formal de la virtud recompensada, de la emoción de la pompa y del banquete, y de la promesa de vértigo de una unión de por vida. Una buena boda era la representación inconfesada de lo que todavía era impensable: el gozo sexual. En las naves de iglesias rurales y de grandiosas catedrales urbanas, en presencia de una sociedad completa de familia y amigos que aprobaban el acto, las heroínas y los héroes de Briony alcanzaban sus clímax inocentes sin necesidad de ir más lejos.

Si el divorcio se hubiera presentado como la antítesis ruin de todo esto, habría sido fácil arrojarlo al otro platillo de la balanza, junto con la perfidia, la enfermedad, el robo, las agresiones y las mentiras. Pero ofrecía una faz nada atractiva de complejidad insípida y discusión incesante. Al igual que el rearme, la cuestión de Abisinia y la jardinería, lisa y llanamente no era un tema, y cuando, después de una larga espera la mañana del sábado, Briony oyó por fin el sonido de ruedas sobre la grava que había debajo de la ventana de su cuarto, y agarró al vuelo sus páginas y bajó corriendo las escaleras, cruzó el vestíbulo y salió a la luz cegadora del mediodía, no fue tanto la insensibilidad como la reconcentrada ambición artística la que la impulsó a gritar a sus aturdidos y jóvenes visitantes, apretujados con su equipaje junto al carruaje: «Ya he escrito vuestros papeles. ¡Primera función, mañana! ¡Los ensayos empiezan dentro de cinco minutos!»

Inmediatamente aparecieron su madre y su hermana para decretar un horario más flexible. Los recién llegados —los tres, pelirrojos y pecosos— fueron conducidos a sus habitaciones, sus cajas fueron acarreadas por Danny, el hijo de

Hardman, hubo un refresco en la cocina, un recorrido por la casa, un baño en la piscina y el almuerzo en el jardín del sur, a la sombra de las parras. Durante todo ese tiempo, Emily y Cecilia Tallis mantuvieron un ajetreo que sin duda privó a los huéspedes de la comodidad que supuestamente debía conferirles. Briony sabía que si hubiese viajado trescientos kilómetros para llegar a una casa extraña, las preguntas inteligentes y los comentarios jocosos, y el que le dijeran de cien maneras distintas que era libre de elegir, la habrían envarado. Nadie comprendía, en general, que lo que más querían los niños era que les dejasen en paz. Sin embargo, los Quincey se esforzaron mucho en fingir que el recibimiento les divertía y les liberaba, lo cual era un buen presagio para *Las tribulaciones de Arabella:* estaba claro que el trío poseía el don de ser lo que no era, aunque se parecían bien poco a los personajes que iban a representar. Antes del almuerzo, Briony se escabulló a la sala de ensayos vacía —el cuarto de juegos— y deambuló de un lado a otro de los tablones pintados, considerando las opciones referentes al reparto.

A la vista de aquello, era improbable que Arabella, que tenía el pelo tan moreno como Briony, descendiese de padres pecosos o se fugase con un pecoso conde extranjero, alquilase una buhardilla a un posadero con pecas, se enamorase de un príncipe pecoso y se casara ante un párroco con pecas ante una feligresía igualmente pecosa. Pero la cosa iba a ser así. La tez de sus primos era demasiado nítida —¡casi fluorescente!— para poder ocultarla. Lo mejor que se podía decir es que la cara *sin* pecas de Arabella era el signo —el jeroglífico, quizás Briony hubiese escrito— de su distinción. Su pureza de espíritu jamás se pondría en duda, aunque ella se moviese en un mundo mancillado. Había un problema adicional con los gemelos: nadie que no los conociese podía distinguirlos. ¿Estaba bien que el malvado conde se pareciese tanto al guapo príncipe, o que los dos se pareciesen al padre de Arabella *y* al párroco? ¿Y si Lola hacía de príncipe? Jackson y Pierrot tenían aspecto de ser los típicos niños afanosos que seguramente harían lo que les dijeran. ¿Pero su hermana interpretaría a un hombre? Tenía los ojos verdes, huesos prominentes en la cara y las mejillas hundidas, y en su reticencia había algo frágil que sugería una voluntad fuerte y un genio muy vivo. El mero ofrecimiento a Lola de aquel papel tal vez provocase un conflicto, y, a decir verdad, ¿podría Briony cogerle de la mano delante del altar mientras Jackson recitaba la fórmula solemne del rito anglicano?

Hasta las cinco de aquella tarde no pudo congregar a su elenco en el cuarto de juegos. Había colocado tres taburetes en fila, y ella acomodó el trasero en una antigua trona: un toque bohemio que le dio la ventaja de altura de un árbitro de tenis. Los gemelos acudieron a regañadientes desde la piscina, donde habían estado tres horas seguidas. Estaban descalzos y llevaban camisetas encima de los bañadores que goteaban sobre el suelo de madera. También les caía por el cuello agua procedente de su pelo enmarañado, y los dos tiritaban y sacudían las rodillas para entrar en calor. La larga inmersión les había arrugado y blanqueado la piel, por lo que sus pecas reaparecieron a la luz relativamente tenue del cuarto. Su hermana, que se sentó entre ellos dos, con la pierna izquierda en equilibrio sobre la rodilla derecha, guardaba, por contraste, una compostura perfecta tras haberse asperjado profusamente de perfume y puesto un vestido de cuadros verdes para compensar sus otros colores. Sus sandalias mostraban una pulsera en el tobillo y las uñas de los pies pintadas de bermellón. Ver aquellas uñas produjo en el esternón de Briony una sensación opresiva, y supo al instante que no podía pedirle a Lola que interpretara al príncipe.

Todo el mundo ocupaba su sitio y la dramaturga estaba a punto de empezar su pequeña alocución, resumiendo la trama y evocando la emoción de actuar ante un auditorio adulto la noche siguiente en la biblioteca. Pero fue Pierrot quien habló primero.

–Odio las obras de teatro y todas esas cosas.

–Yo también, y disfrazarme –dijo Jackson.

Durante el almuerzo habían explicado que a los gemelos se les distinguía porque a Pierrot le faltaba un triángulo de carne en el lóbulo de la oreja izquierda, por culpa de un perro al que había atormentado cuando tenía tres años.

Lola apartó la vista. Briony dijo, juiciosamente:

–¿Cómo puedes odiar el teatro?

–Sólo sirve para lucirse –dijo Pierrot, y se encogió de hombros mientras enunciaba esta evidencia.

Briony supo que tenía razón. Por eso precisamente ella adoraba las obras de teatro, o por lo menos la suya; todo el mundo la adoraría a ella. Al mirar a sus primos, debajo de cuyas sillas se estaba encharcando agua que luego se filtraba por las grietas entre las tablas, supo que nunca comprenderían su ambición. La indulgencia suavizó su tono.

–¿Tú crees que Shakespeare sólo quería lucirse?

Pierrot miró hacia Jackson por encima de las rodillas de su hermana. Aquel nombre bélico le era vagamente familiar, con su tufillo a escuela y a certeza adulta, pero los gemelos se infundían valor mutuamente.

–Todo el mundo sabe que sí.

–Segurísimo.

Cuando Lola hablaba, primero se dirigía a Pierrot y a mitad de la frase se volvía en redondo para terminarla dirigiéndose a Jackson. En la familia de Briony, la señora Tallis nunca tenía nada que comunicar que requiriese decírselo simultáneamente a las dos hermanas. Ahora Briony vio cómo se hacía.

–O actuáis en la obra u os lleváis un tortazo y después hablo con «los padres».

—Si nos das un tortazo, *nosotros* hablaremos con «los padres».

—O actuáis en esta obra o hablaré con «los padres».

Que la amenaza hubiese sido claramente rebajada no pareció disminuir su poder. Pierrot se chupó el labio inferior.

—¿Por qué tenemos que hacerlo?

La pregunta lo concedía todo, y Lola trató de revolverle el pelo pringoso.

—¿Te acuerdas de lo que han dicho «los padres»? Somos invitados en esta casa y debemos portarnos..., ¿cómo debemos portarnos? Venga. Dime cómo.

—Dó-cilmente —dijeron los gemelos a coro, compungidos, tropezándose apenas con la palabra rara.

Lola se volvió hacia Briony y sonrió.

—Por favor, cuéntanos tu obra.

«Los padres». Cualquier poder institucional que encerrase este plural, fuera la que fuese, estaba a punto de desmoronarse o ya lo había hecho, pero por ahora no podían saberlo, y exigía valor hasta de los más jóvenes. Briony se avergonzó súbitamente del egoísmo de su conducta, pues no se le había ocurrido pensar que sus primos no quisieran representar sus personajes en *Las tribulaciones de Arabella.* Pero tenían sus tribulaciones, una catástrofe propia, y ahora, en su calidad de huéspedes en su casa, se creían obligados. Lo que aún era peor, Lola había dejado claro que ella también actuaría a disgusto. Estaba coaccionando a los vulnerables Quincey. Y, sin embargo —Briony se esforzaba en captar el difícil pensamiento—, ¿no había una manipulación allí, no estaba Lola utilizando a los gemelos para expresar algo en su nombre, algo hostil y destructivo? Briony sintió la desventaja de ser dos años más joven que la otra chica, de tener dos años menos de refinamiento, y ahora su obra le parecía algo deprimente y bochornoso.

Evitando todo el rato la mirada de Lola, empezó a resumir la trama, pese a que la estulticia de la misma comenzaba a abrumarla. Ya no le quedaban ánimos para inventar para sus primos la emoción de la primera noche.

En cuanto hubo terminado, Pierrot dijo:

—Quiero ser el conde. Quiero ser un malvado.

Jackson se limitó a decir:

—Yo soy el príncipe. Siempre soy un príncipe.

Briony habría podido atraerles hacia ella y besarles la carita, pero dijo:

—De acuerdo, entonces.

Lola descruzó las piernas, se alisó el vestido y se levantó, como si fuera a irse. Habló con un suspiro de tristeza o resignación.

—Supongo que como tú has escrito la obra, serás Arabella...

—Oh, no —dijo Briony—. No. Nada de eso.

Decía que no, pero quería decir «sí». Por supuesto que ella interpretaba el papel de Arabella. A lo que objetaba era al «como tú» de Lola. No hacía de Arabella porque había escrito la obra, sino porque ninguna otra posibilidad se le había pasado por la cabeza, porque así era como Leon iba a verla, porque ella *era* Arabella.

Pero había dicho que no, y ahora Lola decía dulcemente:

—En ese caso, ¿no te importa que lo haga yo? Creo que lo haría muy bien. En realidad, de nosotras dos...

Dejó la frase en suspenso, y Briony la miró fijamente, incapaz de evitar una expresión de horror, incapaz de hablar. Sabía que le estaba arrebatando el papel, pero no se le ocurría nada que decir para recuperarlo. Lola aprovechó el silencio de Briony para apuntalar su ventaja.

—Tuve una larga enfermedad el año pasado, así que también puedo hacer muy bien esa parte.

¿También? Briony no acertaba a ponerse a la altura de la

chica más mayor. La desdicha de lo inevitable le enturbiaba el pensamiento.

Uno de los gemelos dijo, con orgullo:

—Y actuaste en la obra del colegio.

¿Cómo decirles que Arabella no tenía pecas? Tenía la piel clara y el pelo negro, y sus pensamientos eran los de Briony. Pero ¿cómo iba a negárselo a una prima tan alejada de su hogar y cuya vida familiar había naufragado? Lola le leía la mente, pues entonces jugó su baza definitiva, el as irrecusable.

—Di que sí. Es lo único bueno que me ha sucedido en *meses*.

Sí. Incapaz de apretar la lengua contra esta palabra, Briony se limitó a asentir con la cabeza, y sintió al hacerlo un malhumorado escalofrío de aquiescencia autodestructiva que se le extendía por la piel y se expandía hacia fuera de ella, oscureciendo la habitación con sus pulsaciones. Tuvo ganas de marcharse, de tumbarse a solas, de bruces en su cama, para saborear el gusto repugnante del momento, y remontar las consecuencias ramificadas hasta el punto a partir del cual la destrucción había empezado. Necesitaba contemplar con los ojos cerrados toda la riqueza que había perdido, a la que había renunciado, y prever el nuevo régimen. No sólo había que tener en cuenta a Leon, sino ¿qué iba a pasar con el vestido antiguo de satén crema y melocotón que su madre tenía preparado para ella, para la boda de Arabella? No iban a dárselo a Lola. ¿Cómo iba su madre a negárselo a la hija que la había amado durante todos aquellos años? Al ver que el vestido se ajustaba perfectamente a los contornos de su prima y observar la sonrisa cruel de su madre, Briony supo que su única alternativa razonable sería en ese caso huir, vivir debajo de setos, comer bayas y no hablar con nadie hasta que un silvicultor la encontrase un amanecer de invierno, al pie de un roble gigantesco, hermosa y muerta y descalza, o tal vez con las zapatillas de ballet de cintas rosas...

Compadecerse a sí misma reclamaba toda su atención, y únicamente a solas podría infundir vida a los detalles lacerantes, pero en el instante en que asintió —¡cómo una simple inclinación de cabeza podía cambiar una vida!—, Lola ya había recogido del suelo el bulto del manuscrito de Briony y los gemelos se habían deslizado de sus sillas para seguir a su hermana al espacio central del cuarto que Briony había despejado la víspera. ¿Se atrevería a marcharse ahora? Lola deambulaba por las tablas con una mano en la frente mientras hojeaba las primeras páginas de la obra, murmurando las líneas del prólogo. Anunció que nada se perdía empezando por el principio, y ahora estaba designando a sus hermanos para que encarnasen a los padres de Arabella y les estaba describiendo la escena inaugural como si lo supiese todo sobre ella. El progreso de la dominación de Lola era implacable y tornaba extemporánea la piedad de Briony por sí misma. ¿O sería tanto más aniquiladoramente deliciosa? Briony, en efecto, ni siquiera había sido elegida para el papel de madre de Arabella, y sin duda era el momento de escabullirse del cuarto para derrumbarse de bruces en la oscuridad de la cama. Pero fue el dinamismo de Lola, su indiferencia por todo lo que no fuese su propio interés, y la certeza de Briony de que sus propios sentimientos no serían siquiera advertidos, y de que tampoco provocarían uno de culpa, lo que le dio la fuerza para resistir.

Tras una vida protegida y, en general, placentera, hasta entonces nunca había tenido que enfrentarse con nadie. Ahora lo veía: era como bucear en la piscina a principios de julio; simplemente tenías que incitarte a hacerlo. Cuando se bajó de la silla alta y estrecha y caminó hasta donde estaba su prima, el corazón le aporreaba engorrosamente el pecho y le robaba el aliento.

Le quitó de las manos la obra a Lola y, con un tono más cohibido y agudo que el habitual, dijo:

–Si tú eres Arabella, entonces yo soy la directora, muchísimas gracias, y leeré el prólogo.

Lola se tapó la boca con su mano pecosa.

–¡Per-dddón! –gritó–. Sólo quería empezar.

Como Briony no sabía muy bien qué responder, se volvió hacia Pierrot y le dijo:

–No te pareces mucho a la madre de Arabella.

La contraorden al reparto decidido por Lola y la risa que suscitó en los chicos establecieron un cambio en el equilibrio de poder. Lola alzó de un modo exagerado sus hombros huesudos y se fue a mirar por la ventana. Quizás ella también luchaba contra la tentación de huir del cuarto.

A pesar del combate de lucha libre que entablaron los gemelos, y de que su hermana presintió la aparición de una jaqueca, el ensayo dio comienzo. Fue un silencio tenso el que se hizo mientras Briony leía el prólogo.

He aquí la historia de la espontánea Arabella
que se fugó con un tipo extrínseco.
Afligió a los padres que su primogénita
desapareciera del hogar para irse rumbo a Eastbourne
sin su consentimiento...

El padre de Arabella, flanqueado por su esposa, de pie ante las puertas de hierro forjado de su heredad, primero suplica a su hija que reconsidere su decisión y luego, desesperado, le ordena que no se vaya. Frente a él tiene a la triste pero terca heroína, con el conde a su lado, y los caballos, amarrados a un roble, relinchaban y piafaban de impaciencia. Era de suponer que los más tiernos sentimientos del padre harían temblar su voz cuando decía:

28

Querida mía, eres joven y adorable
pero eres inexperta, y aunque pienses
que el mundo está a tus pies,
puede levantarse y pisotearte.

Briony colocó a los actores en sus sitios respectivos; ella se aferraba al brazo de Jackson, y Lola y Pierrot, cogidos de la mano, estaban a varios palmos de distancia. Cuando los chicos cruzaron las miradas les invadió un acceso de risa que las chicas silenciaron. Ya había habido bastantes problemas, pero Briony sólo empezó a entender la sima que media entre una idea y su ejecución cuando Jackson comenzó a leer su hoja con un afligido tono monocorde, como si cada palabra fuese un nombre en una lista de personas fallecidas, y era incapaz de pronunciar «inexperta» por muchas veces que le dijeran cómo se pronunciaba, y se dejó las dos últimas palabras de su parlamento: «puede levantarse y pisotearte». En cuanto a Lola, recitó sus líneas correcta pero negligentemente, y en ocasiones sonreía de un modo inoportuno como si pensara en algo suyo, resuelta a demostrar que su mente casi adulta estaba en todas partes.

Y así continuaron los primos del norte durante media hora, estropeando gradualmente la creación de Briony, y fue una bendición, por consiguiente, que su hermana mayor entrara para llevarse a los gemelos al baño.

2

En parte por su juventud y el esplendor del día, y en parte por su necesidad incipiente de fumar un cigarrillo, Cecilia Tallis recorrió casi a la carrera con sus flores el camino que orillaba el río, junto a la vieja piscina con su pared musgosa de ladrillo, antes de internarse en los robledales. La impulsaba también la acumulada inactividad de las semanas de verano después de los exámenes finales; desde el regreso a casa, su vida había estado estancada, y un hermoso día como aquél le insuflaba impaciencia y casi desespero.

La sombra alta y fresca del bosque era un alivio, y un hechizo las convulsiones esculpidas de los troncos de los árboles. Después de traspasar la verja de los besos, dejando atrás los rododendros debajo de la cerca, cruzó el parque descubierto —que había sido vendido a un granjero local como pastizal para sus vacas— y llegó detrás de la fuente, el muro que subsistía y la reproducción a media escala del *Tritón* de Bernini en la Piazza Barberini de Roma.

La figura musculosa, tan cómodamente acuclillada en su concha, sólo acertaba a lanzar por su caracola un chorro de cinco centímetros de alto, cuya presión era tan débil que el agua le caía sobre la cabeza, sobre sus bucles de piedra y la ranura de su columna poderosa, dejando una reluciente mancha verde oscura. En un ajeno clima septentrional, la deidad estaba muy lejos de su casa, pero era bella bajo el sol de la mañana, así como los cuatro delfines que sostenían la concha de bordes ondulados en que estaba encajada. Cecilia miró las escamas inverosímiles de los delfines, luego los muslos de Tritón y después la casa. El camino más corto hasta el salón era cruzar el césped y la terraza y entrar por las puertaventanas. Pero su amigo de la infancia y conocido de la universidad, Robbie Turner, estaba desherbando de rodillas un seto de rosas rugosas, y a ella no le apetecía trabar conversación con él. O, cuando menos, no ahora. Desde que se había licenciado, el paisajismo era su penúltima locura. Ahora se hablaba de la facultad de medicina, lo que después de una licenciatura en letras parecía bastante pretencioso. Y también impertinente, pues habría de ser el padre de ella quien le costeara estos estudios.

Remojó las flores sumergiéndolas en la pila de la fuente que, construida a escala natural, era profunda y fría, y evitó a Robbie doblando hacia la fachada de la casa; era un pretexto, pensó, para permanecer fuera algunos minutos más. Ni el sol matutino ni cualquier otra luz podía ocultar la fealdad de la casa Tallis, que apenas contaba cuarenta años y era achaparrada, de un ladrillo anaranjado vivo y de un estilo gótico baronial con cristales emplomados, y que había sido catalogada un día en un artículo de Pevsner, o alguno de su equipo, como una tragedia de posibilidades malgastadas, y por un escritor más joven de la escuela modernista como «sumamente desprovista de encanto». Allí se alzaba una casa de estilo Adam hasta que un incendio la destruyó a finales de 1880. Lo que subsistía era el lago artificial y la isla con sus dos puentes de piedra que sostenían el camino de entrada, y, a la orilla del agua, un templo de estuco en ruinas. El abuelo de Cecilia, que había medrado con una ferretería y labrado la fortuna familiar con una serie de patentes de candados, cerrojos, pestillos y picaportes, había impuesto a la nueva casa su gusto por las cosas sólidas, seguras y funcionales. Con todo, si uno daba la espalda a la entrada principal y contemplaba el camino, sin prestar atención a las frisonas que se congregaban a la sombra de árboles ampliamente espaciados, el panorama era muy bonito y producía una impresión de calma intemporal e inalterable que a Cecilia le infundía más que nunca la certeza de que tenía que irse pronto de allí.

Entró en la casa, cruzó rápidamente el vestíbulo de baldosas negras y blancas –qué familiar era el eco de sus pasos, qué molesto– e hizo una pausa en la puerta del salón para recuperar el aliento. El desaliñado ramo de iris y adelfillas castañas, con su fresco goteo sobre sus pies calzados con sandalias, le mejoró el ánimo. Contempló el jarrón que había sobre una mesa de madera de cerezo americano, junto a la puertaventana ligeramente entornada. Su orientación al sureste había permitido que unos paralelogramos de luz de sol matutina avanzasen a través de la alfombra de color azul pólvora. El ritmo respiratorio de Cecilia se redujo y creció su deseo de un cigarrillo, pero permaneció dubitativa junto a la puerta, momentáneamente retenida por la perfección del escenario: los tres chesterfields descoloridos, agrupados en torno a la chimenea casi de estilo nuevo gótico sobre la que había un despliegue de juncia invernal, el clavicémbalo desafinado que nadie tocaba y los insólitos atriles de palisandro, las pesadas cortinas de terciopelo, débilmente sujetas por un cordón con borlas anaranjado y azul, que enmarcaba una vista parcial del cielo sin nubes y de la terraza veteada de amarillo y gris donde camomila y crisantemos crecían entre las fisuras del suelo. Un tramo de escaleras conducía al césped, en cuyo lindero Robbie seguía trabajando, y que se extendía hasta la fuente del tritón, a cincuenta metros de distancia.

Todo aquello –el río, las flores y el acto de correr, algo que ella raras veces hacía en esa época, los hermosos surcos de los troncos de roble, la habitación de techo alto, la geometría de la luz, el latido en sus oídos que se iba silenciando–, todo aquello le agradaba como si lo familiar se transformase en una novedad deliciosa. Pero asimismo se sentía recriminada por el aburrimiento de su regreso a casa. Había vuelto de Cambridge con la vaga idea de que adeudaba a su familia un plazo ininterrumpido de compañía. Pero su padre seguía en la ciudad y su madre, cuando no estaba cultivando sus migrañas, parecía distante, incluso hostil. Cecilia había subido una bandeja de té al cuarto de su madre –tan espectacularmente sórdido como el suyo propio–, pensando que quizás entablasen una conversación íntima. Sin embargo, Emily Tallis quería compartir sólo nimias inquietudes domésticas, o bien yacía recostada en las almohadas, con una expresión indescifrable en la penumbra, vaciando su taza en lánguido silencio. Briony estaba enfrascada en sus fantasías literarias: lo que había parecido una afición pasajera se había convertido en una obsesión absorbente. Cecilia había visto aquella mañana a su hermana pequeña conduciendo a los primos, pobrecillos, que habían llegado la víspera, al cuarto de juegos para ensayar la obra que ella quería representar esa noche, en que se esperaba la llegada de Leon y sus amigos. Había muy poco tiempo, y Betty ya había encerrado a uno de los gemelos en la trascocina a causa de alguna fechoría. Cecilia no se sentía muy tentada de ayudar: hacía demasiado calor, e hiciera lo que hiciese el proyecto acabaría en una calamidad, pues Briony esperaba demasiado y nadie, y menos aún los primos, era capaz de estar a la altura de su visión frenética.

Cecilia sabía que no podía seguir malgastando los días en aquel estado de impaciencia en su habitación desordenada, tumbada en la cama y envuelta en una niebla de humo, con la barbilla apoyada en la mano y el hormigueo que se le esparcía por el brazo a medida que avanzaba en la lectura de *Clarissa* de Richardson. Había hecho una tentativa desganada de establecer un árbol genealógico, pero los antepasados del lado paterno, al menos hasta que su bisabuelo abrió su humilde ferretería, estaban irreparablemente hundidos en una ciénaga de labranza de tierras, con sospechosos y confusos cambios de apellidos por parte de los hombres, y concubinatos no consignados en los registros de la parroquia. No podía quedarse allí, sabía que debía hacer planes, pero no hacía nada. Había diversas posibilidades, ninguna de ellas apremiante. Disponía de algún dinero propio, el suficiente para subsistir modestamente durante cosa de un año. Leon le reiteraba invitaciones para que fuese a pasar una temporada con él en Londres. Amigos de la universidad le ofrecían ayuda para encontrarle un empleo, monótono, sin duda, pero que le daría independencia. Tenía tíos y tías interesantes por parte de madre que siempre se alegraban de verla, entre ellas la atolondrada Hermione, madre de Lola y de los gemelos, que en aquel mismo momento estaba en París con un amante que trabajaba en la radio.

Nadie retenía a Cecilia, a nadie le importaría mucho que se marchase. No era el sopor lo que la retenía: a menudo su inquietud alcanzaba un grado irritable. Simplemente le gustaba pensar que le impedían irse, que la necesitaban. De vez en cuando se convencía a sí misma de que se quedaba por Briony, o para ayudar a su madre, o porque aquélla era en verdad su última estancia prolongada en casa y tenía que aguantarla. De hecho, no la ilusionaba la idea de hacer las maletas y tomar el tren de la mañana. Irse por el hecho de irse. Languidecer allí, aburrida y confortable, era una forma de castigo que ella misma se infligía y que estaba teñido de placer, o de la expectativa del mismo; si se marchaba, algo malo podría suceder o, peor aún, algo bueno, algo que no se podía permitir perderse. Y estaba Robbie, que la exasperaba con su afectación y su distancia, y los magnos proyectos que sólo condescendía a comunicar al padre de Cecilia. Ella y Robbie se conocían desde los siete años, y a ella le disgustaba que hablasen sin naturalidad. Con todo, ella creía que gran parte de la culpa era de Robbie –¿se le habría subido a la cabeza haber sido el primero de su promoción?–, sabía que era un asunto que debía aclarar antes de pensar en irse.

Por las ventanas abiertas entraba el tenue aroma correoso de boñiga de vaca, siempre presente salvo en los días más fríos, y perceptible sólo para quienes venían de fuera. Robbie había depositado su paleta y se levantó para liar un cigarrillo, un vestigio de su época de militante del Partido Comunista; otra veleidad abandonada, junto con sus ambiciones en materia de antropología y el proyecto de un viaje a pie desde Calais a Estambul. No obstante, el paquete de tabaco de Cecilia estaba dos rellanos más arriba, en uno de los varios bolsillos posibles.

Se adentró en el salón y metió las flores dentro del jarrón. En un tiempo había pertenecido a su tío Clem, cuyo entierro, o segundo entierro, al final de la guerra, ella recordaba muy bien: la cureña llegando al cementerio rural, el féretro envuelto en la bandera del regimiento, las espadas en alto, el toque de clarín al borde de la tumba y, lo más memorable de todo para una niña de cinco años, el llanto de su padre. Clem era el único hermano de su padre. La historia de cómo había conseguido el jarrón la refería el joven teniente en una de las últimas cartas que escribió a casa. Estaba de servicio como oficial de enlace en el sector francés y había dirigido la evacuación, en el último minuto, de una pequeña ciudad al oeste de Verdún, antes de que la bombardeasen. Salvó quizás a cincuenta mujeres, niños y ancianos. Más tarde, el alcalde y otros oficiales guiaron al tío Clem a través de la ciudad hasta un museo destruido a medias. Sacaron el jarrón de una vitrina y se lo obsequiaron en prueba de gratitud. No pudo rechazarlo, por muy inconveniente que pudiese parecer librar una guerra con una porcelana de Meissen debajo del brazo. Un mes después, el jarrón fue depositado a salvo en una granja, y el teniente Tallis vadeó un río crecido para recuperarlo y regresó del mismo modo a medianoche para reunirse con su unidad. En los últimos días de la guerra le encomendaron tareas de patrulla y entregó el jarrón a un amigo para que se lo guardase. Poco a poco, el objeto hizo su camino de retorno hasta los cuarteles del regimiento, y fue entregado a la familia Tallis algunos meses después del entierro del tío Clem.

No tenía sentido, en realidad, tratar de ordenar flores silvestres. Revueltas, formaban su propia simetría, y era sin duda cierto que repartirlas entre los iris y las adelfillas estropeaba también el efecto. Dedicó unos minutos a hacer algunos ajustes destinados a lograr un aire de caos natural. Mientras lo hacía pensó en salir a ver a Robbie. Así se ahorraría el tramo de escalera. Pero tenía calor y estaba incómoda, y le hubiera gustado comprobar su apariencia en el amplio espejo dorado de encima de la chimenea. Pero si él se volvía —estaba de espaldas a la casa, fumando— vería directamente el interior del salón. Ella terminó, por fin, y se incorporó. Ahora el amigo de su hermano, Paul Marshall, podría creer que las flores habían sido puestas en el jarrón con el mismo espíritu desenfadado con que habían sido recogidas. Cecilia sabía que de nada servía ordenar flores antes de que hubiese agua; pero así era; no pudo resistirse a removerlas, y no todo lo que una hacía podía hacerse en un orden lógico y correcto, sobre todo cuando estaba sola. Su madre quería flores en el cuarto de invitados y Cecilia estaba encantada de complacerla. El sitio donde ir a buscar agua era la cocina. Pero Betty preparaba el guiso para la cena, y estaba de un humor de perros. No sólo los pequeños Jackson o Pierrot estarían aterrados, sino también la ayudante que había venido del pueblo. Incluso desde el salón se oía ya un grito ocasional y amortiguado de mal genio y el repique de una cacerola contra un hornillo más fuerte de lo normal. Si Cecilia entraba ahora tendría que mediar entre las vagas instrucciones de su madre y el talante enérgico de Betty. Seguramente era más prudente salir fuera y llenar el jarrón en la fuente.

Un día, cuando ella tenía unos diez años, un amigo del padre de Cecilia que trabajaba en el museo Victoria y Albert había venido a examinar el jarrón y lo había declarado auténtico. Era una genuina porcelana de Meissen, obra del gran artista Höroldt, que lo había pintado en 1726. Casi con certeza había sido en un tiempo propiedad del rey Augusto. Aun cuando se admitiese que valía más que todas las demás piezas de la casa Tallis, que eran casi todas cachivaches reunidos por el abuelo de Cecilia, Jack Tallis quería el jarrón en condiciones de uso, en honor de la memoria de su hermano. No tenía que estar encerrado en una vitrina. El razonamiento era que si había sobrevivido a la guerra también podría sobrevivir a los Tallis. Su mujer no disintió. Lo cierto era que, a pesar del gran valor del jarrón, a Emily Tallis no le gustaba mucho. Sus figurillas chinas pintadas, agrupadas formalmente alrededor de una mesa en un jardín, con plantas floridas y pájaros inverosímiles, parecían recargadas y opresivas. Las cosas chinas, en general, la aburrían. Cecilia, por su parte, tampoco las apreciaba demasiado, aunque a veces se preguntaba por cuánto podrían subastarlo en Sotheby. El jarrón gozaba de respeto no por la maestría de Höroldt con los esmaltes polícromos ni por el entrelazado azul y oro de tiras y de follaje, sino por el tío Clem y las vidas que había salvado, el río que había cruzado a medianoche y su muerte justo una semana antes del armisticio. Las flores, en particular las silvestres, parecían un homenaje apropiado.

Cecilia sujetó la fría porcelana con las dos manos mientras se sostenía sobre un solo pie y con el otro abría de par en par las puertaventanas. Cuando salió a la luz brillante, el olor que se elevaba a piedra caldeada fue como un abrazo amistoso. Dos golondrinas iban y venían sobrevolando la fuente, y una curruca horadaba el aire con su canto desde el interior de la penumbra nervuda del gigantesco cedro del Líbano. Las flores se mecían a la tenue brisa y le hicieron cosquillas en la cara cuando ella atravesó la terraza y bajó con cuidado los tres escalones derruidos hasta el camino de grava. Robbie se volvió de pronto al oír que se aproximaba.

–Estaba enfrascado en mis pensamientos –empezó a explicar.

–¿Me liarías uno de tus cigarrillos bolcheviques?

Él tiró el que estaba fumando, cogió la lata de encima de la chaqueta, que estaba sobre el césped, y caminó con Cecilia hasta la fuente. Guardaron silencio un rato.

–Un día precioso –dijo luego ella con un suspiro.

Él la miraba con un recelo divertido. Había algo entre ellos, e incluso Cecilia debía reconocer que un comentario banal sobre el clima resultaba provocador.

–¿Qué tal *Clarissa?*

Él se miraba los dedos que enrollaban el tabaco.

–Aburrida.

–No debemos decir eso.

–Ojalá ella lo supere.

–Lo hace. Y el libro mejora.

Redujeron el paso y luego se detuvieron para que él diera los últimos toques al pitillo. Ella dijo:

–Preferiría leer a Fielding algún día.[1]

Presintió que había dicho una estupidez. Robbie miraba

1. La novela *Clarissa* es de Samuel Richardson (1689-1761). *(N. del T.)*

a lo lejos, más allá del parque y las vacas, hacia el robledal que orillaba el valle del río, el bosque que ella había atravesado corriendo aquella mañana. Quizás él estuviera pensando que ella le hablaba en un código cifrado para comunicarle sugestivamente su gusto por lo sensual y apasionado. Se equivocaba, por supuesto, y, desconcertada, no sabía cómo sacarle de su error. Le gustaban los ojos de Robbie, pensó, la mezcla sin fusión de naranja y verde, cuyos gránulos realzaba aún más la luz del sol. Y le gustaba que fuese tan alto. Era una combinación interesante en un hombre, inteligencia y extrema corpulencia. Cecilia había cogido el cigarrillo y él se lo estaba encendiendo.

–Sé lo que quieres decir –dijo él mientras recorrían la corta distancia que quedaba hasta la fuente–. Hay más vida en Fielding, pero puede ser psicológicamente burdo comparado con Richardson.

Ella depositó el jarrón junto a los escalones desiguales que subían hasta la pileta de piedra. Lo que menos le apetecía era un debate académico sobre literatura del siglo XVIII. No consideraba a Fielding burdo en absoluto. Ni que Richardson fuese un excelente psicólogo, pero no quería entrar en el juego de defensa, definición y ataque. Estaba harta de eso y Robbie era tenaz polemizando. Por eso dijo:

–Leon llega hoy, ¿lo sabías?

–He oído el rumor. Es maravilloso.

–Viene con un amigo, un tal Paul Marshall.

–El millonario del chocolate. ¡Oh, no! ¡Y tú le vas a ofrecer flores!

Cecilia sonrió. ¿Se fingía celoso para ocultar que lo estaba? Ella ya no le entendía. Habían perdido el contacto en Cambridge. Lo contrario resultaba muy difícil. Cambió de tema.

–Papá dice que vas a ser médico.

–Lo estoy pensando.

–Debe de encantarte la vida de estudiante.

Él apartó otra vez la vista, pero en esta ocasión sólo un segundo o menos, y cuando volvió a mirar a Cecilia ella creyó detectar un asomo de irritación. ¿Le habría parecido condescendiente su tono? Vio de nuevo los ojos de Robbie, motas anaranjadas y verdes, como la canica de un niño. Él habló con voz perfectamente agradable.

–Sé que nunca te han gustado estas cosas, Cee. Pero ¿cómo, si no, llegaré a ser médico?

–A eso voy. Otros seis años. ¿Por qué?

Él no estaba ofendido. Era ella la que interpretaba más cosas de las que había, y la que estaba nerviosa, y disgustada consigo misma.

Él se tomó la pregunta en serio.

–Nadie va a darme trabajo de jardinero. No quiero enseñar, ni ser funcionario. Y la medicina me interesa... –Se interrumpió, como si se le hubiera ocurrido una idea–: Oye, he quedado en devolverle el dinero a tu padre. Lo hemos acordado.

–No me refería en absoluto a eso.

A ella le sorprendió que él pensara que había suscitado la cuestión del dinero. Era mezquino por parte de Robbie. El padre de Cecilia le había subvencionado la educación toda su vida. ¿Alguien había puesto reparos? Ella había pensado que eran imaginaciones suyas, pero de hecho estaba en lo cierto: había dureza en el trato de Robbie últimamente. Se empeñaba en contrariarla siempre que podía. Dos días antes había llamado al timbre de la puerta principal: algo extraño, porque siempre había tenido libre acceso a la casa. Cuando llamaron a Cecilia, él estaba fuera, preguntando en voz alta e impersonal si podía coger un libro prestado. Casualmente, Polly estaba a gatas, limpiando los azulejos del vestíbulo. Robbie montó el número de quitarse las botas, que no estaban nada sucias, y luego tuvo la idea de quitarse también los calcetines, y cruzó de puntillas el suelo mojado con cómica exageración. Todo lo que hacía tenía por objeto distanciar a Cecilia. Estaba interpretando el papel de hijo de la mujer de la limpieza que viene a hacer un recado a la casa del patrón. Entraron juntos en la biblioteca, y cuando él encontró el libro, ella le pidió que se quedara a tomar un café. Su titubeante negativa fue puro teatro: era una de las personas más seguras de sí mismas de todas las que ella conocía. Sabía que se estaba burlando de ella. Rechazada, salió de la biblioteca, subió a su cuarto y se tumbó en la cama a leer *Clarissa*, sin asimilar una palabra, a medida que crecían su irritación y desconcierto. Se estaba burlando de ella o bien la estaba castigando: no sabía qué era peor. La castigaba por pertenecer a un círculo distinto en Cambridge, porque su madre no era una mujer de la limpieza; se burlaba de ella por sus malas notas, aunque de todos modos no daban títulos a las mujeres.

Con torpeza, pues aún tenía el cigarrillo en la mano, Cecilia cogió el jarrón y lo depositó en el borde de la pileta. Habría sido más sensato sacar las flores primero, pero estaba demasiado irritada. Tenía las manos calientes y secas, y debía sujetar tanto más fuerte la porcelana. Robbie guardaba silencio, pero ella vio por su expresión –una sonrisa forzada, estirada, que no separaba sus labios– que lamentaba lo que había dicho. Eso no la consolaba. Aquello era la pauta de los últimos días; el uno o el otro estaba siempre equivocado y procuraba retirar el último comentario. No había soltura, no había estabilidad en el curso de sus conversaciones, ninguna ocasión de serenidad. Por el contrario, todo eran púas, trampas, torpes giros que a ella la inducían a sentir tanto desagrado por sí misma como el que le inspiraba él, aunque no dudaba de que la culpa era sobre todo de Robbie. Ella no había cambiado, pero era evidente que él sí. Estaba marcando distancias entre él y la familia que le había acogido sin reservas y se lo había dado todo. Por esta sola razón –la expectativa de que él lo rechazara, y el disgusto anticipado de Cecilia– ella no le había invitado a la cena de esa noche. Si él quería distancia, la tendría.

De los cuatro delfines cuyas colas sostenían la concha en la que el tritón estaba acuclillado, el más cercano a Cecilia tenía la boca abierta de par en par y atascada de musgo y de algas. Sus globos oculares, esféricos y de piedra, tan grandes como manzanas, eran de un verde iridiscente. Toda la estatua había adquirido, en sus superficies orientadas al norte, una pátina verde azulada, de tal forma que, desde algunas posiciones y con poca luz, el tritón parecía realmente sumergido a cien leguas de profundidad en el mar. La intención de Bernini debía de haber sido que el agua discurriese, musical, desde la amplia concha, con sus bordes irregulares, hasta la pila de debajo. Pero la presión era demasiado débil, y en vez de eso el agua resbalaba insonora por la cara inferior de la concha, donde un limo oportunista formaba puntos de goteo, como estalactitas en una cueva de piedra caliza. El pilón, por su parte, estaba limpio y tenía más de un metro de hondura. El fondo era de una piedra clara y cremosa sobre la cual se dividían y solapaban, con sus bordes blancos, rectángulos ondulantes de luz de sol refractada.

Cecilia se proponía inclinarse sobre el parapeto y sujetar las flores dentro del jarrón mientras lo sumergía de costado en el agua, pero en eso Robbie, con ánimo de enmendarse, trató de ayudarla.

–Dámelo –dijo, extendiendo una mano–. Yo te lo lleno y tú coges las flores.

–Puedo, gracias.

Ella estaba ya sosteniendo el jarrón encima de la pileta. Pero él dijo:

–¿Ves? Ya lo tengo. –Y así era, firmemente sujeto entre el pulgar y el índice–. Se te va a mojar el cigarro. Coge las flores.

Era una orden, a la que procuró infundir una apremiante autoridad masculina. En Cecilia tuvo por efecto que apretara aún más la porcelana. No tuvo tiempo, ni tampoco la menor intención, de explicar que zambullendo el jarrón y las flores en el agua realzaría el aspecto natural que quería darles. Lo agarró más fuerte y escabulló el cuerpo del alcance de Robbie. Él no se rendía tan fácilmente. Con un sonido como el de una rama seca que se parte, un fragmento del bocal del jarrón se desgajó en su mano y se rompió en dos pedazos triangulares que cayeron al agua y descendieron al fondo con un balanceo sincrónico, y allí se quedaron, separados por varios centímetros, retorciéndose en la luz quebrada.

Cecilia y Robbie se quedaron inmóviles en la postura de su forcejeo. Cruzaron las miradas, y lo que ella vio en la biliosa mezcla de anaranjado y verde no fue susto ni culpa, sino una forma de desafío, hasta de triunfo. Tuvo la presencia de ánimo de depositar el jarrón roto sobre el escalón antes de afrontar la magnitud del accidente. Supo que era algo irresistible, incluso delicioso, pues cuanto más grave fuera la fractura, tanto peor sería para Robbie. El tío muerto, el querido hermano del padre de Cecilia, la guerra devastadora, el pérfido vado del río, las cosas de valor distintas del dinero, el heroísmo y la bondad, todos los años agazapados detrás de la historia del jarrón que se remontaban hasta el genio de Höroldt y, más allá de él, hasta la maestría de los arcanistas que volvieron a inventar la porcelana.

—¡Idiota! Mira lo que has hecho.

Él miró dentro del agua, luego la miró a ella y se limitó a menear la cabeza mientras alzaba una mano para taparse la boca. Con este gesto asumía la plena responsabilidad, pero ella le odió por la insuficiencia de su reacción. Robbie lanzó una mirada hacia el pilón y suspiró. Por un momento pensó que ella iba a retroceder y a pisar el jarrón, y levantó la mano y lo señaló, pero no dijo nada. Empezó a desabrocharse la camisa. Ella supo de inmediato lo que se proponía. Intolerable. Él había ido a la casa y se había quitado los zapatos y los calcetines... pues bien, ahora vería. Agitando los pies se despojó de las sandalias, se desabotonó la blusa y se la quitó, se desabrochó la falda, se la bajó y se encaminó hacia el muro de la pileta. Él permaneció con las manos en jarras y la observó mientras ella se introducía en el agua en ropa interior. Rechazar su ayuda, toda posibilidad de que se redimiera, era el castigo de Robbie. Contuvo la respiración, se sumergió y sus cabellos quedaron desparramados sobre la superficie. Ahogarse sería la punición de Robbie.

Cuando ella emergió unos segundos más tarde, con un pedazo de porcelana en cada mano, él se abstuvo de ofrecerle ayuda para salir del agua. La frágil ninfa blanca, de la que el agua caía en cascada con mucha más fluidez que del fornido tritón, depositó los fragmentos con cuidado al lado del jarrón. Se vistió rápidamente, introduciendo con dificultad los brazos mojados a través de las mangas de seda y metiendo dentro de la falda la blusa desabrochada. Recogió las sandalias y se las encajó debajo del brazo, guardó los añicos en el bolsillo de la falda y recogió el jarrón. Sus movimientos eran silvestres, y procuró evitar los ojos de Robbie. Él no existía, estaba abolido, y eso también era un castigo. Permaneció callado mientras ella se alejaba descalza por el césped, y observó el pesado cimbreo de su pelo negro sobre los hombros que le empapaba la blusa. Luego se volvió y miró dentro del agua por si quedaba algún trozo que a ella se le hubiese escapado. Era difícil ver porque la superficie enturbiada aún debía recobrar la calma, y la turbulencia era impulsada por el ímpetu residual de la ira de Cecilia. Puso la mano plana sobre el agua, como para apaciguarla. Ella, entretanto, había desaparecido dentro de la casa.

3

Según el letrero que había en el vestíbulo, la fecha de la primera función de *Las tribulaciones de Arabella* era sólo un día después del primer ensayo. Sin embargo, a la autora y directora no le resultó fácil encontrar tiempo libre para un trabajo intensivo. Como en la tarde anterior, el problema residía en reunir al elenco. Durante la noche, el reprobador padre de Arabella, Jackson, había mojado la cama, como suelen hacer los niños compungidos que están lejos de su casa, y fue obligado por la teoría en uso a bajar sus sábanas y su pijama a la lavandería y a lavarlos él mismo, a mano, bajo la supervisión de Betty, que había recibido instrucciones de comportarse de un modo distante y firme. Al chico no se le impuso esta labor como un castigo, ya que la idea consistía en inculcarle que sus futuros deslices inconscientes acarrearían contratiempos y un trabajo penoso; pero él no pudo por menos de considerarlo una represión al encontrarse ante el espacioso fregadero de piedra que se alzaba hasta la misma altura que su pecho, con el jabón trepando hasta sus brazos desnudos y empapándole las mangas remangadas de la camisa, y las sábanas mojadas tan pesadas como un perro muerto, mientras una sensación general de calamidad paralizaba su voluntad. Briony bajaba a intervalos a comprobar sus progresos. Le habían prohibido ayudarle, y Jackson, por supuesto, no había lavado nada en su vida; los dos lavados, incontables escurridos y la sostenida manipulación con las dos manos del rodillo de escurrir, así como los quince temblorosos minutos que pasó después en la mesa de la cocina, tomando pan con mantequilla y un vaso de agua, robaron dos horas del tiempo de ensayo.

Betty le dijo a Hardman, cuando éste llegó para tomar su pinta matutina de cerveza, que ya tenía bastante con tener que preparar un asado especial para la cena con un clima semejante, y que personalmente consideraba que el castigo era demasiado severo, y que en su lugar ella le habría administrado al chico varios azotes fuertes en las posaderas y habría lavado las sábanas ella misma. Lo cual hubiera convenido a Briony, pues la mañana iba avanzando. Cuando su madre bajó a comprobar en persona que la tarea había sido realizada, fue inevitable que se instaurase un sentimiento de liberación en los participantes, y en la mente de la señora Tallis un cierto grado de culpa reconocida, gracias a la cual, cuando Jackson preguntó con una vocecita si ahora, por favor, le daban permiso para bañarse en la piscina y si su hermano podía acompañarle, su deseo fue de inmediato atendido y las objeciones de Briony generosamente desoídas, como si fuese ella la que impusiera pruebas desagradables al niño indefenso. Así que hubo baño, y a continuación se serviría el almuerzo.

Los ensayos habían continuado sin Jackson, pero fue una rémora no haber podido perfeccionar la importante primera escena, la despedida de Arabella, y Pierrot estaba demasiado nervioso por la suerte de su hermano en los intestinos de la casa para interponerse en el camino de un ruin conde extranjero; lo que le ocurriese a Jackson sería también el destino de Pierrot. Hizo frecuentes visitas al retrete situado al fondo del pasillo.

Cuando Briony regresó de una de sus incursiones a la lavandería, Pierrot le preguntó:

—¿Le han dado unos azotes?

—Todavía no.

Al igual que su hermano, Pierrot poseía la habilidad de privar a su texto de todo sentido. Entonó una lista de palabras: «Crees-que-puedes-escapar-de-mis-garras.» Completo y correcto.

—Es una pregunta —intervino Briony—. ¿No lo ves? Sube de tono al final.

—¿Qué quieres decir?

—Eso es. Acabas de hacerlo. Empiezas bajo y terminas alto. Es una *pregunta*.

Él tragó fuerte, tomó aire e hizo otra tentativa que esta vez fue como si pasara lista con una escala cromática ascendente.

—Al final. ¡Sube de tono al final!

Ahora Pierrot pasó lista con el tono monocorde de antes, un cambio de registro, un falsete, en la última sílaba.

Lola había ido al cuarto de juegos esa mañana disfrazada de la adulta que en el fondo consideraba que era. Vestía unos pantalones plisados de franela, amplios en las caderas y acampanados en el tobillo, y un suéter de manga corta de cachemira. Otros emblemas de madurez eran una gargantilla de terciopelo con perlas diminutas, las trenzas anaranjadas recogidas en la nuca y sujetas con un broche de esmeraldas, tres pulseras holgadas de plata alrededor de una muñeca pecosa, y el hecho de que, cada vez que se movía, el aire en su derredor olía a agua de rosas. Su condescendencia, al ser totalmente contenida, resultaba tanto más intensa. Respondía fríamente a las sugerencias de Briony, recitaba sus líneas, que parecía haber aprendido esa noche, con suficiente expresión, y alentaba con suavidad a su hermano sin mermar en nada la autoridad de la directora. Era como si Cecilia, o incluso su madre, hubiera accedido a dedicar algún tiempo a los pequeños asumiendo un papel en la obra, y estuviese resuelta a no mostrar la menor traza de aburrimiento. Lo que faltaba era toda muestra de entusiasmo desigual, infantil. Cuando Briony, la noche anterior, había enseñado a sus primos la taquilla de entradas y la caja de recaudación, los gemelos se habían peleado por los mejores papeles ante el público, pero Lola se había cruzado de brazos y formulado cumplidos decorosos y adultos mediante una sonrisa tan opaca que en ella no se detectaba ironía.

–Qué maravilla. Qué inteligente por tu parte, Briony, haber pensado en eso. ¿De verdad que lo has hecho todo tú sola?

Briony sospechaba que detrás de los modales perfectos de su prima mayor había una intención destructiva. Quizás Lola contase con los gemelos para echar al traste la obra con la mayor inocencia, y le bastara con apartarse y observar.

Estas sospechas indemostrables, la detención de Jackson en la lavandería, la actuación deplorable de Pierrot y el calor tórrido de la mañana oprimían a Briony. También la molestó descubrir a Danny Hardman fisgando desde la entrada. Tuvo que pedirle que se fuera. No lograba penetrar en el desapego de Lola ni arrancar de Pierrot las inflexiones comunes del habla cotidiana. Qué alivio, pues, encontrarse de repente sola en el cuarto. Lola había dicho que tenía que recomponer su peinado, y su hermano se había ido por el pasillo al retrete o más allá.

Briony se sentó en el suelo, recostada en uno de los altos armarios empotrados, llenos de juguetes, y se abanicó la cara con las páginas de su obra. El silencio en la casa era absoluto: no se oían voces ni pisadas abajo ni murmullos de las cañerías; en el espacio entre una de las ventanas de guillotina, una mosca atrapada había cesado de debatirse y, fuera, los gorjeos líquidos de pájaros se habían evaporado en el calor.

Enderezó las rodillas ante ella y dejó que los pliegues de la falda de muselina blanca y el fruncido familiar, grato, de la piel en torno a las rodillas ocupasen plenamente su campo de visión. Podría haberse cambiado de vestido esa mañana. Pensó en que debería cuidar más su apariencia, como Lola. Era pueril no hacerlo. Pero qué esfuerzo representaba. El silencio silbaba en sus oídos y su visión estaba un poco distorsionada; sus manos en el regazo parecían insólitamente grandes y al mismo tiempo lejanas, como vistas desde una gran distancia. Levantó una mano, flexionó los dedos y se preguntó, como había hecho algunas veces, cómo era posible que aquella cosa, aquella maquinaria para asir, aquella araña carnosa en el extremo del brazo, pudiese ser suya y estuviese totalmente a sus órdenes. ¿O poseía una pequeña vida propia? Dobló el dedo y lo enderezó. El misterio estaba en el instante antes de que se moviese, en la línea divisoria entre el no moverse y moverse, cuando su intención surtía efecto. Si pudiera estar en la cima, pensó, quizás descubriese el secreto de sí misma, aquella parte de sí que mandaba en realidad. Acercó el índice a la cara y lo miró fijamente, instándole a moverse. Permaneció inmóvil porque ella estaba simulando, no lo hacía del todo en serio, y porque querer que se moviese, o estar a punto de moverlo, no era lo mismo que moverlo de verdad. Y cuando finalmente dobló el dedo, pareció que la acción empezaba en el propio dedo, no en alguna parte de la mente de Briony. ¿Cuándo sabía el dedo que se movía, cuándo ella sabía que lo movía? No podía sorprenderse en plena acción. Era una cosa o la otra. No había puntadas, no había costura, y sin embargo ella sabía que, detrás del terso tejido ininterrumpido, era el yo real –¿era su alma?– el que tomaba la decisión de cesar el simulacro e impartir la orden definitiva.

Estos pensamientos eran tan familiares para ella, y tan reconfortantes, como la precisa configuración de sus rodillas, su aspecto emparejado pero rival, simétrico y reversible. Un segundo pensamiento seguía siempre al primero, un misterio engendraba otro: todas las demás personas, ¿estaban realmente tan vivas como ella? Por ejemplo, ¿era su hermana tan importante, tan valiosa para sí misma como Briony era para Briony? ¿Ser Cecilia era algo tan vívido como ser Briony? ¿Tenía también su hermana un yo real escondido detrás de una ola que rompe, y dedicaba tiempo a pensar en ello, con un dedo alzado ante la cara? ¿Lo tenía todo el mundo, incluso su padre, y Betty, y Hardman? Si la respuesta era sí, entonces el mundo, el mundo social, era insoportablemente complicado, con dos mil millones de voces, y los pensamientos de cada cual luchando por poseer igual importancia, y todo el mundo reclamando intensamente el mismo derecho a la vida, y todos pensando que eran seres únicos, cuando nadie lo era. Uno podía ahogarse en la intrascendencia. Pero si la respuesta era no, entonces Briony estaba rodeada de máquinas, inteligentes y agradables por fuera, pero desprovistas de la viva y privada sensación *interior* que ella tenía. Aquello era algo siniestro y solitario, además de increíble. Pues aunque ofendiese a su sentido del orden, sabía que era abrumadoramente probable que todo el mundo tuviera pensamientos como los suyos. Lo sabía, pero sólo en términos de estéril teoría; en realidad no lo sentía.

Los ensayos también ofendían su sentido del orden. El mundo independiente que ella había dibujado con líneas claras y perfectas había sido desfigurado por los garabatos de otras mentes, otras necesidades; y el tiempo mismo, tan fácilmente dividido sobre el papel en actos y escenas, ahora se escabullía de una forma incontrolable. Quizás Jackson no volviese hasta después del almuerzo. Leon y su amigo llegaban a última hora de la tarde, o quizás más temprano, y la función estaba prevista para las siete. Y todavía no había habido un ensayo propiamente dicho, y los gemelos no sabían actuar, y ni siquiera hablar, y Lola le había birlado el papel que le correspondía, y todo se había desmandado, y hacía calor, un calor absurdo. Atenazada por la opresión, la niña se levantó. El polvo del zócalo le había ensuciado las manos y la espalda del vestido. Enfrascada en sus pensamientos, se limpió las palmas con la tela de la falda y se dirigió a la ventana. La manera más sencilla de impresionar a Leon habría sido escribirle una historia, ponérsela en las manos y observarle mientras la leía. Las letras del título, la portada ilustrada, las páginas *encuadernadas:* en esta sola palabra residía la atracción de la forma limpia, limitada y controlable que había dejado atrás cuando decidió escribir una obra de teatro. Un relato era simple y directo, no permitía que nada se interpusiese entre ella y el lector: no había intermediarios, con sus ambiciones privadas o su incompetencia, no había presiones de tiempo ni recursos limitados. En un relato sólo había que desear, bastaba con escribirlo y tenías el mundo; en una obra de teatro debías apañártelas con lo disponible: no había caballos, ni calles de un pueblo, ni costa. No había telón. Parecía evidentísimo ahora que era demasiado tarde: un relato era una forma de telepatía. Mediante el proceso de trazar símbolos de tinta en una página, enviaba ideas y sentimientos desde su mente a la del lector. Era un proceso mágico, tan ordinario que nadie se detenía a pensarlo. Leer una frase y entenderla era lo mismo; como en el caso de doblar un dedo, nada mediaba entre las dos cosas. No había una pausa durante la cual los símbolos se desenredaban. Veías la palabra *castillo* y allí estaba, a lo lejos, con bosques que se extienden ante él en pleno verano, con el aire azulado y suave del humo que asciende de la forja de un herrero y un camino empedrado que serpentea hacia la verde sombra...

Había llegado a una de las ventanas abiertas de par en par del cuarto de juegos y debió de ver lo que tenía ante sus ojos unos segundos antes de registrarlo. Era un escenario en el que fácilmente se hubiera podido emplazar, al menos a lo lejos, un castillo medieval. Kilómetros más allá del terreno de los Tallis se alzaban las Surrey Hills y sus huestes inmóviles de robles frondosos, con su verdor mitigado por una lechosa neblina de calor. Luego, más cerca, el parque abierto de la finca, que aquel día presentaba un aspecto seco y salvaje, achicharrado como una sabana, donde árboles aislados arrojaban breves sombras inhóspitas, y a la hierba alta la asediaba ya el amarillo leonado del verano. Más cerca, dentro de los límites de la balaustrada, estaban los rosales y, todavía más próxima, la fuente del tritón, y de pie junto al muro de contención de la pileta, estaba su hermana y, justo delante de ella, estaba Robbie Turner. En la postura de Robbie había algo formal, tenía los pies separados y la cabeza inclinada hacia atrás. Una proposición de matrimonio. A Briony no le hubiera extrañado. Había escrito un cuento en el que un humilde leñador salvaba a una princesa de morir ahogada y acababa casándose con ella. La escena que se desarrollaba allí encajaba bien. Robbie Turner, hijo único de una humilde mujer de la limpieza y sin padre conocido; Robbie, a quien el padre de Briony le había pagado los estudios desde el colegio hasta la universidad, que había querido ser jardinero paisajista, y ahora quería estudiar medicina, tenía la ambiciosa audacia de pedir la mano de Cecilia. Era perfectamente razonable. Aquellos cruces de fronteras eran la sustancia del idilio cotidiano.

Menos comprensible, sin embargo, era el modo imperioso en que Robbie levantaba ahora la mano, como impartiendo a Cecilia una orden que ella no se atrevía a desobedecer. Era extraordinario que ella no se resistiese. Ante la insistencia de él, ella se estaba desvistiendo, y con qué rapidez. Ya se había quitado la blusa y ahora la falda había caído al suelo y Cecilia liberaba los pies de ella mientras él miraba impaciente, con los brazos en jarras. Qué extraño poder ejercía Robbie sobre ella. ¿Chantaje? ¿Amenazas? Briony se llevó las dos manos a la cara y retrocedió un poco desde la ventana. Pensó que debía cerrar los ojos y ahorrarse la visión del deshonor de su hermana. Pero fue imposible, pues hubo más sorpresas. Cecilia, felizmente todavía en ropa interior, estaba escalando el pilón, se metía hasta la cintura en el agua y, pinzándose la nariz con los dedos, se sumergía en ella. Sólo se veía a Robbie, y las ropas en la grava y, más allá, el parque silencioso y las colinas lejanas, azules.

La secuencia era ilógica: la escena de la ahogada, seguida por su salvamento, debería haber precedido a la proposición de matrimonio. Tal fue el último pensamiento de Briony antes de aceptar que no comprendía nada y que debía limitarse a observar. Sin ser vista, desde la altura de dos pisos más arriba, aprovechándose de la clara luz solar, tenía un acceso privilegiado, a través de los años, a la conducta adulta, a ritos y convenciones de los que todavía no sabía nada. Estaba claro que esas cosas sucedían. Cuando la cabeza de su hermana emergió a la superficie —¡gracias a Dios!–, Briony tuvo el primer y tenue atisbo de que para ella ahora no sólo podía haber castillos y princesas de cuento de hadas, sino la extrañeza del aquí y ahora, de lo que ocurría entre las personas, la gente común que ella conocía, y el poder que unos ejercían sobre otros, y lo fácil que era no entender nada, absolutamente nada. Cecilia había salido del pilón y se estaba arreglando la falda y se ponía trabajosamente la blusa encima de su piel mojada. Se volvió bruscamente y recogió de la honda sombra del muro de la fuente un jarrón de flores que Briony no había advertido hasta entonces, y echó a caminar en dirección a la casa. No intercambió palabra alguna con Robbie, ni tampoco le miró. Él miraba ahora fijamente al agua, y luego también se puso en marcha, sin duda satisfecho, y dio la vuelta a la casa. De repente el escenario se quedó vacío; el espacio de suelo mojado donde Cecilia había pisado al salir de la fuente era el único indicio de que hubiese sucedido algo.

Briony se recostó contra una pared y recorrió con la mirada, sin verla, toda la longitud del cuarto. Era una tentación para ella ser mágica y dramática, y considerar lo que había presenciado como un cuadro vivo representado para ella sola, una enseñanza especial envuelta en misterio. Pero sabía muy bien que si no se hubiera levantado, la escena habría acontecido igualmente, porque no le concernía para nada a ella. El puro azar la había conducido a la ventana. Aquello no era un cuento de hadas, sino el mundo real, el mundo adulto en el que las ranas no hablaban a princesas y los únicos mensajes eran los que emitían las personas. Era también una tentación correr al cuarto de Cecilia y exigir una explicación. La venció porque quería perseguir a solas la débil emoción de una posibilidad que había sentido antes, la esquiva excitación ante una perspectiva que estaba a punto de definir, al menos emocionalmente. La definición se depuraría a lo largo de los años. Habría de reconocer que quizás hubiese atribuido más deliberación de lo que era viable a su ego de trece años. En aquel momento puede que no hubiera habido palabras precisas; de hecho, quizás sólo hubiese experimentado impaciencia por empezar a escribir de nuevo.

Mientras aguardaba en el cuarto a que regresaran sus primos, presintió que podría escribir una escena como la sucedida junto a la fuente e incluir a un observador oculto, como ella misma. Se imaginó corriendo abajo, a su dormitorio, para coger un bloc limpio de papel rayado y su pluma de baquelita marmolada. Veía las frases sencillas, la acumulación de símbolos telepáticos que manaban de la punta de la pluma. Podría escribir la historia tres veces seguidas, desde tres puntos de vista; lo que la emocionaba era la perspectiva de libertad, de verse exonerada de la lucha engorrosa entre el bien y el mal, los héroes y los villanos. Ninguna de las tres versiones era mala ni tampoco especialmente buena. No necesitaba enjuiciar. No tenía que haber una moraleja. Sólo había que mostrar mentes separadas, tan vivas como la suya, luchando contra la idea de que otras mentes estaban igualmente vivas. No era sólo la maldad y las intrigas las que hacían infeliz a la gente, sino la confusión y la incomprensión; ante todo, era la incapacidad de comprender la sencilla verdad de que las demás personas son tan reales como uno. Y sólo en un relato se podía penetrar en esas mentes distintas y mostrar que valían lo mismo. Era la única enseñanza que debía haber en una historia.

Seis decenios más tarde contaría que a la edad de trece años había recorrido en sus escritos una historia completa de la literatura, empezando con relatos derivados de la tradición europea de los cuentos populares y siguiendo por el teatro de simple intención moral, hasta llegar a un realismo psicológico imparcial que había descubierto por sí misma una mañana especial, durante la ola de calor de 1935. Sería muy consciente del alcance de su propia mitificación, y daría a su crónica un tono de autoburla de su propia persona o falsamente heroico. Su narrativa era conocida por su amoralidad, y como todos los autores presionados por una cuestión recurrente, se sintió obligada a crear un argumento, una trama de su desarrollo que comprendiese el momento en que llegó a ser, de un modo inconfundible, ella misma. Sabía que no era correcto hablar de sus dramas en plural, que la burla la distanciaba de la niña seria y reflexiva, y que lo que rememoraba no era tanto la mañana lejana como sus posteriores relatos de la misma. Era posible que la contemplación de un dedo doblado, la insoportable idea de otras mentes y la superioridad de los relatos sobre las obras de teatro fueran pensamientos que había concebido en otros tiempos. También sabía que todo lo que había sucedido de verdad extraía su importancia de su obra publicada y no sería recordado sin ella.

Sin embargo, no podía traicionarse del todo; no había la

menor duda de que había acontecido alguna clase de revelación. Cuando la niña volvió a la ventana y miró abajo, el cerco húmedo sobre la grava se había evaporado. Ahora sólo quedaba de la escena muda junto a la fuente lo que persistía en su memoria, en tres recuerdos separados y yuxtapuestos. La verdad se había tornado tan espectral como una invención. Ahora podía empezar por consignar el episodio tal como lo había visto, por afrontar el reto mediante la negativa a condenar la escandalosa semidesnudez de su hermana a la luz del día y justo al lado de la casa. Luego podría recrear la escena, vista por Cecilia y después por Robbie. Pero ahora no era el momento de empezar. El sentido de la obligación de Briony, así como su instinto de orden, era poderoso; tenía que concluir lo que había comenzado, había un ensayo en curso, Leon estaba en camino, la familia contaba con una función esa noche. Tenía que bajar de nuevo a la lavandería para ver si las penalidades de Jackson habían terminado. La escritura podía esperar hasta que Briony estuviese libre.

4

Hasta última hora de la tarde Cecilia no consideró que el jarrón estaba reparado. Se había recocido al sol toda la tarde en una mesa junto a una ventana de la biblioteca orientada al sur, y ahora lo único que se veía en el vidriado eran tres líneas serpenteantes que convergían como ríos en un atlas. Nadie lo sabría. Al atravesar la biblioteca con el jarrón en las manos, oyó lo que pensó que era el sonido de pies descalzos en las baldosas del pasillo de fuera, al lado de la puerta. Tras haber pasado muchas horas sin pensar adrede en Robbie Turner, le pareció indignante que él volviera a entrar en la casa sin calcetines. Salió al pasillo, resuelta a reprenderle su insolencia, o su mofa, y se topó, en cambio, con su hermana, visiblemente angustiada. Tenía los párpados hinchados y rosáceos, y se pellizcaba el labio inferior con el pulgar y el índice, viejo indicio en Briony de que se avecinaba un copioso llanto.

—¡Cariño! ¿Qué pasa?

En realidad tenía los ojos secos, y los bajó levemente para captar el jarrón y luego pasó de largo, hasta donde estaba el caballete que sostenía el cartel con el título alegre y multicolor, y un montaje a lo Chagall de pasajes de la obra pintados con acuarela alrededor de las letras: los padres llorosos despidiendo a Arabella, el viaje a la costa bajo la luz de la luna, la heroína en su lecho de enferma, una boda. Se detuvo un momento ante el cartel y luego, con un violento golpe transversal, desgarró más de la mitad del anuncio y lo dejó caer al suelo. Cecilia posó el jarrón, corrió hasta su hermana y se arrodilló para recoger el trozo roto antes de que Briony lo pisoteara. No sería la primera vez que la había rescatado de la autodestrucción.

–Hermanita. ¿Son los primos?

Quería consolarla, porque a Cecilia siempre le había encantado mimar a la bebé de la familia. Cuando era pequeña y propensa a tener pesadillas –aquellos gritos terribles en mitad de la noche–, Cecilia iba a su cuarto y la despertaba. *Vuelve,* le susurraba. *No es más que un sueño. Vuelve.* Y luego se la llevaba a su cama. Quiso rodear el hombro de Briony, pero ella ya no se estaba tirando del labio, se había ido hasta la puerta principal y descansaba una mano en la aldaba de latón, una testa de león que la señora Turner había abrillantado esa tarde.

–Los primos son estúpidos. Pero no sólo es eso. Es...

Se retrajo, dudando de si debía contar su revelación reciente.

Cecilia alisó el triángulo de papel rasgado y pensó que su hermana estaba cambiando. Le habría convenido más que Briony hubiese llorado y se dejase consolar en la *chaise longue* de seda del salón. Unos murmullos aterciopelados y relajantes habrían sido un alivio para Cecilia después de un día frustrante, cuyas diversas contracorrientes sentimentales había preferido no examinar. Encarar los problemas de Briony con caricias y palabras amables habría restaurado una sensación de control. Sin embargo, había un elemento de autonomía en la desdicha de la niña. Vuelta de espaldas, estaba abriendo la puerta de par en par.

–¿Qué es, entonces?

La propia Cecilia notó el tono mendicante de su propia voz.

Más allá de su hermana, allende el lago, el sendero se curvaba a lo largo del parque, se estrechaba y ascendía sobre una elevación del terreno hasta un punto donde se agrandaba una forma diminuta, a la que el alabeo del calor volvía informe, y que luego titilaba y parecía esfumarse. Debía de ser Hardman, que, según decía, era demasiado viejo para conducir un automóvil y traía a los visitantes en el carruaje de dos ruedas.

Briony cambió de opinión y se volvió hacia su hermana.

–Todo ha sido un error. Me he equivocado... –Aspiró aire y apartó la vista, señal, presintió Cecilia, de que una palabra del diccionario estaba a punto de hacer su primera aparición–. ¡Me he equivocado de género!

Briony, según creyó, lo pronunció a la francesa, *genre,* monosilábicamente, pero sin conseguir del todo rodear la «erre» con la lengua.

–*Jean?*[1] –repitió Cecilia–. ¿De qué estás hablando?

Pero Briony ya atravesaba renqueando la grava abrasadora con sus blandas suelas blancas.

Cecilia fue a la cocina a llenar el jarrón y lo llevó a su dormitorio para recoger las flores que estaban en la jofaina. Cuando las metió en el agua, de nuevo se negaron a adoptar el desorden estético que ella prefería, y giraban con una pulcritud testaruda, con los tallos más largos distribuidos de modo uniforme alrededor del borde. Levantó las flores y las dejó caer, y otra vez cobraron una pauta ordenada. Empero, poco importaba. Era difícil imaginar al tal señor Marshall quejándose de que las flores junto a su cama componían un

---

1. «Género», en francés, es *genre.* Pronunciado como lo hace Briony, sin marcar la erre final, es lógico que a Cecilia le suene como el nombre propio «Jean». *(N. del T.)*

orden demasiado simétrico. Subió el jarrón al segundo piso, a lo largo del crujiente pasillo, a lo que llamaban el cuarto de la tía Venus, y lo depositó sobre una cómoda junto a una cama de columnas, culminando de aquel modo el pequeño encargo que su madre le había asignado esa mañana, ocho horas antes.

Sin embargo, no salió del cuarto de inmediato, pues estaba agradablemente vacío de pertenencias personales; de hecho, aparte del de Briony, era el único dormitorio adecentado. Y hacía fresco allí, ahora que el sol había rodeado la casa. Todos los cajones estaban vacíos, y en todas las superficies desnudas no había siquiera la huella de un dedo. Bajo la colcha de chintz, las sábanas tenían una pureza almidonada. Tuvo un impulso de deslizar la mano entre las mantas para palparlas, pero lo que hizo fue adentrarse más en el cuarto de Marshall. Al pie de las columnas, el asiento de un sofá Chippendale había sido alisado tan meticulosamente que sentarse encima habría sido una profanación. Suavizaba el aire el olor a cera y, en la luz melosa, las superficies relucientes de los muebles parecían ondularse y respirar. Como al acercarse cambió su ángulo de visión, los juerguistas tallados en la tapa de un antiguo arcón de ajuar ejecutaron unos pasos de baile. La señora Turner debía de haber pasado por allí esa mañana. Cecilia ahuyentó de su pensamiento el vínculo que unía a la señora con Robbie. Estar allí era una especie de allanamiento de morada, cuando el futuro ocupante del cuarto se hallaba a unos pocos centenares de metros de la casa.

Desde la ventana de la habitación donde estaba ahora vio que Briony había cruzado el puente a la isla, caminaba por la orilla herbosa y comenzaba a perderse de vista entre los árboles a la orilla del lago que circundaban el templo de la isla. Más allá, divisó apenas las dos figuras con sombrero sentadas en el banco a la espalda de Hardman. Entonces vio a una tercera figura en la que no había reparado y que avanzaba por el sendero de entrada hacia el carruaje. Sin duda era Robbie Turner, de regreso a su casa. Se detuvo, y conforme los visitantes se acercaban, su silueta pareció fundirse con las de los recién llegados. Se imaginó la escena: los puñetazos viriles en el hombro, el jugueteo. Le disgustó que su hermano no supiese que Robbie había caído en desgracia; se apartó de la ventana con un sonido de exasperación y se dirigió a su cuarto en busca de un cigarrillo.

Sólo le quedaba un paquete, y lo encontró al cabo de unos minutos de un frenético rastreo entre el caos que reinaba en el bolsillo de su bata azul de seda, tirada en el suelo del cuarto de baño. Encendió el cigarrillo mientras bajaba por la escalera al vestíbulo, a sabiendas de que no se hubiera atrevido a prenderlo de haber estado su padre en casa. El padre tenía ideas concretas sobre dónde y cuándo podía verse a una mujer fumando: no en la calle, ni en ningún otro espacio público, ni tampoco al entrar en una habitación, ni estando de pie, y únicamente cuando le ofrecían tabaco, pues nunca debía tener el suyo propio: ideas tan evidentes para él como la justicia natural. Tres años entre los refinados de Girton no habían infundido a Cecilia el valor de enfrentarse con él. Las desenfadadas ironías que ella hubiese podido prodigar en compañía de sus amigos la abandonaban en presencia de su padre, y notaba que la voz se le apagaba a la hora de intentar contradecirle dócilmente. De hecho, la incomodaba discrepar con su padre respecto a cualquier cosa, aunque fuera un insignificante pormenor doméstico, y nada de lo que la gran literatura pudiese haber hecho por modificar la sensibilidad de Cecilia, ni enseñanza alguna de crítica práctica, lograba del todo eximirla de obediencia. Fumar en la escalera cuando su padre estaba en su despacho de Whitehall era toda la rebeldía que su educación le consentía, e incluso eso no sin cierto esfuerzo.

Cuando llegó al espacioso rellano que dominaba el vestíbulo, Leon estaba cediendo el paso a Paul Marshall en la puerta abierta de par en par. Danny Hardman estaba detrás de ellos, con el equipaje de ambos. Al viejo Hardman se le veía apenas en el exterior, mirando mudo el billete de cinco libras que tenía en la mano. La luz indirecta de la tarde, que se reflejaba en la grava y se filtraba por el tragaluz, bañaba el vestíbulo en los tonos naranja amarillentos de un grabado sepia. Los hombres se habían quitado el sombrero y la esperaban, sonrientes. Cecilia se preguntó, como hacía a veces cuando conocía a un hombre, si sería el hombre con quien se casaría, y si aquel momento en particular sería el que recordase durante el resto de su vida, con gratitud o con un profundo y especial remordimiento.

–¡Celia, hermanita! –la llamó Leon. Cuando se abrazaron ella notó contra su clavícula, a través de la tela de la chaqueta de Leon, una gruesa estilográfica, y olió a humo de pipa en los pliegues de su ropa, lo que despertó un instante de nostalgia por las visitas a la hora del té a habitaciones de hombres en las residencias universitarias, que en su mayor parte eran visitas corteses y anodinas, pero también alegres, sobre todo en invierno.

Paul Marshall le estrechó la mano e hizo una pequeña reverencia. Había en su cara algo cómicamente meditabundo. Sus primeras palabras fueron convencionales y sosas.

–He oído hablar muchísimo de ti.

–Y yo de ti.

De lo que ella se acordaba era de una conversación telefónica con su hermano algunos meses atrás, en la que habían hablado de si alguna vez habían comido, o llegarían a comer, una chocolatina Amo.

–Emily está descansando.

Apenas era necesario decirlo. Cuando eran niños, aseguraban que eran capaces de saber, desde el extremo más lejano

62

del parque, gracias a un determinado grado de oscuridad en las ventanas, si su madre tenía una migraña.

–¿Y el viejo se queda a dormir en la ciudad?

–Quizás venga más tarde.

Cecilia era consciente de que Paul Marshall la estaba mirando, pero antes de mirarle ella tenía que preparar algo que decir.

–Los niños iban a organizar una función, pero parece que se ha ido al traste.

Marshall dijo:

–Puede que fuera tu hermana la niña que he visto en el lago. Estaba dando una buena tunda a las ortigas.

Leon se hizo a un lado para que el chico de Hardman pasara con las maletas.

–¿Dónde alojamos a Paul?

–En el segundo piso.

Cecilia había inclinado la cabeza para dirigir estas palabras al joven Hardman. Al llegar al pie de la escalera, el chico se detuvo y se volvió, con una maleta de cuero en cada mano, para colocarse frente al grupo situado en el centro del espacio ajedrezado de baldosas. Su cara expresaba una serena incomprensión. Cecilia le había visto últimamente merodeando alrededor de los niños. Tal vez le interesara Lola. Tenía dieciséis años y ya no era un chiquillo. Había desaparecido la redondez que Cecilia recordaba en sus mejillas, y el arco infantil de sus labios se había vuelto alargado e inocentemente cruel. La constelación de acné que perlaba su frente había adquirido un cariz nuevo, cuya profusión atenuaba la luz sepia. Cecilia comprendió que a lo largo de todo aquel día se había sentido extraña y veía las cosas de un modo extraño, como si todo se hallara ya en un pasado remoto, realzado por ironías póstumas que no captaba del todo. Dijo al chico, pacientemente:

–La habitación grande después del cuarto de juegos.

–La habitación de la tía Venus –dijo Leon.

La tía Venus había sido durante casi medio siglo una crucial presencia sanitaria a lo largo de una franja de los Territorios del Norte de Canadá. No era la tía de nadie en particular o, mejor dicho, era la tía del difunto primo segundo del señor Tallis, pero nadie cuestionó su derecho, cuando ella se jubiló, a la habitación del segundo piso donde, durante la mayor parte de la infancia de los niños, había sido una inválida dulce y postrada en cama que se fue apagando hasta una muerte resignada cuando Cecilia tenía diez años. Una semana más tarde nació Briony.

Cecilia llevó a los visitantes al salón, cruzaron las puertaventanas y a través de los rosales se encaminaron hacia la piscina, que estaba detrás del edificio del establo, rodeada por sus cuatro lados por un espeso seto de bambú, y con una abertura en forma de túnel que servía de entrada. Lo cruzaron, agachando la cabeza por debajo de las cañas bajas, y salieron a una terraza de cegadora piedra blanca en la que el calor ascendía como un horno. En la densa sombra, bien apartada del borde del agua, había una mesa de cinc pintada de blanco, con una jarra de ponche helado debajo de un tapete de estopilla. Leon desplegó las sillas de lona y se sentaron con los vasos en la mano en un círculo llano frente a la piscina. Desde su posición, entre Leon y Cecilia, Marshall monopolizó la conversación con un monólogo de diez minutos. Les dijo lo maravilloso que era estar lejos de la ciudad, en la tranquilidad del aire campestre; a lo largo de nueve meses, durante cada minuto de vigilia de cada día, subyugado por una visión, había estado yendo de una sede a otra, de la sala del consejo a la planta de fabricación. Había comprado una casa grande en Clapham Common y apenas tenía tiempo de visitarla. El lanzamiento de Rainbow Amo había sido un éxito, pero sólo al cabo de varias catástrofes de distribución que ahora habían sido remediadas; como la campaña publicitaria había ofendido a varios obispos provectos, habían tenido que diseñar otra; luego surgieron los problemas derivados del éxito, las ventas increíbles, las nuevas cuotas de producción, las disputas acerca de las tarifas por las horas extraordinarias, y la búsqueda de un emplazamiento para una segunda fábrica, punto sobre el cual los cuatro sindicatos se habían mostrado hostiles y había habido que seducirlos y engatusarlos como a niños; y ahora, cuando todo había cuajado, se perfilaba el reto más serio todavía, el Amo Ejército: la chocolatina de color caqui con el lema de «¡Pasa el Amo!»; el proyecto se basaba en el supuesto de que el gasto consagrado a las fuerzas armadas aumentaría si Hitler no cerraba el pico; había incluso una posibilidad de que la chocolatina llegase a formar parte de la ración cotidiana del soldado; en tal caso, si había un alistamiento general, se necesitarían otras cinco fábricas; había miembros del consejo de administración que estaban convencidos de que tenía que haber y habría un arreglo con Alemania, y de que el chocolate para el ejército era un tema acabado; uno de ellos incluso acusó a Marshall de ser un belicista; pero, aun exhausto como estaba, y a pesar de haber sido calumniado, no se desviaría de su propósito, de su visión. Terminó repitiendo que era maravilloso encontrarse «aquí lejos», donde uno podía, por así decirlo, recuperar el aliento.

Al observarle durante los primeros minutos de su parlamento, Cecilia experimentó una grata sensación de que se le encogía el estómago mientras contemplaba lo deliciosamente autodestructivo, casi erótico, que sería estar casada con un hombre tan cercano a la belleza, tan sumamente rico, tan insondablemente estúpido. Le daría muchos hijos con la cara grande, todos ellos varones ruidosos y lerdos, apasionados por las pistolas, el fútbol y los aeroplanos. Le observó de perfil cuando él volvía la cabeza hacia Leon. Al hablar se le movía un músculo largo por encima de la línea de la mandíbula. De la ceja le salían unos cuantos pelos negros, espesos y rizados, y de los orificios de las orejas le brotaba idéntica vegetación negra, cómicamente ensortijada como vello púbico. Debería dar instrucciones a su barbero.

Al más leve desplazamiento de su mirada, Cecilia topaba con la cara de Leon, que miraba con cortesía a su amigo y parecía resuelto a no cruzar la vista con la de su hermana. De niños solían atormentarse mutuamente con «la mirada» en los almuerzos dominicales que sus padres daban a parientes ancianos. Eran ocasiones imponentes, dignas de la antigua cubertería de plata; los venerables tíos abuelos y tías y abuelos, por el lado materno de la familia, eran victorianos, una gente desconcertada y severa, una tribu perdida que llegaba a la casa ataviada con capas negras después de haber errado quisquillosamente durante dos decenios por un siglo ajeno y frívolo. Aterraban a Cecilia, que tenía diez años, y a su hermano mayor, de doce, que estaban siempre al borde de un acceso de risitas. El que recibía la mirada quedaba indefenso, y el que la lanzaba inmune. Casi siempre ganaba Leon, cuya mirada era falsamente solemne y consistía en bajar las comisuras de la boca al tiempo que ponía los ojos en blanco. Por ejemplo, le pedía a Cecilia, con la voz más inocente del mundo, que le pasara la sal, y aunque ella apartase la vista al entregársela, aunque volviese la cabeza y respirase hondamente, el mero hecho de saber que él le estaba lanzando la mirada bastaba para condenarla a noventa minutos de temblorosa tortura. Leon, entretanto, estaba libre, y sólo necesitaba rematarla de vez en cuando si le parecía que ella empezaba a recobrarse. Muy rara vez ella le había derrotado con un mohín altanero. Puesto que los niños estaban en ocasiones sentados entre adultos, lanzar la mirada tenía sus riesgos, ya que hacer muecas en la mesa podía deparar oprobio y una hora temprana de acostarse. La maña consistía en hacer el intento en el lapso entre, pongamos, lamerse los labios y sonreír ampliamente, y al mismo tiempo captar el ojo del otro. En una ocasión los dos habían levantado la vista y lanzado sendas miradas simultáneas, lo que provocó que Leon vertiera sopa por las ventanillas de la nariz sobre la muñeca de una tía abuela. Los dos niños fueron confinados en sus cuartos durante el resto del día.

Cecilia se moría de ganas de hablar con su hermano a solas y decirle que a Marshall le salía vello púbico por las orejas. Marshall estaba describiendo su disputa en el consejo con el hombre que le había llamado belicista. Ella levantó a medias el brazo como si fuera a alisarse el pelo. Automáticamente, aquel movimiento atrajo la atención de Leon, y en aquel instante ella le lanzó la mirada, que él no había visto desde hacía más de diez años. Frunció los labios y miró a otro lado, y encontró algo interesante que contemplar cerca de su propio zapato. Cuando Marshall se volvió hacia Cecilia, Leon alzó la mano ahuecada para taparse la cara, pero no pudo ocultar a su hermana el temblor que le recorría los hombros. Por suerte para él, Marshall estaba llegando a la conclusión.

—... donde uno puede, por así decirlo, recuperar el aliento.

Leon se levantó de inmediato. Caminó hasta el borde de la piscina y contempló una toalla roja, empapada y abandonada cerca del trampolín. Luego volvió donde estaban ellos, con las manos en los bolsillos, completamente repuesto. Dijo a Cecilia:

—Adivina a quién hemos visto al llegar.

—A Robbie.

—Le he dicho que venga a cenar esta noche.

—¡Leon! ¡No!

Él tenía ganas de chinchar. Su desquite, quizás. Dijo a su amigo:

—Así que el hijo de la asistenta consigue una beca para ir al colegio, y otra para Cambridge, donde estudia al mismo tiempo que Cee... ¡y ella apenas le dirige la palabra en tres años! No le dejaba ni *acercarse* a sus amigos señoritos.

–Deberías haberme consultado antes.

Estaba muy enfadada y, al advertirlo, Marshall medió, conciliador:

–En Oxford conocí a chicos que venían de escuelas públicas y había algunos inteligentísimos. Pero podían ser rencorosos, lo que me parecía excesivo.

–¿Tienes un cigarrillo? –preguntó ella.

Él le ofreció uno de una pitillera de plata, le arrojó otro a Leon y se sirvió él mismo. Ahora los tres estaban de pie, y mientras Cecilia se inclinaba hacia el encendedor de Marshall, Leon dijo:

–Tiene una mente de primer orden, conque no sé qué demonios hace enredando en los arriates.

Ella fue a sentarse en el trampolín y trató de aparentar que estaba relajada, pero su tono fue tenso.

–Está pensando en estudiar medicina. León, ojalá no le hubieras invitado.

–¿El viejo le ha dicho que sí?

Ella se encogió de hombros.

–Escucha, creo que deberías acercarte al bungalow y pedirle que no venga.

Leon se había dirigido hasta el extremo menos profundo de la piscina y miraba de frente a su hermana desde el otro lado de la lámina ligeramente ondulada de agua azul aceitosa.

–¿Cómo voy a hacer eso?

–No me importa cómo. Invéntate una excusa.

–Algo ha habido entre vosotros.

–No, nada.

–¿Te está importunando?

–¡Por el amor de Dios!

Se levantó, irritada, y se alejó hacia la caseta de la piscina, una construcción abierta, sostenida por tres columnas estriadas. Se apoyó en la central, fumando y mirando a su hermano. Dos minutos antes eran aliados y ahora estaban enfadados; era, en verdad, la infancia recobrada. Paul Marshall, a mitad de camino entre ellos, volvía la cabeza hacia un lado y hacia el otro mientras ellos hablaban, como en un partido de tenis. Tenía un aire neutral, vagamente inquisitivo, y no parecía perturbado por la disputa fraterna. Aquello, al menos, pensó Cecilia, era un tanto a su favor. Leon dijo:

—Crees que no sabe utilizar los cubiertos.

—Leon, ya basta. No tenías por qué haberle invitado.

—¡Qué tontería!

El zumbido de la bomba depuradora mitigó parcialmente el silencio que siguió. Ella no podía hacer nada ni obligar a Leon a que hiciera algo, y de repente sintió la inutilidad de discutir. Repantigada contra la piedra caliente, apuró su cigarrillo indolentemente y contempló la escena que tenía delante: la losa en escorzo de agua clorada, la cámara negra de una rueda de tractor apoyada contra una tumbona, a los dos hombres con traje de lino de color crema y tonos infinitesimalmente distintos, el humo gris azulado que ascendía contra el verdor del bambú. Todo parecía esculpido, fijo, y lo sintió de nuevo: había sucedido hacía mucho tiempo, y todas las consecuencias, en todas las escalas —desde la más ínfima a la más colosal—, estaban ya a la vista. Ocurriera lo que ocurriese en el futuro, por muy superficialmente extraño o escandaloso que fuera, poseería también un cariz familiar, conocido, que la induciría a decir, pero sólo para sus adentros: «Oh, sí, claro. Esto. Debiera haberlo sabido.» Dijo, con ligereza:

—¿Sabéis lo que pienso?

—¿Qué?

—Deberíamos entrar en casa y tú deberías prepararnos una bebida especial.

Paul Marshall dio una palmada y el sonido rebotó entre las columnas y la pared trasera de la caseta.

–Para eso sí tengo buena mano –exclamó–. Con hielo triturado, ron y chocolate negro derretido.

La sugerencia provocó un intercambio de miradas entre Cecilia y su hermano, y de este modo se zanjó su discordia. Leon ya se había puesto en marcha, y cuando Cecilia y Paul Marshall le seguían, convergiendo hacia la abertura del seto, ella le dijo:

–Preferiría algo amargo. O incluso agrio.

Él sonrió, y como había llegado antes al túnel, se detuvo para cederle el paso, como si fuera la puerta de una sala, y cuando ella pasó notó que él le tocaba levemente el antebrazo.

O quizás fuese una hoja.

5

Ni los gemelos ni Lola supieron exactamente qué había movido a Briony a abandonar los ensayos. En aquel momento ni siquiera sabían que lo había hecho. Estaban haciendo la escena en torno al lecho de enfermo, en la que Arabella, postrada en cama, recibe por primera vez en su buhardilla al príncipe disfrazado de buen médico, y la cosa iba bastante bien, o no peor de lo habitual, y los gemelos recitaban su texto no más torpemente que antes. En cuanto a Lola, no quiso ensuciarse su vestido de cachemira tumbándose en el suelo y optó por desplomarse sobre una silla, y la directora apenas pudo poner reparos al respecto. La prima había interiorizado tan plenamente el espíritu de su propia conformidad distante que se sentía inmune al reproche. Un momento antes, Briony estaba dando pacientes instrucciones a Jackson y luego se detuvo, frunció el ceño, como si fuera a corregirse, y se marchó. No hubo un momento culminante de diferencia creativa, ni un arranque de furia o una salida airada. Se dio media vuelta y simplemente salió de la habitación, como si se encaminara al cuarto de baño. Los demás aguardaron, sin saber que todo el proyecto se había acabado. Los gemelos creían haberse esforzado mucho, y Jackson, en particular, que todavía se sentía repudiado en la casa Tallis, pensaba que complacer a Briony podría ser un buen modo de rehabilitarse.

Mientras esperaban, los chicos jugaban al fútbol con un tarugo de madera y su hermana miraba por la ventana, tarareando en voz baja. Al cabo de un lapso incalculable, salió al pasillo y lo recorrió hasta el fondo, donde una puerta abierta daba a un dormitorio que no se utilizaba. Desde allí se divisaba el sendero de entrada y el lago surcado por una columna de fosforescencia reluciente, candente a causa del intenso calor vespertino. Recortada contra aquella columna, vislumbró a Briony más allá del templo de la isla, de pie al borde mismo del agua. De hecho, incluso era posible que estuviera dentro del agua: en aquel contraluz era difícil decirlo. No parecía que tuviese intención de volver. Cuando salía del cuarto, Lola vio junto a la cama una maleta que parecía de hombre, de cuero curtido y gruesas correas y descoloridas etiquetas de barco. Vagamente le recordó a su padre, y se paró junto a ella, y captó el tenue olor a hollín de un vagón de tren. Apretó con el pulgar uno de los cerrojos y lo desplazó hacia un lado. El metal pulido estaba frío, y el contacto de Lola dejó unas manchitas de condensación menguante. El cierre la sobresaltó al soltarse con una sonoridad maciza. Empujó la maleta y se precipitó fuera del cuarto.

Para los gemelos transcurrió un tiempo más informe. Lola les mandó a comprobar si la piscina estaba libre; se sentían incómodos allí si había adultos presentes. Los gemelos volvieron para informar de que en la piscina estaba Cecilia con otros dos adultos, pero para entonces Lola ya no estaba en el cuarto de juegos. Estaba en su dormitorio diminuto, arreglándose el pelo delante de un espejo de mano apoyado en el alféizar. Los gemelos se tumbaron en la cama estrecha y se hicieron cosquillas y lucharon y lanzaron ruidosos aullidos. Ella no podía mandarles a su propia habitación. Ahora ya no había ensayo, y la piscina no estaba disponible, y el tiempo sin organizar les oprimía. La añoranza les invadió cuando Pierrot dijo que tenía hambre; faltaban horas para la cena, y no sería correcto bajar ahora a pedir algo de comer. Además, los chicos no se atrevían a entrar en la cocina porque tenían pavor a Betty, a la que habían visto en la escalera, acarreando con expresión grave esterillas rojas hacia la habitación de los hermanos.

Poco después, los tres estaban de vuelta en el cuarto de juegos, el único en el que, aparte de los dormitorios, se creían con derecho a estar. El tarugo azul baqueteado estaba donde lo habían dejado, y todo estaba como antes. Jackson dijo:

–No me gusta estar aquí.

La simplicidad de su comentario desquició a su hermano, que fue hasta una pared y encontró en el zócalo algo de interés a lo que empujó con la puntera del zapato. Lola le ciñó el hombro con el brazo y dijo:

–Está bien.. Pronto volveremos a casa.

El brazo de Lola era mucho más delgado y liviano que el de su madre, y Pierrot empezó a sollozar, pero en silencio, todavía consciente de que estaba en una casa extraña donde la urbanidad era primordial.

Jackson también estaba lloroso, pero todavía era capaz de hablar.

–No será pronto. Eso lo dices tú. De todos modos, no podemos volver a casa... –Hizo una pausa para armarse de valor–. ¡Es un divorcio!

Pierrot y Lola se quedaron petrificados. La palabra nunca había sido empleada delante de los niños, ni ellos la habían proferido nunca. Las consonantes débiles sugerían una obscenidad impensable, el final sibilante susurraba el deshonor de la familia. El propio Jackson pareció consternado cuando la palabra salió de sus labios, pero ahora ya no tenía remedio y, que él supiese, decirla en voz alta era un delito tan grande como el acto en sí, fuera lo que fuese. Ninguno de los tres, tampoco Lola, sabía lo que era. Ella avanzaba hacia Jackson, con sus ojos verdes entornados como los de un gato.

—Cómo te *atreves* a decir eso.

—Es verdad —dijo él entre dientes, y apartó la mirada. Sabía que estaba en un aprieto, que merecía estarlo, y estaba a punto de echar a correr cuando ella le agarró por una oreja y le acercó la cara a la suya.

—Si me pegas —dijo él, rápidamente—, se lo diré a «los padres».

Pero los había invocado en vano, un tótem derruido de una perdida era dorada.

—No volverás a decir *nunca* esa palabra. ¿Me oyes?

Él asintió, lleno de vergüenza, y ella le soltó.

La conmoción había enjugado las lágrimas de los gemelos, y Pierrot, tan ansioso como de costumbre por remediar una situación incómoda, dijo, alegremente:

—¿Qué hacemos ahora?

—Eso me pregunto yo siempre.

El hombre alto, de traje blanco, quizás llevaba muchos minutos parado en la puerta, el tiempo suficiente para haber oído a Jackson decir la palabra, y fue este pensamiento, más que el sobresalto de su presencia, lo que impidió reaccionar incluso a Lola. ¿Conocería él a su familia? Para saberlo no podían sino mirar y esperar. Él se acercó a ellos y extendió la mano.

—Paul Marshall.

Pierrot, el que estaba más cerca, tomó la mano en silencio, y lo mismo hizo su hermano. Cuando le tocó el turno a la chica, dijo:

—Lola Quincey. Éste es Jackson y éste es Pierrot.

—Qué nombres más bonitos tenéis todos. Pero ¿cómo puedo distinguiros a vosotros dos?

—En general, a mí me consideran más agradable —dijo Pierrot. Era una broma familiar, una respuesta concebida por su padre que solía hacer reír a los extraños cuando hacían la pregunta. Pero aquel hombre ni siquiera sonrió cuando dijo:

—Debéis de ser los primos del norte.

Aguardaron en tensión para saber qué más sabía de ellos, y le observaron mientras él recorría la longitud de las tablas desnudas del cuarto y se agachaba para recoger el tarugo que lanzó al aire y atrapó hábilmente con un chasquido de madera contra piel.

—Estoy en una habitación del pasillo.

—Ya sé —dijo Lola—. En la de tía Venus.

—Exactamente. En su antigua habitación.

Paul Marshall tomó asiento en la butaca que recientemente había ocupado la Arabella enferma. Tenía en verdad una cara curiosa, con todas las facciones apretujadas alrededor de las cejas, y una gran barbilla salida como la de Desperate Dan. Era una cara cruel, pero tenía modales agradables, y Lola consideró atractiva aquella combinación. Marshall se alisó los pliegues del pantalón mientras miraba primero a un Quincey y después al otro. A Lola le llamó la atención el cuero blanco y negro de sus zapatos, y él advirtió que ella los admiraba y mentalmente le imprimió un compás a un pie.

—Lamento lo de la obra.

Los gemelos se acercaron al unísono, instigados —por debajo del umbral de la consciencia— a cerrar filas por la reflexión de que si él sabía más que ellos sobre los ensayos, debía de saber otro montón de cosas. Jackson habló desde el fondo de la inquietud de los tres.

—¿Conoce a nuestros padres?

—¿Al señor y a la señora Quincey?

—¡Sí!

—He leído en el periódico algo sobre ellos.

Los chicos le miraron mientras asimilaban la respuesta y se quedaron sin habla, porque sabían que los asuntos de los que se hablaba en los periódicos eran trascendentales: terremotos y accidentes de tren, lo que hacían día tras día los gobiernos y los países, y si había que gastar más dinero en armas por si Hitler atacaba a Inglaterra. Estaban sobrecogidos, pero no del todo sorprendidos de que su propio desastre figurase al lado de aquellos temas sagrados. Aquello sonaba a confirmación de la verdad.

Para serenarse, Lola puso los brazos en jarras. Le dolían los fuertes latidos del corazón, y se sentía insegura para hablar, aunque sabía que debía hacerlo. Pensaba que estaban jugando a un juego que ella no entendía, pero tenía la certeza de que allí había habido una incorrección, o hasta un insulto. La voz se le quebró cuando empezaba, y se vio obligada a carraspear y empezar de nuevo.

—¿Qué ha leído de ellos?

Él enarcó las cejas, que eran tupidas y se le juntaban, y sus labios exhalaron un sonido desdeñoso y evasivo.

—Oh, no sé. Nada de nada. Tonterías.

—Entonces le agradeceré que no hable de ellas delante de los niños.

Era un modismo que ella debía de haber oído en alguna parte, y lo enunció con fe ciega, como un aprendiz que entona el conjuro de un mago.

Pareció surtir efecto. Marshall hizo una mueca, reconociendo su error, y se inclinó hacia los gemelos.

—Ahora escuchadme los dos con atención. Todo el mundo sabe que vuestros padres son personas absolutamente maravillosas que os quieren muchísimo y que piensan en vosotros continuamente.

Jackson y Pierrot asintieron, en solemne acuerdo. Cumplida la tarea, Marshall dirigió de nuevo su atención a Lola. Después de haber tomado en el salón, con Leon y Cecilia, dos cócteles cargados de ginebra, había subido a buscar su habitación, deshacer la maleta y cambiarse para la cena. Sin quitarse los zapatos, se había tumbado en la enorme cama de columnas y, calmado por el silencio del campo, las bebidas y el aire cálido del atardecer, se había sumido en un sueño ligero en el que aparecieron sus jóvenes hermanas, las cuatro que tenía, alrededor de la cama, cotorreando, tocándole y tirándole de la ropa. Despertó con el pecho y la garganta calientes, incómodamente excitado y fugazmente desorientado por el entorno. Mientras bebía agua, sentado en el borde de la cama, había oído las voces que debían de haber provocado aquel sueño. Recorrió el suelo crujiente del pasillo, entró en el cuarto de juegos y vio a los tres niños. Ahora veía que la chica era casi una mujer, desenvuelta e imperiosa, igual que una princesita prerrafaelita con sus pulseras y trenzas, sus uñas pintadas y su gargantilla de terciopelo. Le dijo:

–Tienes un gusto excelente para la ropa. Creo que esos pantalones te sientan especialmente bien.

Ella oyó esto más complacida que avergonzada, y sus dedos rozaron levemente los pliegues que se abrían a ambos lados de sus caderas estrechas.

–Los compramos en Liberty cuando mi madre me llevó a Londres para ir al teatro.

–¿Y qué visteis?

–*Hamlet.*

En realidad, habían visto una pantomima en la función de tarde del Pavilion de Londres, durante la cual Lola se había derramado sobre el vestido un refresco de fresa, y Liberty estaba justo en la acera de enfrente.

–Una de mis favoritas –dijo Paul. Fue una suerte para ella que él tampoco hubiese leído ni visto la obra, pues había estudiado química. Pero alcanzó a decir, pensativo–: Ser o no ser.

–Ésa es la cuestión –asintió ella–. Y me gustan sus zapatos.

Él ladeó el pie, para examinar la artesanía.

–Sí, Ducker's, en The Turl. Te hacen de tu pie un chisme de madera y lo guardan en una estantería para siempre. Hay miles en un cuarto del sótano, y casi todos los clientes han muerto hace mucho.

–Qué espanto.

–Tengo hambre –dijo Pierrot de nuevo.

–Ah, bueno –dijo Paul Marshall, dándose una palmada en el bolsillo–. Os enseño una cosa si adivináis a qué me dedico.

–Es cantante –dijo Lola–. Por lo menos, tiene una voz bonita.

–Amable pero incorrecto. ¿Sabes? Me recuerdas a mi hermana predilecta...

Jackson le interrumpió:

–Hace chocolates en una fábrica.

Antes de que su hermano recibiera una gloria excesiva, Pierrot añadió:

–Les hemos oído en la piscina.

–No lo habéis adivinado, entonces.

Sacó del bolsillo una barra rectangular envuelta en un papel encerado que medía unos diez centímetros de largo por tres de ancho. La depositó encima de las rodillas, quitó el papel con cuidado y la levantó en el aire para inspeccionarla. Educadamente, ellos se acercaron. Tenía una cáscara tersa, de un color verde apagado, contra la cual Marshall chasqueó una uña.

–Una cubierta de azúcar, ¿la veis? Dentro hay chocolate con leche. Rico en cualquier estado, aunque se derrita.

Elevó más la mano y aumentó la presión, y vieron el temblor de sus dedos exagerado por la chocolatina.

–Habrá una como ésta dentro del petate de todos los soldados de infantería. Producto estándar.

Los gemelos se miraron. Sabían que a un adulto no le interesaban las golosinas. Pierrot dijo:

–Los soldados no comen chocolate.

Su hermano añadió:

–Les gustan los cigarrillos.

–Y, además, ¿por qué a ellos van a darles dulces gratis y a los niños no?

–Porque estarán combatiendo por su patria.

–Nuestro papá dice que no habrá guerra.

–Pues se equivoca.

Marshall parecía un poco malhumorado, y Lola dijo, conciliadora:

–Quizás sí haya guerra.

Él le sonrió.

–Vamos a llamarla Amo Ejército.

–Amo amas amat –dijo ella.

–Exactamente.

Jackson dijo:

–No veo por qué todo lo que uno compra tiene que acabar en «o».

–Es aburridísimo –dijo Pierrot–. Como Polo y Aero.

–Y Oxo y Brillo.

–Creo que lo que tratan de decirme –dijo Paul Marshall a Lola, mientras le regalaba la chocolatina– es que no quieren una.

Ella la cogió solemnemente y dirigió a los gemelos una mirada que decía: «Os lo tenéis merecido.» Ellos sabían que tenía razón. Ahora no podían pedir una Amo. Observaron cómo la lengua de su hermana se volvía verde a medida que se curvaba alrededor de los bordes de la cubierta de azúcar. Paul Marshall se recostó en la butaca, mirando con atención a Lola por encima del campanario que sus manos formaban delante de la cara.

Cruzó y descruzó las piernas. Luego respiró hondo.

—Múerdela —dijo, suavemente—. Tienes que morderla. La tableta chasqueó ruidosamente al ceder ante los inmaculados incisivos, y entonces quedó al descubierto el borde blanco de la cubierta de azúcar y el chocolate oscuro que había debajo. En ese momento oyeron a una mujer que llamaba desde el pie de la escalera, en el piso de abajo, y que volvió a llamar, con mayor insistencia, ahora desde el pasillo, y esta vez los gemelos reconocieron la voz e intercambiaron una expresión de súbito desconcierto.

Lola se reía, con la boca llena de chocolate.

—Es Betty, que os está buscando. ¡La hora del baño! Id corriendo. Corriendo.

6

Poco después del almuerzo, en cuanto se hubo asegurado de que los hijos de su hermana y Briony habían comido como debían, y de que cumplirían su promesa de no acercarse a la piscina durante al menos dos horas, Emily Tallis se retiró del fulgor blanco del calor de la tarde a una habitación fresca y oscura. No le dolía, no todavía, pero se retiraba antes de notar la amenaza. Había en su visión puntos luminosos, pequeños alfileres, como si al tejido desgastado del mundo visible lo sostuvieran en alto contra una luz mucho más viva. Sentía una pesadez en la esquina superior derecha del cerebro, el peso del cuerpo inerte de algún animal ovillado y dormido; pero cuando se tocaba la cabeza y apretaba, la presencia desaparecía de las coordenadas del espacio real. Ahora estaba en la esquina superior derecha de su mente, y en su imaginación ella podía ponerse de puntillas y alcanzarla con la mano derecha. Era importante, sin embargo, no provocarla; una vez que aquella perezosa criatura se desplazase desde la periferia hasta el centro, los dolores, agudos como un cuchillo, borrarían todo pensamiento y no habría la menor posibilidad de cenar con Leon y con su familia aquella noche. Se movería como una pantera enjaulada: porque estaría despierta, o por aburrimiento, o por el mero hecho de moverse, o por ningún motivo en absoluto, y sin la menor conciencia. Se tumbó en la cama boca arriba, sin almohada, con un vaso de agua al alcance de la mano y, a su lado, un libro que sabía que no podría leer. Lo único que quebraba la oscuridad era una larga y borrosa franja de luz del día reflejada en el techo, encima del bastidor. Estaba rígida, llena de aprensión, paralizada por la amenaza de un cuchillo, consciente de que el miedo no la dejaría dormir y de que su única esperanza residía en permanecer inmóvil.

Pensó en el vasto calor que se cernía sobre la casa y el parque y se extendía como humo a lo largo de los Home Counties, asfixiando las granjas y los pueblos, y pensó en las abrasadoras vías de tren que traían a Leon y a su amigo, y en el carruaje achicharrado de techo negro en el que viajarían sentados junto a una ventanilla abierta. Había ordenado un asado para esa noche y con el sofoco no podrían comer. Oyó el crujido de la casa al expandirse. ¿O eran las vigas y los postes que se resecaban y contraían contra la mampostería? Encogiendo, todo estaba encogiendo. Las perspectivas de Leon, por ejemplo, se reducían cada año mientras rechazaba la oferta de ayuda que le hizo su padre, la oportunidad de un puesto decente de funcionario, y prefería ser el más humilde de los empleados de un banco privado, y vivir para los fines de semana y su barca de regatas. Estaría más enfadada con él si no tuviera un carácter tan dulce y ecuánime y si no estuviese rodeado de amigos triunfadores. Demasiado guapo, demasiado popular, ni una pizca de desdicha ni ambición. Un día quizás se presentase en casa con un amigo que se casaría con Cecilia, si tres años en Girton no la habían convertido en un partido imposible, con sus pretensiones de soledad, la costumbre de fumar en su cuarto y su inverosímil nostalgia de un tiempo recién caducado y de aquellas chicas de Nueva Zelanda, gordas y con gafas, con quienes había compartido un grupo, ¿o un sirviente de la residencia? La jerga exclusiva de Cambridge que empleaba Cecilia –los Halls, el Baile de las Doncellas, y todo aquel desaliño narcisista, las bragas secándose delante de la estufa eléctrica y el compartir dos un solo cepillo– disgustaba un poco a Emily, aunque no le inspiraba ni por asomo celos. Había sido educada en casa hasta los dieciséis años, y fue enviada a Suiza a pasar dos años que se vieron restringidos a uno solo por razones económicas, y sabía a ciencia cierta que todo aquel tinglado de las mujeres en la universidad era, en realidad, pueril, a lo sumo una juerga inocente, como el equipo femenino de regatas y el posar junto a sus hermanos, acicaladas con la solemnidad del progreso social. Ni siquiera otorgaban a las chicas diplomas adecuados. Cuando Cecilia volvió a casa en julio con sus notas finales –¡qué descaro por su parte estar descontenta de ellas!–, no tenía trabajo ni aptitudes y todavía le faltaba buscar un marido y afrontar la maternidad, y ¿qué iban a decirle a este respecto sus profesoras intelectualoides, con sus apodos idiotas y su reputación «temible»? Aquellas mujeres presuntuosas habían conquistado una inmortalidad local a causa de las excentricidades más insulsas y más tímidas: pasear a un gato atado con una correa de perro, montar en una bici de hombre, dejarse ver comiendo un bocadillo en la calle. Una generación más tarde, aquellas damas tontas e ignorantes estarían bien muertas y seguirían siendo veneradas en los refectorios universitarios, donde harían sobre ellas comentarios en voz baja.

Al notar que la criatura de pelaje negro comenzaba a removerse, Emily dejó que sus pensamientos se alejaran de su hija mayor y tendió los zarcillos de su inquietud hacia la más pequeña. La querida pobre Briony, la cosa más dulce del mundo, que se desvivía por distraer a sus primos amargados, correosos, con la obra que había escrito con su mejor voluntad. Amarla era serenarse. Pero cómo protegerla del fracaso, cómo protegerla de aquella Lola, encarnación de la hermana menor de Emily, que había sido igualmente precoz e intrigante a aquella edad, y que hacía poco había tramado una manera de escapar al matrimonio que hiciera creer a todo el mundo que era una crisis nerviosa. No podía permitir que Hermione entrase en sus pensamientos. Emily, por el contrario, respirando suavemente en la oscuridad, calibró el estado de la casa aguzando el oído. En su estado, era la única aportación que podía hacer. Descansó la palma de su mano en la frente y oyó otro tic cuando el edificio se contrajo aún más. Desde muy abajo llegó un sonido metálico, quizás la tapa de una cacerola que se había caído; el inútil asado de la cena estaba en sus primeras fases de preparación. De arriba le llegó un ruido sordo de pies sobre el suelo de tablas y voces de niños, dos o tres como mínimo, hablando a la vez, subiendo de volumen, bajando y subiendo, quizás a causa de una discrepancia, quizás de un acuerdo excitado. El cuarto de juegos estaba en el piso de arriba, y sólo una habitación más allá. *Las tribulaciones de Arabella.* Si no estuviese enferma, subiría a supervisar o ayudar, porque sabía que era algo excesivo para ellos. La enfermedad le había impedido dar a sus hijos todo lo que una madre debiera darles. Ellos, intuyéndolo, siempre la llamaban por su nombre de pila. Cecilia debería echar una mano, pero ella también estaba ensimismada y era demasiado intelectual para ocuparse de unos niños... Emily logró eludir esta secuencia de pensamiento, y tuvo la impresión de que conciliaba, si no el sueño, al menos la sensación de inutilidad desamparada, y transcurrieron muchos minutos hasta que oyó en el pasillo, fuera de su dormitorio, pisadas en las escaleras, y por su sonido amortiguado pensó que debían de ser de pies descalzos y, por ende, de Briony. Cuando hacía calor no se calzaba. Minutos después, nuevamente desde el cuarto de juegos, un revuelo enérgico y algo duro que raspaba el suelo. Los ensayos se habían desmoronado, Briony se había retirado enrabietada, los gemelos jugaban y Lola, si se parecía tanto a su madre como Emily pensaba, estaría tranquila y se sentiría victoriosa.

Sus cuitas de costumbre por sus hijos, su marido, su hermana, el servicio, le habían despellejado los sentidos; la migraña, el amor maternal y, a lo largo de los años, muchas horas inmóvil en la cama, habían destilado de su sensibilidad un sexto sentido, una conciencia tentacular que traspasaba la penumbra y se movía por la casa, invisible y omnisciente. Sólo le llegaba la verdad, porque no era fácil engañarla. El murmullo de voces indistinto, percibido a través de un suelo alfombrado, superaba en nitidez a una transcripción tecleada a máquina; una conversación que cruzaba una pared o, aún mejor, dos paredes, le llegaba despojada de todo lo que no fueran sus giros y matices esenciales. Lo que para otros era una sordina, era una amplificación casi intolerable para sus sentidos alerta, tan afinados como la antena de una vieja radio. Tendida a oscuras, lo sabía todo. Cuantas menos cosas podía hacer, más percibía. Pero aunque en ocasiones ansiaba levantarse para intervenir, sobre todo cuando Briony la necesitaba, el miedo al dolor la contenía. En el peor de los casos, un conjunto de afilados cuchillos de cocina, incontrolables, le atravesaban una y otra vez el nervio óptico, con una presión más fuerte hacia abajo, y la dejaban totalmente aislada y sola. Incluso gemir agravaba el calvario.

De modo que permaneció en la cama mientras discurría el atardecer. La puerta principal se había abierto y cerrado. Briony habría salido, de mal humor, y probablemente se habría ido a la orilla del agua, de la piscina o del lago, o quizás se hubiera ido hasta el río. Emily oyó pisadas cautelosas en las escaleras: Cecilia, por fin, llevando las flores al cuarto de invitados, un encargo sencillo que aquel día le había pedido muchas veces que cumpliera. Más tarde, Betty llamando a Danny y el sonido del carruaje sobre la grava, y Cecilia que bajaba a recibir a los visitantes y, enseguida, esparciéndose por la penumbra, un ligerísimo olor a cigarrillo; le habían dicho mil veces que no fumara en la escalera, pero habría querido impresionar al amigo de Leon, lo cual, en definitiva, podría no ser malo. Voces resonando en el vestíbulo, Danny que acarreaba el equipaje y volvía a bajar, y silencio: Cecilia habría llevado a Leon y a Marshall a la piscina, para tomar el ponche que la propia Emily había preparado aquella mañana. Oyó el correteo de una criatura de cuatro patas que bajaba la escalera: los gemelos, ansiosos de piscina y a punto de llevarse el chasco de encontrarla ocupada.

Se sumió en un sopor del que la despertó el zumbido de una voz de hombre en el cuarto de juegos, y las respuestas de voces infantiles. Sin duda no de Leon, que sería inseparable de su hermana ahora que se habían reunido. Sería la de Marshall, cuya habitación estaba en el mismo pasillo que aquel cuarto, y les estaba hablando más bien a los gemelos, decidió, que a Lola. Emily se preguntó si estarían siendo impertinentes, pues cada gemelo parecía comportarse como si sus obligaciones sociales estuviesen divididas en dos. Ahora Betty subía las escaleras y los llamaba a medida que subía, quizás con una aspereza algo excesiva, teniendo en cuenta las penalidades de Jackson aquella mañana. La hora del baño, la hora del té, la de acostarse; la bisagra del día: aquellos sacramentos infantiles del agua, la comida y el sueño casi habían desaparecido de la rutina cotidiana. La tardía e inesperada aparición de Briony había mantenido a la familia viva hasta que Emily hubo rebasado con creces los cuarenta, y qué apacibles, qué reparadores habían sido aquellos años; el jabón de lanolina y la gruesa toalla blanca de baño, el parloteo de la niña resonando en la acústica vaporosa del cuarto de baño; envolverla en la toalla, retenerle los brazos y sentarla en el regazo durante un momento de desamparo en el que

Briony, bebé, se había deleitado no hacía tanto tiempo; pero ahora bebé y baño se habían esfumado detrás de una puerta cerrada con llave, por extraño que pareciese, ya que la niña siempre parecía necesitar un lavado y un cambio de ropa. Briony se había desvanecido dentro de un intacto universo interior del cual la escritura era sólo la superficie visible, la corteza protectora que ni siquiera, o en especial, una madre amorosa podía penetrar. Su hija estaba siempre mentalmente ausente, absorta en algún problema no expresado e impuesto por ella misma, como si una niña pudiese reinventar el mundo tedioso y manifiesto. Era inútil preguntarle a Briony qué estaba pensando. Hubo un tiempo en que habría obtenido una respuesta inteligente y complicada que a su vez habría propiciado preguntas tontas y graves a las que Emily daba las mejores respuestas que podía; y aunque las sinuosas hipótesis que contenían eran difíciles de recordar ahora con detalle, sabía que nunca había hablado tan bien con alguien como con su hija más pequeña de once años. Ninguna mesa ni ningún margen sombreado de una pista de tenis la habían oído hablar con tanta fluidez y tanta riqueza asociativa. Ahora los demonios de la cohibición y del talento habían enmudecido a Briony, y si bien no era menos cariñosa —en el desayuno se le había acercado sigilosamente y había enlazado sus dedos con los de su madre—, Emily lamentaba que hubiese concluido una edad de elocuencia. Ya nunca volvería a hablar así con nadie, y en eso se cifraba el deseo de tener otro hijo. Pronto cumpliría los cuarenta y siete años.

El sordo estruendo de las cañerías —no había percibido su comienzo— cesó con una sacudida que estremeció el aire. Ahora los hijos de Hermione estarían en el baño, con sus cuerpecitos estrechos y huesudos en los dos extremos de la bañera, y en la silla de mimbre, de un azul desvaído, estarían plegadas las mismas toallas blancas, y a los pies, la estera gigante de corcho, que tenía una esquina roída por los mordiscos de un perro que había muerto hacía mucho tiempo; pero en vez de parloteo, un silencio pavoroso, y en vez de una madre, solamente Betty, cuyo corazón bondadoso ningún niño descubriría nunca. ¿Cómo podía Hermione sufrir una depresión nerviosa –el término preferido, en general, por su amigo que trabajaba en la radio–, cómo podía elegir para sus hijos el silencio y el miedo y la tristeza? Emily supuso que ella misma tendría que supervisar la hora del baño. Pero sabía que, aunque los cuchillos no se cernieran sobre su nervio óptico, sólo atendería a sus sobrinos por sentido del deber. No eran hijos suyos. Tan sencillo como eso. Y eran chicos y, por tanto, fundamentalmente poco comunicativos, sin un don para la intimidad, y, para colmo, habían diluido sus identidades, pues ella nunca había encontrado aquel triángulo de la oreja que faltaba. Sólo se les podía conocer como conjunto.

Se incorporó sobre un codo y se llevó el vaso de agua a los labios. Empezaba a remitir la presencia de su animal torturador, y ahora consiguió colocar dos almohadas contra la cabecera para incorporarse del todo. Era una maniobra lenta y torpe, porque temía un movimiento súbito, y por ello el crujido de los muelles se prolongó y amortiguó a medias el sonido de una voz de hombre. Recostada sobre un lado, se quedó inmóvil, aferrando con una mano el extremo de una almohada, y concentró su atención aguda en cada recoveco de la casa. No oyó nada y luego, como una lámpara que se enciende y se apaga en la oscuridad total, hubo una carcajada bruscamente acallada. Lola, pues, en el cuarto con Marshall. Siguió acomodándose, y por fin se tumbó de espaldas y tomó un sorbo de agua templada. Puede que no fuera una mala persona, aquel próspero empresario joven, si estaba dispuesto a pasar el tiempo entreteniendo a unos niños. Pronto estaría en condiciones de encender la lámpara de la mesilla, y al cabo de veinte minutos podría reunirse con la familia y atender a sus diversas inquietudes maternales. Lo más urgente era una incursión a la cocina para averiguar si no era demasiado tarde para convertir el asado en fiambres y ensaladas, y luego tenía que saludar a su hijo y evaluar a su amigo y darle la bienvenida. Una vez hecho esto, comprobaría que los gemelos estaban siendo bien atendidos y quizás les concediera algún tipo de premio compensatorio. Después sería el momento de telefonear a Jack, que se habría olvidado de decirle que esa noche no volvería a casa. Tendría que hablar con la seca mujer de la centralita y con el joven pedante de la antesala del despacho, y para tranquilizar a su marido le diría que no tenía por qué sentirse culpable. Buscaría a Cecilia para cerciorarse de que había arreglado las flores como le había encomendado, y de que hiciese por lo menos un esfuerzo esa noche y asumiera algunas de las responsabilidades de una anfitriona, y de que se había puesto un vestido bonito y no fumara en todas las habitaciones. Y luego, lo más importante de todo, iría a buscar a Briony porque el fracaso de la obra era un golpe terrible y la niña necesitaría todo el consuelo que una madre sabía prestar. La búsqueda significaba exponerse sin protección alguna a la luz del sol, y hasta los menguantes rayos del atardecer podían provocarle un ataque. Así que tendría que buscar las gafas de sol, lo cual, más que la cocina, debía ser prioritario, porque estaban en alguna parte de aquel dormitorio, en un cajón, entre las páginas de un libro, en un bolsillo, y sería un fastidio tener que volver a subir luego a buscarlas. También tendría que ponerse un calzado de suela plana por si Briony se había aventurado hasta el río...

Así pues, Emily permaneció varios minutos más recostada contra las almohadas, después de que su criatura atormentadora se hubiera escabullido, y pacientemente hizo sus planes y los revisó, y les asignó el orden conveniente. Calmaría a la familia, que le parecía, desde la penumbra enfermiza de su alcoba, como un continente trastornado y escasamente poblado en cuya vastedad arbolada elementos rivales reclamaban una y otra vez su intranquila atención. No se hacía ilusiones. Los antiguos planes, si una acertaba a recordar cuáles eran, los planes que el tiempo había anulado, solían ejercer una influencia febril y demasiado optimista sobre los sucesos. Podía extender sus zarcillos por cada cuarto de la casa, pero no extenderlos hasta el futuro. También sabía que, en última instancia, a lo que aspiraba era a su propia serenidad; era mejor que el interés personal y la bondad no estuviesen separados. Se irguió con suavidad, balanceó los pies hasta el suelo y los introdujo en las zapatillas. Optó por encender la lamparilla en vez de descorrer ya las cortinas, y comenzó la búsqueda exploratoria de sus gafas oscuras. Ya había decidido dónde buscarlas primero.

7

El templo de la isla, construido al estilo de Nicholas
Revett a fines del decenio de 1780, había sido concebido
como un punto de interés, un elemento que llamara la
atención para realzar el ideal bucólico, y no tenía, por supuesto, propósito religioso alguno. Estaba bastante cerca de
la orilla del agua, elevado sobre un talud prominente, para
arrojar un reflejo pintoresco en el lago, y desde la mayoría
de perspectivas la fila de columnas y el frontón que había
sobre ellas estaban sombreados por la fronda encantadora
de los olmos y robles que habían crecido alrededor. Visto de
más cerca, el templo presentaba un aspecto más triste: la
humedad, que ascendía a través de una membrana aislante
deteriorada, había provocado el desprendimiento de algunos paneles de estuco. En algún momento de finales del siglo XIX se habían hecho toscas reparaciones con cemento sin
pintar, que se había vuelto pardo y daba al edificio una apariencia sucia y enfermiza. En otros puntos, los listones al
descubierto, que también se estaban pudriendo, mostraban
el costillar de un animal famélico. Hacía tiempo que habían
retirado las puertas dobles que se abrían a una cámara circular de techo abovedado, y el suelo de piedra estaba cubierto
por una capa gruesa de hojas y mantillo, excrementos de

pájaros y animales diversos que entraban y salían del templo. Faltaban todos los cristales de las hermosas ventanas georgianas, rotas por Leon y sus amigos a finales de los años veinte. En las altas hornacinas que en un tiempo habían contenido estatuas no había ahora nada más que sucios restos de telarañas. El único mobiliario era un banco procedente del campo de críquet del pueblo: de nuevo, el joven Leon y sus terribles amigos de la escuela. Habían arrancado las patas para romper las ventanas, y yacían en el exterior, desmigajándose blandamente en la tierra, entre las ortigas y los incorruptibles añicos de cristales.

Así como la caseta de la piscina situada detrás del establo imitaba características del templo, éste supuestamente encarnaba referencias a la casa original, de estilo Adam, aunque nadie de la familia Tallis sabía cuáles eran. Tal vez fuese el estilo de las columnas, o el frontón, o las proporciones de las ventanas. En diferentes épocas del año, pero sobre todo en Navidad, cuando los ánimos eran expansivos, algunos miembros de la familia que cruzaban el puente prometían investigar el asunto, pero ninguno se tomaba la molestia de dedicarle tiempo cuando comenzaba el atareado nuevo año. Más que su deterioro, era este nexo, este recuerdo perdido del parentesco más noble del templo, lo que confería su aire triste a la pequeña construcción inútil. El templo era el huérfano de una gran dama de sociedad, y ahora que nadie se ocupaba de él, que nadie lo miraba, el niño había envejecido antes de tiempo y se había abandonado. Había una mancha afilada de hollín, tan alta como un hombre, en un muro exterior donde dos vagabundos, en una ocasión, habían perpetrado el escándalo de encender una fogata para asar una carpa que no les pertenecía. Durante largo tiempo había habido una bota apergaminada a la intemperie, sobre la hierba que los conejos mantenían al ras. Pero cuando Briony la buscó, la bota había desaparecido, como todas las cosas harían a la larga. La idea de que el templo, que ostentaba su propio crespón negro, guardase luto por la mansión incendiada, que anhelara una presencia invisible y magna, le confería una atmósfera débilmente religiosa. La tragedia lo había salvado de ser una mera imitación.

Es difícil fustigar durante mucho tiempo a las ortigas sin que emerja una historia, y Briony no tardó en hallarse absorta y gravemente contenta, aunque ofreciese el aspecto de una chica embargada por un humor de perros. Peló una delgada rama de avellano que había encontrado. Había trabajo que hacer, y lo acometió. Una alta ortiga de primorosa apariencia, con la testa tímidamente agachada y las hojas medianas extendidas hacia fuera, como manos que protestan inocencia: esta planta era Lola, y aunque lloriquease pidiendo clemencia, el arco silbante de una vara de un metro la segó por las rodillas y lanzó por el aire su torso despreciable. Era una actividad demasiado gratificante para interrumpirla, y las siguientes ortigas también eran Lola; ésta, inclinada para susurrar algo al oído de su vecina, fue cercenada con una mentira indignante en los labios; aquí aparecía Lola de nuevo, separada de las otras, con la cabeza ladeada en maquinación venenosa; allí, presidía un corro de jóvenes admiradores y estaba propalando rumores sobre Briony. Era lamentable, pero los admiradores tendrían que morir con ella. Luego volvió a erguirse, envalentonada por los diversos pecados de su prima —orgullo, gula, avaricia, reluctancia a cooperar—, y por cada uno pagó con una vida. Su último acto de maldad fue caer a los pies de Briony y pincharle los dedos. Cuando Lola ya había muerto suficiente, tres pares de jóvenes ortigas fueron sacrificadas por la incompetencia de los gemelos: el castigo era indiferente y no dispensaba mercedes especiales a los niños. Después, la escritura de obras de teatro se transformó asimismo en una ortiga; de hecho se convirtió en varias; la superficialidad, el tiempo malgastado, el desorden de las mentes ajenas, la inutilidad del fingimiento: en el jardín de las artes, era una mala hierba y debía morir.

No siendo ya dramaturga, y tanto más reconfortada por ello, y en busca de cristales rotos, se internó más alrededor del templo, a lo largo de la franja donde la hierba mordisqueada se juntaba con la maleza enmarañada que brotaba entre los árboles. Desollar las ortigas se estaba convirtiendo en un acto de purificación personal, y ahora la emprendió contra la infancia, pues ya no necesitaba la suya. Un espécimen larguirucho sustituyó todo lo que había arrasado hasta aquel momento. Pero aquello no bastaba. Asentando firmemente los pies en la hierba, con trece varazos dio buena cuenta de su propio yo año tras año. Cortó la enfermiza dependencia de la más tierna y primera infancia, y a la colegiala ávida de exhibirse y de alabanzas, y el estúpido orgullo por los primeros relatos de la niña de once años, y la confianza en la buena opinión de su madre. Las ortigas volaban por encima de su hombro izquierdo y caían a sus pies. La fina punta de la vara producía un sonido en dos tonos al rasgar el aire. ¡Se acabó!, le hacía decir ella. ¡Ya basta! ¡Toma!

Enseguida fue esta acción la que la abstrajo, junto con la crónica de prensa que compuso al compás de sus tajos. Nadie en el mundo superaba en esto a Briony Tallis, que al año siguiente representaría a su país en los Juegos Olímpicos de Berlín y estaba segura de ganar el oro. La gente la examinaba atentamente y se maravillaba de su técnica, de su preferencia por actuar descalza porque mejoraba el equilibrio –tan importante en este exigente deporte–, en el que todos los dedos de los pies desempeñaban su cometido; de la manera como dirigía con la muñeca y giraba de golpe la mano sólo al final del latigazo, de la forma de repartir el peso del cuerpo y de emplear la rotación de las caderas para cobrar un ímpetu adicional, de su costumbre distintiva de extender los dedos de la mano libre: nadie la igualaba. Autodidacta, la hija menor de un alto funcionario. Mira qué concentración tiene en la cara al evaluar un ángulo, nunca falla un golpe, siega cada ortiga con una precisión inhumana. Alcanzar aquel nivel requería dedicar toda una vida. ¡Y qué cerca había estado de malgastarla como dramaturga!

Cayó en la cuenta de pronto de que tenía el carruaje a su espalda, traqueteando sobre el primer puente. Leon, por fin. Sintió sus ojos sobre ella. ¿Era aquélla la hermanita a quien había visto por última vez en la estación de Waterloo, apenas tres meses antes, y que ahora formaba parte de una flor y nata internacional? Tercamente, no se dignó volverse para saludarle; tenía que aprender que ella era ahora independiente de la opinión ajena, incluso de la de él.

Era una gran maestra, enfrascada en las complejidades de su arte. Además, seguro que él detendría el carruaje y bajaría corriendo por el terraplén, y ella tendría que sufrir la interrupción con buen talante.

El sonido de ruedas y de cascos, que se hacía más tenue al cruzar el segundo puente, demostraba —supuso— que su hermano conocía el sentido de la distancia y el respeto profesionales. No obstante, una cierta tristeza la fue invadiendo a medida que continuaba su tarea alrededor del templo de la isla, hasta perderse de vista desde la carretera. Una línea irregular de ortigas decapitadas que yacían en la hierba indicaba su avance, al igual que las blancas ampollas urticantes en sus pies y tobillos. La punta de la vara de avellano silbaba al trazar su arco en el aire, hojas y tallos se desgajaban, pero era cada vez más arduo suscitar los vítores de la multitud. Los colores se retiraban de su fantasía, decrecían sus placeres narcisistas en el movimiento y el equilibrio, le dolía el brazo. Se estaba transformando en una chica que corta ortigas con una vara, y al final se detuvo, la tiró hacia los árboles y miró alrededor.

El precio de abismarse en ensueños era siempre el regreso, la readaptación a lo que había antes y que después parecía un poco peor. Su ensoñación, antes rica en detalles verosímiles, ahora era una tontería pasajera ante la masa compacta de la realidad. Era difícil regresar. *Vuelve*, le susurraba su hermana cuando ella despertaba de un mal sueño. Briony había perdido su divino poder de creación, pero sólo en aquel momento del retorno esta pérdida resultaba evidente; parte del incentivo de un ensueño era la ilusión de hallarse impotente ante su lógica: la rivalidad internacional la forzaba a competir al máximo nivel entre los mejores del mundo, y a aceptar los retos derivados de la preeminencia en su especialidad —la de cortar ortigas—, la empujaba a rebasar sus propios límites para saciar al público estruendoso, y a ser la mejor y, lo que es más importante, única. Pero, por supuesto, todo era un producto suyo, algo hecho por ella y sobre ella, y ahora estaba de regreso en el mundo, no en el que ella creaba, sino en el que le había creado a ella, y sintió que se encogía bajo el cielo del atardecer. Se sentía cansada de estar al aire libre, pero no preparada para volver a casa. ¿Era, en verdad, lo único que había en la vida, estar bajo techo o estar a la intemperie? ¿No había más sitios adonde ir? Dio la espalda al templo y caminó lentamente hacia el puente por el césped perfecto que los conejos habían esculpido. Delante, iluminada por el sol poniente, había una nube de insectos que se mecían al azar, como pegados a una invisible cuerda elástica: un misterioso baile de cortejo, o la pura exuberancia insectil que la retaba a descubrirle un sentido. Con un espíritu de resistencia sublevada, escaló la empinada pendiente de hierba que llevaba al puente y, cuando llegó al sendero, resolvió no moverse de allí hasta que le sucediera algo de importancia. Era el desafío que lanzaba a la existencia: no moverse para ir a cenar, ni siquiera en el caso de que su madre la llamara. Se limitaría a esperar en el puente, en calma y obstinada, hasta que algún suceso, un suceso real, no sus propias fantasías, recogiese el guante de su desafío y disipara su insignificancia.

8

Al atardecer, nubes altas en el cielo del oeste formaron una fina capa amarilla que se fue adensando según avanzaba la hora y luego se espesó, hasta que un fulgor filtrado de color naranja se cernió sobre las frondas gigantescas de los árboles del parque; las hojas se tornaron de un tono pardo de almendra, y de un color negro aceitoso las ramas entrevistas entre el follaje, y las hierbas secas cobraron la tonalidad del cielo. Un pintor fauve consagrado a la búsqueda de colores imposibles podría haber imaginado un paisaje así, en especial cuando el cielo y la tierra adquirieron un esplendor rojizo, y los troncos hinchados de robles vetustos se volvieron tan negros que empezaron a parecer azules. Aunque el sol, al ponerse, se había atenuado, la temperatura parecía aumentar porque ya no soplaba la brisa que había proporcionado un débil alivio a lo largo del día, y el aire estaba ahora inmóvil y cargado.

La escena, o una diminuta porción de ella, habría sido visible para Robbie Turner a través de una claraboya precintada, si se hubiera tomado la molestia de levantarse del baño, doblar las rodillas y girar el cuello. Durante todo el día, su pequeño dormitorio, el cuarto de baño y el cubículo encajado entre ambos, al que él llamaba su estudio, se habían abrasado bajo la vertiente meridional del tejado del bungalow. Durante más de una hora, al volver del trabajo, había estado sumergido en un baño templado, mientras su sangre y, al parecer, sus pensamientos caldeaban el agua. Sobre él, el rectángulo enmarcado de cielo recorría lentamente su segmento limitado del espectro, del amarillo al naranja, mientras Robbie tamizaba sentimientos desconocidos y evocaba una y otra vez determinados recuerdos. Ninguno amainaba. A intervalos, unos centímetros por debajo de la superficie del agua, los músculos de su estómago se tensaban involuntariamente al rememorar otro detalle. Una gota de agua sobre la parte superior del brazo de ella. Mojada. Una flor bordada, una sencilla margarita, cosida entre las copas de su sujetador. Sus pechos bien separados y pequeños. En la espalda, un lunar cubierto a medias por una cinta. Cuando ella salió del pilón, una vislumbre de la oscuridad triangular que las bragas se suponía que ocultaban. Mojada. Lo vio, se obligó a volver a verlo. El modo en que los huesos de su pelvis despegaban el tejido de su piel, la profunda curva de su talle, su extraordinaria blancura. Cuando ella extendió la mano para recoger su falda, un pie negligentemente levantado descubrió una pella de tierra en cada envés de sus dedos dulcemente decrecientes. Otro lunar del tamaño de un cuarto de penique en el muslo y algo purpúreo en la pantorrilla: una marca de color fresa, una cicatriz. No máculas. Ornatos.

La conocía desde que eran niños, y nunca la había mirado. En Cambridge, ella fue una vez a su cuarto con una chica neozelandesa de gafas y alguien de su facultad, y Robbie estaba en compañía de un amigo de Downing. Pasaron una hora de holganza amenizada con bromas nerviosas, y circularon cigarrillos. De vez en cuando se cruzaban en la calle y se sonreían. A ella siempre parecía incomodarla: «Es el hijo de nuestra asistenta», quizás susurrase a sus amigas cuando pasaba de largo. A él le gustaba que la gente supiera que no le importaba: «Ésa es la hija de la señora de mi madre», le dijo a un amigo en una ocasión. Se protegía con su fe política, con su teoría científica de las clases y con su propio aplomo algo forzado. Soy lo que soy. Ella era como una hermana, casi invisible. Aquella cara larga y estrecha, la boca pequeña; si alguna vez hubiera pensado en ella, habría podido decir que tenía un aspecto un poco caballuno. Ahora veía que era una beldad extraña: había algo esculpido y quieto en su cara, sobre todo alrededor de los planos inclinados de sus pómulos, y un destello silvestre en los orificios nasales, y una boca llena, reluciente como un capullo de rosa. Sus ojos eran oscuros y contemplativos. Su mirada era de estatua, pero sus movimientos eran rápidos e impacientes; aquel jarrón estaría todavía intacto si ella no se lo hubiese arrebatado tan súbitamente de las manos. Era evidente que estaba inquieta, aburrida y recluida en la casa Tallis, y que pronto se iría.

Tendría que hablar con ella enseguida. Se levantó por fin de la bañera, tiritando, persuadido de que un gran cambio se avecinaba. Atravesó desnudo el estudio para entrar en la alcoba. La cama sin hacer, el revoltijo de las ropas desechadas, una toalla en el suelo, el calor ecuatorial del cuarto emitían una sensualidad paralizante. Se tendió en la cama, de bruces contra la almohada, y gimió. La dulzura, la delicadeza de su amiga de la infancia, y ahora en peligro de volverse inaccesible. Desvestirse de aquel modo..., sí, su conmovedor intento de parecer excéntrica, su tentativa de mostrarse audaz poseía un sello exagerado y hogareño. Ahora estaría mortalmente arrepentida, y no podía saber el efecto que había causado en él. Y todo aquello estaría muy bien, sería remediable, si ella no estuviese tan enfadada por un jarrón roto que se le había partido en las manos. Pero también amaba su cólera. Rodó hacia un costado, con los ojos fijos y sin ver, y se consintió una fantasía de película: ella le golpeaba en las solapas antes de ceder con un pequeño sollozo al

100

cerco protector de sus brazos y de permitir que él la besara; no le perdonaba, simplemente cedía. Recreó la escena varias veces antes de volver a la realidad: ella estaba furiosa, y lo estaría aún más cuando supiera que también le habían invitado a la cena. Afuera, en la luz relumbrante, no había reflexionado lo bastante deprisa para rechazar la invitación de Leon. Automáticamente, había gimoteado que aceptaba, y ahora tendría que encarar la irritación de Cecilia. Gimió de nuevo, sin importarle que le oyeran abajo, al recordar cómo ella se había despojado de la ropa en su presencia; con tanta indiferencia como si él fuese un niño. Por supuesto. Ahora lo veía claro. Su intención era humillarle. Era un hecho innegable. La humillación. Quería infligírsela. Ella no era pura dulzura y él no podía condescender ante ella, porque era una fuerza capaz de sumergirle y de mantenerle la cabeza hundida.

Pero quizás —ahora se había tendido de espaldas— no debiera dar crédito a su indignación. ¿No había sido excesivamente teatral? Sin duda su intención no habría sido tan mala, incluso enfadada. Incluso enfadada, había querido mostrarle lo hermosa que era, y subyugarle. ¿Cómo confiar en una idea tan prometedora que nacía de la esperanza y el deseo? No podía no hacerlo. Cruzó las piernas, enlazó las manos por detrás de la cabeza y notó la piel fresca mientras se secaba. ¿Qué diría Freud? Algo como que ella ocultaba el deseo inconsciente de entregársele con un alarde de ira. ¡Patética esperanza! Era una castración, una sentencia, y esto —lo que sentía ahora—, esta tortura era el castigo por haber roto aquel jarrón ridículo. No volvería a verla. Debía verla esa noche. De todos modos, no le quedaba otro remedio: él se marchaba. Ella le despreciaría si iba a la cena. Debería haber rechazado la invitación de Leon, pero en el momento en que fue formulada su pulso le había dado un brinco y el «sí» gimoteado se le había escapado de la boca. Aquella noche estaría con ella en el mismo comedor, y el cuerpo que había visto, los lunares, la palidez, la marca color fresa, estarían encubiertos por la ropa. Sólo él los conocía, y Emily, por supuesto. Pero sólo él pensaría en ellos. Y Cecilia no le miraría ni le dirigiría la palabra. Hasta eso sería mejor que gemir allí tumbado. No. Sería peor, pero aun así lo quería. Tenía que ir. Quería que fuese peor.

Se levantó, por fin, medio vestido, y entró en su estudio, se sentó ante la máquina de escribir y se preguntó qué clase de carta debía escribirle. Al igual que el dormitorio y el cuarto de baño, el estudio quedaba aplastado por el vértice del tejado del bungalow, y era poco más que un pasillo entre los dos, de apenas dos metros de largo por uno cincuenta de ancho. Como en las otras dos habitaciones, había una claraboya enmarcada en pino sin pulir. Apilados en un rincón, sus avíos de excursionista: botas, piolet, morral de cuero. Una mesa de cocina con marcas de cuchillo ocupaba casi todo el espacio. Inclinó hacia atrás la silla y contempló el escritorio como quien contempla una vida. En un extremo, formando un alto montículo contra el techo abuhardillado, estaban las carpetas y los cuadernos de ejercicios de los últimos meses de preparación de los exámenes finales. Ya no le servían aquellas notas, pero era muchísimo el trabajo y el éxito asociados con ellas, y no se decidía a tirarlas todavía. Posados parcialmente encima, había algunos de sus mapas de ruta, del norte de Gales, de Hampshire y de Surrey, y del abandonado viaje a pie a Estambul, y una brújula con un espejo de observación rajado que en una ocasión había utilizado para caminar sin mapas hasta Lulworth Cove.

Más allá de la brújula estaban sus ejemplares de los *Poemas* de Auden y *El chico de Shropshire,* de Housman. En el otro extremo de la mesa se apilaban diversos libros de historia, tratados teóricos y manuales prácticos de jardinería paisajística. Había diez poemas escritos a máquina debajo de una nota impresa de rechazo de la revista *Criterion,* con las iniciales del propio Eliot. Más cerca de Robbie estaban los libros que le interesaban aquel momento. La *Anatomía* de Gray estaba abierto con una lámina de dibujos hechos por el propio Robbie. Se había fijado la tarea de dibujar y memorizar los huesos de la mano. Intentó distraerse recitando ahora algunos de ellos, murmurando sus nombres: capitato, unciforme, trapezoide, semilunar... Su mejor dibujo hasta entonces, hecho con tinta y lápices de colores, y que mostraba una sección transversal del tracto esofágico y las vías respiratorias, estaba clavado con una chincheta en una viga encima de la mesa. Todos los lápices y plumas estaban metidos en una jarra de peltre sin asa. La máquina de escribir era una Olympia bastante reciente que Jack Tallis le había regalado al cumplir veintiún años, en un ágape celebrado en la biblioteca. Leon había pronunciado unas palabras, así como su padre, y Cecilia sin duda había asistido. Pero Robbie no se acordaba de que se hubieran dicho ni la cosa más nimia. ¿Por eso estaba furiosa ahora, porque él no le había hecho caso durante años? Otra esperanza patética.

En el espacio más lejano del escritorio, diversas fotografías: el elenco de *Noche de Reyes* en el césped de la facultad, él en el papel de Malvolio, atado con ligas. Qué idóneo. Había otra foto de grupo en la que estaba rodeado por los treinta niños franceses a los que había dado clase en un internado cerca de Lille. En un marco de metal *belle époque,* tiznado de cardenillo, había una foto de sus padres, Grace y Ernest, tres días después de su boda. Detrás de ellos, asomando apenas, la aleta delantera de un automóvil que desde luego no era suyo, y más allá un secadero de lúpulo perfilándose sobre un muro de ladrillo. Grace siempre decía que había sido una buena luna de miel, dos semanas recogiendo lúpulo con la familia de su marido, y durmiendo en un carromato de gitanos estacionado en una granja. Su padre llevaba una camisa sin cuello. El pañuelo que lo ceñía y el cinto de cuerda alrededor de sus pantalones de franela podrían haber sido jocosos toques zíngaros. Tenía la cabeza y la cara redondas, pero el efecto no era precisamente jovial, pues su sonrisa ante la cámara no era lo bastante entusiasta como para entornarle los labios, y en vez de tomar la mano de su joven esposa se había cruzado de brazos. Ella, en cambio, apoyada en el costado del marido, descansaba en su hombro la cabeza y con las dos manos le agarraba torpemente la camisa a la altura del codo. Siempre en forma y de buen humor, Grace sonreía por los dos. Pero manos serviciales y un buen ánimo no habrían de ser suficientes. Daba la impresión de que Ernest tenía ya la mente en otra parte, de que ya se anticipaba a la noche, siete veranos más tarde, en que dejó su trabajo de jardinero en la casa Tallis y abandonó el bungalow sin equipaje, sin dejar siquiera una nota de despedida en la mesa de la cocina, para que su mujer y su hijo de seis años hicieran conjeturas sobre su paradero durante el resto de su vida.

En otro sitio, desperdigadas entre las notas de repaso, los libros de jardinería y los de anatomía, habías cartas y postales: cartas de tutores y de amigos que le felicitaban por su primer puesto académico y que todavía le agradaba releer, y otras que le interrogaban con cautela sobre su siguiente paso. La más reciente, garabateada con tinta pardusca en papel de cartas oficial de Whitehall, era un mensaje de Jack Tallis en el que accedía a ayudarle a costear la facultad de medicina. Había impresos de solicitud de veinte páginas de largo, y gruesos manuales de admisión, impresos en letra pequeña, de Edimburgo y de Londres, cuya prosa metódica y exigente parecía ser un anticipo de una nueva clase de rigor académico. Pero hoy no le inspiraban ideas de aventura y de recomienzo, sino de exilio. Veía la perspectiva: lejos de allí, una mustia calle de casas adosadas, un cuartucho con un empapelado de flores, un ropero sombrío y una colcha de chenilla, los amigos nuevos, serios y casi todos más jóvenes que él, las cubas de formaldehído, el aula resonante; elementos todos en los que faltaba la presencia de Cecilia.

De entre los libros de paisajes, cogió el volumen de Versalles que había tomado prestado de la biblioteca de los Tallis. Fue el día en que notó por primera vez lo embarazosa que le resultaba la presencia de ella. Al arrodillarse en la puerta principal para quitarse el calzado de trabajo, había advertido el estado de sus calcetines –con agujeros en los pies y los talones y, se imaginaba, malolientes–, y en un arranque se los había quitado. Qué idiota se había sentido al atravesar en pos de ella el vestíbulo y entrar descalzo en la biblioteca. Su único pensamiento era el de marcharse lo antes posible. Había huido a través de la cocina y había ido a buscar a Danny Hardman para que diera la vuelta a la casa y le recogiese los zapatos y los calcetines.

Ella, probablemente, no habría leído aquel tratado sobre el sistema hidráulico de Versalles, escrito por un danés que ensalzaba en latín el genio de Le Nôtre. Con la ayuda de un diccionario, Robbie había leído cinco páginas en una mañana y luego, cansado, se había contentado con mirar las ilustraciones. No era el tipo de libros que leía Cecilia, ni nadie, en realidad, pero ella se lo había entregado desde la escalerilla de la biblioteca, y en alguna parte de la encuadernación de cuero estaban sus huellas. Aunque no quería hacerlo, acercó el libro a sus fosas nasales y aspiró. Polvo, papel viejo, el olor a jabón de sus propias manos, pero nada de Cecilia. ¿Cómo se había apoderado de él aquella fase aguda de fetichismo con el objeto amado? Sin duda Freud tendría algo que decir al respecto en sus *Tres ensayos sobre teoría sexual*. Y asimismo Keats, y Shakespeare, Petrarca y todos los demás, y estaba en el *Romance de la rosa*. Había pasado tres años estudiando áridamente los síntomas, que le habían parecido meras convenciones literarias, y ahora, en soledad, como un cortesano con gorguera y penacho que se acerca al lindero del bosque para contemplar una prenda desechada, estaba adorando un rastro —¡no un pañuelo, sino huellas dactilares!—, mientras languidecía por el desdén de su dama.

A pesar de lo cual, cuando introdujo una hoja de papel en el rodillo de la máquina de escribir, no se olvidó del papel de calco. Tecleó la fecha y el encabezamiento, y se zambulló de cabeza en una disculpa convencional por su «comportamiento torpe y desconsiderado». Luego hizo una pausa. ¿Iba a revelar algo de lo que sentía y, de ser así, hasta qué punto?

«Si sirve de excusa, he notado últimamente que me siento un poco aturdido en tu presencia. Quiero decir que nunca he entrado descalzo en ninguna casa. ¡Debió de ser el calor!»

Qué endeble parecía esta ligereza exculpatoria. Era como un hombre con una tuberculosis avanzada que finge que padece un resfriado. Pasó dos renglones con la palanca del rodillo y escribió: «Sé que no sirve de excusa, pero últimamente estoy de lo más aturdido contigo. ¿Cómo se me pudo ocurrir entrar descalzo en tu casa? ¿Y alguna vez he arrancado la boca de un jarrón?» Descansó las manos en el teclado mientras luchaba contra el impulso de teclear otra vez su nombre: «Cee, ¡no creo que pueda culpar al calor!» Ahora el tono de chanza había cedido el paso al melodramático o al lastimero. Las preguntas retóricas sonaban heladas; el signo de admiración era el primer recurso de quienes gritan para hacerse entender. Sólo perdonaba esa puntuación en las cartas de su madre, donde una hilera de cinco indicaba un broma divertidísima. Retrocedió en la línea y tecleó una «x». «Cecilia, no creo que pueda culpar al calor.» Ahora se eliminaba el humor y se colaba un elemento de piedad por sí mismo. Había que reponer el signo de admiración. La intensidad no era, obviamente, su única función.

Retocó el borrador durante otro cuarto de hora, y luego metió hojas nuevas y tecleó una copia a limpio. La misiva crucial rezaba ahora: «Te perdonaría si creyeras que estoy loco, por entrar descalzo en tu casa o romper tu jarrón antiguo. La verdad es que me siento bastante aturdido e idiota en tu presencia, Cee, ¡y no creo que el calor tenga la culpa! ¿Me perdonarás? Robbie.» Luego, al cabo de un rato de ensoñación, recostado en su silla, rato durante el cual pensó en la página por donde la *Anatomía* solía estar abierta aquellos días, se inclinó hacia delante y tecleó, antes de poderse contener: «En mis sueños te beso el coño, tu dulce coño húmedo. En mis pensamientos te hago el amor sin parar todo el día.»

Ya estaba: estropeado. El borrador estaba estropeado. Sacó la hoja en limpio de la máquina, la dejó a un lado y escribió la carta a mano, pensando que el toque personal convenía a la ocasión. Al consultar su reloj recordó que antes de salir tenía que lustrarse los zapatos. Se levantó del escritorio, con cuidado de no golpearse la cabeza con la viga.

Carecía de descontento social; lo cual era improcedente, en opinión de muchos. Una noche, durante una cena en Cambridge, se hizo en la mesa un repentino silencio y alguien que le tenía inquina a Robbie le preguntó en voz alta por sus padres. Robbie sostuvo la mirada del otro y respondió con voz plácida que su padre se había marchado hacía mucho tiempo y que su madre era una mujer de la limpieza que complementaba sus ingresos leyendo el futuro en sus horas libres. Lo dijo con un tono de calmosa tolerancia con la ignorancia de su interrogador. Robbie facilitó más datos sobre sus propias circunstancias y acabó preguntando cortésmente por los padres del otro individuo. Algunos decían que era la inocencia o la ignorancia del mundo lo que protegía a Robbie del daño que éste pudiera causarle, que era uno de esos benditos insensatos que podían atravesar indemnes el salón equivalente a una superficie de carbones al rojo. La verdad, como Cecilia sabía, era más sencilla. Había pasado la infancia moviéndose a sus anchas entre el bungalow y la casa principal. Jack Tallis era su protector y Leon y Cecilia eran sus mejores amigos, al menos hasta la enseñanza secundaria. En la universidad, donde Robbie descubrió que era más inteligente que muchos de sus condiscípulos, su liberación fue total. Ni siquiera necesitaba exhibir su arrogancia.

A Grace Turner le agradaba lavarle la ropa –¿de qué otro modo, aparte de los guisos, podía mostrar su amor de madre cuando su único hijo tenía veintitrés años?–, pero Robbie prefería lustrarse los zapatos. Vistiendo una camiseta blanca y el pantalón del traje, bajó el corto tramo de escaleras en calcetines y con un par de zapatos negros en la mano. Junto a la puerta del cuarto de estar había un espacio estrecho que terminaba en la puerta de cristal esmerilado de la entrada, a través de la cual una luz difusa, de color sangre anaranjada, repujaba con vivos diseños de panal el papel de la pared, beige y aceituna. Se detuvo, con la mano en el pomo, sorprendido por la transformación, y luego entró. El aire de la habitación era húmedo, cálido y levemente salado. Debía de haber acabado una sesión. Su madre estaba sentada en el sofá, con los pies en alto y las zapatillas de felpa colgando de sus dedos.

–Ha venido Molly –dijo, y se irguió para mostrarse sociable–. Y me alegra decirte que las cosas le irán bien.

Robbie cogió en la cocina la caja de limpiar zapatos, se sentó en la butaca más próxima a su madre y desplegó sobre la alfombra una página de un *Daily Sketch* de tres días antes.

–Bravo por tu parte –dijo él–. Te he oído y he subido a darme un baño.

Sabía que tenía que irse enseguida, que debía lustrarse los zapatos, pero en vez de hacerlo se recostó en el respaldo, se estiró cuan largo era y bostezó.

–¡Desherbar! ¿Qué voy a hacer con mi vida?

En su tono había más humor que angustia. Se cruzó de brazos y miró al techo mientras se frotaba el empeine de un pie con el dedo gordo del otro. Su madre miraba al espacio encima de la cabeza de Robbie.

–Anda, desembucha. Te sucede algo. Dime qué te pasa. Y no me digas que nada.

Grace Turner había empezado a limpiar la casa de los Tallis después de que Ernest la hubiese abandonado. Jack Tallis no era un hombre capaz de expulsar a una mujer joven y a su hijo. Encontró en el pueblo un jardinero y un factótum que sustituyese a Ernest y que no necesitara una vivienda en la finca. En aquel tiempo se decidió que Grace conservaría el bungalow durante uno o dos años antes de marcharse o de volver a casarse. Su buen natural y su maña para abrillantar –su dedicación a la superficie de las cosas, era la broma familiar– la hicieron popular, pero fue la adoración que despertó en Cecilia, que tenía seis años, y en su hermano Leon, que tenía ocho, lo que salvó a Grace y selló el destino de Robbie. Durante las vacaciones escolares, a Grace se le permitía llevar consigo a su hijo de seis años. Robbie creció frecuentando el cuarto de juegos y los demás lugares de la casa accesibles a los niños, así como los terrenos. Leon era su camarada para trepar a los árboles, y Cecilia la hermanita que con toda confianza le cogía de la mano y le hacía sentirse inmensamente juicioso. Unos años más tarde, cuando Robbie ganó una beca para el colegio local, Jack Tallis dio el primer paso de un mecenazgo duradero pagándole el uniforme y los libros de texto. Aquello fue el año en que nació Briony. Al difícil parto siguió la larga enfermedad de Emily. Los servicios que prestaba Grace afianzaron su posición: el día de Navidad de aquel año –1922–, Leon, con chistera y pantalones de montar, fue andando hasta el bungalow, a través de la nieve, con un sobre verde de su padre. Una carta de un abogado informaba a Grace de que ahora era propietaria del bungalow, con independencia del trabajo que ejercía para los Tallis. Pero Grace siguió en su puesto, realizando los quehaceres domésticos mientras los niños crecían, con una responsabilidad especial en la tarea de sacar brillo.

Su teoría acerca de Ernest era que lo habían mandado al frente con otro nombre, y que no había vuelto de la guerra. De lo contrario, la falta de curiosidad del padre por su hijo era inhumana. A menudo, en los minutos de que disponía cada día cuando caminaba del bungalow a la casa, reflexionaba sobre los benévolos accidentes de su vida. Ernest siempre le había inspirado un poco de miedo. Quizás no hubiesen sido tan felices juntos como ella lo había sido viviendo sola con el amado genio que tenía por hijo en su hogar minúsculo. Si el señor Tallis hubiera sido otra clase de hombre... Algunas de las mujeres que iban a que ella, por un chelín, les leyera el futuro, habían sido abandonadas por sus maridos, y muchos más habían muerto en el frente. Eran mujeres que vivían en condiciones de estrechez, como fácilmente habrían podido ser las suyas.

–Nada –dijo él, en respuesta a su pregunta–. No me pasa absolutamente nada –añadió, mientras cogía un cepillo y una lata de betún–: Así que Molly tiene un futuro risueño.

–Volverá a casarse dentro de cinco años. Y será muy feliz. Con alguien del norte que cumple todos los requisitos.

–No se merece menos.

Permanecieron sentados en confortable silencio mientras él cepillaba sus zapatos con un paño amarillo de gamuza. El movimiento estiraba los músculos adyacentes a sus hermosos pómulos, y los de los antebrazos se expandían y desplazaban en complejos reajustes por debajo de la piel. Ernest debía de haber tenido algo bueno para darle un hijo así.

–Así que sales.

–Leon llegaba justo cuando yo volvía. Venía con ese amigo, ya sabes, el magnate del chocolate. Me han convencido de que cene con ellos esta noche.

–Oh, y yo he estado toda la tarde abrillantando la plata. Y preparando su cuarto.

Robbie cogió los zapatos y se levantó.

–Cuando me mire la cara en la cuchara te veré sólo a ti.

–Anda. Tus camisas están tendidas en la cocina.

Él salió con la caja de lustrar zapatos y eligió una camisa de lino de color crema de las tres que había en el tendedero. Cruzó el cuarto de estar para subir al suyo, pero su madre quería retenerle un poco más.

–Y los pequeños Quincey. El chico que ha mojado la cama y todo eso. Los pobres corderitos.

Él se demoró en la puerta y se encogió de hombros. Se había asomado para verlos alrededor de la piscina, gritando y riéndose en el calor del mediodía. Le habrían tirado la carretilla a la parte más honda de la piscina si él no hubiera aparecido. Danny Hardman también estaba allí, lanzando a Lola miradas lascivas en lugar de estar trabajando.

–Sobrevivirán –dijo.

Impaciente por marcharse, subió los escalones de tres en tres. Ya en su dormitorio, terminó de vestirse con premura, silbando algo desafinado al tiempo que se inclinaba para darse brillantina y peinarse ante el espejo que había dentro del ropero. No tenía el menor oído para la música, y era incapaz de decir si una nota era más alta o más baja que otra. Ahora que estaba concentrado en la velada, estaba excitado y, por algún motivo extraño, se sentía libre. Las cosas no podían ser peores de lo que eran. Metódicamente, y complacido por su propia eficiencia, como si se preparase para un viaje peligroso o una hazaña militar, ejecutó los consabidos trámites: localizó sus llaves, encontró un billete de diez chelines en el monedero, se cepilló los dientes, se olió el aliento contra una mano ahuecada, cogió la carta del escritorio y la metió doblada en un sobre, rellenó su pitillera y comprobó su mechero. Se inspeccionó una última vez ante el espejo. Expuso las encías y se volvió para ponerse de perfil y contemplar su imagen por encima del hombro. Por último, se tanteó los bolsillos y bajó a la carrera los escalones, otra vez de tres en tres, se despidió de su madre y salió al estrecho camino de ladrillo que conducía entre los arriates hasta una cancela abierta en la valla.

En los años venideros rememoraría con frecuencia la noche en que tomó un atajo por el sendero que rodeaba un extremo de los robledales y enlazaba con el camino principal en el punto donde se curvaba hacia el lago y la casa. Tenía tiempo de sobra, pero le costó trabajo moderar el paso. Muchos placeres inmediatos y otros más alejados se fundían con la exuberancia de aquellos minutos: el crepúsculo declinante y rojizo, el aire cálido, todavía saturado de la fragancia de las hierbas secas y la tierra agostada, sus miembros desentumecidos por la jornada de trabajo en los jardines, la piel tersa del baño, el tacto de la camisa y de su único traje, el que llevaba puesto. La expectativa y el temor que le inspiraba la idea de ver a Cecilia eran también una especie de placer sensual y envolvía este placer, como un abrazo, una euforia general: quizás le doliera aquello, era sumamente inoportuno, nada bueno podía deparar, pero había descubierto por sí mismo lo que era estar enamorado, y le exaltaba. Otros afluentes engrosaban la corriente de su felicidad; le seguía produciendo satisfacción pensar en sus notas: el mejor de todo el curso, le dijeron. Y ahora Jack Tallis le había confirmado la continuidad de su apoyo. De pronto tuvo la certeza de que le aguardaba una nueva aventura, en modo alguno un exilio. Era bueno y acertado estudiar medicina. No habría sabido explicar su optimismo: era feliz y, por tanto, forzosamente tenía que triunfar.

Una palabra resumía todo lo que sentía, y explicaba por qué reviviría aquel momento más tarde: libertad. Tanto en su vida como en su cuerpo. Muchos años atrás, antes incluso de que supiese lo que era un colegio, le presentaron a un examen mediante el que obtuvo plaza en uno. A pesar de que había disfrutado mucho en Cambridge, la elección de la universidad había sido idea del ambicioso director de su colegio. Incluso sus estudios los había elegido en su lugar, en la práctica, un profesor carismático. Ahora, por fin, cuando ya podía ejercer su albedrío, la edad adulta había comenzado. Estaba urdiendo un relato cuyo héroe era él mismo, y cuyo comienzo había causado un pequeño escándalo entre sus amigos. La jardinería no era más que una fantasía bohemia, así como una pobre ambición —tal como había analizado con la ayuda de Freud— de reemplazar o sobrepasar al padre ausente. La docencia —al cabo de quince años, director del departamento de inglés, R. Turner, licenciado en letras por Cambridge— no entraba en sus planes, como tampoco una plaza de profesor universitario. A pesar de sus notas, el estudio de la literatura inglesa le parecía, retrospectivamente, un absorbente juego de salón, y leer libros y poseer una opinión sobre ellos era un complemento deseable de una existencia civilizada. Pero no era el meollo, dijera lo que dijese Leavis en sus clases. No era el sacerdocio necesario, ni la búsqueda primordial de una mente inquisitiva, ni la primera y última defensa contra una horda bárbara, como tampoco lo era el estudio de la pintura o la música, de la historia o de la ciencia. En diversas charlas a las que había asistido en su último año, Robbie había oído a un psicoanalista, a un dirigente de un sindicato comunista y a un físico abogar por sus respectivas disciplinas con tanta vehemencia y tanta convicción como Leavis defendía la suya. Probablemente ocurría lo mismo con la medicina, pero para Robbie la cuestión era más simple y personal: su carácter práctico y sus frustradas aspiraciones científicas hallarían una salida, adquiriría aptitudes mucho más complejas que las que había aprendido en el ejercicio de la crítica, y por encima de todo habría tomado una decisión propia. Buscaría alojamiento en una ciudad extraña, y manos a la obra.

Había salido del robledal y llegado al punto en que el sendero enlazaba con el camino. La luz declinante agrandaba la extensión crepuscular del parque, y el tenue fulgor amarillo en las ventanas del confín más lejano del lago daba a la casa un aspecto casi bello y grandioso. Ella estaba allí, quizás en su dormitorio, preparándose para la cena; lejos del alcance de la vista, en el segundo piso, en la parte de atrás del edificio. Delante de la fuente. Ahuyentó estas imágenes vívidas y diurnas de Cecilia, pues no quería llegar con un aire trastornado. Las suelas duras de sus zapatos resonaban fuertemente en el camino engravado, como un reloj de pared gigantesco, y esto le hizo pensar en el tiempo, en el gran tesoro que encerraba, el lujo de una fortuna aún no gastada. Nunca se había sentido tan lúcidamente joven, ni había experimentado semejante apetito, tanta impaciencia de que la historia empezara. Había hombres en Cambridge que tenían una mente ágil de profesores, que todavía jugaban decentemente al tenis, que todavía remaban, pero que tenían veinte años más que él. Veinte años como mínimo para desarrollar su propia historia a más o menos aquel mismo nivel de bienestar físico; casi tanto tiempo como el que hasta entonces había vivido. Veinte años le situarían en la fecha futurista de 1955. ¿Qué cosas importantes sabría entonces que desconocía ahora? ¿Dispondría tal vez de otros treinta años más allá de ese plazo, años por vivir a un ritmo más reflexivo?

Se imaginó en 1962, con cincuenta años, cuando ya sería viejo, pero no tanto como para ser un inútil, y al médico curtido y sabio que sería para entonces, con su acopio a la espalda de historias secretas, de tragedias y de éxitos. Asimismo habría acumulado miles de libros, porque tendría un gabinete, espacioso y en penumbra, atiborrado de trofeos de toda una vida de viajes y pensamientos: hierbas raras de la selva tropical, flechas envenenadas, inventos eléctricos fallidos, figurillas de esteatita, cráneos reducidos, arte aborigen. En los estantes, referencias y meditaciones médicas, sin duda, pero también los libros que ahora llenaban el cuchitril en el desván del bungalow: la poesía del siglo XVIII que casi le había persuadido de que tenía que ser jardinero paisajista, una tercera edición de Jane Austen, sus Eliot y Lawrence y Wilfred Owen, las obras completas de Conrad, la inestimable edición de 1783 de *The Village* de Crabbe, su Housman, el ejemplar autógrafo de *La danza de la muerte*, de Auden. Pues ahí residía la cosa, sin duda: sería un médico mejor por haber leído literatura. ¡Qué profundas lecturas podría hacer su sensibilidad modificada por el sufrimiento humano, por la locura autodestructiva o por la pura mala suerte que empuja a los hombres hacia la mala salud! El nacimiento, la muerte y, entre ambos, la fragilidad. Ascensión y caída: tal era la materia del médico, como la sustancia de la literatura. Estaba pensando en la novela decimonónica. Gran tolerancia y una visión amplia, un corazón bueno y discreto y un juicio frío; su doctor modélico sería sensible a las pautas monstruosas del destino y a la vana y cómica negación de lo inevitable; tomaría el pulso debilitado, auscultaría el estertor postrero, palparía la mano que comienza a enfriarse y meditaría, a la manera en que sólo la religión y la literatura enseñan, sobre la pequeñez y la nobleza de la humanidad...

En la quietud del atardecer estival, avivó el paso al ritmo de sus cavilaciones exultantes. Delante de él, a unos cien metros de distancia, estaba el puente, y encima, pensó, recortada contra la oscuridad de la carretera, había una forma blanca que a primera vista parecía formar parte de la piedra clara del pretil. Al mirarla fijamente se disolvían sus contornos, pero unos pasos más tarde había cobrado una apariencia vagamente humana. Desde donde estaba no podía decir si la forma se alejaba o si iba hacia su encuentro. Permanecía inmóvil, y presumió que le estaba observando. Durante unos segundos quiso acariciar la idea de que se trataba de un espectro, pero no creía en lo sobrenatural, ni siquiera en el ser absolutamente nada exigente que presidía la iglesia normanda del pueblo. Ahora vio que era una niña y por lo tanto tenía que ser Briony, con el vestido blanco que había visto que llevaba puesto aquel mismo día. Cuando la vio claramente levantó una mano y la llamó, y dijo:

–Soy yo, Robbie.

Pero ella no se movió.

Al acercarse se le ocurrió que quizás fuese preferible que la carta llegase antes que él a la casa. De lo contrario era posible que tuviera que dársela a Cecilia en presencia de terceros, y que lo observara quizás la madre de ella, que se había mostrado algo fría con él desde su regreso de la universidad. O tal vez fuese de todo punto imposible darle la carta a Cecilia porque ella mantendría las distancias. Si se la daba Briony, Cecilia tendría tiempo de leerla y de reflexionar a solas. Aquellos minutos de más tal vez la ablandasen.

–¿Me harías un favor? –dijo, al acercarse a Briony.

Ella asintió y aguardó.

–¿Quieres adelantarte y entregarle esta nota a Cee?

Depositó el sobre en la mano de Briony al tiempo que hablaba, y ella lo tomó sin decir palabra.

–Llegaré allí dentro de unos minutos –dijo él, pero ella ya se había dado media vuelta y corría a lo largo del puente. Él se recostó contra el pretil, sacó un cigarrillo y observó cómo la silueta de Briony se balanceaba y se adentraba en la oscuridad. Era una edad difícil para una chica, pensó, con satisfacción. ¿Tenía doce o trece años? La perdió de vista durante unos segundos y luego la vio cruzando la isla, realzada contra la masa más oscura de los árboles. Luego volvió a perderla, y sólo cuando ella reapareció, al fondo del segundo puente, y estaba dejando el camino para tomar un atajo a través de la hierba, Robbie se incorporó de pronto, presa del terror y de una absoluta certeza. Le brotó de la boca un grito involuntario sin palabras, mientras daba unos pasos precipitados por el camino; echó a correr, se detuvo, sabiendo que la persecución era vana. Ya no veía a Briony mientras bramaba su nombre con las manos como una bocina alrededor de la boca. Tampoco sirvió de nada. Permaneció parado, aguzando la vista para divisarla —como si eso sirviera de ayuda— y aguzando al mismo tiempo la memoria, ansioso de creer que se había equivocado. Pero no se equivocaba. La carta manuscrita la había dejado sobre el ejemplar abierto de la *Anatomía* de Gray, sección de esplacnología, página 1546, la vagina. La hoja que había dejado cerca de la máquina y que había metido en el sobre era la mecanografiada. No hacía falta una sutil clave freudiana, pues la explicación era simple y mecánica: la carta inocua descansaba sobre la figura 1236, con su audaz ilustración y lúbrica corona de vello púbico, mientras que el borrador obsceno estaba en la mesa, al alcance de la mano. De nuevo gritó, a voz en cuello, el nombre de Briony, aunque sabía que ella debía de estar ya en la puerta de la casa. Al cabo de unos segundos, en efecto, el rombo lejano de luz ocre que encerraba su silueta se ensanchó, hizo un alto y a continuación se estrechó hasta esfumarse cuando Briony entró en la casa y la puerta se cerró tras ella.

9

Dos veces, en el curso de media hora, Cecilia salió de su dormitorio, se contempló en el espejo de marco dorado que había en la cima de la escalera e, inmediatamente descontenta, volvió a su ropero para repensarlo. Su primera elección había sido un vestido negro de crepé de China cuyo corte inteligente, según el dictamen del espejo del tocador, le confería una cierta severidad de forma. El tono oscuro de sus ojos resaltaba el aire invulnerable que prestaba el vestido. En lugar de compensar este efecto con un collar de perlas, en un momento de inspiración optó por uno de azabache puro. La primera aplicación del arco de la barra de labios había sido perfecta. Diversas inclinaciones de la cabeza, para captar perspectivas en tríptico, la persuadieron de que su cara no era demasiado larga, al menos no esa noche. La esperaban en la cocina para que sustituyera a su madre, y sabía que Leon la estaba esperando en el salón. No obstante, encontró tiempo, cuando estaba a punto de salir, para volver al tocador y aplicarse perfume en la punta de los codos, un toque travieso, acorde con su estado de ánimo, cuando cerró tras ella la puerta de su dormitorio.

Pero la mirada pública del espejo de la escalera, cuando se precipitó hacia él, reveló a una mujer que se dirige a un entierro, a una joven, además, austera y triste, cuyo caparazón negro presentaba afinidades con alguna clase de insecto prisionero en una caja de cerillas. ¡Un ciervo volador! Era su yo futuro, a los ochenta y cinco años, con su luto de viuda. No se demoró; dio media vuelta y entró de nuevo en su cuarto. Era escéptica, porque sabía las jugarretas que gastaba la mente. Al mismo tiempo, la suya estaba –en todos los sentidos– centrada en el sitio donde iba a pasar la velada, y tenía que encontrarse a gusto consigo misma. Se despojó del vestido de crepé negro, que cayó a sus pies, y en tacones y ropa interior inspeccionó las posibilidades que ofrecían las perchas del ropero, consciente de que transcurría el tiempo. Detestaba la idea de parecer austera. Quería sentirse relajada y, a la vez, reservada. Ante todo, quería dar la impresión de no haber estudiado su apariencia en absoluto, y eso requería tiempo. Abajo, en la cocina, el nudo de impaciencia se estaría tensando, a la par que se agotaban los minutos que había proyectado pasar a solas con su hermano. Su madre no tardaría en hacer acto de presencia para designar los puestos en la mesa, Paul Marshall bajaría de su habitación y habría que hacerle compañía, y Robbie se presentaría en la puerta. ¿Cómo podía pararse a pensar?

Recorrió con una mano los pocos centímetros de historia personal, la breve crónica de sus gustos. Allí estaban los vestidos modernos de su adolescencia, que ahora le parecían ridículos, mustios, asexuados, y aunque uno ostentaba manchas de vino y otro el agujero de una quemadura de su primer cigarrillo, no tenía valor para desprenderse de ellos. Allí estaba el vestido con el primer indicio tímido de relleno en los hombros, y había otros más afirmativos, musculosas hermanas mayores que se deshacían de los años juveniles, redescubrían talles y curvas y alargaban dobladillos con un desdén autosuficiente por las esperanzas de los hombres. Su adquisición más reciente y selecta, comprada para celebrar la conclusión de los exámenes finales, antes de conocer sus deprimentes notas, era el traje de fiesta verde oscuro cortado al bies, que ceñía la figura y descubría la espalda. Demasiado elegante para su primera ocasión social en casa. Introdujo la mano más adentro y sacó un vestido de moaré, con corpiño plisado y cenefa con festones: una elección segura, pues era de un rosa lo bastante apagado para ser usado por la noche. Así lo dictó el triple espejo. Se cambió de zapatos, trocó el azabache por las perlas, retocó su maquillaje, se arregló el pelo, se aplicó un poco de perfume en la base de la garganta, ahora al descubierto, y en menos de quince minutos estaba de nuevo en el pasillo.

Horas antes había visto al viejo Hardman recorriendo la casa con una cesta de mimbre, reemplazando bombillas eléctricas. Tal vez hubiese ahora una luz más cruda en lo alto de la escalera, porque nunca había tenido problemas con aquel espejo. Incluso al acercarse desde una distancia de alrededor de un metro y medio, vio que no le daría luz verde: el rosa era, de hecho, de una pálida inocencia, el talle era demasiado alto, el vestido llameaba como el atuendo festivo de una niña de ocho años. Sólo le faltaban unos botones de conejo. Al acercarse más, una irregularidad en la superficie del cristal antiguo escorzó su imagen y vio delante a la niña que había sido quince años antes. Se detuvo y, a modo de experimento, levantó las manos hacia los lados de la cabeza y se formó en el pelo dos coletas. Aquel espejo debía de haberle visto bajar la escalera docenas de veces, cuando iba a media tarde hacia otra fiesta de cumpleaños de una amiga. Parecer, o creer que parecía, Shirley Temple no habría de mejorar su estado de ánimo.

Volvió a su habitación, con más resignación que ira o pánico. En su mente no había confusión: aquellas impresiones excesivamente intensas y poco fidedignas, las dudas sobre sí misma, la enojosa claridad visual y las inquietantes diferencias que habían revelado poseer las cosas conocidas no eran sino continuaciones, variaciones del modo en que se había visto y se había sentido todo el día. Sentido, pero preferido no pensar en ello. Además, sabía lo que tenía que hacer y lo había sabido en todo momento. Sólo tenía un vestido que le gustaba y era el que debía ponerse. Arrojó el vestido rosa encima del negro y, pisando desdeñosa las prendas en el suelo, cogió el vestido de fiesta, el verde sin espalda que había estrenado después de los exámenes. Mientras se lo ponía aprobó la caricia firme del corte al bies de la seda de la enagua, y se sintió grácilmente inexpugnable, escurridiza y segura; fue una sirena la que se alzó para recibirla en el espejo de cuerpo entero. No se quitó las perlas, volvió a calzarse los zapatos negros de tacón alto, se retocó el pelo y el maquillaje, renunció a otra gota de perfume y en eso, al abrir la puerta, lanzó un grito de terror. A centímetros de ella había una cara y un puño levantado. Su percepción inmediata y tambaleante fue la de una perspectiva radical, picassiana, en la que unas lágrimas, unos ojos hinchados y ojerosos, unos labios mojados y una nariz goteando se añadían a una humedad carmesí de pesadumbre. Se recobró, puso las manos sobre los hombros huesudos y giró con suavidad todo el cuerpo para poder verle la oreja izquierda. Era Jackson, a punto de llamar a su puerta. Retrocediendo, advirtió que llevaba pantalones cortos grises y planchados, y una camisa blanca, pero iba descalzo.

–¡Criatura! ¿Qué te pasa?

Por un momento él no se atrevió a hablar. Con un calcetín en el aire, señalaba hacia el pasillo. Cecilia se asomó y vio a Pierrot a cierta distancia, también descalzo, también con un calcetín en la mano, y observando.

–Así que tenéis un calcetín cada uno.

El chico asintió y tragó saliva, y acto seguido, por fin, pudo decir:

—Miss Betty dice que nos dará una bofetada si no bajamos ahora a tomar el té, pero sólo tenemos un par de calcetines.

—Y os habéis peleado por él.

Jackson movió la cabeza, enfáticamente.

Cuando recorría con los gemelos el pasillo, primero el uno y después el otro le cogieron de una mano, y a ella le sorprendió lo mucho que la recompensaba aquel gesto. No podía evitar pensar en su vestido.

—¿No le habéis pedido a vuestra hermana que os ayude?

—No quiere hablar con nosotros por ahora.

—¿Por qué no?

—Nos *odia.*

El cuarto de los chicos era un desbarajuste de ropa, toallas mojadas, peladuras de naranja, pedazos arrancados de un tebeo y desperdigados alrededor de una hoja de papel, sillas volcadas y cubiertas parcialmente de sábanas, y los colchones colocados de canto. Entre las camas, había una vasta mancha húmeda sobre la alfombra, en cuyo centro yacía una pastilla de jabón y bolas mojadas de papel higiénico. Una de las cortinas colgaba escorada debajo del bastidor, y aunque las ventanas estaban abiertas, el aire era liento, como exhalado muchas veces. Todos los cajones de la cómoda estaban abiertos y vaciados. La impresión era de hastío recluido y punteado de torneos y planes: saltar entre las camas, construir un campamento, inventar a medias un juego de mesa y luego abandonarlo. Nadie cuidaba de los gemelos Quincey en la casa Tallis, y para ocultar su culpa Cecilia dijo alegremente:

—Nunca vais a encontrar nada en este desbarajuste.

Empezó a poner orden, rehízo las camas, se quitó de una patada los tacones para subirse a una silla y enderezar la cortina, y encomendó a los gemelos tareas más sencillas y factibles. La obedecieron al pie de la letra, pero hacían su trabajo callados y encorvados, como si la intención de Cecilia fuera más castigarlos que liberarlos, más una regañina que bondad. Estaban avergonzados de su habitación. Encaramada en la silla con su vestido verde oscuro, que se le adhería al cuerpo, al mirar a las dos cabezas pelirrojas, agachadas e inclinadas sobre sus quehaceres, se le ocurrió el simple pensamiento de cuán desesperado y aterrador era para ellos verse privados de amor, forjarse una existencia a partir de la nada en una casa extraña.

Con dificultad, porque no podía doblar mucho las rodillas, se bajó de la silla, se sentó en el borde de una cama y dio una palmada sobre sendos espacios a derecha e izquierda de donde estaba sentada. Sin embargo, los chicos continuaron de pie, observándola expectantes. Ella empleó los débiles tonos del sonsonete de una maestra de parvulario a quien había admirado.

—No hay que llorar por unos calcetines perdidos, ¿no os parece?

Pierrot dijo:

—En realidad, preferiríamos volver a nuestra casa.

Escarmentada, ella reanudó el tono de la conversación adulta.

—Eso es imposible, de momento. Vuestra madre está en París con..., pasando unas pequeñas vacaciones, y vuestro padre está trabajando en la universidad. Conque tendréis que quedaros aquí algún tiempo. Siento que no os hayan atendido. Pero lo habéis pasado estupendamente en la piscina...

Jackson dijo:

—Queríamos actuar en la obra, pero Briony se ha marchado y todavía no ha vuelto.

—¿Estás seguro?

Una preocupación más. Hacía rato que Briony debería haber vuelto. Lo cual, a su vez, le recordó a la otra gente que aguardaba abajo: su madre, la cocinera, Leon y su amigo Paul, Robbie. Hasta el calor vespertino que entraba en la habitación por las ventanas abiertas, a la espalda de Cecilia,

123

imponía responsabilidades; era una de esas veladas veraniegas con las que una soñaba durante todo el año, y que cuando por fin llegaban con su intensa fragancia, su abanico de placeres, te pillaban tan distraída por exigencias y cuitas menores que no podías reaccionar. Pero tenía que hacerlo. No estaba bien no hacerlo. Sería paradisíaco tomar un gin-tónic con Leon fuera, en la terraza. No era culpa suya que la tía Hermione se hubiera fugado con un impresentable que todas las semanas pronunciaba en la radio sermones informales. Basta. Se levantó y dio una palmada.

–Sí, es una pena lo de la obra, pero no podemos hacer nada. Vamos a buscar unos calcetines y nos ponemos en marcha.

La búsqueda reveló que estaban lavando los calcetines que llevaban puestos a su llegada, y que, en el destructivo furor de la pasión, la tía Hermione sólo había incluido en su equipaje un par de repuesto. Cecilia fue al cuarto de Briony y, revolviendo un cajón, buscó los calcetines menos de chica que hubiera: blancos, largos hasta los tobillos, con cenefas de fresas rojas y verdes. Supuso que ahora habría una pelea por los calcetines grises, pero ocurrió lo contrario, y para evitar más contratiempos tuvo que volver al cuarto de Briony en busca de otro par. Esta vez se detuvo a atisbar el atardecer por la ventana y a preguntarse dónde estaría su hermana. Ahogada en el lago, raptada por gitanos, atropellada por un automóvil que pasaba, pensó ritualmente, pues un sólido principio decretaba que nada era nunca como uno se lo imagina, lo cual era un medio eficaz de excluir lo peor.

Al volver junto a los chicos, peinó el pelo de Jackson con un peine mojado en el agua de un jarrón de flores, sujetándole con firmeza la barbilla entre el pulgar y el índice mientras le trazaba en el cuero cabelludo una raya divisoria, fina y recta. Pierrot aguardó pacientemente su turno y luego, sin decir una palabra, los gemelos corrieron escaleras abajo al encuentro de Betty.

Cecilia les siguió con paso lento, tras echar una ojeada al espejo crítico y plenamente satisfecha con su imagen reflejada. O, mejor dicho, más despreocupada, porque su talante había cambiado desde el rato pasado con los gemelos, y sus pensamientos se habían ensanchado hasta incluir una vaga determinación que cobró forma sin un contenido preciso, y sin que suscitara ningún plan concreto: tenía que irse de allí. Era un pensamiento tranquilizador y placentero, y en absoluto desesperado. Llegó al rellano del primer piso y se detuvo. Abajo, su madre, arrepentida de sus ausencias, estaría sembrando a su alrededor inquietud y confusión. A esa mezcla habría que añadir la noticia de que Briony había desaparecido, si tal era el caso. Encontrarla supondría un gasto de ansiedad y de tiempo. Habría una llamada del ministerio diciendo que el señor Tallis tenía que trabajar hasta tarde y que se quedaría a dormir en la ciudad. Leon, que poseía el puro talento de eludir las responsabilidades, no asumiría la función del padre. Nominalmente pasaría a manos de la señora Tallis, pero en última instancia el éxito de la velada sería incumbencia de Cecilia. Todo esto estaba claro y no valía la pena rebelarse contra ello: Cecilia no se abandonaría a una deliciosa noche de verano, no habría una larga sesión con Leon, no pasearía descalza por el césped bajo las estrellas de la medianoche. Notó bajo la mano el pino barnizado y manchado de negro de las barandillas, vagamente neogóticas, inmutablemente sólidas y ficticias. Encima de su cabeza, tres cadenas sostenían una gran araña de hierro forjado que ella jamás en su vida había visto encendida. Se las arreglaban con un par de apliques adornados con borlas y cubiertos por una pantalla de un cuarto de círculo de pergamino falso. Bajo su resplandor, amarillo y espeso, cruzó en silencio el rellano para asomarse al dormitorio de su madre. La puerta entreabierta y la columna de luz sobre la alfombra del pasillo confirmaban que Emily Tallis se había levantado de su lecho diurno. Cecilia volvió a las escaleras y vaciló otra vez, reacia a bajar. Pero no había otra alternativa.

No había novedades en la vida doméstica, pero no estaba afligida. Dos años atrás, su padre se esfumó, enfrascado en la preparación de misteriosos documentos de consulta para el Ministerio del Interior. Su madre siempre había vivido en el territorio de sombras de una inválida, Briony siempre había necesitado los cuidados maternales de su hermana mayor, y Leon siempre había flotado sin amarras, y ella siempre le había amado por eso. No había pensado que le sería tan fácil readaptarse a la situación antigua. Cambridge la había cambiado de raíz, y se creía inmune. Nadie de su familia, sin embargo, había advertido la transformación operada en ella, y ella no pudo resistirse al poder de las expectativas habituales de los suyos. No culpaba a nadie, pero había vagado por la casa durante todo el verano, alentada por una idea difusa de que estaba restableciendo una importante conexión con su familia. Pero ahora veía que los lazos nunca se habían roto, y que sin embargo sus padres estaban ausentes, cada uno a su manera, y Briony estaba extraviada en sus fantasías, y Leon vivía en la ciudad. Ahora le tocaba a ella marcharse. Necesitaba una aventura. Un tío y una tía la habían invitado a acompañarles en un viaje a Nueva York. La tía Hermione estaba en París. Podía ir a Londres y buscar un trabajo: era lo que su padre esperaba de ella. Sentía excitación, no descontento, y no consentiría que aquella velada la frustrase. Habría otras parecidas, y para disfrutarlas tendría que estar en otro sitio.

Animada por esta nueva certeza —a la que contribuía, sin duda, la elección del vestido apropiado—, cruzó el vestíbulo y la puerta tapizada de fieltro y recorrió el pasillo de baldosas a cuadros que llevaba a la cocina. Penetró en una nube donde caras incorpóreas colgaban a distintas alturas, como estudios en el cuaderno de bocetos de un artista, y todos los ojos estaban mirando algo expuesto encima de la mesa, algo oscurecido por la ancha espalda de Betty. El difuso fulgor rojo, al nivel del tobillo, era el fuego de carbón de la cocina económica, cuya puerta fue cerrada de un puntapié en ese mismo momento, con gran estruendo y un grito irritado. El vapor ascendió rápidamente de una cuba de agua hirviendo que nadie estaba vigilando. La ayudante de la cocinera, Doll, una chica delgada del pueblo, con el pelo recogido en un moño austero, estaba en el fregadero, restregando con estrépito y malhumor las tapas de cacerolas, pero ella también se volvió a medias para ver lo que Betty había puesto encima de la mesa. Una de las caras era la de Emily Tallis, otra la de Danny Hardman, una tercera la del padre de éste. Flotando sobre ellas, de pie quizás sobre unos taburetes, estaban Jackson y Pierrot, con expresión solemne. Cecilia sintió encima la mirada del joven Hardman. Se la devolvió con ferocidad, y se quedó satisfecha de que él apartara la vista. El ajetreo había sido prolongado y duro durante todo el día en el calor de la cocina, y había residuos por todas partes: el suelo de piedra estaba resbaladizo a causa de la grasa de carne asada vertida y de las peladuras pisoteadas; paños empapados, testimonios de heroicos trajines olvidados, colgaban sobre la cocina como los estandartes decadentes de regimientos en la iglesia; contra la espinilla de Cecilia chocaba un cesto rebosante de trozos de verduras que Betty llevaría a su casa para alimentar a su cerdo de Gloucester, al que estaba cebando para diciembre. La cocinera miró por encima del hombro para ver a la recién llegada, y antes de que se volviese hubo tiempo de que se viera la furia en los ojos que la grasa de los carrillos había reducido a lonchas de gelatina.

—¡Sacad eso! —gritó. La irritación, sin duda, iba dirigida a la señora Tallis. Doll, en el fregadero, se plantó de un brinco ante la cocina, patinó, estuvo a punto de caerse y cogió dos trapos para retirar el caldero del fuego. Mejorada la visibilidad, surgió la figura de Polly, la doncella a quien todo el mundo consideraba una simplona, pero que se quedaba hasta tarde siempre que había algún quehacer. Sus ojos confiados y muy abiertos estaban también clavados en la mesa de la cocina. Cecilia avanzó por detrás de Betty para ver lo que veía todo el mundo: una enorme bandeja ennegrecida, recién sacada del horno y que contenía un montón de patatas asadas que aún chisporroteaban débilmente. Habría quizás unas cien en total, en hileras desiguales de un color dorado claro, que la espátula de metal de Betty excavaba, rascaba y volteaba. La cara inferior de las patatas presentaba un brillo amarillento más pegajoso, y, aquí y allá, de un borde reluciente destacaba un tono marrón nacarado, y los dispersos encajes de filigrana que florecían en torno de una piel reventada. Eran, o serían, perfectas.

Dieron vuelta a la última hilera y Betty dijo:

–¿Las quiere, señora, en una ensalada de patatas?

–Exactamente. Cortas las partes quemadas, quitas la grasa, las pones en el bol grande toscano, las rocías bien con aceite de oliva y...

Emily hizo un gesto vago hacia un frutero junto a la puerta de la despensa, donde quizás hubiera o no un limón.

Betty habló hacia el techo:

–¿Querrá una ensalada de coles de Bruselas?

–Por favor, Betty.

–¿Una ensalada de coliflor gratinada? ¿Una ensalada de salsa de rábanos picantes?

–Estás armando un alboroto por nada.

–¿Una ensalada de budín de pan?

Uno de los gemelos resopló.

Ocurrió en el preciso momento en que Cecilia adivinó lo que ocurriría a continuación. Betty se volvió hacia ella, la agarró del brazo y formuló su súplica:

–Señorita Cee, nos habían mandado preparar un asado,

y hemos estado todo el día con temperaturas por encima del punto de ebullición de la *sangre*.

La escena era inédita, y los espectadores, un elemento inhabitual, pero el dilema era sobradamente conocido: cómo restaurar la paz sin humillar a la madre. Además, Cecilia había resuelto de nuevo ir a estar con su hermano en la terraza; era, por ende, importante ponerse de parte de la facción victoriosa y forzar una conclusión rápida. Llevó a su madre aparte, y Betty, que conocía muy bien el trámite, ordenó que todo el mundo reanudara sus tareas. Emily y Cecilia Tallis hablaron junto a la puerta abierta que daba al huerto.

–Querida, hay una ola de calor y no voy a renunciar a una ensalada.

–Emily, sé que hace muchísimo calor, pero Leon se muere de ganas de probar uno de los asados de Betty. No para de hablar de ellos. Le he oído elogiarlos ante el señor Marshall.

–Oh, Dios mío –dijo Emily.

–Estoy de tu parte. No quiero un asado. Lo mejor es que cada cual elija. Dile a Polly que corte unas lechugas. Hay remolacha en la despensa. Que Betty haga más patatas y las deje enfriar.

–Tienes razón, querida. Sabes que detesto hacerle un feo a Leon.

Y así quedó zanjado el problema y el asado a salvo. Con una diligencia llena de tacto, Betty puso a Doll a pelar patatas y Polly salió afuera con un cuchillo.

Cuando ella y Cecilia salían de la cocina, Emily se puso las gafas oscuras y dijo:

–Me alegro de que esté resuelto porque lo que realmente me preocupa es Briony. Sé que está disgustada. Anda decaída por ahí fuera y voy a buscarla.

–Buena idea. Yo también estaba inquieta por ella –dijo

Cecilia. No tenía intención de disuadir a su madre de que deambulara lejos de la terraza.

El salón cuyos paralelogramos de luz habían petrificado a Cecilia por la mañana estaba ahora en penumbras, iluminado tan sólo por una única lámpara cerca de la chimenea. Las puertaventanas abiertas encuadraban un cielo verdoso, y contra él, silueteados a cierta distancia, la cabeza y los hombros familiares de su hermano. Cuando atravesaba la habitación oyó el tintineo de unos cubos de hielo contra el vaso de Leon, y al salir a la terraza percibió el olor a menta, manzanilla y crisantemos aplastados bajo el pie, más embriagador entonces que por la mañana. Nadie recordaba el nombre, o siquiera la apariencia, del jardinero que, algunos años atrás, había concebido el proyecto de sembrar en las grietas entre las losas. En aquel entonces nadie entendió lo que tenía pensado. Quizás por eso le despidieron.

–¡Hermana! Llevo cuarenta minutos aquí y estoy medio beodo.

–Lo siento. ¿Dónde está mi copa?

En una mesa baja de madera, colocada contra el muro de la casa, había una lámpara de queroseno con pantalla de globo y, a su alrededor, un bar rudimentario. Por fin tuvo el gin-tónic en la mano. Encendió un cigarrillo con el de su hermano y entrechocaron los vasos.

–Me gusta tu vestido.

–¿Lo ves?

–Vuélvete. Precioso. Me había olvidado de ese lunar.

–¿Qué tal en el banco?

–Aburrido y de lo más agradable. Vivimos para las tardes y los fines de semana. ¿Cuándo vas a venir?

Cruzando la terraza, bajaron al sendero de grava entre las rosas. La fuente del tritón se alzaba frente a ellos, como una masa oscura cuyos contornos complicados se afilaban contra un cielo que se tornaba más verde a medida que la luz declinaba. Oían el reguero de agua y Cecilia creyó que también lo olía, plateado y acre. Debió de ser la bebida que tenía en la mano. Dijo, al cabo de una pausa:

–Estoy enloqueciendo un poco aquí.

–Has vuelto a ser la madre de todos. ¿Sabes? Hay chicas ahora que consiguen toda clase de empleos. Hasta se examinan para funcionarias. Eso le gustaría al viejo.

–No me admitirían, con mis notas finales.

–Cuando estés embarcada en la vida verás que esas cosas importan un bledo.

Llegaron a la fuente y dieron media vuelta para situarse de frente a la casa, y permanecieron en silencio un rato, recostados contra el bocal, en el lugar del deshonor de Cecilia. Insensato, ridículo y, por encima de todo, vergonzoso. Sólo la hora, un velo mojigato de horas, impidió que su hermano la viera como había estado. Pero no gozó de semejante protección con Robbie. Él la había visto, él siempre la vería, aunque el tiempo difuminase el recuerdo hasta convertirlo en una historia de bar. Seguía estando irritada con su hermano por haberlo invitado, pero lo necesitaba, quería compartir la libertad de Leon. Solícitamente, le instó a que le diera noticias de su vida.

En la de Leon o, mejor dicho, en el relato que él hacía de ella, no había nadie mezquino, nadie conspiraba ni mentía ni traicionaba a nadie. Todo el mundo era ensalzado, como poco, en algún grado, como si fuera causa de admiración que existiera alguien en el mundo. Se acordaba de las mejores ocurrencias de todos sus amigos. Las anécdotas de Leon surtían en el oyente un efecto de indulgencia hacia la humanidad y sus flaquezas. Todo el mundo era, como valoración mínima, «buena gente» o «una persona decente», y nunca se conjeturaba que los móviles pudieran discrepar de la apariencia exterior. Si en un amigo suyo había misterio o contradicción, Leon adoptaba una perspectiva amplia y buscaba una explicación benévola. La literatura y la política, la ciencia y la religión no le aburrían: lisa y llanamente no tenían cabida en su mundo, como tampoco la tenía cuestión alguna sobre la cual la gente mantuviese serias discrepancias. Se había licenciado en Derecho y se complacía en haber olvidado por completo la experiencia. Era difícil imaginarle alguna vez solo, o aburrido, o desanimado: su ecuanimidad no tenía fondo, así como su falta de ambición, y presumía que todos los demás eran muy parecidos a él. A pesar de todo esto, su insipidez era perfectamente tolerable, y hasta relajante.

Habló en primer lugar de su club de remo. Hacía poco que había sido elegido capitán del equipo de remeros, y aunque todos habían sido amables con él, consideró preferible que otro marcase el ritmo. De forma similar, en el banco hubo rumores de un ascenso que quedaron en agua de borrajas, y Leon, en cierto modo, se sintió aliviado. Luego habló de chicas: la actriz Mary, que había estado tan maravillosa en *Vidas privadas*, de repente, sin dar explicaciones, se había trasladado a Glasgow, y nadie sabía por qué. Él sospechaba que estaba cuidando de un familiar moribundo. Francine, que hablaba un magnífico francés y que había escandalizado al mundo poniéndose un monóculo, le había acompañado la semana anterior a una función de Gilbert y Sullivan, y en el entreacto habían visto al Rey, que pareció que miraba en dirección a ellos. La dulce, fiable y tan bien relacionada Barbara, con quien Jack y Emily pensaban que él debía casarse, le había invitado a pasar una semana en el castillo de sus padres en las Highlands. Leon pensaba que declinar la invitación sería una grosería.

Cada vez que parecía a punto de quedarse callado, Cecilia le incitaba con otra pregunta. De un modo inexplicable, le habían rebajado el alquiler en el Albany. Un viejo amigo había dejado embarazada a una chica que ceceaba, se había casado con ella y era felicísimo. Otro iba a comprarse una motocicleta. El padre de un amigote había comprado una fábrica de aspiradoras y decía que era una mina. La madre de alguien era una tía valiente por caminar un kilómetro con una pierna rota. Tan dulce como el aire vespertino, esta conversación envolvía a Cecilia, evocadora de un mundo de buenas intenciones y desenlaces agradables. Hombro con hombro, medio de pie y medio sentados, contemplaban la casa de su infancia, cuyas referencias medievales, confundidas en la arquitectura, les parecían ahora juguetonamente frívolas; la migraña de su madre era un interludio cómico en una opereta, la tristeza de los gemelos una extravagancia sentimental, el incidente de la cocina un mero encontronazo alegre de almas vivaces.

Cuando a Cecilia le tocó el turno de dar cuenta de los meses recientes, le resultó imposible no contagiarse del tono de Leon, aunque no pudo remediar que su relato sonara a burla. Ridiculizó sus propias tentativas de establecer una genealogía; el árbol familiar era invernal y pelado, aparte de que carecía de raíces. El abuelo Harry Tallis era hijo de un jornalero que, por alguna razón, había cambiado su apellido, Cartwright, y cuyo nacimiento y muerte no constaban en ningún registro. En cuanto a *Clarissa* —todas aquellas horas del día ovillada en la cama, con un hormigueo en el brazo—, su lectura resultaba ser el caso inverso de *El paraíso perdido:* la heroína se volvía cada vez más odiosa a medida que se revelaba su virtud obsesionada con la muerte. Leon asintió y frunció los labios; no fingía saber de qué le hablaba Cecilia ni la interrumpió. Ella prestó un tono absurdo a sus semanas de tedio y soledad al contar cómo había ido para estar con su familia y corregir su ausencia, y cómo había encontrado a sus padres y a su hermana abstraídos en distintas cosas. Alentada por la generosa actitud de su hermano, casi al borde de la risa, ella describió en viñetas cómicas la necesidad diaria de cigarrillos, el arrebato de Briony cuando rompió el cartel, los gemelos en la puerta de su cuarto con un calcetín cada uno, y el deseo de su madre de realizar un milagro en el banquete: transformar patatas asadas en ensalada de patatas. Leon no captó aquí la referencia bíblica. La desesperación teñía todo lo que ella contaba, había un vacío en el fondo, o algo excluido o innominado que la impulsaba a hablar más aprisa y a exagerar con menor convicción. La grata vacuidad de la vida de Leon era un artefacto pulido, su desenvoltura era engañosa, y sus limitaciones habían sido alcanzadas por medio de un trabajo invisible y riguroso y por los accidentes del carácter, nada de lo cual Cecilia podía abrigar la esperanza de emular. Enlazó el brazo con el de su hermano y lo apretó. Era otro rasgo de Leon: era una compañía dócil y encantadora, pero su brazo, a través de la chaqueta, tenía la consistencia de una dura madera tropical. Ella se sintió blanda en todos los sentidos, y transparente. Él la miraba con cariño.

—¿Qué pasa, Cee?

—Nada. Nada de nada.

—En serio, tendrías que venir a quedarte conmigo y echar un vistazo.

Una figura deambulaba por la terraza, y las luces del salón se estaban encendiendo. Briony llamó a su hermano y su hermana. Leon le contestó.

—Estamos aquí.

—Deberíamos entrar —dijo Cecilia y, todavía del brazo, empezaron a caminar hacia la casa. Al pasar por los rosales ella se preguntó si en realidad tenía algo que decirle a su hermano. Confesar su conducta de aquella mañana era de todo punto imposible.

—Me encantaría ir a la ciudad.

En el momento de decir estas palabras se imaginó que algo la retenía, que era incapaz de hacer el equipaje o de tomar el tren. Tal vez no tuviera el menor deseo de ir, pero se repitió a sí misma, con un poco más de énfasis:

–Me encantaría ir.

Briony esperaba impaciente en la terraza para saludar a su hermano. Alguien le habló desde dentro del salón y ella respondió por encima del hombro. Cuando Cecilia y Leon se aproximaban, oyeron otra vez la voz: era su madre, procurando ser severa.

–Sólo te lo digo una vez más. Sube ahora mismo a lavarte y cambiarte.

Briony demoró la mirada en sus hermanos y se dirigió hacia las puertaventanas. Tenía algo en la mano.

Leon dijo:

–Podríamos instalarte en un santiamén.

Cuando entraron en el salón, a la luz de varias lámparas, Briony seguía allí, todavía descalza y con el vestido blanco sucio, y su madre estaba junto a la puerta del fondo, sonriendo indulgente. Leon extendió los brazos y puso la cómica voz *cockney* que reservaba para ella.

–¡Pero si es mi hermanita!

Según pasaba corriendo, Briony deslizó en la mano de Cecilia un pedazo de papel doblado en cuatro, y a continuación gritó el nombre de Leon y saltó a sus brazos.

Consciente de que su madre la observaba, Cecilia adoptó una expresión de curiosidad divertida mientras desplegaba la hoja. Hay que decir en su honor que pudo mantener esa expresión durante el tiempo que tardó en examinar el breve texto mecanografiado, que asimiló entero de una sola ojeada: una unidad de significado cuya fuerza y colorido dimanaban de la sola palabra repetida. Junto al codo de Cecilia, Briony le hablaba a Leon de la obra que había escrito para él y se lamentaba de no poder representarla. *Las tribulaciones de Arabella*, repetía. *Las tribulaciones de Arabella*. Nunca se había mostrado tan animada, tan extrañamente excitada. Todavía rodeaba con sus brazos el cuello de Leon, y se había puesto de puntillas para frotarse la mejilla con la suya.

Al principio, una simple frase daba vueltas y vueltas en los pensamientos de Cecilia: *por supuesto, por supuesto.* ¿Cómo no lo había visto? Todo quedaba explicado. El día entero, las semanas precedentes, su infancia. Toda una vida. Ahora lo veía claro. ¿Por qué, si no, tardar tanto en elegir un vestido, o disputarse un jarrón, o verlo todo tan distinto, o ser incapaz de irse? ¿Qué le había hecho ser tan ciega, tan obtusa? Muchos segundos habían transcurrido, y ya no era convincente seguir mirando fijamente la hoja de papel. El acto de doblarlo le hizo comprender algo obvio: no podían haberlo enviado sin cerrar. Se volvió para ver a su hermana.

Leon le estaba diciendo a Briony:

—¿Qué te parece esto? Soy bueno haciendo voces, y tú incluso mejor. Lo leeremos juntos en voz alta.

Cecilia rodeó a Leon, para que Briony la viera.

—¿Briony? Briony, ¿has leído esto?

Pero la niña, entretenida en dar una estridente respuesta a la sugerencia de Leon, se retorció en los brazos de éste, apartando la cara de Cecilia, y se enterró a medias en la chaqueta de su hermano.

Desde el otro extremo del salón, Emily dijo, conciliadora:

—Y ahora, calma.

Cambiando otra vez de posición. Cecilia se colocó al otro lado de Leon.

—¿Dónde está el sobre?

Briony apartó la cara y se rió locamente de algo que Leon le estaba diciendo.

En eso Cecilia percibió, en el borde de su visión, que había otra figura presente y que avanzaba hacia ella, y al volverse vio delante a Paul Marshall. En una mano llevaba una bandeja de plata en la que había cinco vasos de cóctel, todos ellos llenos hasta la mitad de una viscosa sustancia parda. Levantó un vaso y se lo ofreció.

–Insisto en que pruebes esto.

10

La propia complejidad de sus sentimientos confirmó a Briony en su idea de que estaba entrando en un terreno de emociones y disimulos adultos de los que habría de beneficiarse su escritura. ¿En qué cuento de hadas había tantas contradicciones? Una curiosidad frenética e irreflexiva la impulsó a despojar la carta de su sobre, y aunque la conmoción del mensaje justificaba plenamente su conducta, no por ello dejó de sentirse culpable. Estaba mal abrir las cartas ajenas, pero estaba bien, era esencial, que ella lo conociera todo. Estaba encantada de volver a ver a su hermano, pero no por ello dejó de exagerar sus efusiones, con el fin de esquivar la pregunta acusadora de su hermana. Y después se había limitado a fingir que obedecía prontamente la orden de su madre de subir corriendo a su cuarto; además de escapar de Cecilia, necesitaba estar sola para pensar en la nueva imagen de Robbie y perfilar el párrafo inaugural de un relato cargado de vida real. ¡Basta de princesas! La escena junto a la fuente, su cariz de fea amenaza y, al final, cuando los dos se fueron por caminos distintos, la luminosa ausencia que relucía sobre la humedad de la grava: había que reconsiderar todo aquello. La carta había aportado algo elemental, brutal, quizás hasta criminal, algún principio de tinieblas, y a, pesar de la excitación que le inspiraba aquel nuevo horizonte, no dudaba de que Cecilia estaba de algún modo amenazada y necesitaría su ayuda.

La palabra: procuró impedir que resonase en sus pensamientos, pero bailoteaba obscenamente en ellos, como un demonio tipográfico que hacía malabarismos con anagramas insinuantes, vagos: un cono y un moño, la palabra que en latín quiere decir siguiente, un viejo rey inglés que intentaba detener la marea.[1] Cobraban forma vocablos de libros infantiles que rimaban con ella: el cerdito más pequeño de la camada, la jauría que persigue al zorro, las barcas de fondo plano en el río Cam, junto al prado de Grantchester. Naturalmente, nunca había oído pronunciar la palabra, ni la había visto escrita, ni la había encontrado señalada con un asterisco. Nadie en su presencia había aludido nunca a la existencia del término, y lo que es más, nadie, ni siquiera su madre, se había referido nunca a la existencia de aquella parte de ella a la que –Briony estaba segura– se refería la palabra. No dudaba de que aquello era lo que era. El contexto ayudaba pero, más que eso, la palabra y su significado eran todo uno, y era casi onomatopéyica. Los contornos huecos y en parte cercados de sus tres primeras letras eran tan claros como una serie de dibujos anatómicos. Tres figuras acurrucadas debajo de la tilde. Le asqueaba profundamente que la palabra hubiese sido escrita por un hombre, delatando una imagen en su mente, revelando una preocupación solitaria.

Había leído la nota con el mayor descaro en el centro del vestíbulo, y de inmediato había presentido el peligro que entrañaba aquella crudeza. Algo irreductiblemente humano, o algo masculino, amenazaba el orden de su familia, y Briony

---

1. El rey Canuto, sin duda, cuyo nombre inglés es Canute, y con cuyas letras puede formarse un anagrama de *cunt* («coño» en inglés). (*N. del T.*)

sabía que todos sufrirían si no ayudaba a su hermana. Era también evidente que habría que ayudarla con tacto y delicadeza. De lo contrario, como Briony sabía por experiencia, Cecilia la tomaría contra ella.

Estos pensamientos la inquietaron mientras se lavaba las manos y la cara y escogía un vestido limpio. No vio en ninguna parte los calcetines que quería ponerse, pero no perdió el tiempo en buscarlos. Se puso otros, se ató las tiras de los zapatos y se sentó al escritorio. Abajo estaban tomando cócteles y disponía de al menos veinte minutos para ella sola. Se peinaría al salir del cuarto. Un grillo cantaba fuera de la ventana abierta. Tenía ante sí un fajo de pliegos del despacho de su padre, la luz del escritorio arrojaba un reconfortante ruedo amarillo, y sostenía en la mano su pluma estilográfica. El rebaño ordenado de animales de granja alineados a lo largo del alféizar y las muñecas puritanas que ocupaban los diversos cuartos de la casita abierta por un lado, aguardaban la gema de su primera frase. En aquel momento, la urgencia de escribir era más fuerte que cualquier barrunto que tuviera de lo que fuese a escribir. Lo que quería era perderse en el desarrollo de una idea irresistible, ver el hilo negro que manaba de la punta de su rasposo plumín de plata y que se enroscaba formando palabras. Pero ¿cómo hacer justicia a los cambios que por fin la habían convertido en una auténtica escritora, y al caótico enjambre de impresiones, y al asco y la fascinación que la embargaban? Había que poner orden. Empezaría, como ya había decidido antes, por una sencilla crónica de lo que había visto en la fuente. Pero aquel episodio a la luz del día no era tan interesante como el atardecer, los minutos ociosos en el puente, extraviada en ensueños, y luego la aparición de Robbie entre penumbras, que la llamaba y tenía en la mano el pequeño cuadrado blanco que contenía la carta que contenía la palabra. ¿Y qué contenía la palabra?

Escribió: «Había una anciana que se tragó una mosca.» No era, en verdad, demasiado pueril decir que tenía que haber una historia, y aquélla era la historia de un hombre que gustaba a todo el mundo, pero sobre el cual la heroína albergaba sus dudas, y de quien finalmente llegaba a demostrar que era la encarnación del mal. Pero ¿no se suponía que ella –es decir, Briony, la escritora– era ahora tan mundana que estaba por encima de ideas tan infantiles como el bien y el mal? Tenía que haber un lugar majestuoso, divino, donde a todas las personas se las juzgase por igual, y donde no se las viese enfrentadas mutuamente, como en un partido de hockey vitalicio, sino, en toda su gloriosa imperfección, enzarzadas en ruidosa refriega. Si tal lugar existiese, ella no era digna de él. Nunca podría perdonar a Robbie su repulsivo cerebro.

Escindida entre el apremio de escribir una simple crónica de diario sobre sus experiencias del día y la ambición de transformarlas en algo más grande, en algo que fuera refinado, autónomo y oscuro, permaneció muchos minutos sentada y frunciéndoles el ceño a la hoja de papel y a su frase pueril, y no escribió ninguna palabra más. Creía saber describir bastante bien las acciones, y poseía el tranquillo del diálogo. Podía hablar de los bosques en invierno, y del siniestro muro de un castillo. ¿Pero cómo hablar de sentimientos? Estaba muy bien escribir *Se sintió triste*, o describir lo que hacía una persona triste, pero ¿cómo se describía la tristeza misma, cómo se pintaba de tal manera que se sintiese su cercanía enervante? Aún más difícil era la amenaza, o la confusión de sentir cosas contradictorias. Pluma en mano, miró a través de la habitación hacia las muñecas de caras adustas, las compañeras distanciadas de una infancia que consideraba terminada. Crecer producía una sensación de frío. No volvería a sentarse en el regazo de Emily o de Cecilia, o sólo lo haría en broma. Dos veranos antes, el día de su undécimo cumpleaños, sus padres, su hermano y su hermana y una quinta persona de la que no se acordaba, la habían sacado al césped y la habían manteado once veces con una manta, y una última vez para que le diera buena suerte. ¿Podría confiar ahora en la libertad hilarante de un vuelo ascensional, confiar ciegamente en la bondadosa sujeción de muñecas adultas, cuando la quinta persona podría haber sido fácilmente Robbie?

Alzó la vista, sobresaltada, al oír el suave carraspeo de una garganta femenina. Era Lola. Asomaba la cara, como disculpándose, y en cuanto sus miradas se cruzaron llamó suavemente con los nudillos en la puerta.

—¿Puedo entrar?

Entró, de todos modos, con sus movimientos algo restringidos por el vestido de satén azul, muy ceñido, que llevaba. Mientras Lola se acercaba, Briony dejó la pluma y tapó la frase con el canto de un libro. Lola se sentó en el borde de la cama y sopló teatralmente, hinchando las mejillas. Era como si siempre hubieran tenido una charla entre hermanas al final del día.

—He tenido una tarde de lo más horrorosa.

Continuó, después de haber obligado, con una feroz mirada, a su prima Briony a enarcar una ceja:

—Los gemelos me han estado torturando.

Briony pensó que hablaba en sentido figurado, hasta que Lola torció el hombro para enseñarle un largo rasguño en lo alto del brazo.

—¡Qué espanto!

Mostró las muñecas. Alrededor de ellas había una franja roja causada por fricciones.

—¡Quemaduras chinas!

—Exacto.

—Voy a buscarte un antiséptico para el brazo.

—Ya lo he hecho yo.

Era verdad: el penetrante olor femenino del perfume de Lola no encubría un tufo infantil a Germolene. Lo menos que Briony pudo hacer fue dejar el escritorio e ir a sentarse al lado de su prima.

–¡Pobrecilla!

La compasión de Briony humedeció los ojos de Lola, y se le puso la voz ronca.

–Todos piensan que son unos ángeles porque lo parecen, pero son unos *brutos*.

Contuvo un sollozo, pareció que se lo tragaba, con un temblor en la mandíbula, y luego aspiró hondo varias veces por las ventanillas nasales dilatadas. Briony le cogió la mano y creyó entender cómo se podía empezar a amar a Lola. Luego fue a la consola, sacó un pañuelo, lo desdobló y se lo dio a su prima. Cuando Lola se disponía a usarlo, vio el alegre motivo estampado de vaqueras y lazos y emitió un silbido suave, en una nota ascendente, el tipo de sonido que los niños producen para imitar a un fantasma. Abajo sonó el timbre, y un momento después, apenas audible, el rápido toc-toc de tacones altos sobre el suelo de baldosas del vestíbulo. Sería Robbie, y Cecilia salía a recibirle. Preocupada por el temor de que se oyera abajo el llanto de Lola, Briony se levantó y cerró la puerta del dormitorio. La congoja de su prima le producía un estado de inquietud, una agitación rayana en alegría. Volvió a la cama y rodeó con el brazo a Lola, que se llevó las manos a la cara y rompió a llorar. Que una chica tan frágil y dominante pudiera caer tan bajo por culpa de un par de chicos de nueve años causaba admiración a Briony, y le dio una conciencia de su propio poder. Era lo que se escondía detrás de aquel sentimiento casi jubiloso. Quizás no fuese tan débil como siempre pensaba; al final, una tenía que medirse con otras personas: en realidad, en eso consistía todo. De vez en cuando, totalmente sin querer, alguien te enseñaba algo sobre ti misma. Sin encontrar palabras, frotó con suavidad el hombro de su prima y reflexionó que Jackson y Pierrot no podían ser los únicos responsables de tamaña aflicción; recordó que había otra tristeza en la vida de Lola. La casa de su familia en el norte: Briony imaginó calles de fábricas ennegrecidas, y hombres sombríos que se encaminaban al trabajo con bocadillos en tarteras de hojalata. La casa Quincey había sido cerrada y quizás no volviese a abrirse nunca.

Lola empezaba a reponerse. Briony le preguntó en voz baja:

—¿Qué ha pasado?

La chica mayor se sonó la nariz y pensó un momento.

—Iba a darme un baño. Han entrado corriendo y se me han echado encima. Me han tumbado en el suelo... Al recordarlo se detuvo, para contener otro sollozo incipiente.

—¿Pero por qué han hecho eso?

Lola respiró hondo y se serenó. Miró sin ver a través del cuarto.

—Quieren volver a casa. Les he dicho que no pueden. Creen que soy yo quien les retiene aquí.

Los gemelos, irracionalmente, desahogaban su frustración en su hermana, cosa que era comprensible para Briony. Pero lo que ahora trastornaba su espíritu organizado era pensar que no tardarían en llamarlas desde abajo y que su prima tendría para entonces que ser dueña de sí misma.

—No lo entienden —dijo Briony, juiciosamente, mientras iba al lavabo y lo llenaba de agua caliente—. Sólo son unos chiquillos que han recibido un buen golpe.

Presa de tristeza, Lola agachó la cabeza y asintió de tal modo que Briony sintió una ráfaga de ternura por ella. Condujo a su prima hasta el lavabo y le puso una toalla en las manos. Y entonces, por una mezcla de motivos —una necesidad práctica de cambiar de tema, el deseo de comunicar un secreto y demostrar a la chica más mayor que también ella tenía experiencia de la vida, pero sobre todo porque se había encariñado con Lola y quería ganársela—, Briony le contó su encuentro con Robbie en el puente, y lo de la carta, y que la había abierto, y lo que contenía. En vez de decir la palabra en voz alta, lo cual era impensable, se la deletreó desde el final. El efecto que produjo en Lola fue satisfactorio. Levantó del lavabo la cara chorreante y abrió la boca. Briony le dio una toalla. Pasaron unos segundos en los que Lola fingió que no sabía qué decir. Se estaba excediendo un poco, pero no lo hizo mal. Emitió un susurro ronco.

–¿Dice que piensa en eso *continuamente?*

Briony asintió y miró hacia otra parte, como asimilando la tragedia. Podría aprender de su prima a ser un poco más expresiva; ahora le tocó a Lola posar una mano consoladora en el hombro de Briony.

–Qué horrible para ti. Ese hombre es un maníaco.

Un maníaco. La palabra tenía refinamiento, y el peso de un diagnóstico médico. Eso era lo que había sido Robbie a largo de los años transcurridos desde que ella le conocía. Cuando era pequeña él la llevaba a cuestas en la espalda y simulaba ser una fiera. Había estado a solas con Robbie muchas veces en la piscina, donde él, un verano, le enseñó a flotar y a nadar braza. Ahora que su afección tenía nombre sintió un cierto consuelo, aunque el misterio del episodio de la fuente se espesaba. Ya había decidido no contar este suceso, sospechando que la explicación era sencilla y que más valdría no poner al descubierto su ignorancia.

–¿Qué va a hacer tu hermana?

–No tengo ni idea.

Tampoco mencionó que temía su próximo encuentro con Cecilia.

–Te diré que la primera tarde ya me pareció un monstruo, cuando le oí gritar a los gemelos, que estaban al borde de la piscina.

Briony trató de recordar momentos en los que también hubieran podido observarse los síntomas de la manía. Dijo:

—Siempre se esfuerza en ser agradable. Nos ha tenido engañados durante años.

El cambio de tema había surtido efecto, pues el cerco en torno a los ojos de Lola, que había estado inflamado, ahora volvía a estar pecoso y pálido, y volvía a ser de nuevo la de antes. Le cogió la mano a Briony.

—Creo que la policía debería saberlo.

El alguacil del pueblo era un hombre afable, de bigote cerúleo, cuya esposa criaba gallinas y distribuía huevos frescos montada en una bicicleta. Notificarle lo de la carta y la palabra, aun diciéndole las cuatro letras al revés, era inconcebible. Iba a retirar la mano, pero Lola se la apretó más y pareció leer la mente de su prima.

—Basta con enseñarle la carta a la policía.

—Puede que ella no esté conforme.

—Apuesto a que sí. Los maníacos pueden atacar a cualquiera.

Lola pareció de pronto pensativa y a punto de decirle algo nuevo a Briony. Pero en lugar de hacerlo se apartó de ella, cogió el cepillo de Briony y se cepilló el pelo vigorosamente delante del espejo. No bien empezó a hacerlo oyeron que la señora Tallis las llamaba para que bajasen a cenar. Al instante Lola se puso irascible, y Briony conjeturó que aquellos bruscos cambios de humor formaban parte de su disgusto reciente.

—No hay nada que hacer. No he empezado a arreglarme —dijo, otra vez próxima a las lágrimas—. Ni siquiera he empezado a arreglarme la cara.

—Voy a bajar —la sosegó Briony—. Les diré que todavía tardarás un poco.

Pero Lola ya estaba saliendo al pasillo y no pareció oírla.

Después de haberse peinado, Briony permaneció delante del espejo, estudiando su cara y preguntándose qué haría cuando empezase a «arreglarse», momento que sabía que llegaría pronto. Otra exigencia más sobre su tiempo. Por lo menos no tenía pecas que encubrir o suavizar, y eso desde luego ahorraba trabajo. Mucho tiempo atrás, a la edad de diez años, había decidido que la barra de labios le daba un aspecto de payaso. La idea estaba pendiente de revisión. Pero no todavía, cuando había tantas otras cosas en que pensar. De pie junto al escritorio, le puso con aire ausente el capuchón a la estilográfica. Escribir un relato era una empresa vana y banal cuando alrededor giraban fuerzas tan poderosas y caóticas, y cuando todo aquel día una serie de sucesos había absorbido o transformado lo ocurrido anteriormente. Había una anciana que se tragó una mosca. Le asaltó la duda de si habría cometido un craso error al confiar en su prima; a Cecilia no le gustaría ni pizca que la lunática de Lola empezara a hacer alarde de que estaba enterada de la nota de Robbie. ¿Y cómo era posible bajar a sentarse a la mesa con un maníaco? Si la policía le detenía, ella, Briony, quizás tuviese que comparecer en el juicio y decir la palabra en voz alta, en calidad de prueba.

A regañadientes, salió de su cuarto y recorrió el pasillo de paneles lúgubres hasta lo alto de la escalera, donde se detuvo a escuchar. Todavía había voces en el salón: oyó la de su madre y la del señor Marshall y, a continuación, por separado, la de los gemelos hablando entre ellos. No estaba Cecilia, pues, ni estaba el maníaco. Briony notó que se le aceleraban los latidos cuando emprendió el reluctante descenso. Su vida había dejado de ser sencilla. Sólo tres días antes estaba terminando *Las tribulaciones de Arabella* y aguardando la llegada de sus primos. Había deseado que todo fuera distinto, y ahora lo era; y no sólo era un cambio malo, sino que no tardaría en empeorar. Se detuvo de nuevo en el primer rellano para consolidar un plan; se mantendría apartada de su voluble prima, y ni siquiera la miraría a la cara: no podía permitir que la arrastraran a una confabulación, ni quería propiciar un arrebato desastroso. Y no se atrevía a acercarse a Cecilia, a quien debía proteger. A Robbie, obviamente, lo evitaría por pura seguridad. Su madre, con sus nervios, no sería una ayuda. Estando ella presente, sería imposible pensar a derechas. Recurriría, pues, a los gemelos: serían su refugio. Se pondría a su lado y cuidaría de ellos. Aquellas cenas de verano siempre empezaban tardísimo –eran más de las diez– y los chicos estarían cansados. Y, por lo demás, se mostraría sociable con el señor Marshall y le haría preguntas sobre golosinas: quién las ideaba y cómo se fabricaban. Era un plan cobarde, pero no se le ocurrió otro. Con la cena a punto de servirse, no era el momento de llamar al alguacil Vockins para que viniera del pueblo.

Siguió bajando la escalera. Debería haber aconsejado a Lola que se cambiase para ocultar el rasguño en el brazo. Podía echarse a llorar si le hacían preguntas al respecto. Pero probablemente habría sido imposible convencerla de que se quitase un vestido con el que era tan difícil caminar. Llegar a la edad adulta consistía en aceptar de buena gana tales impedimentos. Ella misma los estaba asumiendo. El rasguño no lo tenía ella, pero se sentía responsable de él y de todo lo que estaba a punto de suceder. Cuando su padre estaba en casa, la familia se concentraba alrededor de un punto fijo. Él no organizaba nada, no rondaba por la casa preocupado a causa de los demás, rara vez decía a nadie lo que tenía que hacer; de hecho, solía estar casi siempre en la biblioteca. Pero su presencia imponía orden y permitía libertad. Quedaban liberados de cargas. Cuando él estaba en casa, ya no importaba que la madre se retirase a su habitación; bastaba con que el padre estuviese en el piso de abajo con un libro en las rodillas. Cuando ocupaba su asiento en la mesa del comedor, sosegado, afable, una presencia totalmente cierta, un problema en la cocina no pasaba de ser un incidente humorístico; sin él, era un drama que encogía el corazón. Conocía las cosas dignas de conocerse, y cuando no las conocía intuía a qué autoridad consultar, y llevaba a Briony a la biblioteca para ayudarla a buscarlas. Si no hubiese sido, como él mismo afirmaba, un esclavo del Ministerio y del Plan de Eventualidad, si hubiese estado en casa, mandando a Hardman a buscar los vinos, dirigiendo la conversación, decidiendo sin que lo pareciera cuándo era el momento de «zanjar», ella no estaría cruzando el vestíbulo ahora con un paso tan inseguro.

Fue pensar en él lo que la hizo cruzar más despacio por la puerta de la biblioteca, que, insólitamente, estaba cerrada. Se detuvo a escuchar. Procedente de la cocina, el tintineo del metal contra la porcelana; desde el salón, su madre hablando en voz baja y, más cerca, uno de los gemelos diciendo en voz clara y alta: «Lleva una "u", en realidad», y su hermano contestando: «Me da igual. Métela en el sobre.» Y a continuación, desde el otro lado de la puerta de la biblioteca, un chirrido seguido de un ruido sordo y un murmullo que podría haber sido de un hombre o de una mujer. Al recordarlo posteriormente —y más tarde Briony caviló sobre el asunto—, no tenía ninguna expectativa especial cuando puso la mano en el pomo de latón y lo giró. Pero había visto la carta de Robbie, se había erigido en protectora de su hermana y había sido aleccionada por su prima: lo que vio pudo haber sido moldeado en parte por lo que ya sabía o creyó que sabía.

Al principio, cuando empujó la puerta y entró, no vio nada en absoluto. La única luz procedía de una lámpara de escritorio de cristal verde que iluminaba poco más que la superficie de cuero estampado sobre la que estaba colocada. Cuando dio unos pasos más les vio, formas oscuras en el rincón más lejano. Aunque estaban inmóviles, su percepción inmediata fue la de que había interrumpido un ataque, una pelea mano a mano. La escena fue tan plenamente el cumplimiento de sus peores temores que intuyó que su imaginación sobreexcitada había proyectado las figuras sobre los lo-

149

mos apretados de los libros. Aquella ilusión, o la esperanza de que lo fuese, se disipó en cuanto sus ojos se adaptaron a la penumbra. Nadie se movió. Briony miró por encima del hombro de Robbie a los ojos aterrorizados de su hermana. Él se había vuelto para mirar a la intrusa, pero no soltó a Cecilia. Tenía prensado su cuerpo contra el de ella y le había levantado el vestido hasta justo por encima de la rodilla, y la tenía acorralada allí donde las estanterías convergían formando ángulos rectos. Tenía la mano izquierda detrás del cuello de ella y la agarraba del pelo, y con la derecha sujetaba el antebrazo de Cecilia, alzado en señal de protesta o en defensa propia.

Robbie parecía tan enorme y salvaje, y Cecilia tan frágil, con los hombros desnudos y los brazos delgados, que Briony no supo qué podría hacer en cuanto empezó a caminar hacia ellos. Quería gritar, pero no logró recobrar el aliento, y sentía la lengua lenta y pesada. Robbie se movió de un modo que le tapó por completo la visión de su hermana. Entonces Cecilia se debatió para liberarse, y él la soltó. Briony se detuvo y dijo el nombre de su hermana. Cuando pasó por delante de Briony, Cecilia no dio el menor indicio de gratitud ni de alivio. Su cara era inexpresiva, casi serena, y miró de frente a la puerta que se disponía a franquear. Salió de la biblioteca y Briony se quedó a solas con Robbie. Él tampoco se atrevía a mirarla. Dirigió la mirada hacia el rincón, y se entretuvo en enderezarse la chaqueta y arreglarse la corbata. Ella retrocedió con cautela, pero él no hizo ademán de atacarla, y ni siquiera levantó la vista. Conque ella se dio media vuelta y salió corriendo de la habitación en busca de Cecilia. Pero el vestíbulo estaba vacío, y no había manera de saber por dónde se había ido.

11

A pesar de la adición posterior de menta fresca picada a una mezcla de chocolate derretido, yema de huevo, leche de coco, ron, ginebra, plátano triturado y azúcar glasé, el cóctel no era especialmente refrescante. Disminuyó aún más el apetito ya estragado por el calor de la noche. A casi todos los adultos que entraron en el aire bochornoso del comedor les producía náuseas la perspectiva de un asado de carne, aunque tuviera ensalada, y se habrían conformado con un vaso de agua fría. Pero el agua era sólo para los niños, y los demás tuvieron que reanimarse con un vino de postre a temperatura ambiente. Había tres botellas abiertas en la mesa; en ausencia de Jack Tallis, Betty solía tener un impulso inspirado. No se podía abrir ninguna de las tres ventanas altas, porque sus marcos se habían alabeado hacía mucho tiempo, y un aroma de polvo caliente de la alfombra persa se elevó para recibir a los comensales cuando entraron. Fue un consuelo que hubiese sufrido una avería la camioneta del pescadero que traía el primer plato de cangrejo adobado.

Realzaban el efecto asfixiante los paneles de manera oscura que arrancaban del suelo y revestían el techo, y el único cuadro del comedor, un vasto lienzo que colgaba sobre un manto de chimenea sin iluminar desde su construcción:

un fallo en los planos arquitectónicos no había previsto un tiro o una chimenea. El retrato, al estilo de Gainsborough, mostraba a una familia aristocrática –padres, dos chicas adolescentes y un niño, todos ellos de labios finos, y pálidos como demonios necrófagos– posando delante de un paisaje vagamente toscano. Nadie sabía quiénes eran, pero era probable que Harry Tallis pensara que darían una impresión de solidez a su casa.

Emily, en la cabecera de la mesa, colocaba a los comensales según entraban. Puso a Leon a su derecha y a Paul Marshall a su izquierda. Leon tenía a su derecha a Briony y a los gemelos, mientras que Marshall tenía a Cecilia a su izquierda y a continuación a Robbie y después a Lola. Robbie estaba de pie detrás de su silla, agarrándola para sostenerse, y asombrado de que nadie pareciese darse cuenta de que todavía le palpitaba el corazón. Había eludido el cóctel, pero tampoco tenía apetito. Se volvió ligeramente para no ver de frente a Cecilia, y cuando los demás ocuparon sus puestos advirtió con alivio que estaba sentado en el grupo de los niños.

A una señal de su madre, Leon farfulló una breve bendición interrumpida –«Por los alimentos que vamos a recibir»–, cuyo amén fue el chirrido de las sillas. El silencio que siguió cuando se sentaron y desdoblaron las servilletas lo habría roto con desenvoltura Jack Tallis, introduciendo un tema escasamente interesante mientras Betty rodeaba la mesa con la carne de vaca. Esta vez, los comensales la observaban y escuchaban cuando ella se inclinaba murmurando algo en cada puesto y raspando la bandeja de plata con la cuchara y el tenedor de servir. ¿A qué otra cosa dedicar la atención, cuando lo único que llenaba la habitación era el silencio? Emily Tallis siempre había sido incapaz de parloteo y no le importaba mucho. Leon, totalmente replegado en sí mismo, repantigado en su silla, examinaba la etiqueta de la botella que tenía en la mano. Cecilia estaba enfrascada en los sucesos de diez minutos antes y no habría acertado a construir una sola frase. Robbie, que se sentía familiarizado con la casa, hubiera suscitado algún tema, pero él también estaba aturdido. Ya tenía bastante con simular que no notaba el brazo desnudo de Cecilia a su lado –percibía su calor– ni la mirada hostil de Briony, sentada diagonalmente enfrente de él. Y aun en el caso de que se hubiese considerado correcto que los niños abrieran la conversación, ellos tampoco habrían podido: Briony sólo atinaba a pensar en lo que había presenciado, Lola estaba sumida tanto en el sobresalto de la agresión física como en una variedad de emociones contradictorias, y los gemelos estaban absortos en un plan.

Fue Paul Marshall quien rompió más de tres minutos de asfixiante silencio.

Se recostó en su silla para hablarle a Robbie por detrás de la cabeza de Cecilia.

–Entonces, ¿sigue en pie el partido de tenis de mañana?

Robbie advirtió que Marshall tenía un rasguño de unos cinco centímetros que partía del rabillo del ojo y corría paralelo a su nariz, y que destacaba el modo en que sus facciones estaban situadas muy arriba de su cara, amontonadas debajo de los ojos. Sólo unos pocos centímetros le privaban de ser cruelmente guapo. Tal como era, su apariencia era absurda: tenía vacía la extensión de la barbilla, a costa de una frente sobrepoblada. Por cortesía, Robbie también se había recostado en el asiento para oír lo que Marshall le decía, pero incluso en su estado se estremeció. Era incorrecto, al comienzo de la cena, que Marshall desviase su atención de la anfitriona y entablara una conversación privada.

Robbie dijo, concisamente:

–Supongo que sí –Y luego, para enmendarse, añadió, dirigiéndose a todos los presentes–: ¿Alguna vez ha hecho más calor en Inglaterra?

Al retirarse del campo del calor corporal de Cecilia, y

apartar la mirada de Briony, descubrió que el final de su frase topaba con la mirada asustada de Pierrot, situado en diagonal a su izquierda. El chico, boquiabierto, lidió, como si estuviera en clase, con una pregunta de historia. ¿O era de geografía? ¿O era de ciencias?

Briony se inclinó sobre Jackson para tocar el hombro de Pierrot, sin despegar los ojos un instante de Robbie.

–Déjale en paz, por favor –dijo, con un susurro imperioso, y luego, en voz baja, se dirigió al gemelo–: No tienes que contestar.

Emily alzó la voz, desde la cabecera de la mesa.

–Briony, ha sido un comentario perfectamente normal sobre el tiempo. O te disculpas o te vas ahora mismo a tu cuarto.

Cada vez que la señora Tallis ejercía su autoridad en ausencia del marido, los hijos se sentían obligados a impedir que resultara ineficaz. Briony, que en ningún caso habría dejado a su hermana indefensa, agachó la cabeza y dijo hacia el mantel:

–Lo siento mucho. Lamento haberlo dicho.

Las verduras, servidas en platos con tapadera o en bandejas de cerámica Spode descolorida, pasaron de un lado a otro de la mesa, y era tal el desinterés colectivo, o el deseo cortés de ocultar la inapetencia, que casi todos acabaron con el plato lleno de patatas asadas y ensalada de patatas, coles de Bruselas y remolacha, y hojas de lechuga bañadas en salsa.

–Al jefe no le va a hacer mucha gracia –dijo Leon, poniéndose de pie–. Es un Barsac de 1921, pero ya está abierto.

Llenó la copa de su madre, después la de su hermana y la de Marshall, y cuando estaba al lado de Robbie dijo:

–Y un trago saludable para el buen doctor. Quiero que me cuentes ese nuevo proyecto.

Pero no aguardó respuesta. Mientras volvía a su sitio dijo:

–Me encanta Inglaterra con una ola de calor. Es un país distinto. Todas las reglas cambian.

Emily Tallis empuñó el cuchillo y tenedor y todos la imitaron. Paul Marshall dijo:

–Qué tontería. Dime una sola regla que haya cambiado.

–Muy bien. En el club, el único sitio en que está permitido quitarse la chaqueta es la sala de billar. Pero si la temperatura supera los treinta y dos grados antes de las tres de la tarde, entonces te puedes quitar la chaqueta en el bar de arriba al día siguiente.

–¡Al día siguiente! Un país distinto, en efecto.

–Ya sabes a qué me refiero. La gente está más a gusto. Un par de días de sol y nos volvemos italianos. La semana pasada, en Charlotte Street, estaban comiendo en mesas en la acera.

–Mis padres siempre pensaron –dijo Emily– que el clima caluroso relajaba la moralidad de los jóvenes. Menos capas de ropa, mil sitios más donde verse. Al aire libre, fuera de control. Tu abuela, sobre todo, estaba intranquila en verano. Inventaba mil razones para tenernos a mis hermanas y a mí encerradas en casa.

–Muy bien –dijo Leon–. ¿Tú qué piensas, Cee? ¿Hoy te has portado aún peor que de costumbre?

Todos los ojos estaban fijos en ella, y la broma fraterna no le concedió tregua.

–Cielo santo, te estás ruborizando. La respuesta debe de ser sí.

Intuyendo que debía intervenir en su defensa, Robbie empezó a decir:

–En realidad...

Pero Cecilia tomó la palabra.

–Tengo muchísimo calor, eso es todo. Y la respuesta es sí. Me he comportado muy mal. He convencido a Emily, en contra de su voluntad, de que deberíamos cenar un asado en tu honor, a pesar del clima. Y ahora sólo comes ensalada mientras los demás sufrimos por tu culpa. Así que pásale las verduras, Briony, y a lo mejor se calla.

Robbie creyó detectar un temblor en su voz.

—La buena de Cee. En plena forma —dijo Leon.

Marshall dijo:

—Te ha puesto en tu sitio.

—Supongo que es mejor que me meta con alguien más pequeño. —Leon sonrió a Briony, que estaba a su lado—. ¿Has hecho algo malo hoy por culpa de este terrible calor?

Tomó la mano de Briony, parodiando una súplica, pero ella la retiró.

Era todavía una niña, pensó Robbie, de la que no se podía descartar que confesara o soltara que había leído su nota, lo que a su vez podría inducirle a referir la escena que su llegada había interrumpido. La estaba observando atentamente mientras ella ganaba tiempo, cogiendo la servilleta, limpiándose los labios, pero no sentía un temor particular. Si tenía que ocurrir, que ocurriese. Por horrible que fuese, la cena no duraría eternamente, y encontraría una forma de estar con Cecilia otra vez esa noche, y juntos afrontarían la extraordinaria novedad que había acontecido en sus vidas —el cambio operado en ellas— y que continuaría. Se le encogió el estómago al pensarlo. Hasta entonces, todo era brumosamente insípido, y no temía nada. Dio un largo trago de vino azucarado y templado, y esperó. Briony dijo:

—Siento ser aburrida, pero *yo* no he hecho nada malo hoy.

Robbie la había subestimado. El énfasis sólo podía dirigirse a él y a Cecilia.

Junto al codo de Briony, Jackson dijo:

—Ah, sí, sí lo has hecho. No has querido hacer la función. Queríamos hacerla. —El chico paseó la mirada por la mesa, con el agravio brillando en sus ojos verdes—. Y dijiste que querías que actuásemos.

Su hermano asentía.

–Sí. Querías que actuásemos.

Nadie conocía la magnitud de su desilusión.

–Pues ya veis –dijo Leon–. Ha sido la decisión acalorada de Briony. En un día más fresco estaríamos ahora en la biblioteca viendo la obra de teatro.

Aquellas trivialidades inocuas, preferibles con mucho al silencio, permitieron a Robbie esconderse tras una máscara de atención divertida. Cecilia tenía la mano izquierda plantada encima de la mejilla, presuntamente para excluirle de su visión periférica. Aparentando que escuchaba a Leon, que ahora contaba que había vislumbrado al rey en un teatro del West End, Robbie podía contemplar el brazo y el hombro desnudos de Cecilia, y al hacerlo pensaba que ella notaba el aliento de él sobre la piel, idea que le estremecía. Ella tenía encima del hombro una pequeña marca, festoneada en el hueso, o suspendida entre dos huesos, con una franja de sombra a lo largo del borde. La lengua de Robbie pronto recorrería el óvalo de aquel borde y exploraría aquel hueco. Su excitación rayaba en dolorosa, y la agudizaba la presión de las contradicciones: ella era familiar como una hermana, exótica como una amante; la conocía desde siempre y no sabía nada sobre ella; era fea, era hermosa; era aguerrida –con qué soltura se protegía de su hermano– y veinte minutos antes había llorado; la estúpida carta no le gustó, pero la había conquistado. Lamentaba haberla escrito, pero se regocijaba en su error. Pronto estarían a solas, ya habría más contradicciones: hilaridad y sensualidad, deseo y miedo a la temeridad de ambos, pavor e impaciencia de empezar. En una habitación deshabitada, en alguna parte del segundo piso, o lejos de la casa, debajo de los árboles a la orilla del río. ¿En cuál de los dos sitios? La madre de la señora Tallis no era nada

157

tonta. Al aire libre. Se envolverían en la oscuridad satinada y empezarían de nuevo. Y no era una fantasía, era algo real, era su futuro próximo, a la vez deseable e inevitable. Pero eso era lo que pensaba el desdichado Malvolio, cuyo personaje él había interpretado una vez en el campus de la universidad: «Nada puede interponerse entre mí y la plena perspectiva de mis esperanzas.»

Media hora antes no había ni un rastro de esperanza. Después de que Briony desapareciese con la carta dentro de la casa, él siguió caminando, torturado por el deseo de volver sobre sus pasos. No tenía nada decidido, ni siquiera cuando llegó a la puerta principal, y se demoró varios minutos bajo la lámpara del pórtico y la única polilla fiel que la rondaba, tratando de elegir la menos desastrosa entre dos pobres opciones. Llegó a la siguiente conclusión: entrar entonces y encarar la cólera y la repugnancia de Cecilia, dar una explicación que no sería aceptada y, lo más probable, que le rechazaran: una humillación insoportable; o bien volver a casa sin decir una palabra, dejando la impresión de que la carta había sido intencionada, atormentarse rumiando toda la noche y los días siguientes, sin saber nada de la reacción de Cecilia: más intolerable aún. Y más pusilánime. Volvió a pensarlo, con el mismo resultado. No había salida, tendría que hablar con ella. Puso la mano encima del timbre. Persistía la tentación de huir. Podría escribirle una nota de disculpa desde la seguridad de su estudio. ¡Cobarde! La porcelana fría estaba debajo de la punta de su índice, y antes de sopesar una vez más los argumentos se forzó a pulsar el timbre. Se retiró de la puerta como un hombre que acabase de tragar una píldora suicida: no había nada que hacer salvo esperar. Oyó pasos dentro de la casa, el *staccato* de pasos femeninos cruzando el vestíbulo.

Cuando ella abrió la puerta él vio en su mano la nota doblada. Se miraron de hito en hito durante varios segundos, y ninguno dijo nada. Pese a todas sus vacilaciones, no había preparado nada que decir. Su único pensamiento fue que ella era aún más hermosa que en sus fantaseos sobre su hermosura. El vestido de seda que llevaba parecía idolatrar cada curva y hondonada de su cuerpo ágil, pero la boca pequeña y sensual estaba apretada con expresión de censura, o acaso, incluso, de asco. Las luces de la casa, detrás de ella, le hacían daño en los ojos y le impedían captar su expresión exacta. Por fin, dijo:

—Cee, ha sido una equivocación.

—¿Una equivocación?

A través del vestíbulo le llegaban voces por la puerta abierta del salón. Oyó la de Leon, después la de Marshall. Pudo haber sido miedo a que les interrumpieran lo que a ella la impulsó a dar un paso atrás para abrirle la puerta. La siguió por el vestíbulo hasta la biblioteca, que se encontraba a oscuras, y aguardó junto a la entrada mientras ella buscaba el interruptor de una lámpara de escritorio. Cuando se encendió, él cerró la puerta. Conjeturó que al cabo de unos minutos estaría caminando por el parque, de regreso hacia el bungalow.

—No era la versión que pensaba mandarte.

—No.

—Metí en el sobre la que no era.

—Sí.

No podía evaluar nada con aquellas respuestas lacónicas, y seguía sin ver con claridad la expresión de ella. Cecilia rebasó la zona iluminada y recorrió las estanterías. Él se adentró en la biblioteca, sin seguirla, pero reacio a dejar que se pusiera lejos de su alcance. En lugar de expulsarle en la puerta de entrada, ahora le otorgaba una oportunidad de explicarse antes de partir. Ella dijo:

—Briony la ha leído.

—Oh, Dios. Lo siento.

Había estado a punto de evocar para ella un instante de exuberancia, un pasajero repudio de las convenciones, un recuerdo de su lectura de la edición Orioli de *El amante de Lady Chatterley*, que había comprado bajo cuerda en Soho. Pero aquel nuevo elemento –la niña inocente– privaba de atenuantes a su fallo. Habría sido frívolo proseguir. Sólo acertó a repetir, esta vez en un susurro:

–Lo siento...

Ella se alejaba aún más, hacia el rincón, hacia una sombra más espesa. Aunque pensó que le rehuía, dio otro par de pasos en dirección a ella.

–Ha sido una estupidez. No pretendía que lo leyeras. Que lo leyera nadie.

Ella siguió retrocediendo. Descansaba un codo en los anaqueles y parecía deslizarse sobre ellos, como a punto de desaparecer entre los libros. Robbie oyó un sonido débil y húmedo, como el que uno produce cuando se dispone a hablar y la lengua se despega del velo del paladar. Pero ella no dijo nada. Fue justo entonces cuando a él se le ocurrió que quizás ella no le estaba rehuyendo, sino atrayéndole hacia un espacio de penumbra más tupida. Desde el momento en que había pulsado el timbre no tenía nada que perder. De modo que avanzó lentamente hacia ella mientras ella iba retrocediendo, hasta que, al llegar al rincón, se detuvo y le observó acercarse. Él también se detuvo, a menos de un metro. Estaba ahora lo bastante cerca y había luz suficiente para ver que ella tenía lágrimas en los ojos y se esforzaba en hablar. Por el momento no lo conseguía, y movió la cabeza para indicarle que debía esperar. Se volvió hacia un costado y formó una campana con las manos para taparse la nariz y la boca, y se apretó con los dedos los rabillos de los ojos.

Recuperó el dominio de sí misma y dijo:

–Hace de esto semanas... –Se le estrechó la garganta y tuvo que hacer una pausa. Él tuvo al instante un atisbo de lo que ella quería decir, pero lo rechazó. Ella respiró hondo y continuó, más reflexiva–. Quizás meses. No lo sé. Pero hoy... todo el día ha sido raro. Lo veía todo extraño, como por primera vez. Todo me parecía distinto..., demasiado intenso, demasiado real. Hasta mis manos me parecían diferentes. En otros momentos me parece ver lo que sucede como si hubiera sucedido hace mucho tiempo. Y he estado todo el día furiosa contigo... y conmigo misma. Creí que me alegraría de no volverte a ver o de no hablarte nunca más. Pensé que te irías a la facultad de medicina y que yo me alegraría. Estaba tan enfadada contigo... Supongo que ha sido una manera de no pensar en eso. De lo más oportuna, la verdad...

Lanzó una risita tensa.

–¿En eso? –dijo él.

Hasta entonces, ella había mantenido baja la mirada. Cuando habló de nuevo le miró. Él vio sólo el destello en el blanco de sus ojos.

–Tú lo sabías antes que yo. Ha ocurrido algo, ¿no? Y tú lo sabías antes que yo. Es como acercarse a algo tan grande que no lo ves. Ni siquiera ahora estoy segura de verlo. Pero sé que está ahí.

Ella bajó la mirada y él esperó.

–Sé que está ahí porque me ha hecho comportarme de un modo ridículo. Y tú, por supuesto... Pero lo de esta mañana..., no he hecho nunca nada semejante. Después estaba muy enfadada. Incluso mientras lo hacía. Me decía a mí misma que te había dado un arma contra mí. Luego, esta noche, cuando empezaba a entender..., bueno, ¿cómo he podido ser tan ignorante sobre mí misma? ¿Y tan estúpida? –Dio un respingo, asaltada por una idea desagradable–. Tú sabes de qué estoy hablando. Dime que lo sabes.

Tenía miedo de que no compartieran algo, de que todas sus suposiciones fueran erróneas y de que con sus palabras se hubiese aislado aún más y él la considerara una idiota.

Él se acercó más.

–Sí. Lo sé exactamente. ¿Pero por qué lloras? ¿Hay alguna otra cosa?

Pensó que ella estaba a punto de mencionar un obstáculo insalvable y él se refería, por supuesto, a *algún otro*, pero ella no entendió. No sabía qué contestar y le miró, totalmente desconcertada. ¿Que por qué lloraba? ¿Cómo decírselo cuando tanta emoción, tantas emociones la embargaban? Él, a su vez, pensó que su pregunta era injusta, improcedente, y se esforzó en pensar un modo de remediarla. Se miraron uno a otro confundidos, incapaces de hablar, intuyendo que algo delicadamente establecido podía escapárseles. Que fuesen viejos amigos que habían pasado la infancia juntos constituía ahora una barrera: estaban avergonzados de ser quienes habían sido. Su amistad se había transformado en algo incierto y hasta se había visto constreñida en los últimos años, pero seguía siendo un hábito antiguo, y quebrarlo ahora para llegar a ser desconocidos en una situación de intimidad exigía una claridad de propósito de la que momentáneamente carecían. De momento, las palabras no parecían ofrecer una salida.

Él posó las manos en los hombros de ella, y su piel desnuda estaba fría al tacto. Cuando sus caras se aproximaron él se sentía lo bastante inseguro como para pensar que ella se escabulliría, o le cruzaría, como en una película, la mejilla con la mano abierta. Su boca sabía a barra de labios y a sal. Se separaron durante un segundo, él la rodeó con los brazos y se besaron de nuevo con mayor confianza. Audazmente, se tocaron la punta de la lengua, y fue entonces cuando ella emitió el sonido de desfallecimiento, de suspiro que, comprendió él más tarde, marcó una transformación. Hasta aquel instante, seguía habiendo algo absurdo en el hecho de tener tan cerca una cara conocida. Se sentían observados por la mirada perpleja de los niños que habían sido. Pero el contacto de lenguas, músculo vivo y resbaloso, carne húmeda sobre carne, y el extraño sonido que arrancó de Cecilia lo cambiaron todo. Aquel sonido pareció penetrarle, perforarle de arriba abajo de tal forma que el cuerpo se le abrió y pudo salirse de sí mismo y besarla libremente. Lo que había sido cohibición era ahora impersonal, casi abstracto. El sonido suspirante que ella hizo era ávido y a él también le inspiró avidez. La acorraló contra el rincón, entre los libros. Mientras se besaban ella le tiraba de la ropa, tiraba sin resultado de su camisa, de su cinturón. Sus cabezas giraban y se juntaban, y sus besos se volvieron mordisqueos. Ella le mordió en la mejilla, no del todo juguetonamente. Él se apartó, luego volvió a acercarse y ella le mordió fuerte en el labio inferior. Él le besó la garganta, empujando su cabeza contra las estanterías, y ella le tiró del pelo y le prensó la cara contra sus pechos. Hubo un tanteo inexperto hasta que él localizó un pezón, minúsculo y duro, y lo apresó con la boca. A ella se le puso rígida la columna vertebral, recorrida por un largo estremecimiento. Él pensó por un momento que ella se había desmayado. Tenía los brazos anillados en torno al cuello de él, y cuando ella aumentó la presión él se irguió en toda su estatura, buscando locamente aire para respirar, y la abrazó, aplastando la cabeza contra su pecho. Ella volvió a morderle y le tironeó de la camisa. Al oír el metálico impacto de un botón que cayó al suelo, tuvieron que reprimir la risa y mirar a otro lado. La comicidad les hubiera destruido. Ella le atrapó una tetilla entre los dientes. La sensación era intolerable. Él le ladeó la cabeza hacia arriba y, apretándola contra las costillas, le besó los ojos y le separó los labios con la lengua. La indefensión extrajo de ella otra vez aquel sonido, como un suspiro de desilusión.

Por fin eran desconocidos, su pasado quedaba olvidado. También para sí mismos eran desconocidos que habían olvidado quiénes eran o dónde estaban. La puerta de la biblioteca era gruesa y no les llegaba ninguno de los sonidos ordinarios que hubiesen podido recordárselo, que pudieran haberles contenido. Estaban más allá del presente, fuera del tiempo, sin recuerdos ni futuro. No había nada aparte de aquella sensación devastadora, emocionante y henchida, y del sonido de tela sobre tela y piel sobre tela mientras sus miembros se frotaban en aquel forcejeo incesante y sensual. Él tenía una experiencia limitada y solamente sabía de oídas que no necesitaban tumbarse. En cuanto a ella, aparte de las películas que había visto y las novelas y los poemas líricos que había leído, no tenía la más mínima experiencia. Pese a aquellas limitaciones, no les sorprendió la claridad con que conocían sus propias necesidades. Se estaban besando de nuevo, con los brazos de ella enlazados por detrás de la cabeza de él. Ella le estaba chupando la oreja y luego le mordía el lóbulo. Por acumulación, aquellos mordiscos le excitaron y le enfurecieron, le espolearon. Por debajo del vestido, tanteó en busca de las nalgas y las apretó fuerte, y le giró el cuerpo a medias para asestarle una cachetada de represalia, pero no había espacio suficiente para dársela. Con los ojos clavados en los de él, ella se agachó para quitarse los zapatos. Hubo más manoseos a tientas, botones que desatar y acomodos de los brazos y piernas. Ella no tenía la menor experiencia. Sin hablar, él le guió el pie hasta el estante inferior. Eran torpes, pero tan abnegados ahora que no sentían vergüenza. Cuando él le levantó de nuevo el vestido ceñido de seda, pensó que la expresión de incertidumbre en la cara de ella reflejaba la suya. Pero sólo había un final inevitable, y nada podían hacer para pararlo.

Sostenida contra el rincón por el peso de Robbie, ella volvió a enlazar las manos por detrás de su cuello, y descansó los codos en sus hombros sin dejar de besarle la cara. El trance, en sí mismo, fue fácil. Contuvieron el aliento antes de que la membrana se rasgara, y cuando lo hizo ella se zafó rápidamente, pero no emitió ningún sonido: pareció que se trataba de una cuestión de orgullo. Se aproximaron, se juntaron más hondamente y luego, durante varios segundos seguidos, todo se detuvo. En lugar de un frenesí extático, había inmovilidad. Estaban paralizados no por el hecho asombroso de haber llegado, sino por una sensación sobrecogida de retorno: estaban cara a cara en las penumbras, mirando fijamente a lo poco que podían ver de los ojos del otro, y ahora fue lo impersonal lo que cesaba. No había, por supuesto, nada abstracto en una cara. El hijo de Grace y Ernest Turner, la hija de Emily y Jack Tallis, los amigos de la infancia, los conocidos de la universidad, en un estado de gozo expansivo y sereno, afrontaban el cambio trascendental que habían alcanzado. La cercanía de una cara conocida no era absurda, sino maravillosa. Robbie miraba a la mujer, la chica a quien conocía de siempre, pensando que el cambio completo se había operado en él mismo, y era algo tan fundamental, tan fundamentalmente biológico como el nacimiento. Nada tan singular ni tan importante había acaecido desde el día de su nacimiento. Ella le devolvió la mirada, sorprendida por el hecho de su propia transformación, y abrumada por la belleza de una cara que la costumbre de toda una vida le había enseñado a pasar por alto. Susurró el nombre de él con la parsimonia de un niño que ensaya sonidos distintos. Cuando él respondió pronunciando el nombre de ella, sonó como una palabra nueva: las sílabas eran las mismas, pero el sentido era diferente. Por último, él dijo las dos sencillas palabras que ni el arte malo ni la mala fe pueden abaratar del todo. Ellas las repitió, con exactamente el mismo leve énfasis en la primera palabra, como si ella fuese la primera en decirlas. Él no tenía creencias religiosas, pero era imposible no pensar que había una presencia o un testigo invisibles en la habitación, y que aquellas palabras pronunciadas en voz alta eran como las firmas de un contrato inmaterial.

Habían permanecido inmóviles durante un lapso de quizás medio minuto. Un plazo más largo habría exigido el dominio de algún formidable arte tántrico. Empezaron a hacer el amor contra los anaqueles de la biblioteca, que crujían a tenor de sus movimientos. Es bastante común en esos momentos fantasear con que accedes a un lugar alto y remoto. Él se imaginó paseando por una cumbre de montaña plana y redonda, suspendida entre dos picos más altos. Se hallaba en un talante de pausado reconocimiento, con tiempo para ir hasta una cresta rocosa y echar un vistazo al pedregal casi vertical por cuya pendiente habría de arrojarse enseguida. Era una tentación ahora saltar al espacio abierto, pero era un hombre de mundo y sabía alejarse y aguardar. No era fácil, porque le estaban arrastrando y debía resistir. Mientras no pensara en la cornisa, no se acercaría a ella y no estaría tentado. Se obligó a recordar las cosas más insulsas que conocía: betún de botas, una solicitud impresa, una toalla mojada en el suelo de su dormitorio. Había también una tapadera volcada de un cubo de la basura con un palmo de agua de lluvia dentro, y la mancha incompleta de un cerco de té sobre la portada de sus poemas de Housman. El timbre de la voz de ella interrumpió este precioso inventario. Le estaba llamando, invitando, murmurando al oído. Exactamente. Saltarían juntos. Ella estaba ahora con él, contemplando el abismo, y vieron cómo el pedregal se despeñaba a través de la capa de nubes. Cogidos de la mano, caerían hacia atrás. Ella lo repitió, cuchicheando en su oído, y esta vez él la entendió claramente:

—Ha entrado alguien.

Él abrió los ojos. Era una biblioteca, en el interior de una casa en silencio absoluto. Llevaba puesto su mejor traje. Sí, recordó todo con relativa fluidez. Hizo un esfuerzo para mirar por encima del hombro y sólo vio el escritorio débilmente iluminado, donde estaba antes, como si lo recordase de un sueño. Desde el rincón donde estaban no se veía la puerta. Pero no se oía nada, ni el menor sonido. Ella estaba equivocada, ansiaba que ella se hubiese equivocado, y en realidad así era. Se volvió hacia ella y se disponía a decírselo cuando ella le apretó más fuerte el brazo y él volvió a mirar atrás. Briony entró lentamente en el campo de visión de la pareja, se detuvo junto al escritorio y les vio. Se les quedó mirando estúpidamente, con los brazos caídos a los costados, como un pistolero en un duelo del Oeste. En aquel instante de repliegue él descubrió que hasta entonces nunca había odiado a nadie. Era un sentimiento tan puro como el amor, pero desapasionado y glacialmente racional. No había nada personal en ello, porque habría odiado igual a quienquiera que hubiera entrado. Había bebidas en el salón o en la terraza, y era donde se suponía que Briony debía estar, con su madre, y el hermano al que adoraba, y sus primos pequeños. No había razón alguna para que estuviese en la biblioteca, excepto encontrarle y denegarle lo que le pertenecía. Vio con claridad lo que había ocurrido: había abierto una carta cerrada para leer su nota, que la había asqueado, y a su oscura manera se sintió traicionada. Había ido en busca de su hermana, sin duda con la jubilosa intención de protegerla o de amonestarla, y había oído un ruido desde el otro lado de la puerta de la biblioteca. Impelida por la profundidad de su ignorancia, de imaginaciones tontas y de su rectitud de niña, había entrado a imponer un alto. Y apenas tuvo que hacerlo; de común acuerdo, ellos se habían separado y se habían vuelto, y ahora se adecentaban discretamente la ropa. Todo había acabado.

Hacía mucho que habían retirado de la mesa los platos del asado y Betty había vuelto con el budín de pan. Robbie se preguntó si eran figuraciones suyas o un malévolo designio por parte de Betty el que las porciones de los adultos fuesen el doble que las de los niños. Leon escanciaba la tercera botella de Barsac. Se había quitado la chaqueta, autorizando así a que también se la quitaran los otros dos hombres. En los cristales de la ventana sonó el tenue repiqueteo de diversas criaturas volantes de la noche que se precipitaban contra ellos. La señora Tallis se toqueteó la cara con una servilleta y miró con afecto a los gemelos. Pierrot estaba susurrando algo a la oreja de Jackson.

–Nada de secretos en la mesa, chicos. A todos nos gustaría saberlo, si no os importa.

Jackson, el portavoz, tragó saliva. Su hermano se miraba las rodillas.

–Te pedimos permiso, tía Emily. Por favor, ¿podemos ir al retrete?

–Desde luego. Pero se dice podríamos, no podemos. Y no hace falta ser tan concreto.

Los gemelos se deslizaron de sus sillas. Cuando llegaron a la puerta, Briony dio un grito y apuntó con el dedo.

–¡Mis calcetines! ¡Se han puesto mis calcetines de fresas!

Los chicos se detuvieron, se dieron media vuelta y, avergonzados, primero se miraron los tobillos y luego a la tía Emily. Briony casi se había levantado. Robbie supuso que emociones poderosas hallaban un desahogo en la niña.

–Habéis entrado en mi cuarto y los habéis cogido de mi cajón.

Cecilia habló por primera vez durante la cena. Ella también estaba desahogando sentimientos más profundos.

–¡Cállate, por el amor de Dios! Desde luego eres una diva quisquillosa. Los chicos no tenían calcetines limpios y les he dado los tuyos.

Briony la miró, perpleja. Agredida, traicionada por la misma persona a la que sólo ansiaba proteger. Jackson y Pierrot seguían mirando hacia su tía, que los despidió con un burlón ladeo de cabeza y un ligero asentimiento. Cerraron la puerta tras ellos con un cuidado exagerado, tal vez incluso satírico, y en el momento en que soltaron el picaporte Emily empuñó la cuchara y todos los comensales la imitaron. Dijo, con suavidad:

—Podrías ser un poco menos expresiva con tu hermana.

Cuando Cecilia volvió la cabeza para mirar a su madre, Robbie captó una vaharada de transpiración de las axilas que le recordó el olor a hierba recién cortada. Pronto estarían fuera de la casa. Cerró los ojos brevemente. Una jarra de dos pintas de natillas fue colocada ante él, y se preguntó si tendría fuerzas para levantarla.

—Lo siento, Emily. Pero ha estado insoportable todo el día.

Briony habló con una calma adulta.

—Eso es mucho decir, viniendo de ti.

—¿Qué quieres decir?

Robbie sabía que esta pregunta no era la adecuada. En aquella etapa de su vida, Briony habitaba en un espacio de transición mal definido entre el cuarto de juegos y los ámbitos adultos, y pasaba de uno a otro de un modo imprevisible. En la situación presente era menos peligrosa como niña indignada.

De hecho, la propia Briony no tenía una idea muy clara de lo que quería decir, pero Robbie no podía saberlo cuando medió rápidamente para cambiar de tema. Se volvió hacia Lola, que estaba a su izquierda, y dijo, de una forma que pretendía incluir a toda la mesa:

—Son buenos chicos, tus hermanos.

—¡Ja! —Briony fue feroz, y no le dejó tiempo para hablar a Lola—. Se nota que sabes poco.

Emily posó la cuchara.

—Querida, si esto continúa, tendré que pedirte que te levantes de la mesa.

—Mira lo que le han hecho. ¡Le han arañado la cara y le han hecho una quemadura china!

169

Todos los ojos miraban a Lola. La tez latía más oscura debajo de sus pecas, resaltando la línea del arañazo. Robbie dijo:

—No parece tan grave.

Briony le miró furiosa. Su madre dijo:

—Uñas de chiquillos. Habrá que ponerte una pomada.

Lola se mostró valiente.

—Ya me he puesto una. Ya estoy mucho mejor.

Paul Marshall carraspeó.

—Yo lo he visto..., he tenido que intervenir y separarles. Debo decir que me ha sorprendido, en unos chicos tan pequeños. Se han lanzado sobre ella sin más...

Emily se había levantado de su asiento. Fue donde estaba Lola y le levantó las manos con las suyas.

—¡Miradle los brazos! No sólo son rozaduras. Estás magullada hasta el codo. ¿Cómo demonios te han hecho esto?

—No lo sé, tía Emily.

Una vez más, Marshall se recostó en su silla. Habló por detrás de Cecilia y de la cabeza de Robbie a la chica que le miraba fijamente mientras los ojos se le llenaban de lágrimas.

—No es vergonzoso armar un escándalo, ¿sabes? Has sido muy valiente, pero te han dado una buena tunda.

Lola se esforzaba en no llorar. Emily atrajo a su sobrina hacia su abdomen y le acarició la cabeza. Marshall le dijo a Robbie:

—Tienes razón, son buenos chicos. Pero supongo que lo han pasado mal últimamente.

Robbie quería saber por qué Marshall no había mencionado antes el hecho de que Lola hubiese sido maltratada de aquella manera, pero en la mesa ahora reinaba una conmoción. Leon preguntó a su madre: «¿Quieres que llame a un médico?» Cecilia se estaba levantando de la mesa. Robbie le tocó el brazo y ella se volvió, y por primera vez desde la biblioteca sus miradas se cruzaron. No hubo tiempo para establecer nada más que aquel contacto, pues ella le rodeó a toda prisa para ir junto a su madre, que empezó a dar instrucciones para que le trajeran una compresa fría. Emily murmuraba palabras de consuelo sobre la coronilla de su sobrina. Marshall permaneció en su sitio y se llenó el vaso. Briony también se levantó y, al hacerlo, lanzó otro de sus penetrantes gritos infantiles. Del asiento de Jackson cogió un sobre y lo levantó para que lo vieran.

—¡Una carta!

Estaba a punto de abrirla. Robbie no pudo contenerse y preguntó:

—¿Para quién?

—Dice: «Para todos.»

Lola se liberó de su tía y se limpió la cara con la servilleta. Emily dio una nueva y sorprendente muestra de autoridad.

—No la abras. Haz lo que te digo y dámela.

Briony captó el tono insólito en la voz de su madre y dócilmente rodeó la mesa con el sobre en la mano. Emily se apartó un paso de Lola mientras sacaba un pedazo de papel rayado. Cuando lo leyó, Robbie y Cecilia también pudieron leerlo.

Nos bamos a fugar porque Lola y Betty son malisimas con nosotros y queremos ir a casa. Perdón por cojer algo de fruta Y no a abido función.

Los dos firmaban con sus respectivos nombres propios los trazos serpenteantes.

Hubo un silencio después de que Emily leyese la nota en voz alta. Lola se levantó y dio un par de pasos hacia una ventana; luego cambió de opinión y se encaminó hacia el extremo de la mesa. Miraba de derecha a izquierda, de una forma distraída y murmurando una y otra vez: «Oh, maldición, maldición...»

Marshall se le acercó y le puso una mano en el hombro.

–Todo se arreglará. Vamos a dar una batida y les encontraremos en un santiamén.

–Naturalmente –dijo Leon–. Hace sólo un par de minutos que se han ido.

Pero Lola no les escuchaba y parecía haber tomado una resolución. Mientras se encaminaba aprisa hacia la puerta dijo:

–Mamá me va a matar.

Cuando Leon intentó agarrarla por el hombro, ella se escabulló y franqueó la puerta. La oyeron atravesar corriendo el vestíbulo.

Leon se dirigió a su hermana:

–Cee, tú y yo vamos juntos.

Marshall dijo:

–No hay luna. Está bastante oscuro fuera.

El grupo se desplazaba hacia la puerta y Emily estaba diciendo:

–Alguien tiene que quedarse aquí, y bien podría ser yo.

Cecilia dijo:

–Hay linternas detrás de la puerta del sótano.

Leon le dijo a su madre:

–Creo que deberías llamar al alguacil.

Robbie fue el último en salir del comedor y el último, pensó, en adaptarse a la nueva situación. Su primera reacción, que persistía cuando salió a la frescura relativa del vestíbulo, fue pensar que le habían engañado. No podía creer que los gemelos estuvieran en peligro. Las vacas les asustarían y volverían a casa. La vasta extensión de la noche, más allá de la casa, los árboles oscuros, las sombras acogedoras, la fría hierba recién segada: todo aquello había sido reservado, él había decretado que les pertenecía exclusivamente a él y a

Cecilia. Les estaba esperando, para que se adueñaran de aquel espacio y lo usufructuaran. Al día siguiente, o en cualquier otro momento distinto de ahora, ya no valdría. Pero de repente la casa había vertido su contenido en una noche ahora consagrada a una crisis doméstica casi cómica. Estarían horas fuera, gritando y agitando las linternas, acabarían por encontrar a los gemelos, sucios y cansados, Lola se calmaría, y tras una última copa para celebrar el feliz desenlace, la velada habría acabado. Al cabo de unos días, por no decir unas horas, se habría convertido en un recuerdo divertido que rememorar en reuniones familiares: la noche en que los gemelos se fugaron.

Las batidas estaban comenzando cuando él llegó a la puerta principal. Cecilia había enlazado los brazos con los de su hermano y, al ponerse en marcha, miró hacia atrás y vio a Robbie de pie bajo la luz. Le lanzó una mirada, encogiéndose de hombros, que decía: De momento no hay nada que hacer. Se volvió, antes de que él pudiese ejecutar un gesto de aceptación amorosa, y ella y Leon avanzaron gritando los nombres de los chicos. Marshall se les había adelantado y recorría el camino principal, visible tan sólo por la linterna que llevaba. Lola se había perdido de vista. Briony caminaba alrededor de la casa. Ella, por supuesto, no querría estar acompañada de Robbie, lo cual representaba cierto alivio, pues él ya lo había decidido: si no podía estar con Cecilia, si no podía tenerla para él, también él, como Briony, buscaría por su cuenta. Aquella decisión, como habría de reconocer muchas veces, transformó su vida.

12

Por muy elegante que hubiese sido el antiguo edificio de estilo Adam, por bellamente que en otro tiempo hubiera presidido el parque, los muros no podrían haber sido tan robustos como los de la estructura baronial que lo reemplazó y sus habitaciones nunca habrían poseído la misma cualidad de silencio obstinado que en ocasiones envolvía la casa Tallis. Emily sintió su achaparrada presencia cuando cerró la puerta delantera sobre los miembros de la batida y se volvió para cruzar el vestíbulo. Supuso que Betty y sus ayudantes estarían tomando el postre en la cocina y no sabrían que el comedor se había quedado desierto. No se oía nada. Las paredes, el artesonado, el peso omnipresente de las piezas de mobiliario casi nuevas, los morillos colosales, los mantos de chimenea empotrados, de brillante piedra nueva, remitían a través de los siglos a una época de castillos solitarios en bosques mudos. La intención de su suegro, conjeturó, fue crear un ambiente de solidez y tradición familiar. Un hombre que se había pasado la vida diseñando cerrojos y cerraduras de hierro comprendía el valor de la intimidad. El ruido procedente del exterior de la casa había sido eliminado por completo, y hasta los sonidos domésticos del interior quedaban amortiguados y en ocasiones hasta suprimidos de algún modo.

Emily suspiró y, al no oírse a sí misma del todo, suspiró de nuevo. Estaba junto al teléfono que había sobre una mesa semicircular de hierro forjado al lado de la biblioteca, y descansó la mano en el auricular. Para hablar con el alguacil Vockins tendría que hablar primero con su esposa, una mujer parlanchina a quien le gustaba cotorrear de huevos y temas conexos: el precio del pienso para gallinas, los zorros, la fragilidad de las bolsas de papel modernas. Su marido se negaba a mostrar la deferencia que cabía esperar de un policía. Profería con sinceridad perogrulladas que en su pecho abotonado muy prieto resonaban como una sabiduría arduamente obtenida: nunca llovía, sino que diluviaba, el ocio es la madre de todos los vicios, una manzana podrida corrompe a las demás. Por el pueblo corría el rumor de que había sido sindicalista antes de ingresar en las fuerzas del orden y dejarse crecer el bigote. En los días de la huelga general, se le había visto transportando octavillas en un tren.

Además, ¿qué le pediría al alguacil del pueblo? Para cuando él le hubiese dicho que los chicos siempre serían chicos y hubiera sacado de la cama a media docena de lugareños para organizar una batida, habría transcurrido una hora y los gemelos ya habrían vuelto a casa, disuadidos por la inmensidad del mundo durante la noche. De hecho, no eran los chicos los que ocupaban su pensamiento, sino la madre de ellos, su hermana, o más bien su encarnación en la figura enjuta y fuerte de Lola. Cuando Emily se levantó de la mesa del comedor para consolar a la chica, descubrió sorprendida que le guardaba rencor. Cuanto más lo sentía, más se volcaba sobre Lola para ocultarlo. El arañazo en la mano era innegable, y las contusiones en el brazo, a decir verdad, bastante impresionantes, teniendo en cuenta que se las habían infligido dos niños. Pero un viejo antagonismo compungía a Emily. Era a su hermana Hermione a quien estaba sosegando, era a Hermione, ladrona de escenas, pequeña maestra del histrionismo, a quien apretaba contra sus pechos. Al igual que antaño, cuanto más furiosa estaba, más atenta se volvía. Y cuando la pobre Briony encontró la carta de los gemelos, fue aquel mismo antagonismo lo que impulsó a Emily a volverse contra ella con insólita vehemencia. ¡Qué injusto! Pero la perspectiva de que su hija, o cualquier otra chica más joven que la propia Emily, abriese el sobre y aumentase la tensión simplemente abriéndolo un poco demasiado despacio, y que luego leyese la nota en voz alta a todos los presentes, dando la noticia y convirtiéndose en el centro de atención, resucitaba viejos recuerdos y pensamientos mezquinos.

Hermione había ceceado y había hecho cabriolas y piruetas durante toda la infancia de ambas, exhibiéndose en cada ocasión que se le presentaba sin pararse a pensar —eso creía su hermana mayor, silenciosa y enfurruñada— en la impresión ridícula y desesperada que causaba. Había siempre adultos dispuestos a alentar aquella incesante vanagloria. Y cuando, a las mil maravillas, la Emily de once años había conmocionado a una habitación llena de visitas corriendo hasta una puertaventana y haciéndose en la mano un corte tan profundo que un chorro de sangre había estampado un ramo escarlata en el vestido de muselina blanca de una niña cercana, fue la Hermione de nueve años la que ocupó el centro del escenario mediante un acceso de gritos. Mientras Emily yacía en la oscuridad del suelo, a la sombra de un sofá, y un tío médico le aplicaba un torniquete experto, doce parientes se esforzaban en calmar a su hermana. Y ahora estaba en París retozando con un hombre que trabajaba en la radio mientras Emily se ocupaba de sus hijos. *Plus ça change*, habría podido decir Vockins.

Y Lola, como su madre, tampoco se frenaba. En cuanto Emily leyó la carta, Lola eclipsó la fuga de sus hermanos con su mutis dramático. Mamá me va a matar, en efecto. Pero estaba manteniendo vivo el espíritu de su madre. Cuando los gemelos volvieran, seguro que todavía habría que buscar a Lola. Movida por un férreo principio de vanidad, se quedaría más tiempo en la oscuridad, envolviéndose en algún infortunio inventado, para que el alivio general cuando la hallasen fuera tanto más intenso y toda la atención se concentrase en ella. Aquella tarde, sin moverse de su lecho, Emily había conjeturado que Lola estaba socavando la obra de Briony, sospecha confirmada por el cartel rasgado en diagonal que había en el caballete. Y exactamente como había predicho, Briony se había marchado a alguna parte, malhumorada e inhallable. Cómo se parecía Lola a Hermione en la capacidad de mantenerse libre de culpa mientras los demás se destruían instigados por ella.

Emily permaneció indecisa en el vestíbulo, sin ganas de estar en ninguna habitación particular, aguzando el oído para captar las voces de las batidas en el exterior y —si era franca consigo misma— aliviada por no oír nada. Era un drama inexistente, el de los gemelos desaparecidos; era la vida de Hermione que se imponía sobre la suya. No había motivo para preocuparse por los chicos. Era improbable que se acercaran al río. Sin duda, se cansarían y volverían a casa. La rodeaban espesos muros de silencio que silbaba en sus oídos, con un volumen que crecía y decrecía con arreglo a una pauta propia. Retiró la mano del teléfono, se frotó la frente —no había huella de la migraña brutal, gracias a Dios— y se dirigió al salón. Otra razón para no llamar a Vockins era que Jack no tardaría en telefonear para disculparse. La llamada llegaría a través de la operadora del Ministerio; luego oiría la voz relinchante y nasal del joven ayudante y por último la de su marido sentado ante el escritorio, resonando en el despacho inmenso de techo encofrado. Ella no dudaba de que trabajaba hasta muy tarde, pero sabía que no dormía en el club, y él sabía que ella lo sabía. Pero no había nada que decir. O, mejor dicho, había demasiado. Se parecían mucho en el miedo que ambos le tenían al conflicto, y la regularidad de las llamadas vespertinas, a pesar del poco crédito que ella les concedía, era reconfortante para los dos. Si aquella farsa era una hipocresía convencional, tenía que admitir su utilidad. Había fuentes de satisfacción en su vida –la casa, el parque y, sobre todo, los hijos– y tenía intención de conservarlas no desafiando a Jack. Y ella echaba menos en falta su presencia que su voz en el teléfono. Que él le mintiera continuamente, aunque difícilmente pudiera considerarse amor, suponía una atención sostenida; debía de tenerle afecto para idear embustes tan complicados y a lo largo de tanto tiempo. Sus engaños eran una forma de homenaje a la importancia de su matrimonio.

Niña agraviada, agraviada esposa. Pero no era tan infeliz como debiera. Los agravios de la niña la habían preparado para los de la esposa. Hizo una pausa en el umbral del salón y observó que todavía no habían retirado las copas de cóctel manchadas de chocolate, y que las puertas que daban al jardín seguían abiertas. Ahora el menor soplo de brisa producía un susurro de las juncias que estaban delante de la chimenea. Dos polillas corpulentas circundaban la lámpara que había encima del clavicémbalo. ¿Cuándo volvería a tocarlo alguien? Que las criaturas de la noche fuesen atraídas hacia unas luces donde era más fácil que las devorasen otras criaturas era uno de los misterios que le causaban un módico placer. Prefería no conocer la explicación. Una noche, en una cena formal, un profesor de ciencias, deseoso de charlar, había señalado unos insectos que giraban encima de un candelabro. Él le había dicho que lo que los atraía era la impresión visual de una oscuridad aún más densa al otro lado de la luz. Aunque pudieran devorarlos, tenían que obedecer el instinto que los empujaba a buscar el lugar más oscuro en el otro extremo de la luz; y en este caso se trataba de una ilusión. A ella se le antojó un sofisma, o una explicación forzada. ¿Cómo se atrevía alguien a conocer el mundo a través de los ojos de un insecto? No todas las cosas tenían una causa, y pretender lo contrario era una interferencia en los procesos del mundo que resultaba fútil y que incluso podía ocasionar pesadumbre. Algunas cosas eran simplemente como eran. No quería saber por qué Jack pasaba en Londres tantas noches consecutivas. O más bien no quería que se lo dijeran. Tampoco quería saber nada del trabajo que le retenía hasta tarde en el Ministerio. Meses atrás, no mucho después de Navidad, entró en la biblioteca para despertarle de una siesta y vio un expediente abierto encima del escritorio. Fue una mínima curiosidad conyugal la que la indujo a fisgar, pues la administración civil le inspiraba muy poco interés. En una página vio una lista de rúbricas: controles de cambio, racionamientos, evacuación masiva de grandes ciudades, reclutamiento de mano de obra. La página contigua estaba manuscrita. En una serie de cálculos aritméticos había intercalados fragmentos de texto. La caligrafía de trazos rectos y tinta marrón de su marido le indicaba que multiplicase por cincuenta. Por cada tonelada de explosivos arrojada, calcula cincuenta bajas. Supongamos que se lanzan 100.000 toneladas de explosivos en dos semanas. Resultado: cinco millones de víctimas. Todavía no había despertado a Jack y sus expiraciones suaves y silbantes se mezclaban con el gorjeo invernal que procedía de algún lugar más allá césped. La acuosa luz del sol ondulaba sobre los lomos de los libros y el olor de polvo caliente lo impregnaba todo. Fue hacia las ventanas y miró fuera para intentar localizar al pájaro entre las ramas peladas de roble que se extendían negras contra un cielo discontinuo, gris y azul clarísimo. Sabía bien que tenía que existir aquel tipo de cábalas burocráticas. Y, sin embargo, los administradores tomaban medidas para precaverse de todas las contingencias. Pero aquellas cifras desmesuradas eran ciertamente una forma de engrandecimiento personal, y temerarias hasta un grado irresponsable. A Jack, el protector de la familia, el garante de su tranquilidad, se le encomendaba que adoptase una perspectiva amplia. Pero aquello era una idiotez. Cuando le despertó, él gruñó y se inclinó hacia adelante, con un movimiento súbito, para cerrar los expedientes y luego, todavía sentado, se llevó a la boca la mano de Emily y la besó secamente.

Desistió de cerrar las puertaventanas y se sentó en un extremo del Chesterfield. No estaba exactamente aguardando, presintió. No conocía a nadie que tuviese su don de permanecer inmóvil, sin siquiera un libro en el regazo, de rumiar con suavidad sus pensamientos, como quien explora un jardín nuevo. Había adquirido aquella paciencia gracias a los años esquivando la migraña. Inquietarse, concentrarse, leer, mirar, querer: había que sortearlo todo en provecho de una lenta deriva de asociaciones, mientras los minutos se acumulaban como nieve hacinada y el silencio se espesaba a su alrededor. Ahora, allí sentada, notaba cómo el aire de la noche le cosquilleaba el dobladillo del vestido contra la espinilla. Su infancia era tan tangible como la seda tornasolada: un sabor, un sonido, un olor, todo ello mezclado en una entidad que era sin duda algo más que un estado de ánimo. Había una presencia en la habitación, su ego agraviado y desatendido de cuando tenía diez años y era una niña aún más callada que Briony, y que se asombraba de la maciza vacuidad del tiempo y se maravillaba de que el siglo XIX estuviese a punto de acabar. Qué propio de ella, estar sentada así en una habitación, sin «participar». Aquel espectro había sido invocado no por Lola imitando a Hermione, ni por la desaparición en la noche de los gemelos inescrutables. Era el lento retraimiento, la adquisición de autonomía lo que marcaba el fin inminente de la infancia de Briony. Una vez más, esto obsesionaba a Emily. Briony era su benjamina, y nada entre entonces y la tumba sería tan elementalmente importante o placentero como cuidar de una niña. No era tonta. Sabía que se apiadaba de sí misma al contemplar con aquella dulce exaltación lo que consideraba su propia ruina: Briony iría seguramente a Girton, la facultad de Cecilia, y en Emily se agravaría la rigidez de los miembros, y su persona se volvería más insignificante cada día; la edad y el cansancio le devolverían a Jack, y no se dirían nada ni sería menester decirlo. Y allí estaba el espectro de su infancia, difuminado por todo el salón, para recordarle el arco limitado de la existencia. Qué pronto terminaba el plazo. Ni compacto ni vacío, sino precipitado. Implacable.

Aquellas reflexiones ordinarias no la abatían especialmente. Flotaba sobre ellas, las contemplaba con neutralidad, las ensamblaba distraídamente con otras preocupaciones. Tenía proyectado plantar un macizo de ceanoto a lo largo del acceso a la piscina. Robbie quería convencerla de que erigiese una pérgola de la que colgase una glicinia de crecimiento lento, cuya flor y fragancia a él le gustaban. Pero ella y Jack llevarían tiempo muertos para cuando se alcanzase el pleno efecto. El plazo habría terminado. Pensó en la mirada algo maníaca y vidriosa de Robbie durante la cena. ¿Fumaría los pitillos sobre los cuales ella había leído en una revista, aquellos cigarrillos que incitaban a jóvenes de tendencias bohemias a traspasar las fronteras de la demencia? El muchacho le caía bien, y se alegraba por Grace Turner de que le hubiese salido inteligente. Pero, en realidad, Robbie era una afición de Jack, una prueba viviente de un principio de igualdad que él había perseguido a lo largo de los años. Cuando Jack hablaba de Robbie, lo cual no hacía a menudo, era con un tono de reivindicación teñida de superioridad moral. Se había establecido algo que Emily interpretaba como una crítica a ella misma. Se había opuesto a que Jack sufragara la educación del joven, porque le parecía una intromisión de su marido, así como una injusticia contra Leon y las chicas. No creía que la desmintiera el simple hecho de que Robbie hubiese regresado de Cambridge con la nota máxima. De hecho, había puesto las cosas más difíciles para las notas mediocres de Cecilia, aunque era ridículo por parte de ésta aparentar que se sentía decepcionada. La ascensión de Robbie. «Nada bueno saldrá de eso», era la frase que empleaba a menudo, a lo que Jack, pedantemente, respondía que ya había reportado cantidad de cosas buenas.

A pesar de lo cual, Briony había estado de lo más impertinente al hablarle a Robbie de aquel modo en la cena. Que albergase rencores, Emily lo comprendía. Era de esperar. Pero expresarlos era indecoroso. Pensando en la cena..., con qué mano izquierda Marshall había pacificado a todo el mundo. ¿Era un buen partido? Era una lástima su aspecto físico, con la mitad de la cara como un dormitorio sobrecargado de muebles. Quizás con el tiempo aquella barbilla como un taco de queso llegara a parecer recia. De queso o de chocolate. Si de verdad conseguía abastecer de chocolatinas Amo a todo el ejército británico, podría hacerse inmensamente rico. Pero Cecilia, que había aprendido en Cambridge formas modernas de esnobismo, consideraba que un hombre con una licenciatura en química era un ser humano incompleto. Dicho así por ella misma. Había holgazaneado durante unos tres años en Girton leyendo libros que habría podido leer en casa: Jane Austen, Dickens, Conrad, cuyas obras completas estaban en la biblioteca del primer piso. ¿Cómo había podido aquella actividad, leer las novelas que otros consideraban un ocio, inducirla a creerse superior a los demás? Hasta un químico servía para algo. Y aquél había descubierto un método de fabricar chocolate con azúcar, productos químicos, colorante marrón y aceite vegetal. Y sin manteca de cacao. Producir una tonelada de esta mezcla, había explicado mientras tomaban su asombroso cóctel, no costaba casi nada. Podía vender más barato que sus competidores y aumentar su margen de beneficios. Dicho vulgarmente, cuánto bienestar, cuántos años sin problemas podrían emanar de aquellas cubas baratas.

Más de treinta minutos inadvertidos transcurrieron mientras estos retales –recuerdos, juicios, determinaciones vagas, preguntas– se desplegaban en silencio ante ella, sin que apenas cambiara de postura y sin que oyera dar los cuartos de hora al reloj de pared. Se daba cuenta de que la brisa arreciaba, de que se había cerrado una puertaventana, y de que había amainado de nuevo. Más tarde la molestaron Betty y sus ayudantes cuando entraron a recoger el comedor, luego aquellos sonidos también enmudecieron y Emily se extravió otra vez por los caminos de sus ensueños, que se bifurcaban al capricho de la asociación, y que evitaban, con la pericia nacida de mil jaquecas, todo lo que fuera súbito o áspero. Cuando por fin sonó el teléfono se levantó en el acto, sin el menor respingo de sorpresa, y salió al vestíbulo, descolgó el auricular y dijo, como siempre hacía, con una nota ascendente de interrogación:

–¿Tallis?

Pasó por la centralita, por el ayudante nasal; luego hubo una pausa y la crepitación de la llamada de larga distancia, y por fin el tono neutro de Jack.

–Queridísima. Más tarde que de costumbre. Lo siento muchísimo.

Eran las once y media. Pero a ella le dio igual, porque él volvería para el fin de semana, y un día volvería para siempre y no se pronunciaría una sola palabra desatenta. Ella dijo:

–No tiene ninguna importancia.

–Han sido las revisiones de la declaración sobre defensa. Tiene que haber una segunda edición. Y entre una cosa y otra...

—El rearme —dijo ella, conciliadora.

—Me temo que sí.

—Todo el mundo está en contra, ¿sabes?

Él se rió.

—No en esta oficina.

—Y yo también.

—Bueno, querida. Espero convencerte algún día.

—Y yo a ti.

La conversación contenía un rastro de afecto, y su familiaridad reconfortaba. Como de costumbre, él le pidió la crónica del día. Ella le habló de la ola de calor, del fracaso de la obra de Briony y de la llegada de Leon con su amigo, de quien dijo:

—Está en nuestro campo. Pero quiere que haya más soldados para venderle al gobierno sus chocolatinas.

—Ya. Rejas de arado transformadas en papel de estaño.

Ella le refirió la cena, y la mirada alunada de Robbie en la mesa.

—¿De verdad es necesario que le paguemos la facultad de medicina?

—Sí. Es una iniciativa audaz. Típica de él. Sé que va a intentarlo.

A continuación ella le contó cómo la cena había terminado con la misiva de los gemelos, y las batidas que se estaban realizando por la finca.

—Qué pillines. ¿Y dónde estaban, a todo esto?

—No lo sé. Todavía estoy esperando a que vuelvan.

Hubo un silencio en la línea, sólo interrumpido por un lejano chasquido metálico. Cuando el alto funcionario habló por fin, ya había tomado sus decisiones. El que empleara, cosa infrecuente, el nombre de pila de su mujer reflejó su seriedad.

—Voy a colgar ahora, Emily, porque voy a llamar a la policía.

—¿Crees que es necesario? Para cuando llegue...

—Si tienes alguna noticia llámame inmediatamente.

—Espera...

Se había vuelto al oír un sonido. Leon franqueaba la puerta principal. Tras él llegaba Cecilia, con una expresión de mudo desconcierto. Luego entró Briony, con un brazo alrededor del hombro de su prima. La cara de Lola, como una máscara de arcilla, estaba tan blanca y rígida que Emily, al no ver expresión alguna en ella, supo al instante lo peor. ¿Dónde estaban los gemelos?

Leon cruzó el vestíbulo hacia ella, pidiendo el teléfono con la mano extendida. Tenía una raya de tierra desde la vuelta del pantalón hasta las rodillas. Barro, y con aquel tiempo tan seco. Respiraba con dificultad por el esfuerzo, y un mechón lacio y grasiento le cayó sobre la cara cuando le arrebató el auricular a su madre y le dio la espalda.

—¿Eres tú, papá? Sí. Oye, creo que es mejor que vengas. No, no lo hemos hecho, y hay algo peor. No, no, no puedo decírtelo ahora. Esta noche, si puedes. De todos modos, tendremos que llamarla. Mejor que llames tú.

Emily se llevó la mano al corazón y retrocedió unos pasos hacia donde estaban Cecilia y las niñas. Leon había bajado la voz y cuchicheaba rápidamente en el auricular que tapaba con la mano. Emily no oía una palabra, ni quería hacerlo. Habría preferido retirarse a su cuarto del piso de arriba, pero Leon terminó de hablar, con una vibración acústica de la baquelita, y se volvió hacia ella. Tenía los ojos apretados y duros, y ella no supo si era cólera lo que vio en ellos. Él intentaba respirar más hondo, y estiraba los labios de una parte a otra de los dientes, en una extraña mueca. Dijo:

—Vamos al salón, donde podremos sentarnos.

Ella comprendió perfectamente sus palabras. No se lo diría ahora, para que no se derrumbara sobre las baldosas y se fracturase el cráneo. Le miró fijamente, pero no se movió.

—Vamos, Emily —dijo él.

La mano del hijo sobre su hombro estaba caliente y pesada, y percibió su humedad a través de la seda. Desvalida, se dejó conducir hacia el salón, con todo el terror condensado en el simple hecho de que él quería que estuviese sentada antes de comunicarle la noticia.

13

Al cabo de media hora, Briony cometería su crimen. Consciente de que estaba compartiendo con un maníaco la extensión de la noche, al principio se mantuvo pegada a los muros ensombrecidos de la casa, y se agachaba por debajo del alféizar cada vez que pasaba por una ventana iluminada. Sabía que él se encaminaría hacia el camino principal porque era el que Cecilia había seguido con Leon. En cuanto creyó que les separaba una distancia segura, Briony, osadamente, recorrió desde la casa un amplio arco que la condujo hacia el establo y la piscina. Era sensato, desde luego, ver si los gemelos estaban allí, jugueteando con las mangueras o flotando de bruces, muertos, indistinguibles hasta el final. Pensó en cómo describiría el modo en que se mecían en la suave ondulación iluminada del agua, y cómo sus cabellos se esparcían como zarcillos y sus cuerpos vestidos chocaban suavemente entre sí y se separaban. El aire seco de la noche se le infiltraba entre la tela del vestido y la piel, y se sentía liviana y ágil en la oscuridad. No existía nada que no pudiese describir: las pisadas suaves del maníaco avanzando por el camino, sin salirse del lindero para amortiguar el rumor de su llegada. Pero su hermana estaba con Leon, y eso a Briony le quitaba un peso de encima. Sabía describir también aquel aire delicioso, las hierbas que despedían su dulce olor a ganado, la tierra calcinada que todavía conservaba las ascuas del calor del día y exhalaba el olor mineral de la arcilla, y la tenue brisa que transportaba desde el lago un sabor a verde y plata.

Empezó a trotar por la hierba y pensó que podría seguir así toda la noche, cortando el aire sedoso, impulsada por la espiral acerada de la tierra dura bajo sus pies y por la forma en que la oscuridad doblaba la impresión de velocidad. Tenía sueños en los que corría así y luego brincaba hacia adelante, extendía los brazos y, cediendo a la fe —la única parte difícil, pero facilísima en el sueño—, abandonaba el suelo simplemente despegando de él, y volaba raso sobre los setos y cancelas y tejados, para luego ascender y quedarse exultantemente suspendida debajo de la capa de nubes, encima de los campos, antes de iniciar el descenso. Ahora intuía que aquello era factible gracias a la sola fuerza del deseo; el mundo sobre el cual corría la amaba y le daría lo que ella deseaba, y lo haría posible. Y, cuando lo hiciera, ella lo describiría. ¿No era escribir una especie de vuelo, una forma asequible de vuelo, de imaginación, de antojo?

Pero había un maníaco rondando en la noche con un corazón oscuro e insatisfecho —ella ya le había frustrado una vez— y debía mantener los pies en la tierra para describirle también a él. Primero tenía que proteger de él a su hermana, y después encontrar medios de evocarle sin riesgo por escrito. Briony redujo el paso hasta un ritmo de paseo y pensó que él debía de odiarla por haberle interrumpido en la biblioteca. Y aunque la horrorizaba, era otra novedad, una aurora, otra primera vez: que la odiase un adulto. Los niños odiaban generosa, caprichosamente. Apenas importaba. Pero ser objeto de un odio adulto era una iniciación en un mundo nuevo y solemne. Era una promoción. Él quizás hubiese desandado el camino y la estaba esperando detrás del establo con propósitos homicidas. Pero ella procuraba no tener miedo. Le había sostenido la mirada en la biblioteca mientras su hermana pasaba de largo junto a ella, sin dar una muestra visible de gratitud por haberla liberado. Briony sabía que no se trataba de gratitud, que no era cuestión de recompensas. En materia de amor desinteresado, no era necesario decir nada, y protegería a su hermana incluso si ésta no reconocía la deuda. Y ahora Briony no podía temer a Robbie; mucho mejor era que él se convirtiese en su objeto de aborrecimiento y repulsión. Ellos, la familia Tallis, le habían proporcionado toda clase de cosas agradables: el propio hogar en que había crecido, innumerables viajes a Francia, el uniforme y los libros escolares, y después Cambridge; y, a cambio, él había empleado aquella palabra terrible contra su hermana y, en un abuso tremendo de la hospitalidad, había utilizado asimismo su fuerza contra ella, y se había sentado con toda su insolencia en la mesa familiar como si todo siguiera igual que siempre. ¡Qué desfachatez! ¡Y cómo ansiaba ella denunciarla! La vida real, la que ahora comenzaba, le había deparado un malhechor en forma de un viejo amigo de la familia, de miembros fuertes y torpes y cara recia y amistosa, que solía transportarla a la espalda y nadar con ella en el río y sostenerla a flote contra la corriente. Parecía algo normal; la verdad era extraña y engañosa, había que luchar para descubrirla contra el curso de la vida cotidiana. Era algo que nadie habría esperado, y con razón: los maleantes no se anunciaban con siseos o soliloquios, no llegaban con una capucha negra ni expresiones malsonantes. Al otro lado de la casa, alejándose de Briony, estaban Leon y Cecilia. Tal vez ella le estuviese contando la agresión que había sufrido. En tal caso, él le rodearía el hombro con el brazo. Juntos, los hermanos Tallis expulsarían a aquel bruto, le arrojarían lejos de sus vidas. Tendrían que enfrentarse con su padre, convencerle y consolarle de la decepción y de la ira. ¡Que su protegido hubiese resultado ser un maníaco! La palabra de Lola removía el polvo de otras palabras a su alrededor –hombre, loco, hacha, ataque, acuso– y confirmaba el diagnóstico.

Rodeó el edificio del establo y se detuvo debajo del arco de la entrada, bajo la torre del reloj. Llamó a los gemelos por su nombre y oyó por única respuesta el movimiento y el roce de cascos, y el ruido sordo de un cuerpo pesado que se aplastaba contra un cubículo. Se alegró de no haberse encariñado nunca con un caballo o un poni, porque era probable que no le hiciese mucho caso en aquella etapa de su vida. Ahora no se acercó a los animales, aunque ellos intuyeron su presencia. Para ellos, un genio, un dios, merodeaba por la periferia de su universo, y se esforzaban en atraer su atención. Pero ella dio media vuelta y prosiguió hacia la piscina. Se preguntó si tener la responsabilidad última de alguien, ya fuese una criatura como un caballo o un perro, era diametralmente opuesto al viaje agreste e interior de escribir. La inquietud protectora, comprometerse con una mente ajena después de haber penetrado en ella, asumir las riendas de guiar un destino ajeno, difícilmente era libertad mental. Quizás se convirtiese en una de aquellas mujeres –compadecidas o envidiadas– que elegían no tener hijos. Recorrió el sendero de ladrillo que circundaba el exterior del establo. Como la tierra, los ladrillos arenosos irradiaban el calor preservado del día. Conforme pasaba, lo notó en la mejilla y a lo largo de la pantorrilla desnuda. Trastabilló al atravesar la oscuridad del túnel de bambú, y salió a la geometría tranquilizadora del embaldosado.

Las luces del fondo, instaladas aquella primavera, seguían siendo una novedad. El fulgor azulado que emitían hacia arriba daba a todo el entorno de la piscina un aspecto incoloro, de luz lunar, como una fotografía. Sobre la vieja mesa de cinc había una jarra de cristal, dos vasos y un paño.

Había un tercer vaso, que contenía pedazos de fruta blanda, posado en la punta del trampolín. No había cuerpos en la piscina, ni risitas procedentes de la oscuridad de la caseta, ni chisteos desde las sombras de los matorrales de bambú. Dio una vuelta despacio alrededor de la piscina, ya no en busca de algo, sino atraída por el brillo y la quietud cristalina del agua. A pesar de la amenaza que el maníaco representaba para su hermana, era una delicia estar fuera tan tarde, y con permiso. No creía realmente que los gemelos estuviesen en peligro. Aunque hubieran visto en la biblioteca el mapa enmarcado de la zona y fueran lo bastante inteligentes para comprenderlo, y aunque se propusieran abandonar los terrenos de la propiedad y caminar hacia el norte durante toda la noche, tendrían que seguir el camino que, a lo largo de la vía del tren, se internaba en los bosques. En aquella estación del año, en que las tupidas frondas de los árboles cubrían la carretera, una oscuridad total envolvía el camino. La otra ruta posible era a través de la cancilla, bajando hacia el río. Pero tampoco allí habría luz ni forma de recorrer el sendero o de esquivar las ramas que colgaban bajas sobre él, o de sortear las gruesas matas de ortigas que había a ambos lados. No se atreverían a afrontar un peligro semejante.

Estaban a salvo, Cecilia estaba con Leon, y ella, Briony, era libre de vagar a oscuras y pensar en la jornada extraordinaria. Mientras se alejaba de la piscina, decidió que su infancia había terminado en el momento en que rompió el cartel que anunciaba la función de teatro. Los cuentos de hadas quedaban atrás, y en el lapso de unas pocas horas había presenciado misterios, visto una palabra impronunciable, interrumpido una conducta brutal y, al incurrir en el odio de un adulto en quien todos habían confiado, había participado en el drama de la vida más allá del cuarto de jugar. Lo único que le quedaba por hacer era descubrir las historias, no sólo los temas, sino una manera de desarrollarlos que hiciese justicia a sus nuevos conocimientos. ¿O se refería a una mayor conciencia de su propia ignorancia?

La contemplación del agua durante varios minutos seguidos la hizo pensar en el lago. Quizás los chicos estuvieran escondidos en el templo de la isla. Era oscuro, pero no estaba demasiado aislado de la casa, un lugar acogedor, provisto de agua y sin excesivas sombras. Los otros tal vez habían cruzado el puente sin inspeccionar el sitio. Resolvió ceñirse a su propio itinerario y llegar al lago rodeando la fachada trasera de la casa.

Dos minutos después estaba atravesando los rosales y el camino de grava que había delante de la fuente del tritón, escenario de otro misterio que claramente presagiaba las brutalidades posteriores. Al pasar por delante creyó oír un débil grito, y creyó ver por el rabillo del ojo un punto de luz que se encendía y se apagaba. Se detuvo y aguzó el oído para oír por encima del goteo del agua. El grito y la luz provenían del bosque junto al río, a unos cientos de metros de distancia. Caminó en aquella dirección medio minuto y se detuvo a escuchar de nuevo. Pero no percibió nada, nada más que la masa oscura y colgante de los bosques apenas discernibles contra el azul grisáceo del cielo, al oeste. Tras aguardar un rato decidió volver. Para volver al sendero caminaba derecha hacia la casa, hacia la terraza donde una lámpara de queroseno con pantalla de globo brillaba entre vasos, botellas y una cubitera. Las puertaventanas del salón seguían abiertas de par en par a la intemperie. Veía la habitación. Y a la luz de una lámpara señera vio, parcialmente oscurecido por la caída de una cortina de terciopelo, el extremo de un sofá sobre el cual descansaba, en un ángulo singular, un objeto cilíndrico que parecía flotar. Sólo después de haber recorrido otros cincuenta metros comprendió que lo que estaba viendo era una pierna humana desprovista de cuerpo. Se acercó un poco más y captó las perspectivas; era la de su madre, por supuesto, que estaría esperando a los gemelos. La oscurecían sobre todo las cortinas, y la rodilla de una pierna le sostenía la otra, enfundada en una media, lo que confería una curiosa y escorada apariencia de levitación.

Cuando llegó a la casa, Briony se dirigió hacia una ventana a su izquierda, con objeto de situarse fuera del campo de visión de Emily. Estaba demasiado lejos, por detrás de su madre, para verle los ojos. Sólo distinguía en su pómulo la depresión que formaba la cuenca ocular. Briony estaba segura de que su madre tendría los ojos cerrados. Tenía la cabeza ladeada hacia atrás, y las manos levemente enlazadas en el regazo. Su hombro derecho se alzaba y descendía débilmente, al ritmo de su respiración. Briony no le veía la boca, pero conocía su curva hacia abajo, que se confundía fácilmente con el signo –el jeroglífico– del reproche. Pero no era así, porque su madre era infinitamente amable y dulce y buena. Mirarla sentada sola, a aquella hora tardía de la noche, resultaba triste, pero era una tristeza placentera. Briony se permitió mirar por la ventana con un espíritu de despedida. Su madre tenía cuarenta y seis años, era descorazonadoramente vieja. Un día se moriría. Habría un funeral en el pueblo, y la circunspecta resistencia de Briony a asistir a la ceremonia indicaría la magnitud de su tristeza. Cuando los amigos se acercaran para murmurarle sus condolencias, se quedarían sobrecogidos por la inmensidad de su tragedia. Se veía de pie y sola en un vasto ruedo, dentro de un coliseo altísimo, observada no sólo por todas las personas que la conocían, sino por todas a las que conocería, el elenco completo de su vida, congregadas para amarla en su momento de duelo. Y en el cementerio, en lo que llamaban el rincón de los abuelos, ella y Leon y Cecilia se fundirían en un abrazo interminable sobre la larga hierba junto a la nueva lápida, observados de nuevo. Tenía que ser un acto presenciado. Si le escocían los ojos, era por la pena que le inspiraban todos aquellos testigos.

Podría haberse presentado ante su madre y haberse acurrucado junto a ella para hacerle un resumen del día. De haberlo hecho no habría cometido el crimen. Tantas cosas no habrían sucedido, nada habría acontecido, y la mano niveladora del tiempo habría hecho de la velada algo apenas memorable: la noche en que se fugaron los gemelos. ¿Fue en el treinta y cuatro, en el treinta y cinco o en el treinta y seis? Pero, sin ningún motivo concreto, aparte de la vaga obligación de la búsqueda y del placer de estar fuera tan tarde, se alejó, y al hacerlo su hombro tropezó con el quicio de una de las puertaventanas y la cerró de golpe. Fue un sonido agudo –pino seco contra madera noble– y resonó como una represión. Puesto que si se quedaba tendría que dar explicaciones, se escabulló al amparo de la oscuridad, andando aprisa y de puntillas sobre las losas de piedra y las hierbas aromáticas que crecían entre ellas. Llegó al césped, entre los rosales, donde se podía correr sin hacer ruido. Dando la vuelta a la casa llegó a la fachada, a la grava por donde aquella tarde había renqueado descalza.

Desde allí bajó más despacio por el camino hacia el puente. Había vuelto al punto de partida, y creyó que vería a los otros o que oiría sus gritos. Pero no vio a nadie. Las formas oscuras de los árboles muy espaciados entre sí al otro lado del parque le hicieron vacilar. Alguien la odiaba, no debía olvidarlo, y era un hombre imprevisible y violento. Leon, Cecilia y Marshall estarían ya muy lejos. Los árboles más cercanos, o al menos sus troncos, tenían forma humana. O podían ocultar alguna. Ni siquiera sería visible para ella un hombre parado delante de un tronco. Por primera vez, fue consciente de la brisa que soplaba entre la copa de los árboles, y este sonido familiar la inquietó. Infinidad de agitaciones separadas y precisas bombardearon sus sentidos. Cuando el viento arreció brevemente y luego cesó, el sonido se alejó de Briony, recorriendo como un ser viviente el parque oscurecido. Se paró a preguntarse si tendría el valor de seguir hasta el puente, de cruzarlo y bajar el empinado terraplén hasta el templo de la isla. Sobre todo cuando no había un buen motivo: tan sólo el presentimiento de que los chicos podrían haber caminado hasta allí. A diferencia de los adultos, ella no tenía linterna. De ella no se esperaba nada, al fin y al cabo para ellos era una niña. Los gemelos no estaban en peligro.

Permaneció sobre la grava un par de minutos, no tan asustada como para volver atrás ni tan confiada como para continuar. Podía volver al lado de su madre y hacerle compañía en el salón mientras esperaba. Podía optar por un itinerario más seguro, hacer el camino de ida y vuelta sin entrar en los bosques, y todavía daría la impresión de que su búsqueda había sido seria. Pero precisamente porque el día le había revelado que ya no era una niña, y que ahora era una persona con una historia más densa, y tenía que demostrarse a sí misma que era digna de esa historia, se obligó a proseguir la marcha y a cruzar el río. De debajo de los pies, amplificado por el arco de piedra, le llegó el silbido de la brisa meciendo la juncia, y un súbito batir de alas contra el agua que cesó de golpe. Eran sonidos cotidianos, magnificados por la oscuridad. Y la oscuridad no era nada: no era una sustancia, no era una presencia, no era nada más que una ausencia de luz. El puente sólo llevaba a una isla artificial en un lago artificial. Había estado allí durante casi doscientos años, y su aislamiento lo distinguía del resto de los terrenos, y le pertenecía a ella más que a nadie. Era la única que visitaba el lugar. Para los demás no era sino un pasillo hacia casa y desde casa, un puente entre los puentes, un ornamento tan conocido que resultaba invisible. Hardman iba allí con su hijo dos veces al año para segar la hierba alrededor del templo. Los vagabundos lo habían utilizado. Gansos migratorios extraviados poblaban a veces la pequeña orilla herbosa. Por lo demás, era un feudo solitario de conejos, aves acuáticas y ratas de agua.

De modo que debería ser algo sencillo, bajar por el terraplén y cruzar la hierba hasta el templo. Pero titubeó de nuevo y se limitó a mirar, sin llamar siquiera a los gemelos. La palidez indistinta del edificio brillaba en la oscuridad. Cuando lo miró directamente se disolvió por completo. Se alzaba a unos cien metros de distancia y, más cerca, en el centro de la extensión de hierba, había un arbusto que ella no recordaba. O, mejor dicho, lo recordaba más próximo a la orilla. Los árboles –lo que veía de ellos– tampoco eran los mismos. El roble era demasiado bulboso, y el olmo excesivamente desgreñado, y en su carácter extraño parecían coaligados. Cuando descansó la mano en el pretil del puente, la sobresaltó el grito agudo y desagradable de un pato, casi humano en su nota entrecortada y declinante. Era lo escarpado del terraplén, por supuesto, lo que la refrenaba, y la idea del descenso, y el hecho de que no tenía demasiado sentido. Pero había tomado una decisión. Bajó hacia atrás, agarrándose a las matas de hierba, y al llegar abajo sólo se detuvo a limpiarse las manos en el vestido.

Se encaminó derecha hacia el templo, y había dado siete u ocho pasos, y estaba a punto de gritar los nombres de los gemelos, cuando el arbusto que había justo en mitad de su camino –el que ella creía que debería estar más cerca de la orilla– empezó a abrirse delante de ella, o a duplicarse, o a retemblar y luego a bifurcarse. Estaba cambiando de forma de un modo complicado, su base se adelgazaba al mismo tiempo que una columna vertical se alzaba como un metro y medio o algo más. Se habría detenido de inmediato si no hubiese estado aferrada a la idea de que aquello era un arbusto y de que estaba presenciado alguna triquiñuela de la oscuridad y la perspectiva. Pasaron varios segundos, avanzó otros dos pasos y vio que no era así. Entonces se detuvo. La masa vertical era una figura, una persona que ahora se alejaba de ella y empezaba a perderse en el trasfondo más oscuro de los árboles. La mancha más oscura que subsistía en el suelo era también una persona, que otra vez cambió de forma cuando se incorporó y la llamó por su nombre.

–¿Briony?

Percibió el desamparo en la voz de Lola –era el sonido que ella había tomado por el de un pato– y, en un instante, Briony lo comprendió todo. El asco y el miedo le produjeron náuseas. En eso, reapareció la figura más grande, que circundaba el lindero mismo del claro y enfilaba hacia el talud por donde Briony acababa de bajar. Sabía que debía atender a Lola, pero no pudo dejar de observar al hombre que ascendía la ladera rápidamente y sin esfuerzo y se perdía en la calzada. Oyó sus pasos mientras avanzaba hacia la casa. No lo dudó. Podía describirle. No había nada que no pudiese describir. Se arrodilló al lado de su prima.

–Lola, ¿estás bien?

Briony le tocó el hombro y tanteó en busca de su mano, sin hallarla. Lola estaba sentada hacia delante, con los brazos cruzados sobre el pecho, y se abrazaba y columpiaba un poco. Su voz era débil y distorsionada, como entorpecida por algo parecido a una burbuja, una mucosidad en la garganta. Tuvo que carraspear. Dijo, vagamente:

–Lo siento, yo no, lo siento...

Briony susurró:

–¿Quién era? –Y añadió, con toda la calma de que fue capaz, antes de que Lola pudiese contestar–: Lo he visto. Lo he *visto*.

Dócilmente, Lola dijo:

–Sí.

Por segunda vez aquella noche, Briony sintió una ráfaga de ternura por su prima. Juntas afrontaban terrores reales. Se sentían próximas. Briony estaba de rodillas, intentando ceñirla con los brazos y estrecharla, pero el cuerpo de Lola era huesudo e inflexible, cerrado sobre sí mismo como una concha. Un bígaro. Lola se abrazaba y se mecía.

Briony dijo:

—Era él, ¿verdad?

Notó contra el pecho, más que verlo, que Lola asentía, lenta, pensativamente. Quizás fuese extenuación.

Al cabo de muchos segundos, con la misma voz débil y sumisa, Lola dijo:

—Sí. Era él.

De repente, Briony quiso que le dijera el nombre. Para refrendar el delito, rubricarlo con la maldición de la víctima, sellar la suerte del culpable mediante la magia de nombrarlo.

—Lola —susurró, y no pudo negar la euforia que sentía—. Lola, ¿quién era?

El cimbreo cesó. La isla se tornó muy silenciosa. Sin cambiar totalmente de postura, Lola pareció distanciarse, o mover los hombros, mitad contrayéndolos, mitad balanceándolos, para liberarse del tacto compasivo de Briony. Apartó la cabeza y contempló la extensión vacía donde estaba el lago. Puede que estuviera a punto de hablar, puede que estuviese al borde de embarcarse en una larga confesión que revelaría sus sentimientos a medida que los expresaba y que, sacándole de su embotamiento, la aproximaría a algo semejante al terror y al júbilo. Apartarse muy bien podía no haber sido un distanciamiento, sino un acto de intimidad, una manera de reponerse para empezar a expresar lo que sentía a la única persona en quien, tan lejos de su casa, creía que podía confiar. Quizás ya hubiese recuperado aliento y separado los labios. Pero no importaba, porque Briony estaba a punto de interrumpirla y la oportunidad se habría perdido. Habían transcurrido muchos segundos —¿treinta?, ¿cuarenta y cinco?— y la niña más pequeña ya no pudo contenerse. Todo encajaba. Ella lo había descubierto. Era su historia, la que se estaba escribiendo alrededor de ella.

—Era Robbie, ¿verdad?

El maníaco. Quería pronunciar su nombre.

Lola no dijo nada y no se movió.

Briony volvió a decirlo, esta vez sin la inflexión de una pregunta. Era la afirmación de un hecho. «Era Robbie.»

Aunque no se había vuelto, ni movido lo más mínimo, estaba claro que algo estaba cambiando en Lola, que un calor le ascendía por la piel y un sonido de deglución seca, una convulsión vibrátil del músculo de la garganta, que era audible como una serie de chasquidos nerviosos. Briony lo dijo otra vez. Simplemente. «Robbie.»

Desde lago adentro llegó el gordo y redondo *plaf* de un pez saltando, un sonido nítido y señero, pues la brisa había amainado por completo. Ahora no había nada inquietante en la copa de los árboles ni entre las juncias. Por fin, Lola volvió despacio la cara hacia ella. Dijo:

—Tú lo has visto.

—Cómo ha podido —gimió Briony—. Cómo se atreve.

Lola le puso la mano en el antebrazo desnudo y se lo apretó. Sus palabras fueron suaves y muy espaciadas.

—Tú lo has visto.

Briony se le acercó más y cubrió con la suya la mano de Lola.

—Todavía no sabes lo que ha ocurrido en la biblioteca, antes de la cena, justo después de que habláramos. Estaba atacando a mi hermana. Si no llego a entrar, no sé qué le hubiera hecho...

Por cerca que estuvieran una de otra, no les era posible verse mutuamente. El disco oscuro de la cara de Lola no mostraba nada, pero Briony intuyó que sólo la escuchaba a medias, hecho que confirmó el que su prima la interrumpiese, repitiendo:

—Pero tú lo has visto. Lo has visto de verdad.

—Pues claro. Claro como el día. Era él.

A pesar del calor de la noche, Lola empezaba a tiritar y Briony lamentó no tener nada de lo que despojarse para taparle los hombros.

Lola dijo:

—Ha venido por detrás. Me ha tirado al suelo..., y luego..., me ha empujado la cabeza hacia atrás y me ha puesto la mano encima de los ojos. No he podido, en realidad, no podía...

—Oh, Lola. —Briony extendió la mano para tocar la cara de su prima y encontrar su mejilla. Estaba seca, pero no lo estaría, sabía que no estaría seca mucho tiempo—. Escúchame. No podría confundirle. Le conozco de toda la vida. Lo he visto.

—Porque yo no podría asegurarlo. Pensé que podía ser él por la voz.

—¿Qué ha dicho?

—Nada. Me refiero a que era el sonido de su voz, la respiración, los ruidos. Pero no veía nada. No podría asegurarlo.

—Pues yo sí. Y lo haré.

Y de este modo sus posiciones respectivas, que habrían de encontrar pública expresión en las semanas y meses que siguieron, y luego ser rememoradas como demonios en privado durante muchos años, quedaron establecidas en aquellos momentos pasados junto al lago, en los que la certeza de Briony se imponía cada vez que su prima parecía albergar dudas. No mucho más se exigió de Lola ulteriormente, pues pudo refugiarse tras un aire de confusión herida, y en su calidad de paciente mimada, de víctima que convalece, de hija perdida, se dejaba bañar por la preocupación y la culpa de los adultos. ¿Cómo hemos podido permitir que esto le suceda a una niña? Lola no podía ayudarles ni lo necesitaba. Briony le ofreció una oportunidad y ella la aprovechó instintivamente; más aún: dejó que decidiera por ella. El celo de su prima casi no le dejaba otra alternativa que permanecer callada. No necesitaba mentir, mirar a los ojos a su presunto agresor y reunir el coraje de acusarlo, porque toda esta tarea la hacía por ella, con inocencia y sin malicia, la niña más pequeña. A Lola sólo le pedían que guardase silencio respecto a la verdad, que la aboliese y la olvidara totalmente, y que se convenciese no de otra versión opuesta, sino simplemente de su propia incertidumbre. No veía nada, la mano del hombre le tapaba los ojos, estaba aterrada, no podía asegurarlo.

Briony estuvo a su lado para ayudarla en todos los estadios. Por lo que a ella atañía, todo encajaba; el terrible presente culminaba el pasado reciente. Los sucesos que ella había presenciado presagiaban la calamidad de su prima. Ojalá ella, Briony, hubiera sido menos inocente, menos estúpida. Ahora veía que el asunto era demasiado consistente, demasiado simétrico, para ser algo distinto de lo que ella decía que era. Se reprochaba la suposición pueril de que Robbie limitaría sus atenciones a Cecilia. ¿En qué estaría pensando? A fin de cuentas, él era un maníaco. Le interesaba cualquiera. Y era forzoso que persiguiera a la más vulnerable: una chica larguirucha, extraviada en la oscuridad de un lugar desconocido, que valerosamente explora las inmediaciones del templo de la isla en busca de sus hermanos. Lo mismo que Briony se disponía a hacer. Que la víctima de Robbie hubiera podido perfectamente ser ella acrecentaba la indignación y la vehemencia de Briony. Si su pobre prima no podía revelar la verdad, ella lo haría en su lugar. *Yo sí. Y lo haré.*

Ya en la semana que siguió, la vidriosa superficie de la convicción no careció de fallas ni de pequeñas fisuras. Cada vez que se percataba de ellas, lo cual no ocurría a menudo, se remitía, con una sensación un poco vertiginosa en el estómago, a su certeza de que lo que sabía no se basaba literalmente, o no sólo, en lo visible. No se trataba pura y simplemente de que sus ojos le hubiesen dicho la verdad. Estaba demasiado oscuro para eso. Hasta la cara de Lola, a medio metro de distancia, era un óvalo vacío, y aquella figura estaba a muchos metros, y de espaldas a ella mientras rodeaba el claro. Pero la figura no era invisible, y su tamaño y su modo de moverse le resultaban conocidos. Sus ojos le confirmaban la suma de todo lo que sabía y había experimentado hacía poco tiempo. La verdad residía en la simetría, esto es, se fundaba en el sentido común. La verdad instruyó a sus ojos. De modo que cuando dijo, una y otra vez, «lo vi», lo decía en serio, y era tan plenamente sincera como apasionada. Lo que ella quería decir era bastante más complejo que lo que todo el mundo ávidamente entendía, y le asaltaban momentos de desasosiego cuando notaba que no podía expresar estos matices. Tampoco lo intentó en serio. No hubo ocasiones, ni tiempo, ni permiso. En cuestión de un par de días, no, en cosa de unas horas, se inició un proceso que escapaba muy rápido a su control. Su testimonio activó poderes tremendos de la ciudad familiar y pintoresca. Era como si aquellas autoridades terroríficas, aquellos agentes uniformados, hubieran estado al acecho, esperando detrás de las fachadas de bonitos edificios a que ocurriera un desastre que sabían inevitable. Conocían sus propias mentes, sabían lo que querían y cómo había que actuar. La interrogaron una y otra vez, y a medida que ella repetía las palabras, el fardo de la consistencia se apretaba contra ella. Tenía que decir de nuevo lo que ya había dicho. Las desviaciones más nimias le valían pequeños ceños fruncidos o prudentes arqueos de cejas, o cierto frío recelo y una menor comprensión. Se había vuelto ansiosa de agradar, y aprendió enseguida que las menores salvedades que habría podido añadir torcerían el proceso que ella misma había puesto en marcha.

Era como una novia que empieza a sentir sus reparos enfermizos a medida que el día se acerca, y que no se atreve a confesarlos porque ya se han hecho muchos preparativos por su causa. Se pondrían en peligro la dicha y el bienestar de muchas buenas personas. Son instantes pasajeros de desazón personal que sólo se disipan cuando una se abandona a la alegría y la agitación de quienes la rodean. Tanta gente decente no puede estar equivocada, y le habían dicho que dudas como las suyas eran de esperar. Briony no deseaba cancelar todo aquel ceremonial. No creía poseer el valor, después de toda su certeza inicial y al cabo de dos o tres días de paciente y afable interrogatorio, de retirar la denuncia. Sin embargo, habría preferido matizar, o complicar, su empleo de la palabra «vi». No era tanto «ver» como «conocer». Así habría dejado que los interrogadores decidieran si actuaban a instancias de aquella visión. Se mostraban impasibles cada vez que ella titubeaba, y le recordaban con firmeza sus declaraciones anteriores. Su actitud insinuaba: ¿era una niña tonta que había hecho perder el tiempo a todo el mundo? Y adoptaban un criterio severo respecto a lo visual. Quedó establecido que había luz suficiente de las estrellas y de la base de nubes que reflejaban las farolas de la ciudad más cercana. Había visto o no había visto. No había punto intermedio; no lo dijeron así, pero su brusquedad lo daba a entender. Fue en aquellos momentos, al percibir la frialdad de quienes la interrogaban, cuando volvió a aferrarse a su vehemencia primera y lo dijo de nuevo. Lo vi. Sé que era él. Fue reconfortante sentir que estaba confirmando lo que ellos ya sabían.

Nunca podría recurrir al consuelo de que la habían presionado o intimidado. Nadie lo hizo. Se atrapó ella misma, se internó en el laberinto de su propia versión, y era demasiado joven, atemorizada y tan ansiosa de agradar que no insistió en volver sobre sus pasos. No estaba dotada de semejante independencia de ánimo (o no era lo bastante mayor para tenerla). Una imponente feligresía se había agolpado en torno a las primeras certezas de Briony, y ahora aguardaba, y ella no podía decepcionarla ante el altar. Sólo se podían neutralizar sus dudas sumergiéndose más hondo. Aferrándose a lo que ella creía que sabía, estrechando sus pensamientos, reiterando su testimonio, pudo apartar de su mente el daño que sólo de un modo tenue intuía que estaba causando. Cuando el asunto quedó cerrado, la sentencia fue pronunciada y la feligresía se dispersó, un despiadado olvido juvenil, una obstinada erradicación protegieron a Briony hasta bien adentrada en la adolescencia.

–Pues yo sí. Y lo haré.

Permanecieron en silencio un rato, y la tiritona de Lola comenzó a remitir. Briony supuso que debía llevar a su prima a casa, pero de momento no tenía ganas de romper aquella intimidad: ceñía con sus brazos los hombros de Lola, que ahora parecía ceder al contacto de Briony. Vieron mucho más allá del lago un oscilante puntito de luz –una linterna a lo largo del camino–, pero no hicieron comentarios al respecto. Cuando Lola habló por fin, su tono fue pensativo, como si estuviera sopesando líneas sutiles de réplica.

–Pero no tiene sentido. Es un amigo íntimo de tu familia. Quizás no haya sido él.

Briony murmuró:

–No dirías eso si hubieras estado conmigo en la biblioteca.

Lola suspiró y movió la cabeza lentamente, como si tratara de avenirse a la verdad inaceptable.

Guardaron silencio de nuevo y se hubieran quedado sentadas más tiempo de no haber sido por la humedad –no era rocío todavía– que empezaba a asentarse en la hierba a medida que las nubes se despejaban y la temperatura descendía.

Cuando Briony cuchicheó a su prima: «¿Puedes andar?»,

Lola asintió, valientemente. Briony la ayudó a ponerse en pie y, al principio enlazadas por el brazo, y después con el peso de Lola apoyado en el hombro de Briony, cruzaron el claro en dirección al puente. Llegaron al pie de la ladera y allí, por fin, Lola rompió a llorar.

—No puedo subir —dijo, tras varios balbuceos—. No tengo fuerzas.

Briony decidió que sería mejor que ella corriera hasta la casa en busca de ayuda, y estaba a punto de explicárselo a Lola y de acomodarla en el suelo cuando oyeron voces en el camino de arriba, y a continuación les deslumbró una linterna. Era un milagro, pensó Briony, cuando oyó la voz de su hermano. Como el auténtico héroe que era, Leon bajó el talud en varias zancadas ágiles y sin preguntar siquiera cuál era el problema, estrechó a Lola en sus brazos y la levantó como si fuese una niña pequeña. Cecilia les hablaba con un tono que sonaba ronco de inquietud. Nadie le contestó. Leon ya estaba subiendo por la pendiente a un paso tan vivo que costaba trabajo seguirle. Aun así, antes de que llegasen al camino, antes de que tuviera ocasión de depositar a Lola en el suelo, Briony ya había empezado a contarle lo que había ocurrido, exactamente tal como lo había visto.

14

Sus recuerdos de los interrogatorios, de su testimonio y sus declaraciones firmadas, o del temor reverencial ante el juzgado del que su edad la excluía, no la afligiría tanto en los años venideros como su rememoración fragmentada de aquella noche de verano y del amanecer del día siguiente. Cómo la culpa depuraba los métodos para torturarse a sí misma, engarzando las cuentas de los detalles en una lazada eterna, un rosario que manosear durante toda la vida.

Por fin de regreso en casa, comenzó, como en un sueño, una sucesión de visitantes graves, de lágrimas, de voces apagadas y de pasos presurosos a través del vestíbulo, y la propia excitación ruin de Briony mantenía su somnolencia a raya. Por supuesto, Briony era lo bastante mayor para darse cuenta de que aquel momento pertenecía por entero a Lola, pero ésta fue conducida enseguida a su dormitorio por manos femeninas compasivas, para aguardar al médico y el examen que le haría. Briony observaba desde el pie de la escalera mientras Lola subía, con ruidosos sollozos, flanqueada por Emily y Betty, y seguida por Polly, que acarreaba una palangana y toallas. La retirada de su prima dejó a Briony el centro del escenario —no había aún rastro de Robbie— y el modo en que la escucharon, la apoyaron y la animaron con suavidad parecía estar en consonancia con su nueva madurez.

Debió de ser por entonces cuando un Humber se detuvo delante de la casa y entraron en ella dos inspectores de policía y dos agentes. Briony era su única fuente de información, y ella procuró hablar con calma. El papel crucial que interpretaba alimentó la certeza. Esto fue en el tiempo deslavazado que precedió a las entrevistas formales, y en el que ella compareció ante los funcionarios en el vestíbulo, escoltada por Leon a un lado y por su madre al otro. ¿Pero cómo había vuelto su madre tan pronto de la cabecera de Lola? El inspector jefe tenía una cara gruesa, de abundantes costuras, como esculpida en un pliegue de granito. Briony estaba asustada mientras contaba su historia a aquella máscara vigilante e inmóvil; al final sintió que le quitaban un peso de encima, y una cálida sensación sumisa se le esparció desde el estómago a los miembros. Era como el amor, un amor súbito por aquel hombre vigilante que encarnaba sin reservas la causa del bien, que a todas horas plantaba batalla en su defensa y que era respaldado por todos los poderes humanos y por toda la sabiduría existentes. Bajo su mirada neutral se le hizo un nudo en la garganta y la voz empezó a flaquearle. Quería que el inspector la abrazase y la consolara y la perdonase, por muy libre de culpa que ella estuviera. Pero él se limitaba a mirarla y a escuchar. *Era él. Lo vi.* Sus lágrimas constituían una prueba adicional de la verdad que percibía y enunciaba, y cuando la mano de su madre le acarició la nuca, ella se derrumbó del todo y la llevaron al salón.

Pero si estaba allí, consolada por su madre sobre el Chesterfield, ¿cómo podía recordar la llegada del doctor McLaren, con su chaleco negro y el anticuado cuello de la camisa alzado, y con el maletín Gladstone que había presenciado los tres partos y todas las enfermedades infantiles de la familia Tallis? Leon habló con el médico, inclinado hacia delante para murmurarle un resumen varonil de los hechos. ¿Dónde estaba ahora la desenfadada ligereza de Leon? Aquella consulta sigilosa fue típica de las horas subsiguientes. A cada recién llegado se le informaba de aquella manera; la gente –la policía, el médico, miembros de la familia, criados– formaba corros que se deshacían y se recomponían en rincones de las habitaciones, el vestíbulo y la terraza, fuera de las puertaventanas. Nada fue aclarado, o formulado, en público. Todos conocían los hechos terribles de una violación, pero ésta mantenía su carácter colectivo de secreto compartido en cuchicheos entre grupos movedizos que se dispersaban con aire de suficiencia para atender nuevos asuntos. Aún más serio, en potencia, era el de los niños desaparecidos. Pero la opinión general, continuamente reiterada como un sortilegio, era que dormían a salvo en algún lugar del parque. De este modo la atención permaneció centrada sobre todo en la desventura de la chica acostada arriba.

Paul Marshall volvió de la batida y se enteró de la noticia por los inspectores. Recorrió con ellos la terraza de un extremo al otro, con un policía a cada lado, y les ofreció cigarrillos de una pitillera de oro. Cuando terminaron la conversación, dio una palmada en el hombro al inspector jefe y pareció como si les despidiese de la casa. Luego entró a parlamentar con Emily Tallis. Leon llevó al médico al piso de arriba, de donde bajó un rato más tarde, intangiblemente engrandecido por su entrevista profesional con el meollo de todas las preocupaciones generales. Él también habló largo y tendido con los dos funcionarios de paisano, y después con Leon y por último con éste y la señora Tallis. No mucho antes de marcharse, el médico puso su mano pequeña, familiar y seca, en la frente de Briony, le tomó el pulso y se dio por satisfecho. Cogió su maletín, pero antes de irse hubo una entrevista final, en murmullos, junto a la puerta de entrada.

¿Dónde estaba Cecilia? Deambulaba por la periferia, sin hablar con nadie, sin dejar de fumar, levantando el cigarrillo hasta los labios con un movimiento ávido y veloz, y luego apartándolo con espasmódico asco. En otros momentos retorcía un pañuelo en la mano mientras recorría de un lado a otro el vestíbulo. Normalmente, habría asumido el control de una situación así y habría dirigido los cuidados de Lola, tranquilizado a su madre, escuchado el dictamen del médico, consultado con Leon. Briony estaba cerca cuando su hermano se aproximó a Cecilia para hablar con ella y ella se apartó, incapaz de ayudar o tan sólo de hablar. En cuanto a su madre, estuvo a la altura de la situación, cosa impropia de ella, libre de migraña y de la necesidad de estar sola. En realidad se creció mientras su hija mayor se sumía en una desdicha privada. Hubo veces en que Briony, convocada de nuevo para contar su relato o algún detalle del mismo, vio a su hermana acercarse hasta donde podía oírla, con una mirada devoradora e impenetrable que puso a Briony nerviosa y la incitó a mantenerse al lado de su madre. Cecilia tenía los ojos inyectados de sangre. Mientras los demás murmuraban en corros, ella se movía inquieta de un extremo a otro de la habitación, o de un cuarto a otro, y, por lo menos en dos ocasiones, se apostó fuera de la puerta principal. Nerviosa, se pasaba el pañuelo de una mano a la otra, lo enrollaba entre los dedos, lo desenrollaba, lo apretaba hasta formar una bola, lo cogía con la otra mano, encendía otro cigarrillo. Cuando Betty y Polly sirvieron el té, Cecilia no lo probó.

Circuló la noticia de que Lola, sedada por el médico, por fin se había dormido, y esta noticia causó un alivio momentáneo. Cosa infrecuente, todo el mundo se había congregado en el salón, donde el té se tomó en un silencio exhausto. Nadie lo dijo, pero estaban esperando a Robbie. Además, se esperaba que el señor Tallis llegase de Londres en cualquier momento. Leon y Marshall estaban inclinados sobre un mapa de la finca que estaban dibujando para el inspector. Éste lo cogió, lo examinó y se lo pasó a su ayudante. Los dos agentes habían sido enviados a sumarse a la batida en busca de Pierrot y Jackson, y se suponía que otros policías se encaminaban hacia el bungalow por si Robbie se había presentado allí. Al igual que Marshall, Cecilia permanecía aparte, sentada en el taburete del clavicémbalo. En un momento dado se levantó para que su hermano le prendiese un cigarrillo, pero fue el inspector quien lo hizo con su propio encendedor. Briony estaba sentada en el sofá, al lado de su madre, y Betty y Polly pasaban con la bandeja. Briony no habría de recordar el impulso súbito que la había asaltado. Una idea de gran claridad y poder persuasivo surgió de la nada, y no necesitó anunciar sus intenciones ni pedir permiso a su hermana. Prueba concluyente, limpiamente independiente de su propia versión. Verificación. O incluso otro delito distinto. Sobresaltó a los presentes con su chispa de inspiración y, al levantarse, por poco derribó el té que su madre tenía en el regazo.

Todos la observaron cuando se precipitó fuera del salón, pero nadie le preguntó nada, tanta era la fatiga general. Ella, por su parte, subió los escalones de dos en dos, vigorizada ahora por una sensación de estar actuando bien y de ser buena, y de estar a punto de dar una sorpresa que sólo podría granjearle elogios. Era como la sensación que, la mañana de Navidad, sentía a la hora de entregar un regalo que sin duda produciría placer, un alegre sentimiento de irreprochable amor propio.

Recorrió corriendo el pasillo del segundo piso hasta la habitación de Cecilia. ¡En qué sórdido desorden vivía su hermana! Las dos puertas del ropero estaban abiertas de par en par. Había varias filas de vestidos torcidos, y algunos casi descolgados de sus perchas. En el suelo yacían dos vestidos, uno negro y otro rosa, prendas caras de seda formando un revoltijo, y alrededor de ellos zapatos volcados de canto. Briony pasó por encima de aquel enredo de ropas para dirigirse al tocador. ¿Qué impulso habría impedido a Cecilia cerrar con sus tapas y cierres y roscas los perfumes y estuches de cosmética? ¿Por qué nunca vaciaba el cenicero apestoso? ¿O por qué no hacía la cama ni abría la ventana para que entrara aire fresco? El primer tirador sólo se abrió unos centímetros: estaba atascado, atiborrado de frascos y cajas de cartón. Aunque fuera diez años mayor que ella, en Cecilia había algo irremediable e indefenso. Aunque Briony temía la mirada feroz que su hermana le había lanzado abajo, pensó que hacía lo correcto en el momento de abrir otro cajón, que Cecilia la tenía a ella para, con la mente clara, actuar en su lugar.

Cinco minutos después, cuando volvió a entrar triunfante en el salón, nadie le prestó la menor atención y todo seguía igual que antes: adultos cansados y afligidos que sorbían el té y fumaban en silencio. En su excitación, no se había parado a pensar a quién debía entregar la carta; en un giro de su imaginación, les vio a todos leyéndola al mismo tiempo. Decidió dársela a Leon. Cruzó el salón hacia su hermano, pero al llegar delante de los tres hombres juntos cambió de idea y puso la hoja de papel doblada en las manos del policía con la cara de granito. Si él tenía una expresión, no la cambió cuando cogió la carta ni tampoco cuando la leyó, cosa que hizo con gran celeridad, casi de un vistazo. Los ojos del inspector toparon con los de Briony y luego se desviaron hacia Cecilia, que miraba a otra parte. Con un levísimo movimiento de muñeca, indicó al otro agente que tomara la carta. Cuando éste la hubo leído, se la pasó a Leon, quien la leyó a su vez, la dobló y se la devolvió al inspector jefe. Briony estaba impresionada por la reacción muda: tal era el conocimiento del mundo que tenían los tres hombres. Sólo entonces Emily Tallis reparó en lo que llamaba la atención de los tres. En respuesta a la pregunta neutra de su madre, Leon dijo:

–Es sólo una carta.

–Quiero leerla.

Por segunda vez aquella noche, Emily se vio obligada a hacer valer sus derechos sobre mensajes transmitidos en sus dominios domésticos. Intuyendo que no requerían nada más de ella, Briony fue a sentarse en el Chesterfield y observó desde la perspectiva de su madre la caballerosa desazón que compartían Leon y los policías.

–Quiero leerla.

Agoreramente, no alteró su tono. Leon se encogió de hombros y esbozó una sonrisa forzada de disculpa –¿qué objeción podía alegar?–, y la benévola mirada de Emily se posó en los dos inspectores. Pertenecía a una generación que trataba a los policías como inferiores, tuvieran el rango que tuvieran. Obedeciendo a una seña de su superior, el inspector más joven cruzó el salón y le entregó la carta. Por fin, Cecilia, que debía de haber estado abismada en sus pensamientos, denotó cierto interés. La carta descansaba ahora en el regazo de su madre, y Cecilia se puso de pie y avanzó hacia ellos desde el taburete del clavicémbalo.

–¿Cómo te atreves? ¿Cómo os atrevéis todos?

Leon se levantó también e hizo un gesto de calma con las palmas de las manos.

–Cee...

Cuando ella hizo una tentativa de arrebatar la carta a su madre, vio que se interponían no sólo su hermano, sino los dos policías. Marshall, también de pie, no se inmiscuyó.

–Es mía –gritó–. ¡No tenéis ningún derecho!

Emily ni siquiera levantó la vista de la lectura, y se tomó el tiempo de leer la carta varias veces. Cuando hubo acabado afrontó la furia de su hija con su propia versión, más fría.

–Si hubieras hecho lo que debías, jovencita, con toda tu

educación, y me hubieses enseñado esto, habríamos podido hacer algo a tiempo y tu prima se hubiera ahorrado esa pesadilla.

Por un momento Cecilia permaneció sola en el centro del salón, moviendo los dedos de la mano derecha y mirándolos por turnos, sin poder creer en su parentesco con aquellas personas, sin poder empezar a decirles lo que ella sabía.

Y aunque Briony se sentía reivindicada por la reacción de los adultos, y estaba experimentando el principio de un dulce rapto interior, también se alegraba de estar sentada en el sofá con su madre, parcialmente protegida por los hombres de los sanguinolentos ojos de desprecio de su hermana. Cecilia los paseó sobre ellos durante varios segundos antes de volverse y salir del salón. Cuando atravesaba el recibidor emitió un grito de pura irritación que fue amplificado por la cruda acústica de las baldosas desnudas del suelo. En el salón reinó un sentimiento de alivio, casi de relajación, cuando la oyeron subir la escalera. La siguiente vez que Briony se acordó de mirar, la carta estaba en las manos de Marshall y se la estaba devolviendo al inspector, que la introdujo, desdoblada, en una carpeta que el policía más joven le tendía abierta.

Las horas de la noche iban desfilando y Briony no se sentía todavía cansada. A nadie se le ocurrió mandarla a la cama. Un tiempo inconmensurable después de que Cecilia se hubiera ido a su dormitorio, Briony fue con su madre a la biblioteca para mantener la primera entrevista formal con la policía. La señora Tallis permaneció de pie mientras su hija se sentaba ante un lado del escritorio y los inspectores se sentaban ante el otro. El que tenía la cara de piedra antigua, que era el que hacía las preguntas, resultó ser infinitamente amable y habló sin apresurarse, con una voz bronca que era a la vez deferente y triste. Como ella podía mostrarles el lugar exacto donde Robbie había atacado a Cecilia, todos se desplazaron hacia aquel extremo de las estanterías para verlo más de cerca. Briony se introdujo en el rincón, dando la espalda a los libros, para indicarles la postura que tenía su hermana, y vio los primeros tornasoles azulados del alba en los cristales de las ventanas altas de la biblioteca. Salió de donde estaba y se dio media vuelta para mostrar la posición que ocupaba el agresor, e indicó dónde se encontraba ella.

Emily dijo:

—¿Por qué no me lo has dicho?

Los policías miraron a Briony y esperaron. Era una buena pregunta, pero a ella jamás se le hubiera ocurrido preocupar a su madre. Sólo hubiera servido para provocarle una migraña.

—Nos han llamado para cenar y luego los gemelos se han fugado.

Explicó cómo le habían dado la carta al atardecer, en el puente. ¿Qué le indujo a abrirla? Era difícil describir el momento impulsivo en que no se había parado a pensar en las consecuencias de su acto, o explicar que la escritora que había llegado a ser, precisamente aquel día, necesitaba saber, comprender todas las cosas que se le presentaban. Dijo:

—No lo sé. Me estaba entrometiendo. Me he odiado por eso.

Fue más o menos en ese momento cuando un agente asomó la cabeza por la puerta para comunicar una noticia que pareció en consonancia con la calamidad de la noche. El chófer del señor Tallis había telefoneado desde una cabina cercana al aeropuerto de Croydon. El coche del Ministerio, prontamente puesto a su disposición por deferencia del ministro, había sufrido una avería en las afueras. Jack Tallis dormía, tapado por una manta, en el asiento trasero del vehículo, y probablemente tendría que continuar viaje en el primer tren de la mañana. Una vez que se hubieron asimilado y lamentado estos hechos, Briony fue amablemente trasladada al propio lugar de autos, a los sucesos en la isla del lago. En aquel estadio temprano, el inspector se cuidó de no acosar a la niña con preguntas probatorias, y dentro de este espacio habilitado con tacto ella pudo tejer y moldear su relato con sus propias palabras, y establecer los hechos clave: había luz suficiente para que ella reconociese una cara conocida; cuando él se alejó de ella y rodeó el claro, sus movimientos y su estatura le parecieron asimismo familiares.

–Lo has visto, entonces.

–Sé que era él.

–Olvidemos lo que sabes. Has dicho que lo has visto.

–Sí, lo he visto.

–Igual que me ves a mí.

–Sí.

–Lo has visto con tus propios ojos.

–Sí. Lo he visto. Lo he visto.

Así concluyó la primera entrevista formal. Mientras estaba sentada en el salón, notando por fin el cansancio, pero reacia a acostarse, interrogaron a su madre, y a continuación a Leon y a Paul Marshall. Hicieron comparecer al viejo Hardman y a su hijo Danny. Briony oyó decir a Betty que Danny había pasado toda la noche en casa con su padre, y que éste lo corroboraba. Enviaron a la cocina a varios agentes que volvieron a la casa después de haber estado buscando a los gemelos. En las horas confusas y poco memorables de aquel amanecer, Briony dedujo que Cecilia se negaba a salir de su cuarto y a bajar para ser interrogada. En los días que siguieron no le darían cuartel, y cuando finalmente refirió su versión de lo que había sucedido en la biblioteca –en sí mismo, un relato mucho más escandaloso que el de Briony, a pesar de que el encuentro hubiera sido mutuamente consentido–, no hizo más que confirmar la opinión general que se había formado: el señor Turner era un hombre peligroso. La reiterada sugerencia de Cecilia de que Danny Hardman era

215

la persona a quien debían dirigirse fue escuchada en silencio. Era comprensible, aunque poco ético, que la joven encubriera a su amigo arrojando sospechas sobre un chico inocente.

Poco después de las cinco, cuando se habló de que estaban preparando el desayuno, al menos para los agentes, porque nadie más tenía hambre, corrió por la casa el anuncio de que una figura que podría ser Robbie se acercaba a través del parque. Quizás alguien había estado vigilando desde una ventana del piso de arriba. Briony no supo cómo se tomó la decisión de que todos salieran a esperarle en la puerta. De repente, todos se congregaron allí: la familia, Paul Marshall, Betty y sus ayudantes y los policías, un comité de recepción cerrando filas en la entrada delantera. Sólo Lola, en un coma sedado, y Cecilia, enfurecida, se quedaron arriba. Tal vez fuera porque la señora Tallis no quiso que la presencia contaminante entrara en la casa. El inspector quizás temiese una violencia que sería más fácil de atajar al aire libre, donde había más espacio para proceder a una detención. Toda la magia del alba había desaparecido ya, reemplazada por una mañana gris que sólo se distinguía por una bruma estival que sin duda no tardaría en disiparse.

Al principio no vieron nada, aunque Briony creyó percibir la pisada de suelas en el camino. Luego todo el mundo las oyó, y hubo un murmullo colectivo y un desplazamiento del peso de los cuerpos cuando avistaron una forma indefinible, nada más que una mancha grisácea contra el fondo blanco, casi a unos cien metros de distancia. Cuando la silueta cobró forma, el grupo que aguardaba enmudeció de nuevo. Nadie daba crédito a lo que estaban viendo. Sin duda era un espejismo de la niebla y la luz. Nadie en aquella era de teléfonos y automóviles podía creer que en el poblado Surrey existiesen gigantes de más de dos metros de estatura. Pero allí estaba, una aparición tan inhumana como resuelta. Era algo imposible e innegable, aquello que avanzaba. Betty, de quien se sabía que era católica, se persignó mientras el pequeño grupo se agolpaba más cerca de la entrada. Sólo el inspector jefe dio unos pasos adelante, y mientras los daba todo se aclaró. La clave era una segunda figura diminuta que se balanceaba junto a la primera. Entonces fue evidente: era Robbie, con un chico sentado en los hombros y el otro cogido de la mano, que caminaba un poco rezagado. Cuando estuvo a menos de nueve metros, Robbie se detuvo y pareció que iba a hablar, pero optó por esperar a que el inspector y los otros policías se le aproximaran. El chico que llevaba sobre sus hombros parecía dormido. El otro recostó la cabeza contra la cintura de Robbie y se puso la mano de éste sobre el pecho, como si buscara protección o calor.

Briony sintió un alivio inmediato porque los gemelos estaban a salvo. Pero al mirar a Robbie, que aguardaba con calma, experimentó una ráfaga de ira. ¿Creía acaso que podía encubrir su crimen con aquella capa de aparente bondad y su encarnación del buen pastor? Era sin duda una tentativa cínica de obtener el perdón por algo que nunca se podría perdonar. Se sintió ratificada en su idea de que el mal era complicado y engañoso. De improviso, las manos de su madre le estaban presionando los hombros y la estaba girando en dirección a la casa, donde fue confiada a la custodia de Betty. Emily quería que su hija se mantuviese lejos de Robbie Turner. Por fin había llegado la hora de acostarse. Betty la asió firmemente de la mano y la guió mientras su madre y su hermano se adelantaban para recoger a los gemelos. Lo último que vislumbró Briony por encima del hombro, cuando se la llevaban, fue a Robbie levantando las dos manos, como si se rindiera. Alzó al chico por encima de su cabeza y lo depositó con suavidad en el suelo.

Una hora más tarde estaba acostada en su cama de dosel, con el camisón blanco de algodón que Betty le había buscado. Las cortinas estaban corridas, pero el rayo de luz alrededor de sus bordes era intenso, y a pesar de todas las sensaciones rotatorias del cansancio no lograba conciliar el sueño. Había voces e imágenes alineadas alrededor de su cama, presencias agitadas e insidiosas que se empujaban y se mezclaban, resistiendo a sus intentos de colocarlas en orden. ¿De verdad estaban todas ellas delimitadas por un solo día, por un período de vigilia ininterrumpida, desde los ensayos inocentes de la obra de teatro hasta la aparición del gigante entre la bruma? Todo lo que había sucedido en medio era tan estridente, tan fluido que no llegaba a entenderlo, pero intuía que lo había conseguido, que hasta había triunfado. Retiró de una patada la sábana de las piernas y dio la vuelta a la almohada para que sus mejillas descansaran sobre una superficie más fresca. En su estado de mareo no acertaba a saber con exactitud cuál había sido el éxito; si había sido alcanzar una madurez nueva, apenas la sentía ahora, en que era muy desvalida, muy infantil incluso, por la falta de sueño, hasta el extremo de que pensó que no le costaría mucho romper a llorar. Aunque había sido un acto valiente identificar a una persona tan mala, no estaba bien que se presentara así, con los gemelos, y Briony se sentía engañada. ¿Quién la creería ahora que Robbie adoptaba la pose del bondadoso salvador de niños extraviados? Todos sus afanes, todo su valor y lucidez, todo lo que había hecho para llevar a Lola a casa... para nada. Le darían la espalda, su madre, los policías, su hermano, y se irían con Robbie Turner a celebrar algún conciliábulo adulto. Quería estar con su madre, quería rodearle el cuello con los brazos y acercar su cara preciosa a la de ella, pero su madre ya no vendría, nadie vendría a ver a Briony, nadie querría ya hablar con ella. Hundió la cara en la almohada y dejó que las lágrimas cayeran sobre ella, y pensó que lo perdido era aún más grande porque no había testigos de su tristeza.

Llevaba media hora tumbada en la penumbra, alimentando aquella tristeza placentera, cuando oyó que arrancaba el coche de policía aparcado debajo de su ventana. Rodó por la grava y luego se detuvo. Se oyeron voces y el crujido de varios pasos. Se levantó y separó las cortinas. La neblina persistía, pero era más clara, como iluminada desde el interior, y entrecerró los ojos mientras se acostumbraban al resplandor. Las cuatro portezuelas del Humber policial estaban abiertas de par en par, y tres agentes aguardaban junto a ellas. Las voces procedían de un grupo situado exactamente debajo de ella, junto a la puerta de entrada, fuera de su visión. Luego se oyó de nuevo el rumor de pasos y aparecieron los dos inspectores y Robbie entre ambos. ¡Y esposado! Vio cómo tenía las manos unidas por delante, y desde su observatorio atisbó el destello plateado del acero debajo del puño de la camisa. La vergüenza de la escena la horrorizó. Era una confirmación más de que era culpable, y el comienzo de su castigo. La imagen tenía el cariz de una condena eterna.

Llegaron al coche y se detuvieron. Robbie se volvió a medias, pero ella no pudo verle la expresión. Se mantenía erguido, varios centímetros más alto que el inspector, con la cabeza levantada. Quizás estuviese orgulloso de lo que había hecho. Uno de los agentes se sentó en el asiento del conductor. El inspector más joven caminaba hacia la puerta de atrás, en el extremo más alejado, y su jefe se disponía a introducir a Robbie en el asiento trasero. Hubo el sonido de una conmoción justo debajo de la ventana de Briony, y un grito agudo de Emily Tallis, y de repente una figura corrió hacia el coche todo lo aprisa que le permitía un vestido ceñido. Cecilia redujo el paso conforme se acercaba. Robbie se volvió y dio medio paso hacia ella y, sorprendentemente, el inspector retrocedió. Las esposas se veían claramente, pero Robbie no parecía avergonzado o ni siquiera consciente de que las llevaba puestas mientras escuchaba muy serio, enfrente de Cecilia, lo que ésta le estaba diciendo. Los policías les miraban impasibles. Si ella estaba pronunciando la amarga acusación que Robbie merecía oír, no lo denotó su cara. Aunque no veía la de Cecilia, Briony pensó que hablaba con muy poca animación. Sus acusaciones serían tanto más poderosas porque eran musitadas. Se habían aproximado el uno al otro, y ahora Robbie habló brevemente, levantó a media altura las manos esposadas y las dejó caer. Ella se las tocó con las suyas, y le rozó con los dedos la solapa y luego se la agarró y la movió suavemente. Fue un gesto amable, y a Briony la conmovió la capacidad de perdón de su hermana, si se trataba de eso. Del perdón. La palabra no había tenido ningún significado hasta entonces, aunque Briony, en innumerables ocasiones, la había oído ensalzada en la escuela y en la iglesia. Y todas aquellas veces su hermana la había comprendido. Había, por supuesto, muchas más cosas que ignoraba de Cecilia. Pero habría tiempo para conocerlas, pues aquella tragedia no tenía más remedio que unirlas más estrechamente.

El afable inspector con la cara de granito debió de pensar que ya había sido bastante indulgente, porque se adelantó para apartar la mano de Cecilia e interponerse entre ellos. Robbie le dijo algo a ella, hablando rápido por encima del hombro del policía, y se volvió hacia el coche. El inspector tuvo la consideración de posar la mano en la cabeza de Robbie y de empujársela con fuerza hacia abajo a fin de que no se golpease al agacharse para subir al asiento trasero. Los dos inspectores se apretujaron a ambos lados del preso. Las portezuelas se cerraron de un portazo, y el agente que se quedó en tierra se tocó el casco a modo de saludo cuando el coche se puso en marcha. Cecilia permaneció donde estaba, mirando al camino, observando con serenidad el vehículo que se alejaba, pero los temblores a lo largo de la línea de sus hombros delataron que estaba llorando, y Briony supo que nunca había amado a su hermana más que entonces.

Debería haber terminado allí, aquel día completo que se

había engarzado en una noche de verano, debería haber concluido cuando el Humber se perdió de vista en el camino. Pero faltaba una confrontación final. No había recorrido veinte metros cuando el coche empezó a reducir la velocidad. Una figura cuya presencia Briony no había advertido se acercaba por el centro del camino y no mostraba intención de hacerse a un lado. Era una mujer, más bien baja, que se cimbreaba al andar, llevaba un vestido de flores estampadas y empuñaba lo que a primera vista parecía ser un palo, pero que en realidad era un paraguas de hombre con una cabeza de ganso en el mango. El coche se detuvo y tocó la bocina cuando la mujer se acercó y se paró justo delante de la rejilla del radiador. Era la madre de Robbie, Grace Turner. Levantó el paraguas y gritó. El policía que ocupaba el asiento contiguo al del conductor se había apeado y estaba hablando con ella, y luego la agarró por el codo. El otro agente, el que había saludado, corría hacia ellos. La señora Turner liberó su brazo, volvió a levantar el paraguas, esta vez con las dos manos, y lo estrelló, primero el mango con cabeza de ganso, con un estallido como el de un disparo de pistola, contra el capó reluciente del Humber. Mientras los agentes medio la empujaban y medio la transportaban hasta el arcén del camino, ella empezó a gritar una sola palabra tan alto que Briony la oyó desde su dormitorio.

–¡Mentirosos! ¡Mentirosos! ¡Mentirosos! –rugía la señora Turner.

Con la puerta delantera completamente abierta, el coche pasó de largo, despacio, y se detuvo para que montara el policía que se había apeado. Solo, su colega tenía dificultades para contener a la mujer. Ella logró asestar otro golpe con el paraguas, pero resbaló sobre el techo del Humber. El agente consiguió arrebatarle el paraguas y lo arrojó a la hierba por encima del hombro.

–¡Mentirosos! ¡Mentirosos! ¡Mentirosos! –gritó de nuevo

Grace Turner, y dio unos cuantos pasos impotentes en pos del coche en marcha, y después se paró, con las manos en las caderas, a observar cómo cruzaba el primer puente, a continuación la isla y luego el segundo puente, y cómo por último desaparecía en la blancura.

Segunda parte

Ya había suficientes horrores, pero fue el detalle inesperado el que le asaltó y luego no habría de abandonarle. Cuando llegaron al paso a nivel, al cabo de una caminata de cinco kilómetros por una carretera estrecha, vio el camino que estaba buscando y que torcía hacia la derecha, luego bajaba y volvía a ascender hacia un soto que recubría una colina baja hacia el noroeste. Hicieron un alto para que él pudiese consultar el mapa. Pero no estaba donde él pensaba que tenía que estar. No estaba en su bolsillo, ni metido dentro de su cinturón. ¿Se le habría caído, o se lo habría dejado en la última parada? Dejó caer el abrigo al suelo y estaba rebuscando en los bolsillos cuando comprendió. Tenía el mapa en la mano izquierda, y debía de haberlo tenido en ella durante más de una hora. Miró a los otros dos, pero ellos miraban a otro lado, se mantenían aparte, fumando en silencio. El mapa seguía en su mano. Se lo había arrancado de los dedos a un capitán de los West Kents tendido en una trinchera a las afueras de..., ¿a las afueras de dónde? Aquellos mapas de la retaguardia no abundaban. Cogió también el revólver del capitán muerto. No se proponía hacerse pasar por un oficial. Había perdido su fusil y solamente quería sobrevivir.

El sendero que le interesaba salía del costado de una casa

bombardeada, totalmente nueva, tal vez la casa de un ferroviario reconstruida después de la última vez. Había rastros de animales en el barro, alrededor de un charco formado en un surco de neumáticos. Probablemente huellas de cabras. Desperdigados en derredor había jirones de tela rayada con los bordes ennegrecidos, restos de cortinas o de ropa, y un marco de ventana rota colgado sobre un arbusto, y en todas partes olía a hollín húmedo. Aquél era su camino, su atajo. Dobló el mapa, recogió el abrigo y cuando se estaba enderezando y se lo estaba colgando sobre los hombros, lo vio. Los otros, presintiendo su movimiento, se volvieron y siguieron su mirada. Era una pierna en un árbol. Era un plátano maduro que empezaba a echar hojas. La pierna estaba a una altura de seis metros, encajada en la primera horquilla del tronco, desnuda y cercenada limpiamente por encima de la rodilla. Desde donde ellos estaban no vieron señal de sangre o de carne desgarrada. Era una pierna perfecta, pálida, tersa, lo suficientemente pequeña para pertenecer a un niño. Por el modo en que estaba insertada en la horquilla, parecía estar expuesta, para provecho o aleccionamiento de los espectadores: esto es una pierna.

Los dos cabos emitieron un sonido desdeñoso de asco y recogieron sus cosas. Se negaron a acercarse. En los últimos días ya habían visto bastante.

Nettle, el camionero, sacó otro cigarrillo y dijo:

—Bueno, ¿por dónde ahora, jefe?

Le llamaban así para solventar la espinosa cuestión del rango. Él echó a andar por el sendero de prisa, casi al trote. Quería adelantarse y perderse de vista para vomitar o para cagar, no sabía muy bien cuál de las dos cosas. Detrás de un granero, junto a un montón de pizarras rotas, su cuerpo escogió por él la primera opción. Tenía tanta sed que no podía permitirse perder líquido. Bebió de su cantimplora, y rodeó el edificio. Aprovechó ese momento a solas para mirarse la herida. Estaba en el costado derecho, justo debajo de las costillas, y era del tamaño de una moneda de media corona. No tenía mal aspecto, después de haber limpiado, la víspera, la sangre seca. Aunque la piel de alrededor estaba roja, no había mucha hinchazón. Pero dentro había algo. Lo notaba moverse cuando caminaba. Quizás un pedazo de metralla. Cuando los cabos llegaron donde estaba, ya se había remetido la camisa y fingía examinar el mapa. En presencia de ellos, el mapa era su única intimidad.

—¿A qué vienen tantas prisas?

—Habrá visto un panecillo.

—Es el mapa. Vuelve a tener sus putas *dudas*.

—No las tengo, caballeros. Éste es el camino.

Sacó un cigarrillo y el cabo Mace se lo encendió. Luego, para ocultar el temblor de las manos, Robbie Turner empezó a caminar y los otros le siguieron, como le habían seguido los dos últimos días. ¿O habían sido tres? Era de rango inferior, pero ellos le seguían y hacían todo lo que él proponía, y para preservar su dignidad le chinchaban. Cuando recorrían las carreteras o cortaban a campo traviesa y él guardaba silencio un rato demasiado largo, Mace decía: «Jefe, ¿estás pensando otra vez en panecillos?» Y Nettle entonaba: «Está, el jodido, está.» Eran gente de ciudad que aborrecían el campo y en él se sentían perdidos. Los puntos de la brújula no significaban nada para ellos. Se habían saltado aquel capítulo de la instrucción básica. Habían decidido llegar a la costa y necesitaban a Robbie. A ellos les resultaba difícil. Él actuaba como un oficial, pero no tenía ni un solo galón. La primera noche, cuando se guarecieron en el cobertizo para bicicletas de una escuela incendiada, el cabo Nettle dijo:

—¿Qué es eso de que un soldado raso como tú hable como un jefazo?

No les debía explicación alguna. Trataba de sobrevivir, tenía un buen motivo para hacerlo, y le importaba un bledo que ellos le siguieran o no. Los dos hombres se habían aferrado a sus fusiles. Eso ya era algo, y Mace era un hombretón de hombros fuertes y manos que habrían podido abarcar una octava y media del piano del pub donde decía que tocaba. A Turner tampoco le molestaban las pullas. Lo único que quería ahora que seguían el sendero que se alejaba de la carretera era olvidar la pierna. El sendero se juntaba con una vereda encajonada entre dos tapias de piedra y bajaba hacia un valle que no se veía desde la carretera. Abajo había un arroyo pardo que cruzaron sobre piedras asentadas muy hondo en un tapete que parecía componerse de berros enanos.

La ruta viraba hacia el oeste a medida que subían hacia la salida del valle, todavía entre muros antiguos. Delante, el cielo empezaba a despejarse un poco y resplandecía como una promesa. Todo lo demás era grisáceo. Cuando se aproximaban a la cima, a través de un bosquecillo de castaños, el sol que se ponía por debajo de la capa de nubes iluminó el paisaje y deslumbró a los tres soldados que ascendían hacia él. Qué hermoso podría haber sido topar con la puesta de sol al final de una excursión por la campiña francesa. Siempre un acto esperanzado.

Al salir del bosquecillo oyeron bombarderos, volvieron a refugiarse al abrigo de los árboles y fumaron mientras aguardaban. Desde donde estaban no veían los aviones, pero la vista era hermosa. Apenas eran colinas lo que se extendía tan ampliamente ante ellos. En el paisaje había ondulaciones, débiles ecos de vastas altitudes en otros lugares. Cada cresta sucesiva era de un tono más claro que la anterior. Turner vio una aguada menguante, gris y azul, que se desvanecía en una niebla hacia el sol poniente, como un manjar oriental en un plato.

Media hora después, hacían la larga travesía de una ladera más profunda que se internaba aún más en el norte y les condujo por fin hasta otro valle y otro arroyuelo. Su caudal era más apacible y lo cruzaron por un puente de piedra tapizado por una espesa capa de boñigas de vaca. Los cabos, que no estaban tan cansados como él, fingieron en broma que les daba asco. Uno de ellos le lanzó a la espalda una bosta seca. Turner no miró atrás. Empezaba a pensar que los jirones de tela podrían haber sido el pijama de un niño. De un chico. A veces, los bombarderos descendían en picado no mucho después del alba. Procuraba no pensar en ello, pero no lo conseguía. Un chico francés dormido en su cama. Turner quería poner más distancia entre él y aquella casa de campo bombardeada. Ahora no sólo le perseguían el ejército alemán y su fuerza aérea. Si hubiera habido luna, bien a gusto habría caminado durante toda la noche. A los cabos no les gustaría. Quizás fuese el momento de quitárselos de encima.

Río abajo, visible desde el puente, había una hilera de chopos cuyas copas resplandecientes ondeaban en la última luz. Los soldados doblaron en dirección opuesta y enseguida la vereda volvió a ser un camino que se alejaba del arroyo. Estrujándose, ovillándose, se abrieron paso entre arbustos de hojas gruesas y brillantes. Había también robles raquíticos, sin apenas hojas. Bajo los pies, la vegetación despedía un olor dulzón y húmedo, y pensó que en el paraje había algo erróneo que lo hacía muy distinto de todo lo demás que habían visto.

Delante, oyeron un zumbido de maquinaria. Se volvió más fuerte, más furioso, y parecía la rotación velocísima de volantes o turbinas eléctricas que girasen a una velocidad increíble. Estaban entrando en un gran espacio de sonido y potencia.

–¡Abejas! –gritó. Tuvo que volverse y repetirlo para que le oyeran. El aire ya se había oscurecido. Conocía de sobra el mundo rural. Si una se te enganchaba en el pelo y te picaba, al morir transmitía un mensaje químico y todas las que lo captasen se verían compelidas a acudir a picar y morir en el mismo sitio. ¡Alistamiento general! Después de todos los peligros, aquello era una especie de insulto. Levantaron los abrigos por encima de sus cabezas y atravesaron corriendo el enjambre. Todavía en medio de las abejas, llegaron a una zanja hedionda de estiércol que cruzaron sobre una plancha tambaleante. Se refugiaron detrás de un granero súbitamente pacífico. Más allá había un corral. Nada más entrar en él, unos perros empezaron a ladrar y salió una anciana corriendo hacia ellos y agitando las manos como si ellos fuesen gallinas a las que pudiera ahuyentar. Los cabos dependían del francés que hablaba Turner. Se adelantó y esperó a que la mujer llegara hasta él. Circulaban historias de que había civiles que vendían botellas de agua por diez francos, pero él nunca lo había visto. Los franceses que había conocido eran generosos o bien estaban hundidos en sus propias desdichas. Era una anciana endeble y llena de energía. Tenía una cara nudosa de duendecillo y una mirada feroz. Su voz era aguda.

–*C'est impossible, m'sieu. Vous ne pouvez pas rester ici.*[1]

–Nos quedaremos en el granero. Necesitamos agua, vino, pan, queso y cualquier otra cosa que pueda darnos.

–*Impossible!*

Él le dijo, en voz baja:

–Hemos estado luchando por Francia.

–No pueden quedarse aquí.

–Nos iremos al amanecer. Los alemanes todavía están...

–No son los alemanes, *m'sieu*. Son mis hijos. Son unas bestias. Y no tardarán en llegar.

Turner apartó a la mujer y se dirigió a la bomba que había en la esquina del corral, cerca de la cocina. Nettle y Mace le siguieron. Mientras bebía, una niña de unos diez

---

1. «Imposible, señor. No pueden quedarse aquí». En francés en el original. *(N. del T.)*

años y su hermano pequeño, cogido de su mano, le observaban desde la entrada. Cuando terminó y hubo llenado su cantimplora, les sonrió y ellos huyeron. Los cabos estaban debajo del caño, y bebían al mismo tiempo. La mujer apareció de pronto detrás de Turner y le agarró del codo. Antes de que empezara otra vez, él dijo:

–Por favor, tráiganos lo que le he pedido o entraremos nosotros a buscarlo.

–Mis hijos son unos salvajes. Me matarán.

Él habría preferido decir: «Pues que la maten», pero siguió andando y gritó por encima del hombro:

–Yo hablaré con ellos.

–Y entonces, m'sieu, le matarán a usted. Le harán trizas.

El cabo Mace era cocinero en la misma unidad del RASC que el cabo Nettle. Antes de alistarse trabajaba de encargado en el almacén Heal, en Tottenham Court Road. Dijo que sobre el confort sabía un par de cosas, y se dispuso a organizar un habitáculo en el granero. Turner se habría desplomado encima de la paja. Mace encontró un montón de sacos y con ayuda de Nettle los rellenó para improvisar tres colchones. Hizo cabeceras con balas de heno que derribó al suelo con una sola mano. Fabricó una mesa con una puerta colocada encima de una pila de ladrillos. Sacó una vela del bolsillo.

–Más vale ponerse cómodos –repetía, entre dientes. Era la primera vez que iban más allá del nivel de las alusiones sexuales. Los tres hombres yacían en sus catres, fumando y esperando. Ahora que ya no tenían sed sus pensamientos se centraban en la comida que estaba a punto de llegar, y oían en la penumbra los ruidos y movimientos de las tripas de cada uno; eso les dio risa. Turner les contó la conversación que había tenido con la anciana y lo que ella le había dicho de sus hijos.

–Serán colaboracionistas –dijo Nettle. Sólo parecía pequeño al lado de su amigo, pero tenía las facciones marcadas de un hombre menudo y una expresión amistosa, de roedor, realzada por el modo en que descansaba los dientes de la mandíbula superior en el labio inferior.

—O nazis franceses. Simpatizantes de los alemanes. Como los que vimos en Mosley —dijo Mace.

Guardaron silencio un rato y luego Mace añadió:

—O como son todos los del campo, majaras a fuerza de casarse entre ellos.

—Sean lo que sean —dijo Turner—, creo que ahora deberíais comprobar vuestras armas y tenerlas a mano.

Ellos le obedecieron. Mace encendió la vela y acometieron los trámites de rutina. Turner verificó su pistola y la dejó a su alcance. Cuando los cabos hubieron terminado, apoyaron los Lee-Enfields contra una caja de madera y volvieron a tumbarse en sus catres. Poco después llegó la niña con una cesta. La depositó junto a la puerta del granero y se marchó corriendo. Nettle cogió la cesta y extendieron las viandas encima de la mesa. Una hogaza redonda de pan moreno, un pedazo pequeño de queso blando, una cebolla y una botella de vino. El pan era difícil de cortar y sabía a moho. El queso era sabroso, pero duró segundos. Se pasaron la botella y también se acabó enseguida. De modo que masticaron el pan mohoso y comieron la cebolla.

Nettle dijo:

—Yo no le daría esto ni a mi puto perro.

—Voy a ir a buscar algo mejor —dijo Turner.

—Te acompañamos.

Pero permanecieron un rato tumbados en silencio. Ninguno se sentía todavía con ánimos de enfrentarse a la anciana.

Entonces, al oír pasos, se volvieron y vieron a dos hombres plantados en la entrada. Los dos tenían algo en la mano, una estaca, quizás, o una escopeta. En la luz declinan-

232

te no era posible saberlo. Tampoco veían las caras de los hermanos franceses.

Era una voz baja.

—*Bonsoir, messieurs.*

—*Bonsoir.*

Al incorporarse de su camastro de paja, Turner cogió el revólver. Los cabos alargaron la mano hacia sus fusiles.

—Tranquilos —susurró Turner.

—*Anglais? Belges?*

—*Anglais.*

—Tenemos algo para ustedes.

—¿Qué?

—¿Qué está diciendo? —preguntó uno de los cabos.

—Dice que tienen algo para nosotros.

—Los cojones.

Los hombres se acercaron unos cuantos pasos y levantaron lo que llevaban en las manos. Escopetas, seguramente. Turner soltó el seguro de su arma. Oyó que Mace y Nettle hacían lo mismo.

—Calma —murmuró.

—Dejen sus armas, *messieurs.*

—Dejen las suyas.

—Esperen un momento.

La figura que habló estaba rebuscando en su bolsillo. Sacó una linterna y no enfocó a los soldados, sino a su hermano, a lo que tenía en la mano. Una hogaza francesa. Y a lo que llevaba en la otra mano, una bolsa de lona. Luego les enseñó las dos barras de pan que llevaba él.

—Y tenemos aceitunas, queso, paté, tomates y jamón. Y, naturalmente, vino. *Vive l'Angleterre.*

—Esto..., *vive la France.*

Se sentaron a la mesa de Mace, que los franceses, Henri y Jean-Marie Bonnet, admiraron cortésmente, así como los colchones. Eran hombres bajos y fornidos, en la cincuentena. Henri llevaba gafas, lo que Netle dijo que parecía raro en un granjero. Turner no lo tradujo. Junto con el vino habían llevado vasos de cristal. Los cinco hicieron sendos brindis por el ejército francés y el inglés, y por el aplastamiento de Alemania. Los hermanos observaron cómo comían los soldados. Por medio de Turner, Mace dijo que nunca había probado ni había oído hablar de paté de hígado de oca, y que en adelante no comería otra cosa. Los franceses sonrieron, pero su actitud era reservada y no parecían tener ganas de emborracharse. Dijeron que habían conducido todo el trayecto hasta un villorrio cerca de Arras, en su camión de plataforma de la granja, para cuidar de una prima joven y de sus hijos. En la ciudad se estaba librando una gran batalla, pero ignoraban quién la estaba sitiando, quién defendiendo y quién estaba imponiéndose. Viajaron por carreteras secundarias para evitar el caos de los refugiados. Vieron granjas ardiendo y se toparon en el camino con una docena aproximada de soldados ingleses muertos. Tuvieron que apearse y arrastrarlos fuera de la calzada para no tener que pasarles por encima. Pero había un par de cuerpos casi cortados en dos. Debía de haber sido una gran ofensiva con ametralladoras, quizás desde el aire, quizás una emboscada. De nuevo en el camión, Henri se mareó en la cabina y Jean-Marie, que iba al volante, sucumbió al pánico y se metió en una cuneta. Caminaron hasta un pueblo, pidieron prestados dos caballos a un granjero y desatascaron el Renault. Les llevó dos horas. De nuevo en ruta, vieron carros blindados y tanques calcinados, tanto alemanes como franceses e ingleses. Pero no vieron soldados. La batalla se había trasladado a otro sitio.

Atardecía para cuando llegaron al villorrio. Había sido totalmente destruido y estaba desierto. La casa de su prima estaba destrozada, con agujeros de bala en todas las paredes, pero todavía conservaba el tejado. Entraron en todas las habitaciones y les alivió no encontrar a nadie en ellas. Su prima

234

debía de haberse llevado a los niños y haberse unido a los miles de personas en las carreteras. Como les asustaba regresar de noche, aparcaron en un bosque y trataron de dormir en la cabina. A lo largo de toda la noche oyeron la artillería machacando Arras. Parecía imposible que alguien o algo pudiese sobrevivir allí. Regresaron por otro itinerario, lo que suponía un trayecto mucho más largo, para no tropezarse con soldados muertos. Ahora, explicó Henri, su hermano y él estaban muy fatigados. Cuando cerraban los ojos veían aquellos cuerpos mutilados.

Jean-Marie volvió a llenar los vasos. El relato, del que Turner hizo una traducción simultánea, había durado casi una hora. Se había acabado toda la comida. Pensó en contarles el detalle inquietante que él había visto. Pero no quiso añadir otro horror, y no quería dar vida a aquella imagen mientras permaneciese a distancia, contenida por el vino y la camaradería. Les refirió, en cambio, que él se había quedado separado de su unidad al comienzo de la retirada, durante un ataque de Stukas. No mencionó su herida porque no quería que los cabos se enterasen. Pero les explicó que estaban caminando a campo traviesa hasta Dunkerque para evitar los ataques aéreos sobre las carreteras principales.

Jean-Marie dijo:

—Entonces es verdad lo que dicen. Se están retirando.

—Volveremos —dijo Turner, pero no se lo creía ni él mismo.

El vino estaba haciendo efecto en el cabo Nettle. Empezó un deshilvanado elogio sobre lo que llamó el «panecillo gabacho»: lo abundante, lo disponible, lo delicioso que era. Todo era puro cuento. Los hermanos miraron a Turner.

—Dice que las francesas son las mujeres más bellas del mundo.

Ellos asintieron con solemnidad y alzaron los vasos.

Guardaron silencio un rato. La velada casi había llegado

a su fin. Escucharon los sonidos nocturnos a los que ya se habían habituado –el retumbo de la artillería, disparos perdidos a lo lejos, una explosión estruendosa en la distancia–, probablemente zapadores que volaban un puente en la retirada.

–Pregúntales por su madre –sugirió el cabo Mace–. Aclaremos eso.

–Éramos tres hermanos –explicó Henri–. El mayor, Paul, el primogénito, murió cerca de Verdún en 1915. Alcanzado de lleno por un proyectil. No se pudo enterrar nada más que su casco. Nosotros dos tuvimos suerte. Salimos indemnes, sin un rasguño. Desde entonces ella siempre ha odiado a los soldados. Pero ahora tiene ochenta y tres años y está perdiendo la cabeza, y está obsesionada con eso. Franceses, ingleses, belgas, alemanes. No hace distinciones. Todos son iguales para ella. Tememos que cuando vengan los alemanes salga a recibirlos con una horqueta y la maten de un tiro.

Fatigosamente, los hermanos se pusieron en pie. Los soldados hicieron lo mismo.

Jean-Marie dijo:

–Les ofreceríamos hospitalidad en nuestra mesa de la cocina. Pero para eso tendríamos que encerrar con llave a mi madre en su cuarto.

–Ha sido un magnífico banquete –dijo Turner.

Nettle estaba cuchicheando algo al oído de Mace, y éste asentía. Nettle sacó de su petate dos cartones de tabaco. Por supuesto, era lo menos que podían hacer. Los franceses hicieron un gesto cortés de negativa, pero Nettle rodeó la mesa y les encajó los cartones debajo del brazo. A Turner le pidió que tradujera.

–Deberían haberlo visto, cuando dieron la orden de destruir los estancos. Veinte mil cigarrillos. Cogimos los que quisimos.

Un ejército entero huía hacia la costa, armado con cigarrillos para combatir el hambre.

Los franceses dieron las gracias educadamente, felicitaron a Turner por su dominio del francés y luego se inclinaron sobre la mesa para meter dentro de la bolsa las botellas y los vasos vacíos. Nadie fingió que volverían a verse.

–Nos iremos con las primeras luces –dijo Turner–. Así que nos despedimos ahora.

Se estrecharon las manos.

Henri Bonnet dijo:

–Los combates que vivimos hace veinticinco años. Todos aquellos muertos. Y ahora los alemanes están otra vez en Francia. Dentro de dos días llegarán aquí y se llevarán todo lo que tenemos. ¿Quién lo hubiese creído?

Turner sintió por primera vez la completa ignominia de la retirada. Estaba avergonzado. Dijo, aún con menos convicción que antes:

–Los expulsaremos, se lo prometo.

Los hermanos asintieron y, con sonrisas finales de despedida, abandonaron el débil círculo de luz de la vela y atravesaron la oscuridad hacia la puerta abierta del granero, y mientras salían los vasos tintineaban contra las botellas.

Durante largo tiempo, tumbado de espaldas, Turner estuvo fumando y mirando la negrura del cavernoso tejado. Los ronquidos de los cabos formaban un contrapunto. Estaba exhausto, pero no tenía sueño. Le incomodaba cada punzada precisa y tensa de la herida. Tuviera lo que tuviese dentro, era afilado y estaba cerca de la superficie, y deseaba tocarlo con la punta de un dedo. La extenuación le volvía vulnerable a los pensamientos que quería evitar. Estaba pensando en el chico francés dormido en su cama, y en la indiferencia con que unos hombres podían arrojar bombas sobre un paisaje. O descargarlas sobre una casa dormida junto a la vía del tren, sin saber o sin importarles quién vivía allí abajo. Era un proceso industrial. Había visto en acción a las unidades de su propio ejército, grupos estrechamente ensamblados, que trabajaban a todas horas, orgullosos de la rapidez con que podían instalar una batería, y orgullosos de su disciplina, ejercicios, instrucción y trabajo de equipo. No necesitaban ver el resultado final: un chico desaparecido. Esfumado. Mientras formaba esta palabra en sus pensamientos, el sueño le iba venciendo, pero sólo unos segundos. Luego despertaba en el catre, de espaldas, mirando a la oscuridad de su celda. Sentía que estaba otra vez allí. Podía oler el suelo de cemento, y la orina del cubo y el esmalte de las paredes, y oír los ronquidos de los hombres a lo largo de la hilera. Tres años y medio de noches parecidas, sin poder dormir, pensando en otro chico desaparecido, otra vida esfumada que había sido la suya, y esperando al alba, y vaciar el recipiente y otro día malgastado. No sabía cómo había sobrevivido a aquella estupidez cotidiana. La estupidez y la claustrofobia. La mano que le apretaba la garganta. Estar aquí, guarecido en un granero, con un ejército en desbandada, donde una pierna de un niño en un árbol era algo de lo que los hombres normales podían no hacer caso, donde todo un país, toda una civilización estaba a punto de derrumbarse, era mejor que estar allí, en un camastro estrecho, bajo una tenue luz eléctrica, sin esperar nada. Aquí había valles boscosos, arroyos, luz de sol sobre los álamos que no podían quitarle, a menos que lo matasen. Y había esperanza. *Te esperaré. Vuelve.* Había una posibilidad, al menos eso, de volver. Tenía en el bolsillo la última carta de ella y su nueva dirección. Por eso tenía que sobrevivir, y valerse de su astucia para apartarse de las carreteras principales donde los bombarderos trazaban círculos en el cielo como aves de presa.

Más tarde, se levantó de debajo del abrigo, se calzó las botas y recorrió a tientas el granero para ir a aliviarse fuera. Estaba mareado de cansancio, pero todavía no conciliaba el sueño. Haciendo caso omiso de los gruñidos de los perros, recorrió una vereda hasta una pendiente de hierba para observar los fogonazos en el cielo del sur. Era la tormenta inminente de las unidades blindadas alemanas. Se tocó el bolsillo superior, donde tenía envuelto el poema que ella le había enviado en su carta. *En la pesadilla de la oscuridad, todos los perros de Europa ladran.* Las restantes cartas estaban guardadas en el bolsillo abotonado del interior del abrigo. Poniéndose de pie sobre la rueda de un remolque abandonado pudo ver otras partes del cielo. Había fogonazos de artillería en todas partes, salvo en el norte. El ejército derrotado recorría un pasillo que tenía que estrecharse y que no tardarían en cortar. Los rezagados no tendrían ocasión de escapar. En el mejor de los casos, de nuevo la prisión. Un campo de prisioneros. Esta vez no aguantaría. Cuando Francia cayese, la guerra no tendría fin. No habría cartas de ella, no habría regreso. No podría negociar una liberación anticipada a condición de alistarse en la infantería. Nuevamente la mano en la garganta. La perspectiva sería la de mil o miles de noches encarcelado, repasando insomne el pasado, aguardando a reanudar su vida, si alguna vez conseguía reanudarla. Quizás lo sensato fuese marcharse ahora, antes de que fuera demasiado tarde, y caminar día y noche hasta llegar al Canal. Escabullirse, abandonar a su suerte a los cabos. Se volvió, empezó a bajar la cuesta y se lo pensó mejor. Apenas veía el suelo que tenía delante. No avanzaría en la oscuridad y era fácil romperse una pierna. Y quizás los cabos no fuesen tan imbéciles: Mace con sus colchones de paja, Nettle con su regalo de tabaco a los hermanos Bonnet.

Guiado por sus ronquidos, volvió a la cama. Pero seguía sin llegar el sueño, o le llegaba en rápidas zambullidas de las que emergía aturdido por pensamientos que no podía elegir ni controlar. Los viejos recuerdos le perseguían. Rememoró otra vez su único encuentro con ella. Seis días después de salir de la cárcel, un día antes de presentarse cerca de Aldershot para el servicio. Cuando concertaron una cita en el salón de té Joe Lyons, en el Strand, en 1939, llevaban sin verse tres años y medio. Llegó temprano al local y se sentó en un rincón que dominaba la puerta. La libertad era aún algo nuevo. El ritmo y el trasiego, los colores de abrigos, chaquetas y faldas, las ruidosas y animadas conversaciones de los compradores del West End, el trato amistoso de la chica que le atendió, la espaciosa ausencia de amenaza: se recostó y disfrutó de la envolvente vida cotidiana. Sólo él podía apreciar su belleza.

Durante el tiempo de encierro, la única mujer autorizada a visitarle fue su madre. Para evitar que se sulfurara, dijeron. Cecilia le escribía todas las semanas. Enamorado de ella, deseoso de conservar la cordura por ella, estaba, por supuesto, prendado de sus palabras. Cuando le contestaba, simulaba que era el mismo de siempre, procuraba aparentar que estaba cuerdo. Por miedo a su psiquiatra, que actuaba también como censor de ambos, no podían mostrarse sensuales, ni siquiera cariñosos. La cárcel era considerada moderna e ilustrada, a pesar de su escalofrío victoriano. Con precisión clínica, habían diagnosticado que la sexualidad de Robbie era morbosamente obsesiva, y que necesitaba tanta ayuda como corrección. No había que estimularle. Algunas cartas –tanto de él como de ella– fueron confiscadas a causa de alguna tímida expresión de afecto. En consecuencia, hablaban de literatura, y empleaban personajes a manera de códigos. En

Cambridge, se habían cruzado en la calle sin detenerse. ¡Todos aquellos libros, todas aquellas parejas felices o trágicas de las que nunca habían hablado! Tristán e Isolda, el duque Orsino y Olivia (y también Malvolio), Troilo y Crésida, el señor Knightley y Emma, Venus y Adonis. Turner y Tallis. Una vez, desesperado, aludió a Prometeo, encadenado a una roca, con el hígado devorado todos los días por un buitre. En ocasiones ella era la paciente Griselda. Mencionar un «rincón tranquilo en una biblioteca» era una expresión cifrada que significaba el éxtasis sexual. Consignaban asimismo la pauta diaria, con aburrido y amoroso pormenor. Él describía cada aspecto de la rutina carcelaria, pero nunca le hablaba de lo estúpida que era. Ya era bastante evidente. Nunca le dijo que temía hundirse. También estaba clarísimo. Ella nunca le escribió que le amaba, aunque lo habría hecho si hubiera creído que pasaría la censura. Pero él lo sabía.

Ella le dijo que había cortado toda relación con su familia. Nunca volvería a hablarles a sus padres, a su hermano ni a su hermana. Él seguía de cerca todos sus pasos hacia su título de enfermera. Cuando ella le escribió: «Hoy he ido a la biblioteca a buscar el libro de anatomía del que te hablé. He encontrado un rincón tranquilo y he fingido que leía», él supo que ella se nutría de los mismos recuerdos que a él le consumían todas las noches debajo de delgadas mantas carcelarias.

Cuando ella entró en el salón con su capa de enfermera, él, despertando con un sobresalto de un sopor placentero, se levantó tan aprisa que derramó el té. Era consciente de que le quedaba grande el traje que su madre le había guardado. La chaqueta no parecía posarse en ningún punto de sus hombros. Se sentaron, se miraron, sonrieron y miraron a otro lado. Robbie y Cecilia habían hecho el amor durante años: por correo. En sus misivas cifradas habían intimado, pero qué artificial parecía ahora su cercanía al entablar una charla trivial, un desvalido catecismo de preguntas y respuestas corteses. A medida que la distancia se abría entre ellos, comprendieron lo lejos que habían ido en sus cartas. Habían imaginado y deseado aquel momento durante tanto tiempo que ahora no sabían evaluarlo. Él había estado excluido del mundo, y carecía de confianza para retroceder en busca de un pensamiento más osado. *Te quiero, y me has salvado la vida.* Le preguntó por su alojamiento. Ella le habló de él.

—¿Y te llevas bien con tu casera?

No se le ocurrió nada mejor que decir, y temió el silencio que pudiera instaurarse, y la torpeza que sería un preludio del momento en que ella le dijera que había sido agradable volver a verse. Ahora tenía que volver al trabajo. Todo lo que tenían descansaba en unos pocos minutos, años atrás, en una biblioteca. ¿No era demasiado endeble? Bien podía ella reconvertirse en una especie de hermana. ¿Estaba decepcionada? Él había adelgazado. Había encogido en todos los sentidos. La cárcel le hizo despreciarse a sí mismo, mientras que ella seguía tan adorable como él la recordaba, especialmente con su uniforme de enfermera. Pero ella también estaba nerviosísima, incapaz de sortear las sandeces. Trataba de mostrarse frívola sobre el mal genio de su casera. Al cabo de unos cuantos comentarios parecidos, en realidad ella miraba al pequeño reloj que llevaba colgado encima de su pecho izquierdo, y le decía que faltaba poco para que terminase la pausa del almuerzo. Habían estado juntos media hora.

Él la acompañó hasta la parada del autobús de Whitehall. En los preciosos minutos finales él le escribió su dirección, una fría sucesión de siglas y números. Le explicó que no tendría permiso hasta que terminara la instrucción básica. Después, le concederían dos semanas. Ella le miraba, moviendo la cabeza con cierta exasperación, y luego, por fin, él le tomó la mano y se la estrechó. El gesto tenía que transmitir todo lo que no había sido dicho, y ella respondió, a su vez, con una presión de la mano. Llegó el autobús y ella no la soltó. Estaban frente a frente. Él la besó, ligeramente al principio, pero se acercaron y, cuando sus lenguas entraron en contacto, una parte incorpórea de él mismo lo agradeció abyectamente, porque sabía que ahora tenía un recuerdo atesorado al que recurrir en los meses siguientes. Lo recreaba ahora, en un granero francés, de madrugada. Estrecharon el abrazo y siguieron besándose mientras la gente de la cola pasaba por delante. Algún gracioso graznó algo en el oído de Robbie. Ella lloraba sobre su mejilla, y entristecida aplastaba los labios contra los de Robbie. Llegó otro autobús. Ella se despegó, le presionó la muñeca y subió sin decir una palabra y sin mirar atrás. Él la vio sentarse en un asiento y cuando el autobús arrancó cayó en la cuenta de que debería haberla acompañado hasta el hospital. Había desperdiciado minutos de su compañía. Tenía que aprender de nuevo el modo de pensar y de actuar por sí mismo. Echó a correr a lo largo de Whitehall, con la esperanza de alcanzarla en la parada siguiente. Pero el autobús estaba ya muy lejos y no tardó en perderse hacia Parliament Square.

Siguieron carteándose todo el tiempo que duró la instrucción. Liberados de la censura y de la necesidad de ser inventivos, actuaban con cautela. Impacientados por la vida epistolar, conscientes de las dificultades, se guardaban de ir más allá de cogerse las manos y darse un único beso en una parada de autobús. Decían que se amaban, empleaban «cariño» y «queridísima», y sabían que su futuro radicaba en estar juntos, pero se abstenían de intimidades más explícitas. Ahora se trataba de permanecer en contacto hasta aquellas dos semanas. Por medio de una amiga de Girton, ella encontró en Wiltshire una casa de campo que podrían prestarles, y aunque apenas pensaban en otra cosa en los ratos de asueto, procuraban no divagar al respecto en sus cartas. Por el contrario, hablaban de sus rutinas respectivas. Ella estaba ahora en el pabellón de maternidad, y cada día deparaba milagros ordinarios, así como instantes dramáticos o hilarantes. También había tragedias, comparadas con las cuales sus propios problemas se reducían a nada: niños que nacían muertos, madres que morían, hombres jóvenes llorando en los pasillos, madres adolescentes desorientadas y abandonadas por sus familias, deformidades infantiles que producían amor y vergüenza en dosis confusas. Cuando ella le relataba un desenlace feliz, el momento en que la batalla había concluido y una madre extenuada cogía a su hijo en brazos por primera vez y contemplaba extasiada una cara nueva, era la tácita evocación del porvenir de Cecilia, el que habría de compartir con Robbie, lo que confería a la carta un poder sencillo, si bien, a decir verdad, él pensaba menos en el nacimiento que en la concepción.

Él, a su vez, le describía la plaza de armas, el campo de tiro, los ejercicios, las «novatadas», el cuartel. No cumplía los requisitos para la instrucción de oficial, por suerte, porque tarde o temprano toparía en el comedor de oficiales con alguien que conociese su pasado. Entre los soldados rasos era un hombre anónimo, y resultó que haber estado en la cárcel confería cierto prestigio. Descubrió que se había adaptado bien a un régimen castrense, a los terrores de la inspección del equipo y a doblar las mantas en cuadrados concretos, con las etiquetas alineadas. A diferencia de sus compañeros, no consideraba que la comida fuera mala. Los días, aunque fatigosos, eran muy variados. Las marchas a campo traviesa le causaban un placer que no se atrevía a expresar a los demás reclutas. Estaba ganando peso y fortaleza. Su educación y su edad le eran adversos, pero su pasado compensaba esto y nadie le buscaba las cosquillas. Por el contrario, le tenían por un perro viejo y avisado, que conocía las mañas de «ellos» y que te echaba una mano a la hora de rellenar un impreso. Al igual que Cecilia, limitaba sus cartas a las tareas diarias, interrumpidas por una anécdota graciosa o alarmante: el recluta que salía a desfilar sin una bota; la oveja que irrumpía corriendo en el cuartel y a la que nadie lograba echar el guante, el sargento instructor que a punto estuvo de resultar herido en el campo de tiro.

Pero había una evolución exterior, una sombra a la que él no tenía más remedio que aludir. El año antes, después de Munich, estaba seguro, como todo el mundo, de que habría guerra. Estaban acelerando e intensificando la instrucción, y ampliando otro campamento para acoger a más reclutas. Su inquietud no procedía del combate en que tal vez participase, sino de la amenaza al sueño de Wiltshire. Ella reflejaba los mismos temores con sus descripciones de trámites de emergencia en el hospital: más camas, cursillos especiales, ejercicios de urgencia. Pero para los dos había también algo fantástico en todo aquello, remoto aunque posible. Otra vez no, decía mucha gente. Y ellos dos seguían aferrándose a sus esperanzas.

Había otro asunto, más cercano, que preocupaba a Robbie. Cecilia no había hablado con sus padres, con su hermano o con su hermana desde noviembre de 1935, cuando Robbie fue condenado. No les escribía ni quería que conociesen su dirección. Las cartas le llegaban a través de la madre de él, que había vendido el bungalow y se había trasladado a otro pueblo. Por medio de Grace, Cecilia comunicó a su familia que se encontraba bien y que no quería que se pusieran en contacto con ella. Leon había ido al hospital un día, pero ella no habló con él. Leon esperó toda la tarde delante de las puertas. Cuando ella le vio, se refugió dentro hasta que él se fue. A la mañana siguiente estaba ante la puerta de la residencia de enfermeras. Ella pasó de largo sin mirarle siquiera. Leon la agarró del codo, pero ella se zafó y siguió andando, exteriormente indiferente a su súplica.

Robbie sabía mejor que nadie cuánto amaba ella a su hermano, lo próxima que se sentía a su familia y lo mucho que la casa y el parque significaban para ella. Él no podría volver nunca, pero le apenaba pensar que Cecilia estaba destruyendo por su culpa una parte de sí misma. Transcurrido un mes de instrucción, él se lo dijo. No era la primera vez que habían abordado el tema, pero la cuestión era cada vez más clara.

Ella le escribió en respuesta: «Se pusieron en tu contra, todos, incluso mi padre. Cuando arruinaron tu vida estropearon la mía. Optaron por creer el testimonio de una niña estúpida e histérica. De hecho, la animaron no dándole ocasión de rectificar. Ella tenía entonces trece años, lo sé, pero no quiero volver a hablar con ella. En cuanto a los demás, no puedo perdonarles lo que hicieron. Ahora que me he alejado empiezo a comprender el esnobismo que esconde su idiotez. Mi madre nunca te perdonó tus notas brillantes. Mi padre prefirió enfrascarse en su trabajo. Leon reveló ser un cretino risueño y pusilánime que se puso de parte de todos los demás. Cuando Hardman decidió encubrir a Danny, nadie de mi familia quiso que la policía le hiciera las preguntas obvias. La policía te tenía a ti para acusarte. No quería que el caso se le complicase. Sé que parezco amarga, pero, querido mío, no quiero serlo. Soy francamente feliz con mi nueva vida y mis nuevas amistades. Siento que ahora respiro. Y, sobre todo, vivo por ti. Seamos realistas, había que elegir: o tú o ellos. ¿Cómo elegir a los dos? No tuve un solo instante de duda. Te quiero. Creo en ti totalmente. Eres lo que más amo, la razón de mi vida. Cee.»

Se sabía de memoria estas últimas líneas y ahora las musitó en la oscuridad. La razón de mi vida. No de vivir, sino de la vida. Ahí estaba el quid. Y ella era la razón de su vida, y la razón por la que debía sobrevivir. Yacía de costado, mirando hacia donde creía que estaba la entrada del granero, aguardando los primeros indicios de luz. Estaba demasiado inquieto para dormir ahora. Lo único que quería era caminar hacia la costa.

No tuvieron la casa campestre en Wiltshire. Tres semanas antes de terminar la instrucción, fue declarada la guerra. La reacción militar fue automática, como los reflejos de una almeja. Todos los permisos se anularon. Algún tiempo después, dijeron que estaban «aplazados». Dieron una fecha, la cambiaron, la anularon. Luego, veinticuatro horas antes, distribuyeron pases para el tren. Dispusieron de cuatro días hasta que él hubo de incorporarse a su nuevo regimiento. Corría el rumor de que los trasladarían. Ella había intentado reorganizar las fechas de sus vacaciones, y lo consiguió en parte. Cuando lo intentó otra vez, no pudieron cambiárselas. Cuando llegó la postal de Robbie, en la que le comunicaba su llegada, ella estaba de camino hacia Liverpool, para un cursillo sobre la terapia de los traumas graves en el hospital Alder Hey. El día en que él llegó a Londres trató de seguirla hacia el norte, pero los trenes eran lentísimos. Tenía prioridad el tráfico militar que se dirigía al sur. En la estación de New Street de Birmingham perdió una conexión y el siguiente tren fue suprimido. Tendría que esperar hasta el día siguiente. Deambuló por los andenes durante media hora, en un torbellino de indecisión. Por último, optó por regresar. Presentarse tarde en el regimiento era una falta grave.

Cuando ella volvió de Liverpool, él estaba desembarcando en Cherburgo y ante él se extendía el invierno más insulso de su vida. Los dos, por supuesto, estaban consternados, pero ella consideró un deber actuar de un modo positivo y apaciguador. «No voy a marcharme», le escribió, en su primera carta después de Liverpool. «Te esperaré. Vuelve.» Se estaba citando a sí misma. Sabía que él se acordaría. A partir de entonces, terminaba así todas sus cartas a Robbie en Francia, hasta la última de todas, que llegó justo cuando dieron la orden de regresar a Dunkerque.

Fue un largo y crudo invierno para la fuerza expedicionaria británica en el norte de Francia. No ocurrió mucho más. Cavaron trincheras, aseguraron vías de suministro y les mandaron hacer ejercicios nocturnos, absurdos para la infantería, pues no les explicaron su finalidad y había escasez de armas. Cuando estaba de permiso, cada uno de los hombres era un general. Hasta el último soldado raso estaba persuadido de que la guerra no volvería a librarse en las trincheras. Pero el armamento antitanques que esperaban no llegó nunca. De hecho, tenían pocas armas pesadas. Fue una época de aburrimiento y de partidos de fútbol contra otras unidades, de marchas que duraban todo el día por carreteras rurales con todo el equipo a cuestas, sin nada más que hacer durante horas que seguir el paso y soñar despiertos al compás de las botas sobre el asfalto. Se extraviaba en pensamientos sobre ella y proyectaba la carta siguiente, refinando las frases, procurando hallar comicidad en el tedio.

Puede que fueran los primeros destellos de verde en los senderos franceses y la neblina de campánulas vislumbradas en los bosques lo que le hizo sentir la necesidad de reconciliación y de una vuelta a empezar. Resolvió que trataría de convencerla de nuevo de que estableciese contacto con sus padres. No hacía falta que les perdonase, ni que recitase los antiguos argumentos. Bastaría con escribirles una carta breve y sencilla, informándoles de dónde estaba y de quién era. ¿Quién sabía los cambios que podrían producirse en los años venideros? Él sabía que si ella no hacía las paces con sus padres antes de que uno de los dos muriera, a Cecilia nunca dejaría de remorderle la conciencia. Él no se perdonaría nunca a sí mismo si no la exhortaba a hacerlo.

De modo que le escribió en abril, y la respuesta de ella no le llegó hasta mediados de mayo, cuando finalmente ya se estaban replegando sobre sus propias líneas, no mucho antes de que llegara la orden de retirada completa hasta el Canal. No había habido contacto con el fuego enemigo. Ahora tenía la carta en el bolsillo superior de su guerrera. Era la última que había recibido de ella antes de que se desmoronase el sistema de reparto de correo.

No iba a hablarte de esto ahora. Todavía no sé qué pensar y quería esperar a que estuviéramos juntos. Ahora que he recibido tu carta, no tiene sentido no decírtelo. La primera sorpresa es que Briony no está en Cambridge. No fue el pasado otoño, no ocupó su plaza. Me asombró porque el doctor Hall me había dicho que la esperaban. La otra sorpresa es que está estudiando enfermería en mi antiguo hospital. ¿Te imaginas a Briony con una cuña? Me imagino que todos dijeron lo mismo de mí. Pero es una fantasiosa, como por desgracia sabemos. Compadezco al paciente al que le ponga una inyección. Su carta es confusa y confunde. Quiere que nos veamos. Está empezando a entender el pleno alcance de lo que hizo y sus consecuencias. Es evidente que el no haber ido a la universidad tiene algo que ver en esto. Dice que quiere ser útil de una forma práctica. Pero tengo la impresión de que ha elegido la enfermería como una especie de penitencia. Quiere venir a verme y que hablemos. Podría equivocarme, y por eso quería esperar a hablar de esto contigo en persona, pero creo que quiere retractarse. Creo que quiere cambiar su testimonio y hacerlo de un modo oficial o jurídico. Quizás ni siquiera sea posible, ya que tu apelación fue rechazada. Debemos conocer mejor las leyes. Quizás debería consultar a un abogado. No quiero que concibamos esperanzas en vano. Tal vez ella no tenga intención de hacer lo que creo, o quizás no esté dispuesta a llevarlo a cabo. Recuerda lo soñadora que es.

No haré nada hasta que tenga noticias tuyas. No te habría dicho nada de esto, pero cuando me escribiste para repetirme que debería contactar con mis padres (admiro tu espíritu generoso), tenía que decírtelo porque la situación podía cambiar. Aunque no sea jurídicamente posible que Briony vaya a ver a un juez y le diga que se lo ha pensado mejor, al menos puede contárselo a mis padres. Luego que ellos decidan lo que quieren hacer. Si son capaces de escribirte una disculpa como es debido, quizás podamos comenzar desde otro punto de partida.

Pienso continuamente en Briony. Estudiar enfermería, cortar las relaciones con su ambiente es un paso más grande para ella de lo que fue para mí. Yo por lo menos cursé mis tres años de Cambridge, y tenía un motivo evidente para repudiar a mi familia. Ella también debe de tener sus razones. No puedo negar que tengo curiosidad por conocerlas. Pero estoy esperando, querido mío, a que me digas lo que piensas. Sí, y, por cierto, ella me ha dicho también que Cyril Connolly, del *Horizon*, ha rechazado un escrito suyo. Así que, por lo menos, alguien es capaz de poner coto a sus desdichadas fantasías.

¿Te acuerdas de aquellos gemelos prematuros de los que te hablé? El más pequeño ha muerto. Ocurrió de noche, cuando yo estaba de guardia. La madre se llevó un disgusto enorme. Nos dijeron que el padre era peón de albañil, y supongo que esperábamos un sujeto insolente con un pitillo colgando del labio. Había estado en East Anglia con unos constructores asignados al ejército, construyendo defensas costeras, y por eso llegó tan tarde al hospital. Resultó ser un tipo muy guapo, de diecinueve años, más de un metro ochenta de alto, de pelo rubio caído sobre la frente. Tiene un pie zopo, como Byron, y por eso no se había alistado. Jenny dijo que parecía un dios griego. Fue de lo más dulce y amable y paciente consolando a su joven esposa. Nos conmovió a todos. Lo más triste fue que estaba consiguiendo tranquilizarla cuando terminó el tiempo de la visita y vino la monja y le obligó a marcharse con todos los demás. Conque tuvimos que apechugar con lo otro. Pobre chica. Pero eran las cuatro, y las reglas son las reglas.

Salgo pitando con esta carta para la estafeta de Balham, a ver si tengo la suerte de que cruce el Canal antes del fin de semana. Pero no quiero acabar con una nota triste. En realidad estoy muy emocionada por la noticia sobre mi hermana y lo que podría representar para nosotros. Me divirtió tu historia sobre las letrinas de los sargentos. Les leí ese pasaje a las chicas y se partían de risa. Me alegro muchísimo de que el oficial de enlace haya sabido que hablas francés y te haya encomendado una tarea donde aprovecharlo. ¿Por qué ha tardado tanto en enterarse? ¿No se lo dijiste? Tienes razón en lo del pan francés: diez minutos después, vuelves a tener hambre. Todo aire y ninguna sustancia. Balham no es tan malo como te dije, pero te contaré más la próxima vez. Te adjunto un poema de Auden sobre la muerte de Yeats que he recortado de un *London Mercury* del año pasado. Iré a ver a Grace este fin de semana y buscaré tu Housman en las cajas. Tengo que darme prisa. Pienso en ti cada minuto. Te quiero. Te esperaré. Vuelve. Cee.

Le despertó la presión suave de una bota contra la región lumbar.

251

—Vamos, jefe. Quinto levanta.

Se incorporó y miró su reloj. La entrada del granero era un rectángulo de un negro azulado. Calculó que había dormido menos de cuarenta y cinco minutos. Mace, diligentemente, vació de paja los sacos y desarmó la mesa. Sentados en silencio sobre balas de heno, fumaron el primer cigarrillo del día. Al salir fuera encontraron un tarro de arcilla con una pesada tapadera de madera. Dentro, envueltos en un paño de gasa, había una barra de pan y un pedazo de queso. Turner dividió allí mismo las provisiones, con un cuchillo de caza.

—Por si nos separamos —murmuró.

Ya había una luz encendida en la granja y los perros ladraron como locos cuando se alejaban. Saltaron una cancilla y empezaron a cruzar el campo en dirección al norte. Al cabo de una hora hicieron un alto en un bosquecillo para beber de las cantimploras y fumar. Turner estudió el mapa. Los primeros bombarderos volaban ya muy alto, una formación de unos cincuenta Heinkels que se dirigían hacia la costa. El sol despuntaba y había pocas nubes. Un día perfecto para la Luftwaffe. Caminaron otra hora en silencio. Como no había camino, eligieron el trayecto por medio de la brújula, a través de campos de vacas y ovejas, tulipanes y trigo joven. Apartados de la carretera, no estaban tan a salvo como él pensaba. En un pasto de ganado había cráteres de bombas, y fragmentos de carne y piel manchada desperdigados por una extensión de cien metros. Pero los tres estaban enfrascados en sus pensamientos y ninguno habló. A Turner le preocupaba el mapa. Conjeturó que estaban a cuarenta kilómetros de Dunkerque. Cuanto más se aproximaran, más difícil sería mantenerse alejados de las carreteras. Todo convergía. Había que vadear ríos y canales. Si tenían que dirigirse a los puentes, volver a atajar a campo traviesa sólo sería una pérdida de tiempo.

Justo después de las diez se detuvieron a descansar de nuevo. Habían saltado una cerca para entrar en un sendero, pero Turner no pudo encontrarlo en el mapa. Discurría en la buena dirección, de todos modos, sobre tierra llana y casi sin árboles. Llevaban caminando otra media hora cuando oyeron fuego antiaéreo unos tres kilómetros más adelante, donde se veía la aguja de una iglesia. Paró para volver a consultar el mapa.

El cabo Nettle dijo:

–No se ven panecillos en ese mapa.

–Chss. El jefe está dudando.

Turner recostó su peso contra la estaca de una cerca. Le dolía el costado cada vez que plantaba el pie derecho. La cosa afilada parecía sobresalir de la camisa y pincharle. Imposible resistir el impulso de sondear con el índice. Pero sólo palpó carne tierna y perforada. Después de la noche anterior, no era justo que tuviese que escuchar las pullas de los cabos. El cansancio y el dolor le ponían irritable, pero no dijo nada y trató de concentrarse. Encontró el pueblo en el mapa, pero no el camino, aunque posiblemente conducía a él. Era exactamente como había creído. Llegarían a la carretera y deberían recorrerla entera hasta la línea de defensa en el canal Bergues-Furnes. No había otra ruta. Las bromas de los cabos continuaban. Dobló el mapa y siguió caminando.

–¿Cuál es el plan, jefe?

Él no contestó.

–Oh, oh. Ahora has ofendido a la damisela.

Más allá del fuego antiaéreo, oyeron fuego de artillería, la de sus tropas, un poco más adelante, hacia el oeste. Al acercarse al pueblo oyeron el rumor de camiones que avanzaban muy despacio. Entonces los vieron, en una hilera que se extendía hacia el norte, circulando al paso. Sería tentador pedirles que los llevaran, pero él sabía por experiencia la diana fácil que ofrecerían vistos desde el cielo. A pie veías y oías lo que se avecinaba.

Al juntarse con la carretera, el camino doblaba una esquina en ángulo recto para salir del pueblo. Descansaron los pies diez minutos, sentados en el pretil de un abrevadero de piedra. Camiones de tres y diez toneladas, carros semiorugas y ambulancias chirriaban al doblar la estrecha curva a menos de dos kilómetros por hora, y se alejaban del pueblo por una larga carretera recta cuya orilla izquierda estaba flanqueada de plátanos. La carretera llevaba directamente al norte, hacia una nube negra de petróleo ardiendo que se cernía sobre el horizonte, apuntando a Dunkerque. Ya no había necesidad de brújula. Vehículos militares inutilizados punteaban el trayecto. No había que dejar nada que sirviese al enemigo. En la trasera de los camiones en retirada, los heridos conscientes tenían una mirada inexpresiva. Había también carros blindados, automóviles de oficiales, cureñas Bren y motocicletas. Mezclados con todos ellos, y con el interior o el techo atestados de enseres y maletas, había coches civiles, autobuses, camionetas y carros empujados por hombres y mujeres o tirados por caballos. El aire estaba gris a causa de las humaredas de diesel, y cansinamente dispersos en medio de aquel hedor, y de momento avanzando más aprisa que el tráfico, había cientos de soldados, casi todos cargando con sus fusiles y sus incómodos abrigos, un estorbo en el creciente calor de la mañana.

Junto con los soldados caminaban familias que acarreaban fardos, bebés, o llevaban a niños cogidos de la mano. El único sonido humano que Turner percibió, horadando el estruendo de motores, fue el llanto de bebés. Había ancianos que caminaban solos. Un viejo vestido con un traje fresco de hilo, corbata de pajarita y pantuflas, se deslizaba con ayuda de dos palos, y avanzaba tan despacio que hasta el tráfico le adelantaba. Jadeaba intensamente. Fuera donde fuese, seguramente no llegaría. En el otro extremo de la carretera, justo en la esquina, había una zapatería abierta. Turner vio a una mujer con una niña pequeña a su lado hablando con una empleada que mostraba sendos zapatos distintos en las palmas de la mano. Ninguna de las tres prestaba atención al desfile que pasaba a su espalda. Circulando contra la marea, y ahora intentando doblar aquel mismo chaflán, había una columna de carros blindados, con la pintura indemne a la batalla, que se dirigía al sur, al encuentro de los alemanes. Lo único que podían esperar contra una división Panzer era una hora o dos de respiro adicional para las tropas en retirada.

Turner se levantó, bebió de su cantimplora y se incorporó a la marcha, colándose detrás de dos hombres de infantería ligera de las Highlands. Los cabos le siguieron. Ya no se sentía responsable de ellos, ahora que se habían sumado al grueso de la retirada. La falta de sueño exacerbaba su hostilidad. Sus pullas de hoy le escocían y parecían traicionar la camaradería de la noche anterior. De hecho, sentía hostilidad hacia todos los que le rodeaban. Sus pensamientos se habían restringido hasta el cogollo de su propia supervivencia.

Con ánimo de quitarse a los cabos de encima, avivó el paso, adelantó a los escoceses y rebasó a un grupo de monjas que conducían a dos docenas de niños con mandilones azules. Eran como el remanente de un internado igual al de donde había enseñado el verano anterior a su ingreso en Cambridge. Ahora le parecía la vida de otro hombre. Una civilización muerta. Primero su propia vida arruinada, luego la de todos los demás. Caminaba a zancadas furiosas, a sabiendas de que no podría mantener mucho tiempo aquel paso. Ya había estado en una columna parecida, el primer día, y sabía lo que buscaba. Inmediatamente a su derecha había una zanja, pero era somera y al descubierto. La hilera de árboles estaba al otro lado. Atravesó la zanja, enfrente de un turismo Renault. Mientras lo hacía, el conductor se recostó sobre el claxon. La estridente bocina produjo en Turner de pronto un sobresalto enfurecido. ¡Basta! Retrocedió de un salto hasta la puerta del conductor y la abrió de golpe. Dentro había un individuo peripuesto, de traje gris y sombrero de fieltro, con maletas de cuero amontonadas al lado y su familia apretujada en el asiento trasero. Turner agarró al hombre por la corbata y se dispuso a abofetear su estúpida cara con la mano derecha abierta, pero otra mano más fuerte que la suya se cerró alrededor de su muñeca.

–Éste no es el enemigo, jefe.

Sin soltarle la muñeca, el cabo Mace lo apartó de allí. Nettle, que estaba justo detrás, cerró de una patada la portezuela del Renault con tal ferocidad que se desprendió el espejo exterior. Los niños con mandilones azules le ovacionaron y aplaudieron.

Los tres cruzaron al otro lado y caminaron bajo la arboleda. El sol estaba ya alto y hacía calor, pero la sombra no cubría aún la carretera. Algunos de los vehículos volcados sobre las cunetas habían sido alcanzados por ataques aéreos. Rodearon camiones abandonados cuyos suministros habían sido diseminados por tropas en busca de comida, bebida o gasolina. Turner y los cabos pisaron según pasaban cintas de máquina de escribir que se habían salido de sus carretes, libros de contabilidad de dos columnas, remesas de escritorios de cinc y sillas giratorias, utensilios de cocina y piezas de motores, sillas de montar, estribos y arneses, máquinas de coser, copas de torneos de fútbol y sillas plegables, un proyector de cine y un generador de gasolina, objetos estos últimos que alguien había destrozado con una palanca que había allí cerca, tirada en el suelo. Rebasaron una ambulancia medio atascada en la zanja y a la que le faltaba una rueda. Una placa de latón en la puerta decía: «Esta ambulancia es un obsequio de los residentes británicos en Brasil.»

Turner descubrió que era posible quedarse dormido

mientras caminaba. El estrépito de los camiones cesaba de pronto, los músculos del cuello se le relajaban, la cabeza le colgaba y despertaba con un respingo y un viraje de los pies. Nettle y Mace eran partidarios de embarcarse en algún vehículo. Pero él ya les había contado lo que había visto la víspera en aquella primera columna: veinte hombres muertos por una sola bomba en la trasera de un camión de tres toneladas. Mientras él se encogía en una zanja, con la cabeza dentro de una alcantarilla, la metralla le había alcanzado en el costado.

–Id vosotros –dijo–. Yo me quedo.

De modo que la cuestión quedó zanjada. No seguirían sin él: era su talismán.

Dieron alcance a algunos hombres más de la infantería ligera de las Highlands. Uno de ellos estaba tocando la gaita, lo que incitó a los cabos a empezar sus parodias de quejidos nasales. Turner hizo como si fuera a cruzar la carretera.

–Si queréis camorra, no contéis conmigo.

Un par de escoceses ya se habían vuelto y murmuraban entre ellos.

–Se está armando una bronca muy chunga, colega –gritó Nettle, hablando en jerga. Se podría haber armado un buen lío de no ser porque oyeron un disparo de pistola en lontananza. Cuando llegaron a su altura, la gaita enmudeció. En un campo abierto se había congregado la caballería francesa, que desmontaba formando una larga hilera. Un oficial que la encabezaba liquidaba a un caballo de un tiro en la cabeza y a continuación pasaba al siguiente. Cada soldado, en posición de firmes junto a su montura, sostenía ceremoniosamente la gorra contra el pecho. Los caballos aguardaban pacientemente su turno.

Este ritual de derrota deprimió aún más los ánimos de todos. Los cabos perdieron las ganas de enzarzarse con los escoceses, que a su vez ya no les hacían ningún caso. Minutos más tarde pasaron por delante de cinco cadáveres en una cuneta, tres mujeres y dos niños. A su alrededor yacían sus maletas. Una de las muertas calzaba pantuflas, como el hombre con el traje de hilo. Turner miró hacia otra parte, resuelto a no dejarse arrastrar. Si quería sobrevivir, tenía que mantener vigilado el cielo. Estaba tan fatigado que se le olvidaba. Y ahora hacía calor. Algunos hombres dejaban caer sus abrigos al suelo. Un día espléndido. En otros tiempos, aquél era uno de esos días que podían denominarse espléndidos. La carretera iniciaba una pendiente lo bastante larga y despaciosa para lastrarle las piernas y aumentarle el dolor en el costado. Cada paso era una decisión consciente. En el talón izquierdo se le estaba hinchando una ampolla que le obligaba a caminar sobre el borde de la bota. Sin detenerse, sacó del petate el pan y el queso, pero estaba tan sediento que no podía masticar. Encendió otro cigarrillo para mitigar el hambre y procuró reducir su tarea a lo más básico: atravesar la tierra hasta llegar al mar. ¿Había algo más fácil, una vez eliminado el elemento social? Era el único hombre sobre la tierra y tenía un propósito claro. Atravesar la tierra hasta llegar al mar. Sabía que la realidad era sobremanera social; otros hombres le estaban persiguiendo, pero le confortaba fingirse solo y disponer de un ritmo, al menos, para sus pies. Caminaba / a través de / la tierra / hasta que / llegase / al mar. Un hexámetro. Ahora avanzaba al ritmo de cinco yámbicos y un anapesto.

Al cabo de veinte minutos la carretera empezó a allanarse. Mirando por encima del hombro vio el convoy que se extendía kilómetro y medio cuesta abajo. Hacia adelante no veía el final. Cruzaron una vía de tren. De acuerdo con su mapa, estaban a veinticinco kilómetros del Canal. Entraban en un trecho donde la maquinaria destruida era más o menos continua a lo largo de la carretera. Había media docena de cañones del calibre veinticinco amontonados al otro lado de la zanja, como arrumbados allí por un pesado bulldozer. Más adelante, donde la tierra empezaba a descender, había una intersección con una carretera comarcal, y alguna conmoción se estaba produciendo. Hubo risas de soldados a pie y en el arcén unas voces se alzaron. Al acercarse, Turner vio a un comandante de los Buffs, un tipo cuarentón, de cara colorada y de la vieja escuela, que gritaba y apuntaba hacia un bosque situado a kilómetro y medio a través de dos campos. Estaba sacando a hombres de la columna, o intentaba hacerlo. Casi nadie le hacía caso y seguían andando, y algunos se reían de él, pero unos pocos se habían detenido, intimidados por sus galones, aunque carecía de la menor autoridad personal. Se habían congregado a su alrededor con los fusiles y un aire indeciso.

–Tú. Sí, tú. Tú vas a hacerlo.

La mano del comandante se había posado en el hombro de Turner. Se detuvo y saludó, antes de saber lo que hacía. Los cabos estaban detrás de él.

El comandante tenía un bigotito de cepillo sobre labios pequeños y apretados que le podaban briosamente las palabras.

–Tenemos a un boche atrapado en aquellos bosques. Debe de ser una avanzadilla. Pero está bien atrincherado con un par de ametralladoras. Tenemos que desalojarle.

Turner sintió que el horror le helaba y debilitaba las piernas. Enseñó al comandante sus palmas vacías.

–¿Con qué, señor?

–Con astucia y un poco de trabajo en equipo.

¿Cómo oponerse a aquel insensato? Turner estaba tan cansado que no acertaba a pensar, aunque sabía que no iba a hacerlo.

–La cosa es que tengo los restos de dos batallones a mitad de camino hacia el este...

Los «restos» era la palabra que mejor describía la situación, y movió a Mace, con todas sus mañas cuarteleras, a interrumpirle.

–Perdone, señor. Permiso para hablar.

–Denegado, cabo.

–Gracias, señor. La orden la ha dado el cuartel general. Diríjanse a Dunkerque con la mayor celeridad y rapidez, sin dilación, diversión o divagación, a los efectos de una evacuación inmediata a causa de que están siendo arrollados horrible y onerosamente en todos los frentes, señor.

El comandante se volvió y clavó el índice en el pecho de Mace.

–Ahora escúcheme. Ésta es nuestra última oportunidad de mostrar...

El cabo Nettle dijo, soñadoramente:

–Ha sido Lord Gort el que ha dictado esa orden, señor, y la ha cursado personalmente.

A Turner le parecía extraordinario que se le hablara así a un oficial. Y además arriesgado. El comandante no se había percatado de que se burlaban de él. Parecía pensar que había hablado Turner, pues el pequeño discurso que siguió fue dirigido a él.

–La retirada es un puñetero caos. Por el amor de Dios, hombre. Es nuestra última oportunidad de mostrarles lo que podemos hacer cuando somos resueltos y contundentes. Lo que es más...

Iba a decir mucho más, pero Turner tuvo la impresión de que un silencio aplacador había descendido sobre la luminosa escena del fin de la mañana. Esta vez no estaba dormido. Estaba mirando por encima del hombro del comandante hacia la cabeza de la columna. Allí se alzaba, muy lejos, a unos nueve metros encima de la carretera, combada por el calor creciente, lo que parecía ser una plancha de madera suspendida horizontalmente, con un bulto en el centro. No le llegaban las palabras del comandante, ni tampoco sus propios pensamientos claros. La aparición horizontal se cernía en el cielo sin aumentar de tamaño, y aunque empezaba a comprender su significado, era imposible, como en un sueño, reaccionar o mover los miembros. Su única acción había sido abrir la boca, pero no logró emitir sonido alguno, y no habría sabido qué decir, de haber podido.

Luego, en el momento preciso en que volvió a fluir el cauce del sonido, consiguió gritar: «¡Corra!» Echó a correr derecho hacia el refugio más próximo. Era el consejo más vago y menos castrense imaginable, pero presintió que los cabos le seguían muy de cerca. También como en sueños, notaba que no podía mover las piernas lo bastante aprisa. No era dolor lo que sentía debajo de las costillas, sino algo que le raspaba contra el hueso. Dejó caer el abrigo. Cincuenta metros más allá había un camión de tres toneladas volcado de costado. Aquella carrocería negra y grasienta, aquel diferencial bulboso, era su único hogar. No tardó mucho en llegar hasta él. Un caza causaba estragos a lo largo de la columna. La amplia andanada de fuego avanzaba por la carretera a una velocidad de trescientos kilómetros por hora, y el traqueteo estruendoso, como una tormenta de granizo, de proyectiles de cañón se estrellaba contra metal y vidrio. Nadie en el interior de los vehículos casi estacionarios había empezado a reaccionar. Los conductores no hacían más que presenciar el espectáculo a través de los parabrisas. Permanecían en el mismo sitio en que estaban unos segundos antes. Los hombres que había en la trasera de los camiones no se enteraron de nada. Un sargento plantado en el centro de la carretera levantó su fusil. Una mujer gritó, y entonces el fuego les llovió encima, en el momento justo en que Turner se lanzó hacia la sombra del camión volcado. El armazón de acero retembló cuando las balas lo alcanzaron con la frenética velocidad de un redoble de tambor. Luego resonaron los cañonazos, batiendo toda la columna, seguidos por el fragor del caza y el parpadeo de su sombra. Se acurrucó contra la oscuridad de la carrocería, al lado de la rueda delantera. Nunca le olió tan bien el aceite de un cárter. A la espera de un segundo avión, se ovilló en una postura fetal, con los brazos alrededor de la cabeza y los ojos cerrados muy fuerte, y pensó únicamente en sobrevivir.

Pero no hubo más aviones. Tan sólo el rumor de los insectos ocupados en sus actividades de fines de la primavera, y los trinos de los pájaros que resurgieron tras una pausa conveniente. Y entonces, como obedeciendo a esta señal de los pájaros, los heridos comenzaron a gemir y los niños aterrados rompieron a llorar. Alguien, como de costumbre, maldecía a la RAF. Turner se levantó y se estaba limpiando el polvo cuando Nettle y Mace aparecieron y los tres volvieron juntos al lugar donde estaba el comandante sentado en el suelo. Le había desaparecido todo el color de la cara, y se tapaba la mano derecha.

—La bala me la ha traspasado —dijo, cuando llegaron—. Vaya suerte, la verdad.

Le ayudaron a ponerse de pie y se ofrecieron a llevarle a una ambulancia donde un oficial médico y dos camilleros ya estaban examinando a los heridos. Pero él se negó con la cabeza y se quedó allí desatendido. En la conmoción era locuaz y hablaba en voz más baja.

—ME 109. Debe de haber sido esa ametralladora. El cañón me hubiera arrancado de cuajo la maldita mano. Veinte milímetros, digo. Debe de haberse separado del grupo. Nos ha visto cuando volvía a la base y no se ha podido resistir. No se lo reprocho, la verdad. Pero eso quiere decir que pronto vendrán más.

La media docena de hombres que había reunido antes se habían incorporado en la cuneta con sus fusiles y emprendían la marcha. Al verles, el comandante se recobró.

—Muy bien, chicos. A formar.

No parecían en absoluto capaces de oponerse, y formaron en fila. Ahora, con una voz un poco temblorosa, el oficial se dirigió a Turner:

—Y vosotros tres. A paso ligero.

—Verá, amigo mío, si le digo la verdad, creo que será mejor que no.

—Ah, ya veo. —Miró bizqueando al hombro de Turner y le pareció ver en él los galones de oficial superior. Hizo un saludo cordial con la mano izquierda—. En ese caso, señor, si no le importa, nos vamos. Le deseo suerte.

—Buena suerte, comandante.

Observaron cómo se alejaba con el destacamento reacio hacia el bosque donde aguardaban las ametralladoras.

La columna no se movió durante media hora. Turner se puso a la disposición del oficial médico y ayudó a los camilleros a trasladar a los heridos. Después les encontró sitio en los camiones. No había rastro de los cabos. Fue en busca de pertrechos a la trasera de una ambulancia. Al ver al oficial en acción, suturando una herida en la cabeza, Turner sintió renacer sus antiguas ambiciones. La cantidad de sangre oscurecía los detalles de manual que recordaba. En el tramo de carretera donde estaban había cinco heridos y, sorprendentemente, ningún muerto, aunque el sargento con el fusil en ristre había sido alcanzado en la cara y no creían que sobreviviera. Tres camiones tenían la cabina tiroteada y fueron apartados de la calzada. Se les extrajo la gasolina con un sifón y, como medida de precaución, les agujerearon a balazos los neumáticos.

Una vez hecho esto en aquella sección, la cabeza de la columna seguía sin moverse. Turner recuperó su abrigo y continuó andando. Tenía tanta sed que no podía esperar. Una anciana belga, herida en una rodilla, se había bebido el agua que le quedaba. La lengua le resecaba la boca, y en lo único que podía pensar era en encontrar algo de beber. En eso y en vigilar el cielo. Sobrepasó secciones como la suya, donde estaban inutilizando los vehículos y trasladando a los heridos a los camiones. Llevaba caminando diez minutos cuando vio la cabeza de Mace sobre la hierba, junto a un montículo de tierra. Estaba a unos veinticinco metros de distancia, en la profunda sombra verde de una alameda. Se encaminó hacia ella, aunque sospechaba que sería más conveniente para su estado de ánimo proseguir el camino. Encontró a Mace y a Nettle hundidos hasta los hombros en un hoyo. Estaban a punto de concluir la tarea de cavar una tumba. Tendido de bruces, más allá del montículo de tierra, yacía un chico de unos quince años. Desde el cuello hasta la cintura se esparcía una mancha púrpura por la espalda de su camisa blanca.

Mace se apoyó en su pala e hizo una imitación pasable.

—«Creo que será mejor que no.» Muy bueno, jefe. La próxima vez lo recordaré.

—Lo de divagación ha estado bien. ¿De dónde lo has sacado?

—Se tragó un puto diccionario —dijo con orgullo el cabo Nettle.

—Me gustaba hacer crucigramas.

—¿Y lo de «arrollados horrible y onerosamente»?

—Eso es de un concierto que dieron en el comedor de sargentos las pasadas navidades.

Sin salir de la fosa, él y Nettle cantaron para Turner una canción desafinada.

Al parecer fue ominoso, visto en conjunto,
ser arrollados horrible y onerosamente.

Detrás de ellos, la columna comenzaba a moverse.

—Mejor que lo sepultemos —dijo el cabo Mace.

Los tres hombres levantaron el cuerpo del chico y le tumbaron de espaldas. Insertada en el bolsillo de su camisa había una hilera de plumas estilográficas. Los cabos no se demoraron en ceremonias. Empezaron a echar paladas de tierra y el chico desapareció enseguida. Nettle dijo:

–Un chaval guapo.

Los cabos habían hecho una cruz atando con un bramante dos palos de una tienda de campaña. Nettle la clavó a golpes con el reverso de su pala. En cuanto volvieron a la carretera. Mace dijo:

–Estaba con sus abuelos. No querían que lo dejásemos en la cuneta. Pensé que se acercarían a retirarlo de allí, pero están deshechos. Más vale que les digamos dónde está.

Pero no había rastro de los abuelos del chico. Mientras caminaban, Turner sacó el mapa y dijo:

–No dejéis de vigilar el cielo.

El comandante tenía razón: después del paso fortuito del Messerschmitt, regresarían. Ya deberían estar allí. El canal Bergues-Funes estaba señalado en el mapa con un grueso trazo azul. La impaciencia de Turner por llegar allí se había hecho inseparable de su sed. Hundiría la cara en aquella tinta azul y bebería un gran trago. Esta idea le trajo a la memoria las fiebres de la infancia, su lógica feroz y aterradora, la búsqueda del lado fresco de la almohada y la mano de su madre sobre su frente. Querida Grace. Al tocarse ahora la frente notó la piel seca y fina como papel. Presintió que crecía la inflamación en torno a su herida, y que la piel se le ponía más tirante, más dura, y que algo que no era sangre le mojaba la camisa. Hubiera querido examinarse a solas, pero allí era prácticamente imposible. El convoy avanzaba con su paso inexorable de antes. La carretera llevaba derecho a la costa; ya no habría más atajos. Conforme se acercaban, la nube negra, que seguramente procedía de una refinería incendiada en Dunkerque, comenzaba a presidir el cielo septentrional. No se podía hacer nada más que caminar hacia ella. Así que una vez más se resignó a avanzar penosamente, cabizbajo y en silencio.

La carretera había ya perdido la protección de los plátanos. Vulnerable a los ataques y sin sombra, serpeaba por el campo ondulante, trazando eses largas y someras. Había desperdiciado preciosas reservas en conversaciones y encuentros superfluos. La fatiga le había inspirado una euforia superficial y comunicativa. Ahora redujo el paso al ritmo de sus botas: atravesar la tierra hasta llegar al mar. Todo lo que le impulsaba a seguir adelante tenía que superar, aunque sólo fuese por una pizca, cualquier cosa que entorpeciese su propósito. En un platillo de la balanza estaba la herida, la sed, la ampolla, el cansancio, el calor, el dolor en los pies y en las piernas, los Stukas, la distancia, el Canal; en el otro, *Te esperaré*, y el recuerdo de cuando ella se lo había dicho, que él había llegado a considerar como un lugar sagrado. Además, el miedo a la captura. Sus recuerdos más sensuales –los pocos minutos en la biblioteca, el beso en Whitehall– se habían descolorido a fuerza de rememorarlos. Se sabía de memoria algunos pasajes de sus cartas, había revivido la pelea por el jarrón junto a la fuente, rememoraba el calor del brazo de ella en la cena en que los gemelos se fugaron. Estos recuerdos le sostenían, pero no era tan fácil. Demasiado a menudo le recordaban dónde estaba la última vez que los había evocado. Se hallaban en el extremo más distante de una gran división en el tiempo, tan importante como la de antes y después de Cristo. Antes de la cárcel, antes de la guerra, antes de que ver un cadáver se hubiese convertido en algo trivial.

Pero esas herejías perecieron cuando leyó la última carta de ella. Se tocó el bolsillo del pecho. Era una especie de genuflexión. Había algo nuevo en la balanza. Que pudiese ser absuelto poseía toda la simplicidad del amor. Paladear la mera posibilidad le recordaba cuántas se habían angostado y muerto. Su gusto por la vida, nada menos, todas las antiguas ambiciones y placeres. La perspectiva era de renacimiento, de un regreso triunfal. Podía volver a ser el hombre que un día, al atardecer, vestido con su mejor traje, había cruzado un parque de Surrey, altivo a causa de una vida prometedora, que había entrado en la casa y, con la claridad de la pasión, le había hecho el amor a Cecilia; no, conservemos el verbo de los cabos, se la había follado mientras los demás sorbían cócteles en la terraza. Podría reanudarse la historia que había estado planeando durante aquel paseo vespertino. Él y Cecilia ya no estarían aislados. Su amor dispondría de espacio y de una sociedad donde crecer. No iría humildemente a pedir disculpas de los amigos que le habían rechazado. Tampoco se cruzaría de brazos, orgulloso y feroz, para repudiarles a su vez. Sabía exactamente cómo se comportaría. Se limitaría a proseguir lo aplazado. Rehabilitado su expediente judicial, podría solicitar su ingreso en la facultad de medicina cuando acabase la guerra, o incluso pedir ahora un puesto en el cuerpo médico. Si Cecilia hacía las paces con su familia, él guardaría las distancias sin parecer resentido. Nunca podría intimar con Emily ni con Jack. Ella había alentado su proceso con una ferocidad extraña, mientras que Jack se desentendió, se refugió en su Ministerio cuando le necesitaban.

Nada de aquello importaba. Desde allí parecía sencillo. Adelantaban a más cadáveres en la carretera, en los arcenes y sobre la calzada, docenas de muertos, soldados y civiles. La pestilencia era cruel y se le infiltraba en los pliegues de la ropa. El convoy había entrado en un pueblo bombardeado, o quizás en las afueras de un ciudad pequeña: era difícil saberlo, pues el lugar estaba reducido a escombros. ¿A quién le importaba? ¿Quién se molestaría en describir algún día aquella confusión, y en averiguar los nombres del pueblo y las fechas para los libros de historia? ¿Y en adoptar el criterio razonable y empezar a repartir culpas? Nadie llegaría a saber nunca lo que era estar allí. Sin los detalles no podría haber un cuadro más amplio. Los comercios, el armamento y los vehículos abandonados formaban una avenida de desechos que se desparramaban sobre el camino. Debido a esto y a los cadáveres se veían obligados a caminar por el centro de la carretera. Daba igual porque el convoy ya no se movía. Los soldados se apeaban de los transportes de tropas y continuaban a pie, tropezando con ladrillos y tejas de los tejados. A los heridos les dejaban aguardando en los camiones. Había una presión mayor de cuerpos en un espacio estrecho, así como una mayor irritación. Turner, con la cabeza gacha, seguía al hombre que le precedía, protectoramente ensimismado en sus pensamientos.

Sería rehabilitado. Tal como lo veía desde allí, donde apenas se tomaba la molestia de levantar los pies para pasar por encima de un brazo de mujer, no creía que tuviese que dispensar excusas ni homenajes. Estar rehabilitado sería un estado puro. Soñaba con él como un amante, con un simple anhelo. Soñaba con él del mismo modo que otros soldados soñaban con sus hogares o sus huertos o sus antiguos empleos de civiles. Si la inocencia parecía elemental aquí, no había razón para que no lo fuese al regresar a Inglaterra. Que su nombre fuese exonerado y que entonces todo el mundo rectificara su opinión. Él había puesto tiempo, ahora a ellos les correspondía actuar. Su tarea era sencilla. Encontrar a Cecilia, casarse con ella y vivir sin vergüenza.

Pero en todo esto había una parte que no conseguía esclarecer, una forma indistinta que el entorno caótico a veinte kilómetros de Dunkerque no reducía a un simple contorno. Briony. Aquí topaba con el borde exterior de lo que Cecilia llamaba su espíritu generoso. Y su racionalidad. Si Cecilia se reconciliaba con su familia, si las hermanas recobraban la antigua cercanía, no sería posible evitar a Briony. Pero ¿podría aceptarla? ¿Estar en la misma habitación que ella? Ahora le estaba ofreciendo una posibilidad de absolución. Pero no para él. Él no había hecho nada malo. La posibilidad era para ella, para su conciencia, que ya no soportaba su delito. ¿Acaso debía él agradecérselo? Y sí, por supuesto, era una niña en mil novecientos treinta y cinco. Se lo había dicho a sí mismo, él y Cecilia se lo habían repetido una y otra vez. Sí, no era más que una niña. Pero no todos los niños mandan a un hombre a la cárcel diciendo una mentira. No todos los niños son tan premeditados y malévolos, tan coherentes a lo largo del tiempo, sin titubeos, sin dudar nunca. Una niña, pero eso no le había impedido a él soñar despierto con humillarla, soñar muchas maneras de tomarse el desquite. Una vez, en Francia, en la semana más cruda del invierno, borracho como una cuba de tanto coñac, incluso la había evocado ensartada en la punta de su bayoneta. Briony y Danny Hardman. No era razonable ni justo odiar a Briony, pero ayudaba.

¿Cómo empezar a comprender la mente de aquella niña? Sólo había una teoría sustentable. En junio de 1932 hubo un día tanto más hermoso porque llegó de repente, después de una larga racha de lluvia y viento. Fue una de aquellas raras mañanas que, con su jactanciosa abundancia de calor y luz y hojas nuevas, se revelaba como un auténtico principio, el gran pórtico del verano, y él lo recorría en compañía de Briony, hasta más allá de la fuente del tritón, más allá de la cerca y los rododendros, cruzando la cancela de hierro y a lo largo del sendero serpeante y angosto del bosque. Ella estaba excitada y locuaz. Debía de tener unos diez años y apenas empezaba a escribir cuentos. Al igual que todos los demás, él había recibido su correspondiente historia de amor, encuadernada e ilustrada, de adversidades vencidas, reencuentro y boda. Bajaban por el camino hacia el río para la clase de natación que él le había prometido. Al dejar atrás la casa, ella quizás le estuviese hablando de un cuento que acababa de terminar o de un libro que estaba leyendo. Era probable que la llevase cogida de la mano. Era una niña callada e intensa, algo repipi a su manera, y aquella locuacidad era infrecuente. A él le alegraba escucharla. Para él también era una época emocionante. Tenía diecinueve años, los exámenes casi habían terminado y creía que había sacado buenas notas. Pronto dejaría de ser un escolar. Su entrevista para Cambridge había salido bien y dos semanas más tarde partiría a Francia para dar clases de inglés en un colegio religioso. Había algo grandioso en el día, en los robles y las hayas colosales que apenas se remecían, y en la luz que caía como joyas a través del follaje fresco para formar charcos entre las hojas muertas del año anterior. Con su petulancia juvenil intuía que esta magnificencia reflejaba el ímpetu glorioso de su vida.

Ella seguía perorando y él la escuchaba a medias, satisfecho. El sendero salía del bosque a las anchas riberas herbosas del río. Caminaron río arriba casi un kilómetro y volvieron a entrar en el bosque. Allí, en un meandro del río, bajo los árboles que la sobrevolaban, había una piscina excavada en los tiempos del abuelo de Briony. Una presa de piedra lentificaba la corriente y era un lugar predilecto de buceo y zambullidas. Por lo demás, no era ideal para principiantes. Te tirabas desde la presa o bien te lanzabas desde la orilla a un agua con un fondo de tres metros. Él se zambulló y flotó, esperando a Briony. Habían empezado las lecciones el año anterior, a finales del verano, cuando el río estaba más bajo y la corriente era más mansa. Ahora hasta en la piscina había un remolino fijo. Ella hizo un solo momento de pausa y luego se lanzó gritando desde la orilla a los brazos de Robbie. Se ejercitaba flotando verticalmente hasta que la corriente la transportaba hacia la presa, y entonces él la remolcaba a través de la piscina para que empezase de nuevo. Cuando ella probó a nadar a braza, tras un invierno de desidia, él tuvo que sostenerla, tarea nada fácil porque tampoco hacía pie. Si le retiraba la mano de debajo, Briony sólo conseguía dar tres o cuatro brazadas antes de hundirse. A ella la divertía el hecho de que, nadando a contracorriente, permanecía en el mismo sitio. Pero no era así. En realidad, era impulsada cada vez hacia la presa, donde se agarraba a un anillo herrumbroso de hierro, aguardando a Robbie con su cara blanca realzada contra los chillones muros musgosos y el cemento verdoso de la presa. Ella llamaba a esto nadar cuesta arriba. Quiso repetir la experiencia, pero el agua estaba fría y al cabo de quince minutos estaba ya harta. Él la arrastró hasta la orilla y, desoyendo sus protestas, la ayudó a salir del agua.

Él cogió su ropa de la cesta y se internó un trecho en el bosque para cambiarse. Cuando volvió, ella estaba exactamente donde la había dejado, en la orilla, contemplando el agua, con la toalla alrededor de los hombros. Dijo:

—Si me cayera al río, ¿me salvarías?

—Pues claro.

Dijo esto encorvado sobre la cesta y oyó, pero no vio, a Briony arrojarse al agua. Su toalla descansaba en la orilla. Aparte de los círculos concéntricos que se ensanchaban en la superficie de la piscina, no había rastro de ella. Luego emergió, aspiró aire y volvió a sumergirse. Desesperado, él pensó en correr hasta la presa para izarla desde allí, pero el agua era de un verde opaco y fangoso. Sólo por medio del tacto podría localizarla debajo de la superficie. No había alternativa: entró en el agua calzado, con chaqueta y todo. Casi de inmediato encontró el brazo de Briony, le colocó la mano debajo del hombro y la empujó hacia arriba. Descubrió, sorprendido, que ella estaba aguantando la respiración. Y a renglón seguido se rió alegremente y se le anilló en el cuello. La remolcó hasta la orilla y con gran dificultad, debido a su ropa empapada, salió del agua.

—Gracias —repetía ella—. Gracias, gracias.

—Has hecho una enorme estupidez.

—Quería que me salvaras.

—¿No te das cuenta de que te podrías haber ahogado?

—Me has salvado.

Angustia y alivio alimentaban la cólera de Robbie. Poco le faltó para gritar: «Estúpida niña. Podríamos habernos ahogado los dos.»

Ella guardaba silencio. Sentada en la orilla, vaciaba el agua de los zapatos de Robbie.

—Te has sumergido y no te veía. La ropa me pesaba. Podríamos habernos ahogado los dos. ¿Te parece una broma? Di, ¿te lo parece?

No había nada más que decir. Ella se vistió y regresaron por el camino, Briony delante y él rezongando tras ella. Quería salir al cielo abierto del parque. Después le esperaba una larga caminata hasta el bungalow para cambiarse de ropa. Su ira no se había aplacado todavía. Pensó que ella no era lo suficientemente pequeña para estar dispensada de pedir disculpas. Caminaba en silencio, cabizbaja, seguramente enfurruñada: él no la veía. Cuando salieron del bosque y ya habían franqueado la cancilla, ella se detuvo y se volvió. Su tono fue directo, hasta desafiante. En lugar de enfurruñarse, le estaba plantando cara.

—¿Sabes por qué quería que me salvaras?

—No.

—¿No es evidente?

—No, no lo es.

—Porque te quiero.

Lo dijo valientemente, con la barbilla levantada, y parpadeaba muy aprisa mientras hablaba, aturdida por la verdad trascendental que había revelado.

Él contuvo el impulso de reírse. Era el objeto amoroso de una colegiala enamorada.

—¿Qué demonios quieres decir con eso?

–Quiero decir lo que todo el mundo cuando dice esto.
Te quiero.

Esta vez las palabras tuvieron un tono de patetismo creciente. Él comprendió que debía reprimir la tentación de burlarse. Pero era difícil. Dijo:

–Como me quieres, te has tirado al río.

–Quería saber si me salvarías.

–Y ahora ya lo sabes. He arriesgado mi vida para salvar la tuya. Pero eso no significa que te quiera.

Ella se irguió un poco.

–Quiero darte las gracias por salvarme la vida. Te estaré eternamente agradecida.

Frases, sin duda, de alguno de sus libros, de alguno que había leído hacía poco o de alguno que había escrito. Él dijo:

–Muy bien, pero no vuelvas a hacerlo, ni conmigo ni con nadie. ¿Prometido?

Ella asintió y dijo, al despedirse:

–Te quiero. Ahora ya lo sabes.

Se alejó hacia la casa. Tiritando bajo la luz del sol, él la observó hasta que se perdió de vista y luego se encaminó hacia la suya. No volvió a verla a solas antes de marcharse a Francia, y en septiembre, cuando regresó, ella estaba en el internado. No mucho después, él se fue a Cambridge, y en diciembre pasó las navidades con unos amigos. No volvió a ver a Briony hasta el siguiente abril, y para entonces el asunto estaba olvidado.

¿Lo estaba?

Había pasado mucho tiempo solo, demasiado tiempo, para rumiarlo. No recordaba ninguna otra conversación con ella, ni una conducta extraña, ni miradas elocuentes o malhumoradas que indicasen que su pasión de colegiala hubiera perdurado más allá de aquel día de junio. Él volvía a Surrey a pasar casi todos los períodos de vacaciones y ella había tenido numerosas ocasiones de ir a buscarle al bungalow o de pasarle un mensaje. Él estaba absorto en su nueva vida, enfrascado en las novedades del entorno estudiantil, y asimismo empeñado por entonces en distanciarse un poco de la familia Tallis. Pero tuvo que haber signos que él no había advertido. Durante tres años, ella debía de haber albergado sentimientos amorosos hacia él que había mantenido ocultos, nutrido con fantasías o embellecido en sus historias. Era el tipo de chica que vivía ensimismada en sus pensamientos. El episodio dramático en el río pudo haber sido suficiente para sostenerla durante todo aquel tiempo.

Esta teoría, o convicción, se fundaba en el recuerdo de un único encuentro: el que se produjo en el puente, al atardecer. Año tras año había rememorado aquel paseo a través del parque. Ella debía de saber que a él le habían invitado a cenar. Allí estaba, descalza, con un sucio vestido blanco. Era muy raro. Debía de estar esperándole, quizás preparando un pequeño discurso, hasta ensayándolo en voz alta, sentada en el pretil de piedra. Cuando él por fin llegó, a ella se le trababa la lengua. Esto, en cierto modo, constituía una prueba. Incluso en aquel momento, se le antojó extraño que ella no le hablara. Entregó la carta a Briony y ella salió corriendo. Minutos después, abría la carta. Estaba conmocionada, y no sólo a causa de una palabra. En la mente de Briony, él había traicionado su amor prefiriendo a su hermana. Luego, en la biblioteca, la confirmación de lo peor, instante en el cual se desmoronó la fantasía completa. Primero, decepción y desespero, después una amargura creciente. Por último, una oportunidad extraordinaria de vengarse, en la oscuridad, durante la búsqueda de los gemelos. Ella dijo su nombre; y nadie, salvo su hermana y Grace, dudó de ella. Él alcanzaba a entender el impulso, el arranque de maldad, el infantil arrebato destructivo. Lo asombroso era la profundidad del rencor de la niña, su insistencia en un relato que a él le llevó derecho a la cárcel de Wandsworth. Ahora quizás le rehabilitasen, cosa que le infundía alegría. Reconocía el valor que ella necesitaría para comparecer de nuevo ante la justicia y desmentir el testimonio que había prestado bajo juramento. Pero no pensaba que alguna vez llegara a borrarse el resentimiento que Briony le inspiraba. Sí, en aquella época era una niña, y él no la perdonaba. Nunca la perdonaría. Este daño era el duradero.

Había más confusión delante, más griterío. Increíblemente, un convoy de unidades blindadas se abría paso contra la presión del avance del tráfico compuesto de soldados y refugiados. La gente se apartaba a regañadientes. Se metía en los huecos entre vehículos abandonados o se apretaba contra paredes y portales derruidos. Era una columna francesa, poco más que un destacamento: tres carros blindados, dos semiorugas y dos transportes de tropas. No hubo indicios de una causa común. Entre los combatientes británicos primaba la opinión de que los franceses les habían dejado en la estacada. No tenían voluntad de luchar por su propio país. Irritados porque les apartaban, los soldados lanzaban juramentos y pinchaban a sus aliados con gritos de «¡Maginot!». Por su parte, los *poilus*[1] debían de haber oído rumores de una evacuación. Y ahí llegaban, con órdenes de cubrir la retaguardia. «¡Cobardes! ¡A los botes! ¡Cagaos en los pantalo-

---

1. «Peludos», en francés: soldados veteranos. *(N. del T.)*

nes!» Ellos pasaron y la gente cerró filas de nuevo, bajo una capa de humaredas de diesel, y prosiguió la marcha.

Se aproximaban a las últimas casas del pueblo. Más allá, en un campo, un hombre y su perro collie caminaban detrás de un arado tirado por un caballo. Al igual que las mujeres de la zapatería, el campesino no parecía advertir el paso del convoy. Eran vidas vividas paralelamente: la guerra era un pasatiempo para los entusiastas, y no por ello menos seria. Era lo mismo que la persecución a muerte de una presa para la jauría, mientras al otro lado del seto contiguo una mujer, sentada en el asiento de atrás de un automóvil en marcha, hacía ganchillo absorta, y en el jardín desnudo de una casa nueva un hombre enseñaba a su hijo a dar patadas a un balón. Sí, el arado continuaría su tarea y habría una cosecha, alguien que la recogiese y la moliera, otros que se la comieran, y no todo el mundo habría muerto...

Turner estaba pensando esto cuando Nettle le agarró del brazo y señaló. El estrépito que la columna francesa produjo a su paso había tapado el sonido, pero era muy fácil verles. Eran quince, como poco, y volaban a diez mil pies, puntitos en el azul que daban vueltas sobre la carretera. Turner y los cabos se pararon a mirarlos, y todos los que estaban cerca hicieron lo mismo.

Una voz extenuada murmuró, cerca de su oído: «Cojones. ¿Dónde está la RAF?»

Otra dijo, como enterada: «Vienen a por los gabachos.»

Como incitada a desmentirlo, una de las motas en el cielo se despegó del grupo y bajó en picado, casi vertical, directamente encima de sus cabezas. Durante unos segundos no captaron el sonido. El silencio se fraguaba como una presión dentro de los oídos. Ni siquiera lo mitigaron los gritos frenéticos que recorrían de un lado a otro la carretera. ¡A cubierto! ¡Dispersaos! ¡A paso ligero!

Era difícil moverse. Podía caminar a un paso regular y

podía detenerse, pero representaba un esfuerzo, un esfuerzo de memoria, recibir las órdenes inhabituales, salir de la carretera y correr. Se habían detenido junto a la última casa del pueblo. Más allá de la casa había un granero, y bordeando a ambos estaba el campo donde el labriego había estado arando. Ahora estaba debajo de un árbol junto con su perro, como resguardándose de un aguacero. Su caballo, todavía con arnés, pastaba en el trecho de campo sin arar. Soldados y civiles abandonaban corriendo la carretera y se dispersaban en todas direcciones. Una mujer que llevaba a un niño en brazos pasó rozando a Turner, luego cambió de idea, volvió atrás y se paró, mirando indecisa al lindero de la carretera. ¿Por dónde? ¿Por el corral o en el campo? Su parálisis liberó a Turner de la suya. El bramido creciente comenzó cuando él la empujaba por el hombro hacia la cerca. Las pesadillas se habían convertido en una ciencia. Alguien, un simple ser humano, se había tomado el tiempo de idear aquel alarido satánico. ¡Y con qué éxito! Era el sonido del pánico mismo, que ascendía y buscaba la extinción que todos ellos, individualmente, sabían que les estaba destinada. Era un sonido que estabas obligado a asumir personalmente. Turner ayudó a la mujer a cruzar la cerca. Quería que ella corriera con él hacia el centro del campo. Como la había tocado, y había tomado una decisión en su lugar, ahora sentía que no podía abandonarla. Pero el chico tenía por lo menos seis años y pesaba, y la mujer y él juntos apenas avanzaban.

Cogió al niño de sus brazos. «Vamos», gritó.

Un Stuka transportaba una sola bomba de unos quinientos kilos. El propósito de quienes estaban en tierra era alejarse de edificios, vehículos y otras personas. El piloto no iba a malgastar su precioso cargamento con una figura señera en un campo. Cuando volviese para ametrallar sería distinto. Turner les había visto perseguir por simple diversión a un hombre que corría. Con una mano libre tiraba del brazo de la mujer. El niño se estaba mojando los pantalones y gritaba al oído de Turner. La madre parecía incapaz de correr. Extendía la mano y gritaba. Quería que le devolviese a su hijo. El niño se retorcía en dirección a ella, por encima del hombro de Turner. En ese momento se oyó el bramido de la bomba que caía. Decían que si oías que el sonido cesaba antes de la explosión, era el final de tus días. Al arrojarse a la hierba, Turner arrastró consigo a la mujer y le empujó la cabeza. Estaba tendido a medias sobre el niño cuando la tierra se estremeció sacudida por un fragor increíble. La onda expansiva les levantó del suelo. Se cubrieron la cara contra las salpicaduras de la tierra. Oyeron que el Stuka se elevaba al mismo tiempo que oían el gemido de alma en pena del próximo ataque. La bomba había caído en la carretera, a menos de ochenta metros de donde estaban. Tenía al chico debajo del brazo y trataba de ayudar a la mujer a incorporarse.

–Tenemos que seguir corriendo. Estamos demasiado cerca de la carretera.

La mujer respondió algo, pero él no la entendió. Avanzaban de nuevo a trompicones por el campo. Notó el dolor en el costado, como un fogonazo de color. Llevaba al chico en brazos, y la mujer parecía retrasarse de nuevo y trataba de recuperar a su hijo. Había ahora centenares de personas en el campo, y todas se dirigían al bosque que había al fondo. Al oír el estridente aullido de la bomba, todo el mundo se acurrucó contra el suelo. Pero la mujer carecía del instinto del peligro y tuvo que volver a derribarla. Esta vez apretaban la cara contra tierra recién removida. Cuando el bramido se hizo más ruidoso, la mujer gritó lo que parecía ser una oración. Él comprendió que ella no hablaba francés. La explosión se produjo al otro lado de la carretera, a más de ciento cincuenta metros de distancia. Pero ahora el primer Stuka estaba girando encima del pueblo y descendía para atacar. El choque había dejado mudo al niño. Su madre no conseguía levantarse del suelo. Turner señaló al Stuka que se acercaba volando sobre los tejados. Estaban justo en su trayectoria, y no había tiempo para discusiones. Ella se negaba a moverse. Él se lanzó dentro del surco. El tableteo vibrátil del fuego de ametralladora y el rugido del motor les pasaron velozmente por encima. Un soldado herido gemía. Turner estaba de pie. Pero la mujer no le quiso coger la mano. Se sentó en el suelo y estrechó fuertemente al niño. Le hablaba en flamenco, le tranquilizaba, le decía sin duda que todo saldría bien. Mamá se ocupará de esto. Turner no sabía una palabra de aquella lengua. Habría dado lo mismo. Ella no le prestaba atención. El chico miraba a Turner sin expresión por encima del hombro de su madre.

Turner dio un paso atrás. Luego echó a correr. El ataque se avecinaba mientras corría resbalando entre los surcos. La tierra densa se le pegaba a las botas. Sólo en las pesadillas eran los pies tan pesados. Una bomba cayó en la carretera, un poco más allá del centro del pueblo, donde estaban los camiones. Pero un bramido ocultaba otro, y alcanzó el campo antes de que él pudiera tirarse el suelo. La detonación le impulsó varios palmos hacia delante y le derribó de bruces en la tierra. Cuando se repuso, tenía la boca, la nariz y los oídos llenos de tierra. Trató de aclararse la garganta, pero no tenía saliva. Utilizó un dedo, pero fue aún peor. Se estaba atragantando con la tierra y después se atragantó con el dedo sucio. Se sonó la nariz para expulsar la tierra. El moco era de barro y le tapó la boca. Pero el bosque estaba cerca, y dentro habría arroyos, cascadas y lagos. Se imaginó un paraíso. Cuando volvió a sonar el aullido creciente de un Stuka en descenso, se esforzó en situar el sonido. ¿Era la sirena? También sus pensamientos estaban atascados. No podía escupir ni tragar, respiraba con dificultad y no podía pensar. Luego, al ver al campesino que aguardaba pacientemente con su perro al pie del árbol, recobró los sentidos, lo recordó todo y se volvió para mirar. Donde habían estado la mujer y el niño había un cráter. Incluso al verlo, pensó que lo había sabido en todo momento. Por eso tuvo que abandonarles. Su misión era sobrevivir, aunque había olvidado por qué. Siguió caminando hacia el bosque.

Se internó unos pasos a cobijo del árbol y se sentó en el nuevo sotobosque, con la espalda recostada en un abedul joven. Pensaba únicamente en agua. Había más de doscientas personas guarecidas en el bosque, entre ellas algunas heridas que se habían arrastrado hasta allí. No muy lejos, un hombre, un civil, lloraba y chillaba de dolor. Turner se levantó y se adentró un poco más. Todo aquel nuevo verdor le hablaba sólo de agua. El ataque proseguía sobre la carretera y encima del pueblo. Apartó hojas viejas y utilizó el casco para excavar. El suelo estaba húmedo pero no rezumó agua en el hoyo que había cavado, a pesar de que tenía más de medio metro de profundidad. Así que se sentó y pensó en agua y trató de limpiarse la lengua contra la manga. Cuando un Stuka descendía, era imposible no tensarse y encogerse, aunque cada vez pensaba que no tenía fuerzas para hacerlo. Hacia el final, los aviones sobrevolaron el bosque para ametrallarlo, pero sin resultado. Hojas y pequeñas ramas caían de las frondas. Después los aviones se fueron, y en el intenso silencio que se cernió sobre los campos y los árboles y el pueblo ni siquiera se oían trinos de pájaros. Al cabo de un rato, en dirección de la carretera, oyeron ráfagas de silbatos que anunciaban el fin del bombardeo. Pero nadie se movió. Se acordaba de que la última vez había ocurrido lo mismo. Estaban demasiado aturdidos, estaban en estado de shock a causa de repetidos episodios de terror. Cada incursión aérea les ponía a todos, acorralados y encogidos, frente a su propia ejecución. Aunque no se produjese, había que vivir la prueba entera, y el miedo no decrecía. Para los vivos, el final de un ataque de Stukas era una parálisis de shock, de shocks repetidos. Ya podían los sargentos y los suboficiales andar entre los hombres gritando y dándoles patadas para que se levantasen. Pero estaban agotados y, durante un buen rato, eran soldados inútiles.

Conque se quedó sentado y aturdido como todos los demás, igual que había hecho la primera vez, a las afueras del pueblo cuyo nombre no lograba recordar. Aquellos pueblos franceses con nombres belgas. Cuando se quedó separado de su unidad y, lo que es peor para un soldado de infantería, perdió el fusil. ¿Cuántos días hacía? No había forma de saberlo. Examinó su revólver, que estaba obstruido de tierra. Sacó las municiones y tiró el arma a los arbustos. Al cabo de un rato oyó un sonido a su espalda y una mano se posó en su hombro.

–Toma. Un regalo de los Green Howards.

El cabo Mace le estaba entregando la cantimplora de algún soldado muerto. Como estaba casi llena, con el primer sorbo se enjuagó la boca, pero hacer esto era un desperdicio. Bebió el resto con tierra.

–Mace, eres un ángel.

El cabo extendió una mano para ayudarle a levantarse.

–Tenemos que irnos. Corre el rumor de que los putos belgas se han desmoronado. Podrían cortarnos la retirada por el este. Todavía faltan varios kilómetros.

Nettle se les unió cuando regresaban por el campo. Tenía una botella de vino y una chocolatina Amo que hicieron pasar de mano en mano.

–Qué buen aroma –dijo Turner, después de haber bebido un largo trago.

–Un gabacho muerto.

El campesino y su collie ya estaban de nuevo detrás del arado. Los tres soldados se acercaron al cráter, donde el olor a cordita era intenso. El agujero era un cono perfectamente simétrico y con los bordes tan tersos como si los hubieran cribado y rastrillado. No había rastros humanos, ni un jirón de ropa ni de cuero de zapato. La madre y su hijo se habían esfumado. Turner hizo una pausa para asimilar este hecho, pero los cabos, que tenían prisa, lo empujaron, y enseguida se unieron a la comitiva de rezagados en la carretera. Ahora estaba más despejada. No habría tráfico hasta que los zapadores entraran con sus bulldozers en el pueblo. Más adelante, la nube de petróleo ardiendo se cernía sobre el paisaje como un padre colérico. Volando muy alto, los bombarderos zumbaban arriba, formando una corriente regular en dos sentidos que iban hacia su objetivo y volvían del mismo. A Turner se le pasó por la cabeza que quizás se encaminaba hacia una matanza. Pero todo el mundo seguía aquel camino, y no se le ocurrió otra alternativa. La ruta les llevaba muy a la derecha de la nube, hacia el este de Dunkerque, hacia la frontera belga.

–Las dunas Bray –dijo, recordando el nombre que había visto en el mapa.

Nettle dijo:

–Me gusta cómo suena eso.

Adelantaron a hombres que apenas podían andar a causa de sus ampollas. Algunos iban descalzos. Unos camaradas empujaban a un soldado recostado en un coche de niño, con una herida sanguinolenta en el pecho. Un sargento conducía un carro de tiro en cuya parte trasera viajaba tapado un oficial, inconsciente o muerto, con los pies y las muñecas atados con cuerdas. Algunas tropas viajaban en bicicletas, la mayoría caminaba en grupos de dos o tres. Un correo de la infantería ligera de las Highland pasó montado en una Harley-Davidson. Le colgaban, inservibles, las piernas ensangrentadas, y el pasajero que llevaba atrás, con los brazos envueltos en vendajes, accionaba los pedales. A lo largo de todo el camino había abrigos tirados, que los hombres habían abandonado a causa del excesivo calor.

Turner había convencido a los cabos de que no se los quitasen.

Llevaban una hora caminando cuando oyeron a su espalda un rítmico ruido sordo, como el tictac de un reloj gigantesco. Se volvieron a mirar. A primera vista era como si una enorme puerta horizontal volase hacia ellos por la carretera. Era una sección de los Welsh Guards, en perfecto orden y con el fusil al hombro, al mando de un alférez. Llegaban a marcha forzada, con la mirada fija hacia delante y alzando mucho los brazos. Los soldados dispersos se hicieron a un lado para dejarles pasar. Eran tiempos de cinismo, pero nadie se arriesgó a un abucheo. El alarde de disciplina y cohesión era bochornoso. Fue un alivio que los Guards se perdieran de vista y que los demás pudiesen reanudar su lento avance introspectivo.

Los paisajes eran conocidos, el inventario era el mismo, pero ahora había más de todo: vehículos, cráteres de bombas, detritos. Había más cadáveres. Caminó a campo traviesa hasta que... captó el sabor del mar, transportado por una brisa refrescante a través de terrenos llanos y pantanosos. El tránsito de gentes en una sola dirección y con un único propósito, el tráfico en el aire, engreído y constante, la nube desmesurada que les anunciaba su destino, sugerían a la mente cansada pero hiperactiva de Turner alguna delicia largo tiempo olvidada de la infancia, un carnaval o un acontecimiento deportivo hacia el que todos se dirigían. Había un recuerdo, que no lograba situar, de su padre llevándole a hombros por una cuesta hacia una gran atracción, hacia el origen de una excitación enorme. Ahora le gustaría disponer de aquellos hombros. Su padre desaparecido le había dejado pocos recuerdos. Un pañuelo de cuello lleno de nudos, un olor determinado, un contorno muy vago de su presencia

283

meditabunda e irritable. ¿Eludió combatir en la Gran Guerra, o murió en algún lugar cerca de allí bajo otro nombre? Tal vez sobrevivió. Grace estaba segura de que era demasiado cobarde, demasiado furtivo para alistarse, pero tenía sus propios motivos para guardarle rencor. Casi todos los hombres de allí tenían un padre que recordaba el norte de Francia, o estaba enterrado en él. Él quería un padre así, vivo o muerto. Mucho tiempo atrás, antes de la guerra, antes de Wandsworth, solía recrearse en la libertad de que gozaba para construir su propia vida, planear su propia vida sólo con la ayuda distante de Jack Tallis. Ahora comprendía cuán engañosa era aquella ilusión. Sin raíces, y por lo tanto fútil. Quería un padre y, por la misma razón, quería ser padre. Era bastante ordinario ver tanta muerte y querer un hijo. Habitual, y por lo tanto humano, y tanto más lo deseaba. Cuando los heridos gritaban, soñabas con compartir una casita en algún sitio, con una vida normal, una familia, lazos. A su alrededor, había hombres que caminaban en silencio, sumidos en sus pensamientos, reformando sus vidas, tomando decisiones. Si alguna vez salgo de ésta... Eran incontables, los niños soñados, mentalmente concebidos en la ruta hacia Dunkerque y más tarde convertidos en carne. Encontraría a Cecilia. Tenía su dirección en la carta que llevaba en el bolsillo, al lado del poema. *En los desiertos del corazón / deja que brote el manantial curativo.* Encontraría también a su padre. Se suponía que el Ejército de Salvación era muy bueno rastreando el paradero de personas desaparecidas. Un nombre perfecto, el de ese Ejército. Él rastrearía el paradero de su padre, o la historia de su padre muerto. En ambos casos, llegaría a ser el hijo de su padre.

Caminaron toda la tarde hasta que al final, un kilómetro y medio más adelante, donde un humo gris y amarillo se alzaba de los campos circundantes, vieron el puente sobre el canal de Bergues-Furnes. Ahora, a lo largo del camino, no

284

quedaban en pie granjas ni graneros. Al igual que el humo, una miasma de carne en putrefacción flotaba hacia ellos: más monturas de caballería muertas, centenares de ellas, apiladas en un campo. No lejos de ellos ardía una montaña de uniformes y mantas. Un fornido soldado de primera, provisto de una almádena, estaba destrozando máquinas de escribir y ciclostilos. Al lado de la carretera había dos ambulancias aparcadas con las portezuelas de atrás abiertas. Desde el interior llegaban los gemidos y gritos de hombres heridos. Uno de ellos gritaba, una y otra vez, más de rabia que de dolor: «¡Agua, quiero agua!» Como todos los demás, Turner siguió su camino.

Las multitudes volvían a agolparse. Delante del puente sobre el canal había un cruce, y desde la dirección de Dunkerque, por la carretera que corría paralela al canal, llegaba un convoy de camiones de tres toneladas que la policía militar trataba de dirigir hacia un campo al otro lado de donde estaban los caballos. Pero las tropas arracimadas en la carretera obligaron al convoy a detenerse. Los conductores tocaban las bocinas y gritaban insultos. La multitud se apretujó. Hombres cansados de esperar se bajaban de la trasera de los camiones. Hubo un grito de «¡A cubierto!» Y antes de que nadie pudiese siquiera girar la vista, la montaña de uniformes saltó por los aires. Empezaron a llover pedazos diminutos de sarga verde oscura. Más cerca, un destacamento de artilleros utilizaba martillos para destrozar las miras esféricas y las recámaras de sus fusiles. Turner advirtió que uno de ellos lloraba mientras destruía su obús. A la entrada del mismo campo, un capellán y su acólito estaban rociando de gasolina cajas llenas de devocionarios y biblias. Unos hombres cruzaban el campo hacia un vertedero, buscando cigarrillos y comida. Muchos más abandonaron la carretera y se sumaron a ellos cuando corrió la voz. Un grupo sentado junto a la puerta de una granja se probaba zapatos nuevos. Un soldado de mejillas hundidas pasó por delante de Turner con una caja de malvaviscos rosas y blancos. Cien metros más allá incendiaron un montículo de botas militares, máscaras de gas y capas, y un humo acre envolvió a la hilera de hombres que se apresuraban hacia el puente. Por fin los camiones se pusieron en marcha y viraron hacia el campo más grande, inmediatamente al sur del canal. Policías militares organizaban el aparcamiento y ordenaban las filas, como capataces en una feria de un condado. Los camiones se juntaban con semiorugas, motocicletas, cureñas de cañones Bren y cocinas portátiles. Los métodos de inutilizarlos eran, como siempre, sencillos: una bala en el radiador y el motor seguía girando hasta que se agarrotaba.

Controlaban el puente los Coldstream Guards. Dos nidos de ametralladoras bien protegidos por sacos de arena cubrían el acceso. Eran hombres bien afeitados, de mirada pétrea, silenciosamente desdeñosos de la sucia chusma desorganizada que avanzaba a rastras. Al otro lado del canal, espaciadas a intervalos regulares, piedras pintadas de blanco marcaban un sendero hasta una cabaña que servía de oficina. En la otra ribera, hacia el este y el oeste, los Guards estaban bien atrincherados a lo largo de su sección. Se habían apropiado de casas en la orilla, habían roto tejas del tejado y cubierto las ventanas con sacos de arena para instalar ametralladoras. Un sargento furibundo mantenía el orden en el puente. Estaba expulsando a un teniente montado en una motocicleta. No se permitía en absoluto el acceso de vehículos ni de equipo. Un hombre con un pájaro en una jaula fue rechazado. El sargento también reclutaba hombres para tareas de defensa del perímetro, y lo hacía con mucha más autoridad que el pobre comandante. Un destacamento cada vez más numeroso, en posición de descanso, se alineaba descontento junto a la oficina. Turner vio lo que estaba ocurriendo al mismo tiempo que los cabos, cuando todavía se encontraban a bastante distancia.

–Te van a joder, compadre –le dijo Mace a Turner–. Pobre infantería puñetera. Si quieres llegar a casa y comer panecillos, ponte entre nosotros y cojea.

Con un sentimiento de deshonra, pero resuelto, a pesar de todo, rodeó con los brazos los hombros de los cabos y los tres avanzaron trastabillando.

–Es tu izquierda, jefe, acuérdate –dijo Nettle–. ¿Quieres que te clave la bayoneta en el pie?

–Un millón de gracias. Creo que me apaño.

Turner mantuvo la cabeza gacha mientras cruzaban el puente y no vio la mirada feroz del sargento de servicio, aunque notó su calor. Oyó ladrar la orden: «¡Tú, ven aquí!» Algún infortunado que estaba justo detrás de él fue reclutado para ayudar a contener la arremetida que sin duda iba a producirse al cabo de dos o tres días, mientras los restos de la fuerza expedicionaria británica se amontonaban en los barcos. Lo que sí vio cuando tenía la cabeza agachada fue una larga gabarra negra que pasaba por debajo del puente en dirección a Furnes, en Bélgica. Sentado al timón, el gabarrero fumaba una pipa y miraba impasible hacia delante. Detrás de él, a quince kilómetros de distancia, Dunkerque ardía. Delante, había en la proa dos chicos encorvados sobre una bicicleta volcada, tal vez poniendo un parche a un pinchazo. En un tendedero habían puesto a secar una colada que incluía ropa interior femenina. Un olor a guisado, a cebollas y ajos, se elevaba desde el barco. Turner y los cabos cruzaron el puente y rebasaron las piedras encaladas, un recordatorio del campo de instrucción y todas las novatadas. Sonaba un teléfono en la cabaña de mando. Mace murmuró:

–Tú sigue cojeando como un cabrón hasta que estemos fuera de la vista.

Pero la tierra era llana kilómetros y kilómetros y no se podía saber hacia dónde miraría el sargento, y no tenían ganas de volverse para averiguarlo. Al cabo de media hora se sentaron encima de una sembradora herrumbrosa y observaron cómo desfilaba ante ellos el ejército derrotado. La idea consistía en colarse entre gente totalmente nueva, de forma que la súbita recuperación de Turner no llamase la atención del oficial. Muchos de los hombres que pasaban estaban irritados por no encontrar la playa justo al fondo del canal. Parecían creer que se trataba de un fallo en la planificación. Turner sabía por el mapa que quedaban otros once kilómetros, y en cuanto de nuevo se pusieron en marcha, fueron los más arduos y los más tediosos que habían recorrido aquel día. La amplia monotonía del paisaje desmentía toda sensación de avance. Hacía más calor que antes, a pesar de que el sol del atardecer se filtraba por los bordes de la nube de petróleo. Vieron aviones que volaban alto sobre el puerto y lo bombardeaban. Peor aún, los Stukas estaban atacando la playa hacia la cual se dirigían. Dejaron atrás a los caminantes heridos que no podían proseguir la marcha. Se sentaban como mendigos en la orilla de la carretera y pedían ayuda a gritos o un sorbo de agua. Otros yacían junto a la cuneta, inconscientes o sumidos en la desesperación. Sin duda vendrían ambulancias desde el perímetro de defensa, haciendo viajes periódicos hasta la playa. Si había tiempo para blanquear piedras, tenía que haberlo para organizar esto. No había agua. Se habían acabado el vino y ahora tenían mucha más sed. No llevaban medicinas encima. ¿Qué se esperaba que hicieran? ¿Transportar a cuestas a una docena de hombres cuando apenas podían caminar solos?

En un arranque de irritación, el cabo Nettle se sentó en la carretera, se quitó las botas y las arrojó al campo. Dijo que las odiaba, que odiaba las jodidas botas más de lo que odiaba a todos los putos alemanes juntos. Y las ampollas le hacían tanto daño que prefería mandarlas al carajo.

–El camino a Inglaterra es largo en calcetines –dijo Turner. Se sentía extrañamente aturdido cuando entró en el campo en busca de las botas. La primera fue fácil de encontrar, pero la segunda le llevó un rato. Por fin la vio tumbada en la hierba, cerca de una forma negra y peluda que parecía moverse o palpitar. De repente un enjambre de moscardas alzó el vuelo con un iracundo zumbido relinchante, descubriendo el cadáver que se pudría debajo. Contuvo la respiración, cogió la bota y cuando se marchaba presurosamente las moscas volvieron a posarse y reinó de nuevo el silencio.

Tras un poco de persuasión, Nettle accedió a coger sus botas, a atarlas juntas y a ceñírselas alrededor del cuello. Pero dijo que lo hacía únicamente como un favor a Turner.

Las molestias aparecían cuando estaba despejado. No era la herida, aunque le dolía a cada paso que daba, ni eran los bombarderos que trazaban círculos encima de la playa, unos kilómetros más al norte. Cada cierto tiempo, algo resbalaba. Algún principio de continuidad, el elemento cotidiano que le decía en qué punto de su propia historia se encontraba, se difuminaba y le abandonaba a un sueño despierto en el que había pensamientos, pero no la sensación de que los estaba pensando. Ninguna responsabilidad, ningún recuerdo de las horas anteriores, ni la menor idea de lo que estaba haciendo, de adónde iba ni de cuál era su plan. Ni nada de curiosidad por estas cuestiones. Luego le asaltaban certezas ilógicas.

En este estado se hallaba cuando, tras una caminata de tres horas, llegaron al lindero oriental de la localidad costera. Bajaron por una calle sembrada de cristales en añicos y tejas rotas, donde unos niños jugaban y miraban pasar a los soldados. Nettle se había vuelto a poner las botas, pero las había dejado sin atar, con los cordones colgando. De repente, como un muñeco de resorte, un teniente de los Dorsets surgió del sótano de un edificio municipal que había sido requisado para cuartel general. Se encaminó hacia ellos con un trote altanero y un maletín debajo del brazo. Saludó cuando se detuvo ante ellos. Escandalizado, ordenó al cabo que se atase los cordones si no quería que le arrestase.

Mientras el cabo se arrodillaba para obedecerle, el teniente –de hombros redondos, huesudo, con un aire sedentario y un bigotito rojizo– dijo:

–Eres una puñetera deshonra, hombre.

En la lúcida libertad de su estado de sueño, Turner tuvo ganas de dispararle al oficial un tiro en el pecho. Sería mejor para todos. Apenas valía la pena hablar antes del asunto. Se llevó la mano a la pistola, pero el arma había desaparecido –no recordaba dónde– y el teniente ya se alejaba.

Al cabo de unos minutos de ruidosos crujidos sobre cristal, se produjo un súbito silencio debajo de sus botas cuando la carretera desembocó en una arena fina. Mientras subían por una hendidura entre las dunas, oyeron el mar y paladearon una bocanada salada antes de verlo. El sabor de las vacaciones. Dejaron el sendero y escalaron la hierba de la duna hasta una atalaya donde permanecieron en silencio durante un largo rato. La brisa fresca y húmeda del Canal le restituyó la claridad. Quizás no fuese nada más que su temperatura corporal, que bajaba y subía a rachas.

Creyó que no tenía expectativas... hasta que vio la playa. Había supuesto que prevalecería el maldito espíritu castrense que pintaba de blanco rocas frente a la aniquilación. Trató de poner orden ahora en el movimiento fortuito que tenía delante, y casi lo logró: centros de mando, suboficiales delante de escritorios improvisados, sellos de goma y rótulos, hileras acordonadas hacia los barcos que aguardaban; sargentos intimidatorios, colas tediosas alrededor de cantinas portátiles. En resumen, el fin de toda iniciativa privada. Sin saberlo, aquélla era la playa hacia la que había caminado a lo largo de días. Pero la playa real, la que ahora él y los cabos contemplaban, no era más que una variación de todo lo que había sucedido antes: hubo una desbandada y aquello era su término. Era de lo más obvio ahora que lo veían: era lo que ocurría cuando una retirada caótica no podía ir más lejos. Costaba un instante adaptarse. Vio miles de hombres, diez, veinte mil, quizás más, desperdigados por la vasta playa. A lo lejos había como granos de arena negra. Pero no había barcos, aparte de un ballenero volcado que se mecía en la rompiente lejana. La marea estaba baja y había más de un kilómetro hasta la orilla del agua. No había barcos junto al largo malecón. Parpadeó y volvió a mirar. Aquel malecón estaba formado por hombres, una larga fila de hombres, de seis u ocho en fondo, hundidos hasta las rodillas, la cintura, los hombros, que se alargaba quinientos metros en las aguas someras. Aguardaban, pero no había nada a la vista, a menos que se tuviesen en cuenta aquellas manchas en el horizonte: barcos ardiendo tras un ataque aéreo. No había nada que pudiese llegar a la playa en el plazo de unas horas. Pero los soldados seguían allí, de cara al horizonte, con los cascos de metal y los fusiles levantados por encima de las olas. Desde aquella distancia parecían plácidos como ganado.

Y aquellos hombres eran una pequeña proporción del total. La mayoría estaba en la playa, deambulando de un lado para otro. Se habían formado pequeños corros alrededor de los heridos por el último ataque de los Stuka. Tan desorientados como los hombres, media docena de caballos de la artillería galopaba en manada a lo largo de la orilla del agua. Unos cuantos soldados estaban intentando enderezar el ballenero volcado. Algunos se habían despojado de la ropa para nadar. Hacia el este se jugaba un partido de fútbol, y de la misma dirección llegaba el débil sonido de un himno cantado al unísono, que luego amainó. Más allá del improvisado campo de fútbol se oía el único signo de actividad oficial. En la orilla estaban alineando y juntando camiones para formar un malecón improvisado. Llevaban más camiones. Más cerca, playa arriba, unos hombres estaban recogiendo arena con sus cascos para hacer hoyos de trinchera. En las dunas, cerca de donde estaban Turner y los cabos, unos hombres ya habían cavado hoyos desde los que asomaban la cara, con expresión posesiva y ufana. Como titíes, pensó. Pero la mayor parte del ejército recorría la arena sin propósito, como habitantes de una ciudad italiana en la hora del *passeggio*. No vieron una razón inmediata para sumarse a la enorme cola, pero no querían marcharse de la playa por si de pronto aparecía un barco.

A la izquierda estaba el centro vacacional de Bray, un alegre muelle de cafés y pequeñas tiendas que en la estación normal estarían alquilando tumbonas de playa y bicicletas. En un parque circular, con un césped pulcramente segado, había un quiosco de música y un tiovivo pintado de rojo, blanco y azul. En aquel escenario se había afincado otra compañía más desenfadada. Unos soldados habían abierto los cafés para ellos solos y se emborrachaban en las mesas de fuera, vociferando y riendo. Unos hombres hacían payasadas montados en bicis por un pavimento manchado de vómito. Una colonia de borrachos yacía esparcida en la hierba junto al quiosco, durmiendo la mona. Un bañista solitario, en calzoncillos, boca abajo sobre la toalla, tenía retazos desiguales de insolación en los hombros y las piernas, rosados y blancos, como helados de fresa y vainilla.

No era difícil escoger entre aquellos círculos de sufrimiento: el mar, la playa, el muelle. Los cabos ya se encaminaban hacia él. La sed decidió por ellos. Encontraron un camino en la parte de las dunas orientadas hacia tierra adentro, y luego cruzaron un césped arenoso sembrado de botellas rotas. Cuando rodeaban mesas estentóreas, Turner vio venir por el muelle a un séquito de la armada, y se paró a observar. Eran cinco, dos oficiales y tres marineros, un grupo reluciente de frescos colores blanco, azul y oro. Ninguna concesión al camuflaje. Con las espaldas erguidas y severos, y con revólveres atados a los cinturones, se movían con tranquila autoridad por entre la masa de sombríos uniformes de campaña y caras lúgubres, mirando de un lado a otro como si estuvieran contando. Uno de los oficiales tomaba notas en una tablilla. Se alejaron en dirección a la playa. Con una pueril sensación de abandono, Turner les observó hasta que se perdieron de vista.

Entró detrás de Mace y Nettle en el barullo y el hedor humeante del primer bar del muelle. Sobre el mostrador había dos maletines llenos de cigarrillos... pero no había nada de beber. Las estanterías de espejo pulido de detrás del mostrador estaban vacías. Cuando Nettle se agachó detrás del mostrador hubo burlas. Todos los que entraban habían hecho lo mismo. La bebida la habían acabado hacía tiempo los bebedores serios que estaban fuera. Turner se abrió paso entre la gente hasta una pequeña cocina en la trastienda. Estaba destrozada, los grifos estaban secos. En el exterior había un urinario y un montón de cajas con envases. Un perro intentaba introducir la lengua dentro de una lata de sardinas vacía, a la que arrastraba por un trecho de cemento. Turner dio media vuelta y volvió a entrar en la sala principal, con su estrépito de voces. No había electricidad, sólo luz natural manchada de un color pardo, como por la cerveza ausente. Nada de beber, pero el bar seguía lleno. Entraban hombres, se desilusionaban pero se quedaban, retenidos por los cigarrillos gratis y la evidencia de bebida reciente. Los expendedores colgaban vacíos de la pared, de donde las botellas invertidas habían sido arrancadas. El suelo pegajoso de cemento despedía el olor dulzón de licor. El ruido y los cuerpos prensados y el aire oloroso a tabaco satisfacían un anhelo nostálgico de una noche de sábado en un pub. Aquello era Mile End Road, y Sauchiehall Street, y todos los locales que había entre ambas calles.

Permaneció en el bullicio sin saber qué hacer. Costaría un esfuerzo abrirse paso entre la gente para salir de aquel sitio. De un fragmento de conversación dedujo que la víspera había habido barcos, y que quizás llegasen más al día siguiente. Alzándose de puntillas junto a la entrada de la cocina, se encogió de hombros como diciendo «no hay suerte», en dirección a los cabos. Nettle ladeó la cabeza hacia la puerta y empezaron a converger hacia ella. Un trago les hubiese sentado bien, pero ahora les interesaba el agua. El avance entre los cuerpos arracimados era lento, y en eso, justo cuando los tres se juntaban, les bloqueó el camino hacia la puerta un muro compacto de espaldas formado alrededor de un hombre.

Debía de ser bajo —menos de un metro sesenta y cinco—, y Turner no le veía nada más que un pedazo de la coronilla. Alguien dijo:

—Contesta a la puta pregunta, enano imbécil.

—Sí, pues pregunta.

—Eh, en el lío de Brylcreem. ¿Dónde estabais?

—¿Dónde estabais vosotros cuando mataron a mi compañero?

Una bola de esputo alcanzó la nuca del hombre y cayó por detrás de su oreja. Turner se desplazó alrededor para ver algo. Primero vio el tono azul grisáceo de una guerrera, y luego la muda aprensión en la cara del hombre. Era un hombrecillo delgado y correoso, con gafas de cristales gruesos y sucios que amplificaban su mirada asustada. Parecía un archivero o un telefonista, quizás del cuartel general dispersado hacía mucho tiempo. Pero estaba en la RAF y los soldados le hacían responsable. Se volvió despacio, mirando al corro de sus interrogadores. No tenía respuestas para sus preguntas, y no intentó negar su responsabilidad por la ausencia de Spitfires y Hurricanes sobre la playa. Su mano derecha apretaba tan fuerte su gorra que le temblaban los nudillos. Un artillero que estaba junto a la puerta le asestó un empujón tan fuerte en la espalda que le mandó trastabillando en medio del corro contra el pecho de un soldado, quien le repelió de un puñetazo como desganado en la cabeza. Hubo un zumbido de aprobación. Todos habían sufrido, y ahora alguien iba a pagar por ello.

–¿Dónde está la RAF, entonces?

Se alzó una mano que abofeteó la cara del hombre, tirándole las gafas al suelo. El sonido del golpe fue nítido como un latigazo. Era una señal para una nueva etapa, un nuevo nivel de participación. Cuando el hombre se agachó para buscar a tientas las gafas, sus ojos desnudos se encogieron hasta convertirse en dos puntitos parpadeantes. Fue un error. El puntapié de una bota militar, con un remache de acero, le alcanzó en el trasero, elevándole un centímetro en el aire. A su alrededor hubo risotadas. La sensación de que se avecinaba algo sabroso se estaba esparciendo por el bar y atrajo a más soldados. A medida que se congregaba más gente alrededor del corro, desaparecía el sentimiento remanente de responsabilidad individual. Una temeridad fanfarrona se iba instaurando. Sonó una ovación cuando alguien apagó un cigarro contra la cabeza del tipo. Se rieron de su cómico aullido. Le odiaban y se merecía todo lo que estaba ocurriendo. Tenía que responder por la libertad de la Luftwaffe en los cielos, por cada ataque de los Stukas, por cada amigo muerto. Su complexión liviana contenía todas las causas de la derrota de un ejército. Turner supuso que no podía hacer nada para ayudar a aquel hombre sin arriesgarse a que le lincharan. Pero era imposible no hacer nada. Participar en la escena era mejor

295

que nada. Se adelantó, con una excitación desagradable. Ahora formuló la pregunta un entrecortado acento galés:

—¿Dónde está la RAF?

Era sobrecogedor que el hombre no hubiera gritado pidiendo socorro, ni suplicado, ni protestado inocencia. Su silencio parecía connivencia con su suerte. ¿Era tan corto de luces que no se le habría ocurrido pensar que podría estar a punto de morir? Sensatamente, había plegado las gafas y las había guardado en el bolsillo. Sin ellas su cara era inexpresiva. Como un topo ante la luz radiante, escudriñaba a sus torturadores con los labios separados, más por incredulidad que por una tentativa de articular una palabra. Como no podía verlo venir, encajó un golpe de lleno en la cara. Esta vez fue un puño. Cuando su cabeza caía hacia atrás, otra bota restalló contra su espinilla y se elevó una pequeña aclamación deportiva, acompañada de un aplauso desigual, como por un *catch* airoso en el *green* del pueblo. Era una locura salir en defensa del hombre, era abominable no hacerlo. Al mismo tiempo, Turner comprendió el júbilo que reinaba entre los torturadores y el modo insidioso en que se contagiaba. Él mismo podría hacer algo ultrajante con su cuchillo de caza y granjearse el amor de cien hombres. Para ahuyentar este pensamiento, se forzó a contar a los dos o tres soldados del corro que conjeturó más fuertes o más grandes que él. Pero el auténtico peligro procedía de la chusma, de su talante justiciero. No renunciaría a su deleite.

Ahora la situación había llegado a un punto en que quien asestase el golpe siguiente tendría que ganar la aprobación general diciendo algo ingenioso o divertido. Había en el aire un afán de agradar con algo ocurrente. Nadie quería dar una nota en falso. Durante unos segundos estas circunstancias impusieron contención. Y en algún momento inminente, como Turner sabía por sus días de encierro en Wandsworth, el golpe único se transformaría en una cascada. Entonces no habría punto de retorno, habría un solo desenlace para el hombre de la RAF. Una mancha rosácea se le había formado en el pómulo, debajo del ojo derecho. Había juntado los puños debajo de la barbilla —seguía agarrando la gorra—, y tenía los hombros encogidos. Podía haber sido una postura defensiva, pero era también un gesto de debilidad y sumisión que estaba destinado a concitar mayor violencia. Si hubiera dicho algo, cualquier cosa, los soldados que le rodeaban quizás hubiesen recordado que era un hombre, no un conejo para ser desollado. El galés que había hablado era un individuo bajo y fornido, del cuerpo de zapadores. Ahora sacó una cincha de lona y la mantuvo en alto.

—¿Qué os parece, chicos?

Su frase precisa y insinuante sugirió horrores que Turner no acertó a captar de inmediato. Era su última oportunidad de actuar. Mientras buscaba con la mirada a los cabos, hubo un estruendo cerca, como el mugido de un toro alanceado. El gentío se balanceó y tambaleó mientras Mace se abría paso entre él hacia el corro. Con un salvaje alarido cantarino, como el Tarzán de Johnny Weissmuller, cogió al oficinista por detrás, en un abrazo de oso, lo levantó hasta veinte centímetros del suelo y sacudió de un lado para otro a la aterrada criatura. Hubo aplausos y silbidos, pateleos y chillidos del salvaje oeste.

—Ya sé lo que vamos a hacer con él —bramó Mace—. ¡Voy a ahogarle en el puñetero mar!

Esto provocó otra tormenta de gritos y pateos. Nettle se colocó de repente al lado de Turner y cambiaron una mirada. Adivinaron lo que se proponía Mace y empezaron a moverse hacia la puerta, a sabiendas de que tendrían que actuar con rapidez. No todo el mundo era partidario de la idea de ahogarle. Incluso en el frenesí del momento, algunos todavía se acordaban de que la línea de la marea estaba a un kilómetro y medio a través de la arena. El galés, en particular, se sentía estafado. Sostenía en alto la cincha y gritaba. Hubo silbidos y abucheos, así como vítores. Todavía sujetando a su víctima en los brazos, Mace se precipitó hacia la puerta. Turner y Nettle le precedían, abriendo paso entre la gente. Cuando llegaron a la entrada –por suerte era una puerta de una sola hoja, no de dos jambas–, dejaron pasar a Mace y bloquearon la salida, hombro con hombro, aunque dando la impresión de que no lo hacían, porque gritaban y agitaban los puños como los demás. Notaban contra la espalda un colosal y excitado peso humano que sólo podrían contener durante unos segundos. Fueron suficientes para que Mace corriese, no en dirección al mar, sino bruscamente hacia la izquierda y de nuevo a la izquierda, subiendo una calle estrecha que serpenteaba por detrás de las tiendas y bares y se alejaba del muelle.

La multitud exultante explotó desde el bar como champán, apartando hacia un lado a Turner y a Nettle. Alguien creyó ver a Mace corriendo por la arena, y durante medio minuto la gente tomó aquel camino. Para cuando se percataron de su error y se volvieron atrás, no había rastro de Mace y de su hombre. Turner y Nettle se habían esfumado.

La vasta playa, los miles de soldados que aguardaban en ella y el mar vacío de barcos devolvieron sus tribulaciones a los reclutas. Emergieron de un sueño. A lo lejos, hacia el este, por donde la noche se elevaba, la alambrada de defensa estaba siendo sometida a un intenso fuego de artillería. El enemigo se aproximaba e Inglaterra estaba muy lejos. En la luz declinante no quedaba mucho tiempo para encontrar algún sitio donde pernoctar. Un viento frío llegaba del Canal, y los abrigos yacían en los arcenes de las carreteras, tierra adentro. El gentío comenzó a dispersarse. Quedó olvidado el hombre de la RAF.

A Turner y a Nettle les pareció que habían emprendido la búsqueda de Mace y que después le habían olvidado. Debieron de vagar por las calles un rato, con ganas de felicitarle por el salvamento y de festejar con él su estratagema. Turner no sabía cómo él y Nettle fueron a parar allí, a aquella calle estrecha. No recordaba el tiempo intermedio, ni los pies doloridos, pero allí estaba, dirigiendo la palabra con suma cortesía a una señora apostada en la puerta de una casa adosada, con la fachada plana. Cuando él mencionó el agua, ella le miró suspicazmente, como si supiera que él quería algo más que agua. Era una mujer bastante guapa, de piel morena, mirada orgullosa y una larga nariz recta, y llevaba un pañuelo de flores atado al cabello plateado. Él comprendió al punto que era una gitana a la que no engañaba el hecho de que él hablase francés. Lo penetró con la mirada y vio sus defectos y supo que había estado en la cárcel. Luego miró con aversión a Nettle, y por fin señaló un punto de la calle donde una cerda hozaba alrededor de una alcantarilla.

—Tráigamela —dijo— y veré lo que puedo darles.

—Cojones —dijo Nettle, cuando Turner hubo traducido—. Sólo estamos pidiendo un puñetero vaso de agua. Entramos y lo cogemos.

Pero Turner, presintiendo la presencia de una irrealidad conocida, no pudo desechar la posibilidad de que la mujer tuviera poderes. En la luz exigua, el espacio que había encima de su cabeza latía al compás del corazón de Turner. Se apoyó en el hombro de Nettle. Ella le estaba sometiendo a una prueba que él era demasiado experto y cauto para rechazar. Era perro viejo. Tan cerca de casa, no iba a caer en una vulgar trampa. Más valía ser precavido.

—Cogeremos la cerda —le dijo a Nettle—. Sólo nos llevará un minuto.

Nettle estaba ya muy acostumbrado a seguir las sugerencias de Turner, porque por lo general eran sensatas, pero mientras subían la calle el cabo iba murmurando:

—Hay algo que no te funciona, jefe.

Las ampollas les forzaban a caminar despacio. La puerca era joven y veloz, y amante de su libertad. Y Nettle le tenía miedo. Cuando la tenían acorralada contra la puerta de un comercio, el animal corrió hacia él, que dio un brinco a un costado y un grito que no era del todo una burla de sí mismo. Turner volvió donde la señora en busca de un cabo de cuerda, pero nadie salió a la puerta y no estaba seguro de que fuese la casa correcta. Sin embargo, ahora estaba convencido de que si no atrapaban a la puerca nunca regresarían a casa. Sabía que de nuevo le estaba subiendo la fiebre, pero eso no le llamó a engaño. La cerda significaba el éxito. De niño, Turner había intentado persuadirse una vez de que impedir la muerte súbita de su madre por el procedimiento de evitar las grietas del suelo en el patio de la escuela era un disparate. Pero nunca las había pisado y ella no había muerto.

Mientras subían la calle, el animal estaba justo fuera de su alcance.

—Qué cojones —dijo Nettle—. No podemos con ella.

Pero no había otro remedio. Junto a un poste de teléfonos caído Turner cortó un trozo de cable e hizo con él un dogal. Estaban persiguiendo a la cerda por un camino que orillaba el centro veraniego donde había bungalows precedidos de pequeñas parcelas de jardín, rodeadas de cercas. Iban abriendo al pasar todas las cancelas de ambos lados del camino. Luego doblaron hacia una bocacalle para adelantar y capturar al bicho cuando se encaminara hacia ellos. En efecto, no tardó en entrar en un jardín y empezó a excavarlo. Turner cerró la cancilla, se inclinó por encima de la cerca y lazó con la soga la cabeza de la puerca.

Necesitaron todas sus fuerzas para arrastrar al animal berreante hasta la casa. Nettle, por suerte, sabía cuál era. Cuando por fin quedó bien encerrada en la diminuta pocilga que había en el jardín trasero, la anciana sacó dos jarras de piedra. Observados por ella, bebieron alborozados en el pequeño patio, junto a la puerta de la cocina. Incluso cuando sus panzas parecían a punto de reventar, la boca les pedía más y siguieron bebiendo. Luego la mujer les sacó jabón, unas toallas y dos cuencos esmaltados para que se lavaran. La cara caliente de Turner transformó el color del agua en un color pardo herrumbroso. Costras de sangre seca, adheridas a su labio superior, se le desprendieron, para su satisfacción, enteras. Cuando terminó, experimentó una agradable ligereza en el aire de alrededor, que le resbalaba sedosamente por la piel y le penetraba en los orificios nasales. Vertieron el agua sucia al pie de una mata de bocas de dragón que Nettle dijo que le daban añoranza del jardín de sus padres. La gitana les llenó las cantimploras y les llevó a cada uno un litro de vino tinto en botellas descorchadas, y un salchichón que guardaron en las mochilas. Cuando se disponían a despedirse, ella tuvo otra idea y entró en la casa. Volvió con dos bolsitas de papel que contenían, cada una, media docena de almendras azucaradas.

Se estrecharon la mano, solemnemente.

—Recordaremos su amabilidad toda la vida —dijo Turner.

Ella asintió, y él creyó que ella decía:

—Mi cerda siempre me recordará a ustedes.

La severidad de su expresión no se alteró, y no se podía saber si su frase era un insulto, un rasgo de humor o un mensaje oculto. ¿Pensaba que no eran dignos de su bondad? Turner retrocedió torpemente, y cuando ya bajaban la calle le tradujo a Nettle las palabras de la mujer. El cabo no lo dudó.

—Vive sola y quiere a su cerda. Es razonable. Nos está muy agradecida. —Y, a continuación, añadió, suspicazmente—: ¿Te sientes bien, jefe?

—Requetebién, gracias.

Molestos por las ampollas, renquearon en dirección a la playa con la idea de buscar a Mace y compartir con él la comida y la bebida. Pero después de haber capturado a la puerca Nettle pensaba que era justo abrir una botella ahora. Su fe en la sensatez de Turner se había restaurado. Se pasaron el vino mientras caminaban. Incluso en el anochecer, todavía era posible distinguir la nube oscura sobre Dunkerque. En la dirección opuesta veían ahora fogonazos de cañón. No había tregua para la alambrada de defensa.

—Esos pobres bastardos —dijo Nettle.

Turner sabía que estaba hablando de los hombres apostados fuera de la oficina de mando improvisada. Dijo:

—El frente no va a aguantar mucho tiempo.

—Nos van a arrollar.

—Así que más vale que embarquemos mañana.

Ahora que ya no estaban sedientos, tenían en la cabeza la cena. Turner pensaba en una habitación tranquila y una mesa cuadrada con un mantel verde de algodón de cuadros, y en uno de aquellos quinqués franceses de cerámica colgados del techo con una polea. Y el pan, el vino, el queso y el salchichón expuestos sobre una tabla de madera. Dijo:

—No sé si la playa será el mejor sitio para comer.

—Podrían robárnoslo todo —asintió Nettle.

—Creo que conozco el sitio que necesitamos.

Estaban de nuevo en la calle de detrás del bar. Cuando echaron un vistazo al callejón por donde habían salido, vieron figuras que se movían en la media luz, recortadas contra el último destello del mar y, más allá de ellas y hacia un lado, una masa más oscura que podrían haber sido soldados o hierba de las dunas, o hasta las mismas dunas. Ya era bastante difícil encontrar a Mace a la luz del día, y ahora resultaría imposible. Conque siguieron andando en busca de un sitio. En aquella parte del pueblo había ahora cientos de soldados, muchos de ellos en grupos ruidosos que vagaban por las calles, cantando y gritando. Nettle volvió a guardar la botella en su mochila. Sin Mace se sentían más vulnerables.

Pasaron por un hotel que había sido alcanzado. Turner se preguntó si habría estado pensando en una habitación de hotel. A Nettle le asaltó la idea de agenciarse ropa de cama. Entraron por un agujero en la pared y se guiaron en la penumbra, entre escombros y maderas caídas, y encontraron una escalera. Pero decenas de hombres habían tenido la misma idea. En realidad se había formado una cola al pie de la escalera, y bajaban a trompicones soldados con pesados colchones de crines. En el rellano de arriba –Turner y Nettle sólo veían botas y la parte inferior de piernas que se movían velozmente de un lado para otro– se estaba gestando una pelea, con gruñidos belicosos y el impacto de nudillos sobre carne. Después de un grito súbito, varios hombres cayeron hacia atrás por la escalera sobre los que esperaban abajo. Hubo risas y también juramentos, y había algunos que se levantaban y se palpaban los miembros. Un hombre no se levantó, sino que permaneció tumbado en una postura incómoda encima de los escalones, con las piernas más arriba que la cabeza, y chillando ronca, casi inaudiblemente, como en un sueño de pánico. Alguien le acercó un encendedor a la cara y vieron sus dientes al descubierto y motas blancas en las comisuras de su boca. Alguien dijo que se había roto la espalda, pero nadie podía hacer nada, y ahora los hombres pasaban por encima del cuerpo tendido, con sus mantas y almohadas en los brazos, y otros forcejeaban para subir al piso de arriba.

Se alejaron del hotel y otra vez se encaminaron tierra adentro, hacia donde estaban la anciana y la cerda. Debían de haber cortado el suministro de electricidad de Dunkerque, pero por los bordes de algunas ventanas con gruesas cortinas vieron el resplandor ocre de velas y quinqués. En la otra orilla de la carretera había soldados llamando a las puertas, pero nadie les abría ahora. Fue éste el momento que eligió Turner para describir a Nettle el tipo de sitio en que había pensado cenar. Lo embelleció para convencerle, añadiendo puertaventanas que daban a un balcón de hierro forjado en el que se enredaba una antigua glicinia, y un gramófono sobre una mesa redonda cubierta por un mantel verde de felpilla, y una alfombra persa extendida de una parte a otra de una *chaise-longue*. Cuanto más la describía, tanto más seguro estaba de que la habitación se hallaba cerca. Con sus palabras le estaba infundiendo vida.

Nettle, descansando los dientes delanteros en su labio inferior, con una expresión amable de desconcierto roedor, le dejó acabar y dijo:

—Lo sabía. Cojones que si lo sabía.

Estaban parados delante de una casa bombardeada cuyo sótano estaba a medias descubierto y tenía aspecto de una bodega gigantesca. Agarrándole por la guerrera, Nettle le arrastró hasta un pedregal de ladrillos rotos. Cautelosamente, le guió por el suelo del sótano hacia la negrura. Turner sabía que aquél no era el sitio, pero no pudo resistirse a la insólita determinación del cabo. Ante ellos veían un punto de luz, luego surgió otro, y un tercero. Cigarrillos de hombres que ya se habían refugiado allí.

Una voz dijo:

—Eh. A tomar por el culo. Estamos completos.

Nettle encendió una cerilla y la sostuvo en alto. Alrededor de todas las paredes había hombres apoyados en una postura sedente, la mayoría dormidos. Unos cuantos estaban tumbados en el centro del suelo, pero todavía había sitio, y cuando la cerilla se apagó, el cabo empujó hacia abajo los hombros de Turner para que se sentara. Mientras retiraba cascotes de debajo de sus posaderas, Turner notó la camisa empapada. Podía ser sangre o cualquier otro líquido, pero por el momento no sentía dolor. Nettle cubrió con el abrigo los hombros de Turner. Ahora que el peso en los pies había cesado, un éxtasis de alivio le ascendió por las rodillas, y supo que no tendría que moverse más aquella noche, por muy decepcionado que pudiese estar Nettle. El movimiento oscilatorio de la caminata de todo aquel día se transfirió al suelo. Turner lo sintió inclinarse y corcovear debajo mientras permanecía sentado en la oscuridad total. El problema ahora consistía en comer sin que le asaltasen. Para sobrevivir había que ser egoísta. Pero de momento no hizo nada y la mente se le quedó en blanco. Un rato después, Nettle le despertó con un codazo y le deslizó en las manos la botella de vino. Puso la boca alrededor del gollete, volcó la botella y bebió. Alguien le oyó tragar.

–¿Qué tienes ahí?

–Leche de oveja –dijo Nettle–. Todavía caliente. Toma un trago.

Hubo un carraspeo, y algo tibio y gelatinoso aterrizó en el reverso de la mano de Turner.

–Eres un guarro, eso es lo que eres.

Otra voz, más amenazadora, dijo:

–Callaos. Estoy intentando dormir.

Moviéndose en silencio, Nettle buscó a tientas el salchichón en su morral, lo cortó en tres pedazos y le pasó uno a Turner, junto con un mendrugo de pan. Éste se extendió cuan largo era en el suelo de cemento y se cubrió la cabeza con el abrigo para mitigar el olor de la carne y también el ruido que hacía masticando, y en el aire viciado de su propia respiración, y con cascotes de ladrillo y de arenilla que se le apretaban contra la mejilla, empezó a comer la mejor carne que había probado en su vida. Tenía en la cara un olor de jabón perfumado. Mordió el pan, que sabía a lona del ejército, y desgarró y succionó la salchicha. A medida que la comida le llegaba al estómago, un flujo de calor se le expandía por el pecho y la garganta. Pensó que llevaba toda la vida caminando por aquellas carreteras. Al cerrar los ojos vio moverse el asfalto y sus botas que entraban y salían en su campo visual. Incluso mientras comía, notaba que se hundía en el sueño durante varios segundos. Ingresó en otra extensión de tiempo, y ahora, acogedoramente embutida en su lengua, tenía una almendra azucarada cuya dulzura pertenecía a otro mundo. Oyó a hombres quejarse del frío que hacía en el sótano y se alegró de estar envuelto en el abrigo, y sintió un orgullo fraternal por haber impedido que los cabos se desprendiesen de los suyos.

Un grupo de soldados entró buscando refugio y encendiendo cerillas, al igual que habían hecho Nettle y él. Sintió hostilidad hacia ellos y le irritó su acento del sudoeste de Inglaterra. Como todos los demás en aquel sótano, quería que se fuesen. Pero encontraron un sitio más allá de sus pies. Captó una vaharada de brandy y les tuvo aún más rencor. Hacían ruido al preparar su vivac, y cuando una voz procedente de una pared gritó: «Putos palurdos», uno de los recién llegados miró en aquella dirección y por un momento pareció que iba a haber jaleo. Pero la oscuridad y las protestas cansinas de los hospedados mantuvieron la paz.

Pronto no hubo más que sonidos de respiración regular y de ronquidos. Debajo de él, el suelo parecía todavía escorarse, y luego cobró el ritmo de una marcha acompasada, y una vez más Turner descubrió que estaba tan afectado por las impresiones, tan febril y exhausto que no podía dormir. A través de la tela de su abrigo palpó el fajo de las cartas de Cecilia. *Te esperaré. Vuelve.* Las palabras conservaban todo su sentido, pero ahora no le conmovían. Era algo muy claro: una persona que aguardaba a otra era como una suma aritmética, e igualmente desprovista de emoción. Esperar. Simplemente una persona que no hacía nada, a lo largo del tiempo, mientras otra se aproximaba. Esperar era una palabra onerosa. Notaba que le pesaba, como un abrigo. Todo el mundo en el sótano esperaba, todo el mundo en la playa. Ella le estaba esperando, sí, pero ¿luego qué? Intentó que la voz de ella dijera las palabras, pero fue la suya la que oyó, justo por debajo de los latidos de su corazón. Ni siquiera conseguía representarse la cara de Cecilia. Se forzó a pensar en la nueva situación, la que supuestamente le hacía feliz. No percibía las complejidades, la urgencia había muerto. Briony cambiaría su testimonio, volvería a escribir el pasado de manera que el culpable se convirtiera en inocente. Pero ¿qué era la culpa en aquellos tiempos? Una baratija. Todo el mundo era culpable y nadie lo era. Nadie sería rehabilitado por un testimonio cambiado, porque no había suficientes personas, suficiente papel y plumas, paciencia y paz suficientes para tomar la declaración de todos los testigos y recopilar los hechos. Los testigos eran también culpables. Hemos presenciado todo el día los crímenes de los demás. ¿No has matado a nadie hoy? Pero ¿a cuántos has dejado morir? En este sótano guardaremos silencio a este respecto. Lo dormiremos, dormir, Briony. La almendra azucarada sabía al nombre de ella, tan extrañamente insólito que se preguntó si no lo recordaba erróneamente. Lo mismo le pasaba con el de Cecilia. ¿Siempre había dado por sentado la extrañeza de aquellos nombres? Hasta le costaba pensar mucho tiempo en esta pregunta. Tenía tantos asuntos sin resolver allí en Francia, que le pareció sensato postergar su partida a Inglaterra, aunque sus maletas estuviesen hechas, sus pesadas y extrañas maletas. Nadie las vería si las dejaba allí y regresaba. Un equipaje invisible. Tenía que regresar y descolgar al chico del árbol. Ya lo había hecho antes. Había vuelto donde no había nadie y encontrado a los chicos debajo de un árbol y transportado a Pierrot sobre los hombros y a Jackson en brazos, a través del parque. ¡Cuánto pesaban! Estaba enamorado de Cecilia, de los gemelos, del éxito y del alba y su curiosa bruma calurosa. ¡Y qué fiesta de bienvenida! Ahora estaba acostumbrado a aquellas cosas, era algo corriente al borde de la carretera, pero entonces, antes de la aspereza y el entumecimiento general, cuando era una novedad y cuando todo era nuevo, lo sentía agudamente. Lo sintió cuando ella corrió por la grava y le habló junto al coche de policía abierto. *Oh, cuando estaba enamorado de ti, yo era limpio y valiente.* Así que desandaría el camino que había recorrido, recorrería hacia atrás todo lo que había avanzado, cruzando marismas resecas y lóbregas, sobrepasando al sargento feroz en el puente, atravesaría el pueblo bombardeado, seguiría a lo largo de la cinta de la carretera los kilómetros de onduladas tierras de labranza, buscando el camino a la izquierda en el lindero del pueblo, enfrente de la zapatería, y tres kilómetros más allá saltaría la alambrada de púas y cruzaría los bosques y los campos hasta la estancia de una noche en la granja de los hermanos, y al día siguiente, a la amarilla luz de la mañana, siguiendo el balanceo de la aguja de la brújula, correría por aquel país glorioso de pequeños valles y arroyuelos y enjambres de abejas y tomaría el sendero en cuesta que llevaba a la triste casona junto al ferrocarril. Y el árbol. Recoger del barro los andrajos de ropa quemada y rayada, los jirones del pijama y luego descolgarle, al pobre chico pálido, y hacerle un entierro decente. Un chico guapo. Que los culpables sepulten a los inocentes, que nadie cambie su testimonio. ¿Y dónde estaba Mace para ayudarle a cavar? Aquel oso magnífico, el cabo Mace. Era otro asunto pendiente y otro motivo por el que no podía marcharse. Tenía que encontrar a Mace. Pero antes debía desandar todos los kilómetros y retornar hacia el norte hasta el campo donde el labriego y su perro todavía caminaban detrás del arado, y preguntar a la mujer flamenca y a su hijo si le consideraban responsable de sus muertes. Pues uno a veces es capaz de asumir demasiado, en arranques de fatua vergüenza de uno mismo. Ella quizás dijese que no; la palabra flamenca para decir no. Has intentado ayudarnos. No podías transportarnos a campo traviesa. Llevaste a los gemelos, pero no a nosotros, no. No, no eres culpable. No. Hubo un susurro, y sintió un aliento sobre la cara ardiente.

–Demasiado ruido, jefe.

Detrás de la cabeza del cabo Nettle había una franja ancha de cielo azul oscuro y, estampado en él, el desigual borde negro del techo destrozado del sótano.

–¿Ruido? ¿Qué estaba haciendo?

–Gritando «no» y despertando a todo el mundo. Algunos de estos chicos se estaban poniendo un poco cascarrabias.

Trató de levantar la cabeza y descubrió que no podía. El cabo encendió una cerilla.

–Cristo. Pareces jodidísimo. Vamos. Bebe.

Levantó la cabeza de Turner y le acercó la cantimplora a los labios.

El agua tenía un sabor metálico. Cuando terminó, un largo y constante oleaje oceánico de extenuación empezó a sumergirle. Caminó por la tierra hasta que cayó en el mar. Para no alarmar a Nettle, procuró sonar más razonable de lo que se sentía en realidad.

–Oye, he decidido quedarme. Tengo un asunto que resolver.

Nettle estaba limpiando con una mano sucia la frente de Turner. Éste no veía motivo para que Nettle creyera necesario ponerle la cara, su preocupada cara ratonil, tan cerca de la suya.

El cabo dijo:

–Jefe, ¿me oyes? ¿Me estás escuchando? Hace como una hora he salido a mear. Adivina lo que he visto. He visto a la marina bajando por la carretera, llamando a formar a los oficiales. Se están organizando en la playa. Los barcos han vuelto. Nos vamos a casa, compadre. Hay un teniente de los Buffs por ahí que va a llamarnos a las siete. Así que duerme un poco y nada de esos puñeteros gritos.

Ahora estaba adormilándose y el sueño era lo único que necesitaba, mil horas de sueño. Era más fácil. El agua era infecta, pero ayudaba, al igual que la noticia y el susurro tranquilizador de Nettle. Formarían filas fuera, en la carretera, y desfilarían hasta la playa. Cuadrados, a la derecha. Impondrían orden. Nadie en Cambridge enseñaba los beneficios de un buen orden de desfile. Reverenciaban a los espíritus libres, rebeldes. A los poetas. Pero ¿qué sabían de la supervivencia los poetas? De sobrevivir como un conjunto de hombres. Sin romper filas, sin precipitarse hacia los barcos, sin nada de que el primero que llegue se sirva el primero, sin nada de eso de que el último paga. Sin sonido de botas cuando cruzasen la arena hacia la orilla del agua. En la rompiente de las olas, manos solícitas para afianzar la borda mientras subían los compañeros. Pero el mar estaba en calma, y ahora que él también estaba tranquilo, por supuesto que vio lo bueno de que ella le estuviese esperando. Al diablo la aritmética. *Te esperaré* era algo elemental. Era la razón de que hubiese sobrevivido. Era la manera corriente de decir que ella rechazaría a todos los demás hombres. Sólo tú. *Vuelve*. Recordó el tacto de la grava a través de los zapatos de suelas delgadas, y el tacto glacial de las esposas sobre las muñecas. Él y el inspector se detuvieron junto al coche y se volvieron al oír los pasos de Cecilia. Cómo iba a olvidar aquel vestido verde, el modo en que se le ceñía a la curva de las caderas y le entorpecía la carrera y mostraba la belleza de sus hombros. Más blancos que la niebla. A él no le sorprendió que la policía les dejara hablar. Ni siquiera pensó en ello. Él y Cecilia se comportaron como si estuvieran solos. Ella no se consintió llorar cuando le dijo que creía en él, que confiaba en él, que le amaba. Él le dijo simplemente que no lo olvidaría, y con eso quería decir lo mucho que se lo agradecía, en especial entonces, en especial ahora. Luego ella tocó con un dedo las esposas y dijo que no se avergonzaba, que no había nada de que avergonzarse. Le agarró una extremidad de la solapa y la sacudió ligeramente, y fue entonces cuando dijo: «Te esperaré. Vuelve.» Lo decía en serio. El tiempo demostraría que lo decía de veras. Después le empujaron dentro del coche y ella habló apresuradamente, antes de que brotase el llanto que ya no podía contener, y dijo que lo que había sucedido entre ellos era suyo, sólo de ellos. Se refería a la biblioteca, por supuesto. Era suyo. Nadie podría quitárselo. «Es nuestro secreto», gritó, delante de todos, un instante antes del portazo.

–No diré nada –dijo, aunque ya hacía mucho que la cabeza de Nettle había desaparecido de su vista–. Despiértame antes de las siete. Te lo prometo, no me volverás a oír una palabra.

Tercera parte

La desazón no se limitaba al hospital. Parecía crecer con el turbulento río pardo, engrosado por las lluvias de abril, y en los atardeceres se extendía sobre la ciudad, donde todas las luces estaban apagadas, como un crepúsculo mental que el país entero percibía, un crecimiento callado y maligno, inseparable del frío de finales de la primavera, bien escondido dentro de su benéfica expansión. Algo llegaba a su fin. Los jefes de servicio, cuchicheando en grupos altivos, en las intersecciones de los pasillos, guardaban un secreto. Los médicos más jóvenes eran un poco más altos y sus andares eran más agresivos, y el especialista realizaba su ronda distraído, y una mañana concreta fue hasta la ventana para contemplar el río durante varios minutos, mientras a su espalda las enfermeras aguardaban en posición de firmes. Los camilleros ancianos parecían deprimidos cuando llevaban y traían a los pacientes de los pabellones, y parecían haber olvidado los latiguillos alegres de las comedias que oían en la radio, y a Briony le habría podido consolar incluso oír de nuevo aquella frase que tanto despreciaba: «Ánimo, amor, quizás nunca suceda.»

Pero estaba a punto. El hospital se había ido vaciando lenta, invisiblemente, a lo largo de muchos días. Al principio

315

parecía algo meramente fortuito, una epidemia de buena salud que las menos inteligentes de las enfermeras en prácticas estaban tentadas de atribuir a la mejora de sus propias técnicas. Sólo poco a poco se advertía un plan. En un pabellón tras otro se vaciaban muchas camas, como muertes en la noche. Briony imaginaba que los pasos que se retiraban en los pasillos amplios y lustrosos producían un sonido amortiguado y contrito, cuando antes habían sido rotundos y eficientes. Los obreros que iban a instalar nuevos rollos de mangueras para incendios en los rellanos, fuera de los ascensores, y esparcían nuevos cubos de arena contra el fuego, trabajaban todo el día, sin una pausa, y no hablaban con nadie antes de marcharse, ni siquiera con los camilleros. En el pabellón sólo había ocho camas ocupadas, y aunque el trabajo era aún más duro que antes, un cierto desasosiego, un temor casi supersticioso impedía protestar a las estudiantes cuando tomaban el té juntas. Por lo general estaban más tranquilas, eran más voluntariosas. Ya no extendían las manos para comparar sabañones.

Además, las enfermeras estudiantes compartían la inquietud constante y omnipresente de no cometer errores. Todas temían a sor Majorie Drummond, su exigua sonrisa amenazadora y la suavidad de sus modales antes de estallar en cólera. Briony sabía que en los últimos tiempos había acumulado un rosario de errores. Cuatro días antes, no obstante las cuidadosas instrucciones impartidas, una paciente a su cargo se había tragado unas gárgaras de ácido carbólico –de un trago, como una pinta de Guinness, según el camillero que presenció la escena– y vomitó violentamente encima de las mantas. Briony también era consciente de que sor Drummond la había visto cargando con tres cuñas cada vez, cuando para entonces se esperaba que recorriesen sin percances toda la longitud del pabellón con seis en las dos manos, como un camarero atareado de La Coupole. Quizás hubiese cometido otros errores, que ella había olvidado por culpa del cansancio, o de los que no se había percatado. Era proclive a no guardar la compostura: en momentos de abstracción tendía a depositar todo su peso sobre un pie, de un modo que enfurecía especialmente a su superiora. Los descuidos y faltas podían acumularse sin que se diera cuenta a lo largo de días: una escoba mal guardada, una manta doblada con la etiqueta hacia arriba, un cuello almidonado con la arruga más ínfima, las ruedas de las camas no alineadas y apuntando hacia dentro, desandar el pabellón con las manos vacías; todo aquello era anotado en silencio, hasta que se colmaba la medida y entonces, si no habías captado los signos, la ira sobrevenía como una conmoción. Y justo cuando creías que lo estabas haciendo todo bien.

Pero, últimamente, la hermana no dirigía su sonrisa amarga a las alumnas en prácticas, no les hablaba con el tono apagado que las aterraba tanto. Apenas le importaban sus deficiencias. Estaba preocupada, y con frecuencia celebraba largos conciliábulos con su homóloga en el patio interior del pabellón de cirugía, o desaparecía durante dos días seguidos.

En otro contexto, en otra profesión, su cuerpo rechoncho habría resultado maternal, o hasta sensual, pues sus labios sin pintar poseían un intenso color natural y dibujaban un dulce arco, y su cara de mejillas redondas y coloretes saludables de muñeca sugería un carácter bondadoso. Esta impresión se disipó muy pronto, cuando una compañera de la promoción de Briony, una chica grande, amable, de movimientos lentos, con una mirada inofensiva, vacuna, topó con el lacerante vigor iracundo de la monja del pabellón. La enfermera Langland había sido destinada al pabellón quirúrgico de hombres, y le pidieron que ayudara a preparar a un joven soldado para una apendicectomía. Cuando la dejaron unos minutos a solas con el soldado, charló con él y le hizo comentarios tranquilizadores sobre la operación. Él debió de hacerle la pregunta obvia, y fue entonces cuando ella violó la norma sagrada. Estaba escrita con toda claridad en el manual, aunque nadie habría adivinado la importancia que se le concedía. Horas después, el soldado volvió en sí de la anestesia y murmuró el nombre de la estudiante mientras la monja del pabellón quirúrgico se encontraba cerca. La alumna Langland fue devuelta a su pabellón, deshonrada. Las otras fueron convocadas para que tomaran buena nota. La reacción no habría sido peor si la pobre Susan Langland hubiera matado por descuido y por crueldad a dos docenas de pacientes. Para cuando sor Drummond terminó de decirle que era una abominación para las tradiciones de enfermería de Nightingale a las que aspiraba, y que podía considerarse afortunada por pasar el mes siguiente clasificando ropa de cama sucia, no sólo Langland, sino la mitad de las chicas presentes, estaban llorando. Briony no estaba entre ellas, pero esa noche, en la cama, todavía tiritando un poco, repasó el manual de nuevo para ver si había otros puntos de protocolo que quizás no hubiese visto. Releyó y guardó en la memoria el mandamiento: bajo ninguna circunstancia, una enfermera debía revelar a un paciente su nombre de pila.

Los pabellones se vaciaban, pero el trabajo se intensificó. Todas las mañanas arrastraban las camas hasta el centro, para que las alumnas pudiesen fregar el suelo con un cubo tan grande que una chica sola apenas podía acarrearlo de un lado para otro. Había que barrer los suelos tres veces al día. Restregaban los casilleros vacíos, fumigaban colchones, desempolvaban con una gamuza colgadores de latón, pomos y ojos de cerraduras. El enmaderado —tanto las puertas como los zócalos— se lavaba con una solución carbólica, al igual que las camas, los bastidores y sus muelles. Las estudiantes fregaban, limpiaban y secaban orinales y botellas hasta que relucían como cubertería. Camiones del ejército de tres toneladas aparcaban junto a las plataformas de descarga y desembarcaban más camas todavía, viejas y sucias, que había que restregar muchas veces antes de ser trasladadas al pabellón, encajadas entre las hileras de lechos y luego desinfectadas. Entre una y otra tarea, quizás una docena de veces al día, las alumnas se frotaban con agua helada las manos llenas de sabañones, agrietadas y ensangrentadas. La guerra contra los microbios no cesaba nunca. Las enfermeras eran iniciadas en el culto a la higiene. Aprendían que no había nada más deleznable que una brizna de pelusa de una manta escondida debajo de una cama, y que ocultaba en su interior un batallón, una división entera de bacterias. La práctica diaria de hervir, restregar, desempolvar y limpiar pasó a ser el emblema del orgullo profesional de las alumnas, al cual había que sacrificar toda comodidad personal.

Los camilleros traían de los camiones una gran cantidad de suministros nuevos que había que desembalar, inventariar y almacenar: vendas, bacinillas, jeringuillas hipodérmicas, tres autoclaves nuevas y muchos paquetes con la inscripción «Bolsas de Bunyan», cuyo uso no les habían explicado todavía. Instalaron y llenaron un armario adicional de medicinas, después de haberlo fregoteado tres veces. Estaba cerrado con una llave que guardaba sor Drummond, pero una mañana Briony vio dentro filas de botellas con la etiqueta «morfina». Cuando la mandaban a hacer recados, veía los otros pabellones en fases parecidas de preparativos. Había ya uno completamente vacío de pacientes, y su espacioso silencio relucía, esperando. Pero no había que hacer preguntas. El año anterior, justo después de que se declarase la guerra, los pabellones del piso más alto habían sido cerrados como una medida de protección contra los bombardeos. Los quirófanos estaban ahora en el sótano. Las ventanas de la planta baja habían sido reforzadas con sacos de arena, y todas las claraboyas revestidas de cemento.

Un general del ejército hizo una visita de inspección al

hospital, acompañado de media docena de médicos especialistas. No hubo ceremonia, ni siquiera silencio, cuando se presentaron. Contaban que normalmente, con ocasión de tan importantes visitas, la nariz de cada paciente tenía que estar paralela al pliegue central de la sábana encimera. Pero no hubo tiempo de preparar nada. El general y su séquito recorrieron el pabellón a zancadas, murmurando y asintiendo, y después se fueron.

La desazón crecía, pero había pocas ocasiones para hablar, lo cual, de todos modos, estaba oficialmente prohibido. Cuando no estaban de guardia, las alumnas asistían a clases en su tiempo libre, o a demostraciones prácticas, o estudiaban solas. Sus comidas y horarios de sueño estaban supervisados como si fueran chicas nuevas en Roedean. Cuando Fiona, que dormía en la cama contigua a la de Briony, apartó el plato y anunció, sin dirigirse a nadie en particular, que era «clínicamente incapaz» de comer verduras hervidas con un cubito de caldo de carne, la monja del centro Nightingale se plantó a su lado hasta que comió la última cucharada. Fiona era la amiga de Briony, por definición; en el dormitorio, la primera noche del curso teórico, le pidió a Briony que le cortara las uñas de la mano derecha, tras explicarle que con la izquierda no sabía manejar las tijeras y que su madre se las cortaba siempre. Era pelirroja y tenía pecas, lo que a Briony le inspiró una cautela automática. Pero, a diferencia de Lola, Fiona era ruidosa y alegre, con hoyuelos en el reverso de las manos y un busto enorme que hacía decir a las otras chicas que acabaría siendo monja de pabellón algún día. Su familia vivía en Chelsea. Una noche, en la cama, murmuró que su padre estaba esperando que le pidieran que se incorporase al gabinete de guerra de Churchill. Pero cuando anunciaron la composición del gabinete, los apellidos no encajaban y nadie dijo nada, y Briony juzgó más conveniente no indagar al respecto. En los primeros meses que siguieron al curso teórico, ella y Fiona tuvieron pocas ocasiones de descubrir si en realidad se gustaban. Les convenía suponer que así era. Eran de las pocas que carecían de toda instrucción médica. Casi todas las demás habían hecho cursillos de primeros auxilios, y algunas tenían ya el título de auxiliar y estaban acostumbradas a ver sangre y cadáveres o, por lo menos, decían que lo estaban.

Pero no era fácil cultivar amistades. Las estudiantes cumplían sus turnos en los pabellones, estudiaban tres horas al día en su tiempo libre y dormían. Su lujo era la hora del té, entre las cuatro y las cinco de la tarde, cuando cogían de los estantes formados con listones de madera sus teteras marrones de miniatura, cada una con el nombre de su dueña, y se sentaban en una sala común fuera del pabellón. La conversación era afectada. La hermana a cargo estaba presente para supervisar y garantizar el decoro. Además, en cuanto se sentaban, el cansancio les caía encima, pesado como tres mantas dobladas. Una chica se quedó dormida con una taza y un platillo en la mano y se escaldó el muslo: una buena oportunidad, dijo sor Drummond cuando acudió a ver qué eran aquellos gritos, de practicar el tratamiento de quemaduras.

Y la propia Briony era una barrera para la amistad. En aquellos primeros meses, pensaba a menudo que la única relación que había entablado era la que mantenía con sor Drummond. La tenía siempre encima, tan pronto estaba al fondo del pasillo y se acercaba con una intención terrible, como la tenía pegada al hombro, cuchicheándole al oído que no había prestado atención durante el curso teórico sobre los procedimientos correctos de bañar a pacientes varones: sólo después del *segundo* cambio de agua de baño había que pasarle al paciente la manopla recién empapada y la toalla de espalda para que «terminara él solo». El estado de ánimo de Briony dependía en gran medida de la opinión que sobre ella tuviese en cada instante la monja del pabellón. Sentía frío en el estómago cada vez que la mirada de sor Drummond se posaba en ella. Era imposible saber si lo habías hecho bien. Briony temía su mala opinión. La alabanza brillaba por su ausencia. A lo sumo cabía esperar indiferencia.

En los momentos de asueto de que disponía, normalmente en la oscuridad, minutos antes de quedarse dormida, Briony recreaba una fantasmal vida paralela en la que estaba en Girton, leyendo a Milton. Habría podido estar en la facultad de su hermana en vez de estar en el mismo hospital que ella. Briony había creído que iba a participar en el esfuerzo bélico. De hecho, su vida se había estrechado hasta el extremo de reducirse a una relación con una mujer quince años mayor que ella y que asumía un poder sobre ella superior al de una madre sobre un hijo.

Esta estrechura, que era ante todo una renuncia a la identidad, comenzó semanas antes de que hubiese oído hablar siquiera de sor Drummond. El primer día del curso de dos meses, la humillación de Briony delante de la clase había sido instructiva. Así iban a ser las cosas. Ella había ido a ver a la monja para señalarle educadamente que habían cometido un error en la placa con su nombre. Ella era B. Tallis, no E. Tallis, como se leía en el pequeño broche rectangular. La respuesta fue calmosa.

–Usted es, y seguirá siendo, como la han designado. Su nombre de pila no me interesa nada. Ahora, por favor, siéntese, enfermera Tallis.

Las otras chicas se habrían reído si se hubiesen atrevido, pues todas llevaban la misma inicial,[1] pero atinadamente presintieron que no les habían dado permiso. Era el periodo de las clases de higiene, o de practicar los baños con modelos de la vida real: la señora Mackintosh, Lady Chase y el bebé George, cuyo físico lisiado le permitía hacer de bebé

1. Es decir, N., *Nurse*, «enfermera» en inglés. *(N. del T.)*

niña. Era la fase de adaptación a una obediencia maquinal, la de aprender a transportar un montón de cuñas y recordar una ley fundamental: no cruzar nunca un pabellón sin traer nada de vuelta. La incomodidad física ayudó a Briony a cerrar sus horizontes mentales. Los altos cuellos almidonados le despellejaban la piel. Lavarse las manos doce veces al día con una punzante agua fría y un taco de sodio le deparó los primeros sabañones. Los zapatos que tuvo que comprarse con su propio dinero le martirizaban los dedos de los pies. El uniforme, como todos los uniformes, minaba la identidad, y las atenciones cotidianas que exigía –planchar pliegues, sujetar con alfileres el sombrero, enderezar costuras, lustrar zapatos, en especial los tacones– dieron principio a un proceso que poco a poco excluía otras preocupaciones. Cuando las chicas estaban listas para empezar su cursillo de prácticas, y para trabajar en los pabellones (nunca debían decir «dentro de») a las órdenes de la hermana Drummond, y someterse a la rutina cotidiana, «desde la cuña hasta el Bovril», su vida anterior había adquirido contornos difusos. Con la mente casi vacía y las defensas bajas, era fácil persuadirlas de la autoridad absoluta de la monja del pabellón. No cabía resistencia, pues ella les llenaba la mente vaciada.

Nadie lo decía, pero el modelo al que se atenía aquel proceso era militar. La señorita Nightingale, a la que nunca podían aludir como Florence, había estado en Crimea el tiempo suficiente para ver el valor de la disciplina, cadenas de mando fuertes y tropas bien adiestradas. De modo que cuando estaba tendida en la oscuridad, escuchando a Fiona comenzar los ronquidos que duraban toda la noche –dormía boca arriba–, Briony ya intuía que la vida paralela, que con tanta facilidad podía imaginarse gracias a sus visitas a Cambridge siendo una niña, para ver a Leon y Cecilia, no tardaría en divergir de la suya. Ahora vivía una vida de estudiante, cuatro años de régimen absorbente, y no tenía voluntad ni

323

libertad para marcharse. Se abandonaba a una vida de restricciones, normas, obediencia, quehaceres domésticos y un temor constante a la desaprobación. Era una más de una hornada de alumnas —cada pocos meses ingresaba otra— y no poseía más identidad que la del nombre que llevaba en la placa. Allí no había tutores, nadie que se desvelase por el curso preciso de su desarrollo intelectual. Vaciaba, lavaba y enjuagaba los orinales, barría y enceraba suelos, preparaba cacao y Bovril, iba a buscar cosas y las transportaba: estaba liberada de toda introspección. Sabía, por oírselo decir a las estudiantes de segundo año, que en algún momento del futuro empezaría a complacerle su propia eficiencia. Había empezado a paladearla hacía poco, cuando le encomendaron que, bajo supervisión, tomara el pulso y anotara las pulsaciones en un gráfico. En lo referente a tratamientos médicos, ya había aplicado violeta de genciana en una tiña, una emulsión de acuaflavina sobre un corte y una loción de tintura de plomo sobre una magulladura. Pero más que nada era una doncella, una fregona y, en sus horas libres, una empollona de hechos sencillos. Se alegraba de tener poco tiempo para pensar en otras cosas. Pero cuando, al final de la jornada, estaba en camisón en el rellano, y a través del río contemplaba la ciudad sin iluminar, recordaba el desasosiego que reinaba tanto allí fuera, en las calles, como en los pabellones, y que era como la oscuridad misma. Nada de su rutina, ni siquiera sor Drummond, podía protegerla de aquello.

Durante la media hora antes de que apagasen las luces, después del cacao, las chicas entraban y salían de las habitaciones de otras y se sentaban en la cama para escribir cartas a casa o a sus novios. Algunas todavía lloraban un poco de nostalgia, y entonces se prodigaba gran cantidad de consuelo, en forma de brazos que rodeaban cuellos y de palabras tranquilizadoras. A Briony le parecía teatral y ridículo que jóvenes hechas y derechas llorasen por causa de sus madres o, como una de las estudiantes declaró en medio de sollozos, a causa del olor de la pipa de su padre. Las que impartían consuelo parecían disfrutar quizás excesivamente. En aquella atmósfera empalagosa, Briony algunas veces escribía cartas concisas a su casa, en las que comunicaba poco más que el hecho de que no estaba enferma, no era infeliz, no necesitaba su asignación y no estaba a punto de cambiar de idea, tal como su madre había vaticinado. Otras chicas describían con orgullo sus programas rigurosos de trabajo y estudio, para maravillar a sus cariñosos padres. Briony confiaba estas cuestiones solamente a su cuaderno, y tampoco entraba en muchos detalles. No quería que su madre supiera las humildes tareas que hacía. En parte, su propósito al ser enfermera era conquistar su independencia. Para ella era importante que sus padres, y en especial su madre, conociera lo menos posible de su vida.

Aparte de un rosario de preguntas que no obtenían respuesta, las cartas de Emily hablaban sobre todo de los evacuados. Tres madres con siete hijos, todas ellas de la zona de Hackney, en Londres, habían sido alojadas en la casa de los Tallis. Una de las madres se había deshonrado en el pub del pueblo y ahora tenía prohibida la entrada. Otra era una católica devota que recorría seis kilómetros a pie con sus tres hijos para asistir a la misa del domingo en la ciudad del condado. Pero Betty, que también era católica, no era sensible a estas diferencias. Odiaba a todas las madres y a todos sus hijos. La primera mañana le dijeron que no les gustaba su comida. Aseguraba que había visto a la beata escupir en el suelo del recibidor. El mayor de los niños, un chico de trece años que por su tamaño no aparentaba más de ocho, había ido a la fuente, se había encaramado encima de la estatua y le había arrancado al tritón el cuerno y el brazo hasta la altura del codo. Jack dijo que no sería muy difícil reparar los daños. Pero ahora la pieza, que había sido trasladada a la casa y guardada en la trascocina, había desaparecido. Gracias a la información facilitada por el viejo Hardman, Betty acusó al chico de haberla arrojado al lago. El chico dijo que no sabía nada. Se habló de desecar el lago, pero les inquietaba la pareja de cisnes en época de apareamiento. La madre salió en defensa virulenta de su hijo, diciendo que era peligroso tener una fuente al alcance de los niños y que iba a escribir al diputado del parlamento. Sir Arthur Ridley era el padrino de Briony.

No obstante, Emily pensaba que debían considerar una suerte tener evacuados, pues en cierto momento había parecido que la casa entera iba a ser confiscada para uso del ejército. A la postre se instalaron en la casa de Hugh van Vliet, porque tenía una mesa de *snooker*. Sus otras noticias eran que su hermana Hermione seguía en París pero pensaba afincarse en Niza, y que las vacas habían sido transferidas a tres campos del lado norte, a fin de que el parque pudiera ser arado para plantar trigo. Cerca de tres kilómetros de verja de hierro forjado que databa de 1750 habían sido retirados con objeto de fundirlos para fabricar aviones Spitfire. Hasta los obreros que la retiraron dijeron que no era el metal adecuado. Se había edificado un fortín de cemento y ladrillo junto al río, justo en el meandro, entre las juncias, destruyendo los nidos de las cercetas y las aguzanieves grises. Estaban construyendo otro baluarte donde la carretera principal entraba en el pueblo. Estaban almacenando en los sótanos todos los objetos frágiles, entre ellos el clavicémbalo. A la desventurada Betty se le cayó de las manos el jarrón del tío

Clem que transportaba, y se hizo pedazos en los escalones. Dijo que simplemente las piezas se le habían despegado en la mano, pero era difícil de creer. Danny Hardman se había alistado en la marina, pero todos los demás mozos del pueblo lo habían hecho en los East Surrey. Jack no paraba de trabajar. Asistía a una conferencia especial y a su regreso parecía cansado y flaco, y no estaba autorizado a decirle a su mujer dónde había estado. La rotura del jarrón le enfureció hasta el punto de gritarle a Betty, algo muy impropio de él. Para colmo, ella había perdido una libreta de racionamiento y tuvieron que prescindir de azúcar durante dos semanas. La madre que había sido proscrita del Red Lion había llegado sin su máscara de gas y no había repuestos. El vigilante de los ataques aéreos, que era hermano del alguacil Vockins, había pasado tres veces para supervisar las medidas de oscurecimiento. Se estaba revelando como un pequeño dictador. Nadie le apreciaba.

Al leer aquellas cartas al final de un día extenuante, Briony sentía una nostalgia soñadora, un vago anhelo de una vida perdida mucho tiempo atrás. A duras penas lograba apiadarse de sí misma. Era ella la que se había marchado de casa. La semana de vacaciones que siguió al curso teórico, antes de empezar el año de prácticas, se había alojado en casa de sus tíos en Primrose Hill, y había resistido las súplicas de su madre por teléfono. ¿Por qué Briony no quería visitarles, ni siquiera un día, cuando a todo el mundo le encantaría verla y se moría de ganas de que les contara cosas de su nueva vida? ¿Y por qué escribía tan de tarde en tarde? Era difícil dar una respuesta directa. De momento necesitaba mantenerse alejada.

En el cajón del armario de su mesilla guardaba un cuaderno con hojas de tamaño folio y tapas de cartón veteadas. Pegado al lomo, tenía un pedazo de cuerda en cuyo extremo había un lápiz. No estaba permitido utilizar pluma y tinta.

Empezó su diario al final del primer día del curso teórico, y casi todas las noches conseguía escribir por lo menos diez minutos antes de que apagasen las luces. Sus reseñas incluían manifiestos artísticos, quejas triviales, bosquejos de personajes y narraciones sencillas de su jornada, que cada vez se extraviaban más en la fantasía. Rara vez releía lo que había escrito, pero le gustaba pasar las páginas llenas. Allí, detrás del nombre en la placa y del uniforme, estaba su verdadero ser, secretamente escondido, acumulándose en silencio. Nunca había perdido aquel placer infantil de ver páginas cubiertas por su propia escritura. Casi no importaba lo que escribía. Como el cajón no tenía llave, tenía cuidado de disfrazar sus descripciones de sor Drummond. También cambiaba los nombres de los pacientes. Y tras haberles cambiado el nombre era más fácil transformar las circunstancias e inventar. Le gustaba escribir lo que imaginaba que eran sus divagaciones. No estaba obligada a ser veraz, no le había prometido una crónica a nadie. Su diario era el único lugar en que podía ser libre. Creaba pequeñas historias –no muy convincentes, algo superpuestas– sobre la gente del pabellón. Por un momento se consideraba una especie de Chaucer médico, cuyos pabellones hervían de tipos pintorescos, personajes, borrachines, perros viejos, personas encantadoras con un secreto siniestro que contar. Años más tarde lamentaría no haber sido más verídica, no haberse procurado una reserva de material en bruto. Habría sido provechoso saber lo que había sucedido, cómo era aquello, quién estaba allí, qué se había dicho. Mientras lo escribía, el diario preservaba su dignidad: tal vez pareciese una enfermera en prácticas y se comportara y viviese como una de ellas, pero en realidad era una escritora importante encubierta. Y en una época en que estaba distanciada de todo lo que conocía –su familia, su hogar, sus amigos–, escribir era el hilo de la continuidad. Era lo que siempre había hecho.

No abundaban los momentos en que su mente podía vagar libremente. A veces la enviaban al dispensario a hacer un recado y tenía que esperar a que el farmacéutico volviese. Entonces recorría el pasillo hasta un hueco de escalera donde una ventana ofrecía una vista del río. Imperceptiblemente, desplazaba el peso de su cuerpo sobre el pie derecho mientras miraba las Cámaras del Parlamento sin verlas, y no pensaba en su diario, sino en el relato largo que había escrito y enviado a una revista. Durante su estancia en Primrose Hill tomó prestada la máquina de escribir de su tío, se adueñó del comedor y mecanografió su versión definitiva con los dos dedos índices. La tarea le ocupó más de ocho horas al día durante una semana, hasta que le dolieron la espalda y el cuello, y en la visión le revoloteaba el despliegue en rizos desiguales de signos &. Pero apenas recordaba un placer más grande que el que sintió al final, cuando alineó el montón de páginas completas –¡ciento tres!– y notó en las yemas de los dedos desnudos la magnitud de su creación. Enteramente suya. Nadie más podría haber escrito aquello. Guardó para ella una copia en papel carbón y envolvió su relato (qué palabra más inadecuada) en papel de estraza, cogió el autobús a Bloomsbury, fue andando hasta la dirección de Lansdowne Terrace, la oficina de la nueva revista *Horizon*, y entregó el paquete a una joven agradable que acudió a la puerta.

Lo que la emocionaba de su logro era la concepción, la pura geometría y la incertidumbre distintiva que reflejaban, a su juicio, una sensibilidad moderna. La era de las respuestas claras había acabado. Al igual que la época de los personajes y las tramas. A pesar de sus bosquejos del diario, ya no creía realmente en los personajes. Eran recursos singulares que pertenecían al siglo XIX. El concepto mismo de personaje se basaba en errores que la psicología moderna había dejado al descubierto. Las tramas eran asimismo una maquinaria herrumbrosa cuyas ruedas ya no giraban. Un novelista moderno no podía crear personajes y tramas del mismo modo que un compositor moderno tampoco podía componer una sinfonía de Mozart. Lo que a ella le interesaba era el pensamiento, la percepción, las sensaciones, la mente consciente como un río a través del tiempo, y el modo de representar el flujo de su avance, así como todos los afluentes que lo engrosaban y los obstáculos que podían desviarlo. Ojalá lograse reproducir la luz clara de una mañana de verano, las sensaciones de un niño delante de una ventana, la curva y el descenso del vuelo de una golondrina sobre una charca. La novela del futuro sería distinta de todo lo que se había escrito en el pasado. Había leído tres veces *Las olas*, de Virginia Woolf, y pensaba que se estaba operando una gran transformación en la propia naturaleza, y que sólo la ficción, una nueva clase de ficción, podría capturar la esencia del cambio. Penetrar en una mente y mostrarla en acción, o siendo accionada, y hacerlo con un designio simétrico, constituía un triunfo artístico. En eso pensaba la enfermera Tallis mientras se demoraba cerca del dispensario, esperando a que volviese el farmacéutico y contemplando el Támesis, sin percatarse del peligro que corría de que sor Drummond la sorprendiese con el peso del cuerpo descansando sobre una sola pierna.

Habían transcurrido tres meses y Briony no había recibido noticias de *Horizon*.

Un segundo texto tampoco obtuvo respuesta. Había ido a la oficina de administración a pedir las señas de Cecilia. A principios de mayo había escrito a su hermana. Ahora empezaba a pensar que la respuesta de Cecilia era el silencio.

En los últimos días de mayo aumentaron las entregas de suministros médicos. Dieron de alta a más pacientes cuyo estado no era urgente. Muchos pabellones habrían quedado totalmente vacíos de no ser por la llegada de cuarenta marinos: una variante rara de ictericia causaba estragos en la Royal Navy. Briony ya no tenía tiempo de advertirlo. Empezaron nuevos cursos de enfermería hospitalaria y de anatomía básica. Cumplidos sus turnos, las alumnas de primer año corrían a las clases, las comidas y las horas de estudio privado. Después de leer tres páginas, era difícil mantenerse despierta. Las campanadas del Big Ben pautaban cada cambio del día, y había veces en que la solemne nota única de los cuartos de hora arrancaba gemidos de pánico reprimido cuando las chicas caían en la cuenta de que tenían que estar en otro sitio.

El reposo absoluto en cama era considerado un procedimiento médico en sí mismo. A casi todos los pacientes, con independencia de su estado, se les prohibía caminar unos pasos hasta los urinarios. Los días, por consiguiente, comenzaban con las cuñas. La monja no aprobaba que las transportasen por el pabellón «como raquetas de tenis». Había que llevarlas «a la gloria de Dios», y vaciarlas, fregarlas, limpiarlas y guardarlas para las siete y media, la hora en que empezaban las bebidas de la mañana. Durante todo el día, cuñas, baños de cama, barrido de suelos. Los chicas se quejaban de dolores de espalda a fuerza de hacer camas, y de atroces sensaciones en los pies por no haberse sentado en todo el día. Otra tarea adicional de las enfermeras era correr las cortinas del oscurecimiento sobre los ventanales enormes del pabellón. Hacia el final del día, más cuñas, el vaciado de las tazas de esputos, la preparación del cacao. Entre el final de un turno de servicio y el comienzo de una clase apenas había tiempo para volver al dormitorio a recoger papeles y libros de texto. Dos veces en un mismo día, Briony había merecido la reprobación de la monja del pabellón por correr en el pasillo, y en ambas ocasiones la reprimenda fue impartida con un tono monocorde. Sólo las hemorragias y los incendios eran razones plausibles para que corriese una enfermera.

Pero el dominio principal de las estudiantes de primer año era el cuarto de enjuagues. Se hablaba de que iban a instalar lavadores automáticos de cuñas y botellas, pero no era más que el rumor de una tierra prometida. Por ahora tenían que hacerlo como otras lo habían hecho antes que ellas. El día en que la habían regañado dos veces por correr en el pasillo, Briony descubrió que la mandaban a cumplir un turno más en el cuarto de enjuagues. Puede que fuera un accidente en la lista no escrita de los turnos, pero ella lo dudaba. Cerró tras ella la puerta del cuarto y se ató alrededor de la cintura el pesado delantal de caucho. El truco del vaciado, de hecho la única manera en que a ella le resultaba posible hacerlo, consistía en cerrar los ojos, contener la respiración y apartar la cabeza. Luego venía el enjuague con una solución de carbólico. Si no se cercioraba de que las asas huecas de la cuña estaban limpias y secas, tendría un encontronazo más grave con la monja.

Realizada esta tarea, fue derecha a adecentar el pabellón casi vacío al final de la jornada: enderezar armarios, vaciar ceniceros, recoger los periódicos del día. Automáticamente, echó una ojeada a una página doblada del *Sunday Graphic*. Había estado siguiendo las noticias en fragmentos sueltos. Nunca había tiempo suficiente para leer un periódico con calma. Estaba informada de la ruptura de la línea Maginot, del bombardeo de Rotterdam, de la rendición del ejército holandés, y algunas de las chicas habían hablado la noche anterior del colapso inminente de Bélgica. La guerra iba mal, pero tenía que mejorar forzosamente. Una frase anodina fue la que atrajo su atención ahora, no por lo que decía, sino por lo que insulsamente trataba de ocultar. El ejército británico en el norte de Francia estaba «realizando repliegues estratégicos hacia posiciones previamente preparadas». Hasta ella, que no sabía nada de estrategia militar ni de convenciones periodísticas, comprendió que era un eufemismo para decir «retirada». Quizás fuese la última persona del hospital en comprender lo que estaba ocurriendo. Ella había creído que el hecho de vaciar pabellones y la abundancia de suministros formaban una simple parte de los preparativos generales para la guerra. Había estado demasiado enfrascada en sus propias preocupaciones nimias. Ahora veía cómo relacionar determinadas informaciones separadas y entendió lo que todo el mundo debía de saber y lo que se traía entre manos la administración del hospital. Los alemanes habían llegado al Canal y el ejército británico estaba en apuros. Las cosas no habían ido nada bien en Francia, aunque nadie sabía en qué medida. Este presentimiento, este temor mudo, era lo que ella había intuido a su alrededor.

Por esa época, el día en que los últimos pacientes salieron escoltados del pabellón, le llegó una carta de su padre. Tras un sucinto saludo y unas preguntas sobre el curso y su salud, le transmitía una información facilitada por un colega y confirmada por la familia: Paul Marshall y Lola Quincey iban a casarse el sábado de la semana siguiente en la iglesia de la Santa Trinidad, en Clapham Common. No explicaba qué le inducía a pensar que ella quisiera saberlo, y no hacía comentarios sobre el asunto en sí. Se limitaba a firmar con un garabato al pie de la página: «Te quiere siempre.»

Toda esa mañana, mientras hacía sus quehaceres, pensó en la noticia. Como no había visto a Lola desde aquel verano, la figura que se imaginaba ante el altar era la de una chica larga y flacucha de quince años. Briony ayudó a hacer el equipaje a una paciente que se iba, una anciana de Lambeth, y trató de concentrarse en las quejas que le estaba expresando. Se había roto un dedo del pie y le habían prometido doce días en cama, pero sólo había estado siete. La ayudaron a sentarse en una silla de ruedas y un camillero se la llevó. Durante su turno en el cuarto de enjuagues, Briony sacó las cuentas. Lola tenía veinte años, Marshall tendría veintinueve. No era una sorpresa; el sobresalto residía en la confirmación de la noticia. Briony estaba más que implicada en su enlace. Lo había hecho posible.

Durante todo aquel día, de un lado para otro del pabellón, o recorriendo pasillos, Briony sintió que la culpa conocida la perseguía con un vigor renovado. Restregó a fondo los armarios vacíos, ayudó a lavar bastidores de camas con ácido fénico, barrió y enceró los suelos, hizo recados en el dispensario o en el centro de asistencia social a un paso doblemente rápido, pero sin llegar a correr, fue enviada con otra estudiante a que ayudara a vendar un furúnculo en el hospital general de hombres, y suplió la ausencia de Fiona, que había tenido que ir al dentista. El primer día de mayo que hizo realmente buen tiempo, sudó por debajo de su uniforme almidonado. Lo único que quería hacer era trabajar, bañarse luego y dormir hasta que llegara la hora de volver al trabajo. Pero sabía que no servía de nada. Por mucho que fregara y por muy humildes que fueran sus ocupaciones de enfermera, y por bien que las cumpliese o lo duras que le resultaran, por más que hubiera renunciado a iluminaciones académicas, o a las vivencias de un campus universitario, nunca repararía el daño. Era imperdonable.

Por primera vez en su vida pensó que le gustaría hablar con su padre. Siempre había dado por sentada su lejanía, y no esperaba nada. Se preguntó si al enviarle él la carta con aquella información concreta estaba intentado decirle que sabía la verdad. Después del té, para el cual se concedió poquísimo tiempo, fue a la cabina de teléfono que había en la entrada del hospital, cerca de Westminster Bridge, y trató de llamarle al trabajo. La centralita le pasó con una solícita voz nasal, y luego la conexión se interrumpió y tuvo que llamar otra vez. Volvió a ocurrir lo mismo, y en la tercera tentativa la línea se cortó cuando una voz dijo: «Pasamos su llamada.»

Para entonces se había quedado sin monedas y tenía que volver al pabellón. Al salir de la cabina se detuvo a admirar los cúmulos enormes que se apelotonaban contra un cielo azul claro. El río, su marea viva discurriendo hacia el mar, reflejaba ese color con pinceladas verdes y grises. El Big Ben parecía estar cayéndose de un modo interminable contra el cielo inquieto. A pesar de los humos del tráfico, había una fragancia de vegetación reciente alrededor, quizás de hierba recién segada del jardín del hospital, o de árboles jóvenes a la orilla del río. Aunque la luz era radiante, había un frescor delicioso en el aire. No había visto ni sentido nada tan agradable desde hacía días, tal vez semanas. Pasaba demasiado tiempo bajo techo, respirando desinfectantes. Cuando ya se iba, dos jóvenes oficiales del ejército, personal médico del hospital militar de Millbank, le lanzaron una sonrisa amistosa al cruzarse con ella. Ella bajó al instante la mirada y acto seguido lamentó de inmediato no haberles mirado por lo menos a los ojos. Se alejaron atravesando el puente, ajenos a todo lo que no fuese su conversación. Uno de ellos remedó el gesto de alcanzar algo colocado en alto, como si intentara coger algo de una estantería, y su acompañante se reía. A mitad de camino en el puente se pararon a admirar una cañonera que pasaba por debajo del puente. Pensó en el aspecto tan animado y libre de aquellos médicos y deploró no haber correspondido a su sonrisa. Había partes de ella misma que había olvidado por completo. Se había retrasado y tenía no pocos motivos para echar a correr, a pesar de los zapatos que le apretaban los pies. Allí, en el pavimento manchado y sin desinfectar, no se aplicaba la férula de sor Drummond. No había hemorragias ni incendios, pero fue un sorprendente placer físico, un breve sabor de libertad, correr todo lo que le permitió el delantal almidonado hasta la entrada del hospital.

En él se había instaurado ahora un compás de lánguida espera. Sólo quedaban los marinos aquejados de ictericia. Entre las enfermeras despertaban mucha fascinación y charlas divertidas. Aquellos marineros rudos zurcían sus calcetines sentados en la cama e insistían en lavarse a mano la ropa interior, que secaban en tendederos improvisados con cuerdas colgadas entre los radiadores. Los que seguían postrados preferían sufrir un calvario antes que llamar para que les llevasen una cuña. Se decía que los marineros aptos se empeñaban en mantener ellos mismos el pabellón limpio y ordenado, y habían asumido la tarea de barrer y transportar el pesado cubo. Una domesticidad semejante en hombres era algo desconocido para las chicas, y Fiona dijo que no se casaría con nadie que no hubiese servido en la armada real.

Por algún motivo inexplicado, a las enfermeras en prácticas se les concedió medio día de asueto, exento de estudio, aunque tenían que seguir vestidas de uniforme. Después del almuerzo, Briony cruzó el río andando con Fiona, y pasaron por las Cámaras del Parlamento y entraron en St. James's Park. Dieron un paseo alrededor del lago, compraron té en un puesto y alquilaron tumbonas para escuchar a unos ancianos del Ejército de Salvación que tocaban Elgar adaptado para una banda de música. En aquellos días de mayo, antes de que se comprendiera plenamente lo sucedido en Francia, antes del bombardeo de la ciudad en septiembre, Londres tenía los signos exteriores, pero no la mentalidad de la guerra. Uniformes, letreros avisando de los quintacolumnistas, dos grandes refugios antiaéreos excavados en los céspedes del parque y, por todas partes, oficiales ariscos. Cuando estaban sentadas en sus tumbonas, un hombre con brazalete y gorra se acercó y exigió a Fiona que le enseñase su máscara de gas: la tapaba parcialmente su capa de enfermera. Por lo demás, eran todavía tiempos de inocencia. La inquietud por la situación en Francia que había absorbido la atención del país se había disipado momentáneamente en el sol de la tarde. Los muertos no estaban todavía presentes, a los ausentes se les suponía vivos. En su normalidad, la escena era irreal. Por los senderos pasaban cochecitos de niño con las capuchas bajadas a la plena luz del sol, y bebés blancos, con el cráneo aún blando, miraban boquiabiertos el mundo por primera vez. Niños que parecían haber eludido la evacuación corrían por la hierba gritando y riendo, la banda luchaba con una música superior a sus capacidades, y las tumbonas costaban todavía dos peniques. Era difícil creer que a trescientos kilómetros de distancia se estaba produciendo un desastre militar.

Los pensamientos de Briony seguían concentrados en sus temas. Tal vez Londres fuese asfixiado por gas venenoso, o invadido por paracaidistas alemanes, apoyados en tierra por quintacolumnistas, antes de que pudiese celebrarse la boda de Lola. Briony había oído decir a un portero sabelotodo, con un tono de aparente satisfacción, que ahora nada podía detener al ejército alemán. Disponían de las tácticas modernas y nosotros no, se habían modernizado y nosotros no. Los generales tendrían que haber leído el libro de Liddell Hart, o haber ido a la garita del hospital para escuchar atentamente al portero durante la pausa del té.

A su lado, Fiona hablaba de su adorado hermano pequeño y de algo inteligente que había dicho en la comida, y Briony fingía que la escuchaba mientras pensaba en Robbie. Si había combatido en Francia, quizás ya le hubiesen capturado. O algo peor. ¿Cómo sobreviviría Cecilia a esta noticia? Mientras la música, amenizada por disonancias que no estaban en la partitura, alcanzaba un apogeo estentóreo, se agarró a los costados de madera de la silla y cerró los ojos. Si algo le ocurriese a Robbie, si Cecilia y él nunca llegaran a reunirse... Su tormento secreto y la agitación pública de la guerra siempre le habían parecido mundos separados, pero ahora comprendió que la guerra podría agravar su crimen. La única solución concebible sería que el pasado nunca hubiese acontecido. Si Robbie no regresaba... Ansió poseer el pasado de otra persona, ser otra persona, como la efusiva Fiona, cuya vida sin mácula se extendía ante ella, y cuya cariñosa familia aumentaba, y cuyos perros y gatos tenían nombres latinos, y cuya casa era un famoso lugar de reunión de los círculos de artistas de Chelsea. Fiona no tenía otra cosa que hacer que vivir su vida, seguir su camino y descubrir lo que le deparaba. A Briony, por el contrario, le parecía que habría de vivir su vida en una habitación sin puertas.

—Briony, ¿estás bien?

—¿Qué? Sí, por supuesto. Estoy bien, gracias.

—No te creo. ¿Quieres que te traiga un poco de agua?

Mientras arreciaban los aplausos —a nadie parecía importarle lo mala que era la banda—, observó cómo Fiona atravesaba el césped, pasaba por delante de los músicos y del hombre de abrigo marrón que alquilaba tumbonas y llegaba al pequeño café entre los árboles. El Ejército de Salvación atacaba ahora *Bye, Bye Blackbird*, un tema mucho más accesible para ellos. La gente sentada en las tumbonas empezaba a corearles, y algunos seguían el compás dando palmadas. Los acompañamientos colectivos tenían un cierto poder de coacción —el modo en que unos desconocidos cruzaban miradas a medida que sus voces se elevaban– al que ella estaba decidida a resistirse. No obstante, le alegró el ánimo, y cuando Fiona volvió con una taza de té llena de agua, y la banda inició un popurrí de antiguos temas populares, empezando por *It's a Long Way to Tipperary*, se pusieron a hablar del trabajo. Fiona arrastró a Briony hacia el cotilleo: sobre qué profesionales les gustaban y los que las irritaban, sobre sor Drummond, cuya voz Fiona sabía imitar, y la jefa de enfermeras, que era casi tan grandiosa y distante como un médico. Recordaron las excentricidades de diversos pacientes y se confesaron mutuamente quejas –a Fiona la indignaba que no le permitieran colocar cosas en la repisa del alféizar, y Briony detestaba que apagasen las luces a las once en punto–, pero lo hicieron con un júbilo cohibido y con una dosis tan creciente de risas que algunas cabezas empezaron a volverse hacia ellas y y la gente se apresuró a llevarse un dedo a la boca en una teatral invitación al silencio. Pero eran gestos serios sólo a medias, y casi todos los que se volvían sonreían indulgentes desde sus asientos, pues había algo en las dos enfermeras –en tiempo de guerra–, con sus uniformes púrpuras y blancos, sus capas azul oscuro y sus gorros inmaculados, que las hacía tan irreprochables como monjas. Las chicas intuyeron su propia inmunidad y sus risas, cada vez más sonoras, se convirtieron en cloqueos de hilaridad y de burla. Fiona resultó ser buena para la mímica, y a pesar de su alegría había en su humor un deje cruel que a Briony le gustaba. Fiona hacía su propia versión del *cockney* del barrio de Lambeth, y con una exageración despiadada captaba la ignorancia de algunas pacientes y el gemido suplicante de su voz. Es mi corazón, enfermera. Siempre lo he tenido donde no debe. A mi madre le pasaba lo mismo. ¿Es verdad que los bebés salen por el trasero, enfermera? Pues no sé cómo se las va a apañar el mío, porque siempre estoy atascada. He tenido seis críos, y un día voy y me dejo a uno en un autobús, el ochenta y ocho que viene de Brixton. Para mí que me lo dejé en el asiento. No le he vuelto a ver el pelo, enfermera. Un disgusto de muerte. Me harté de llorar.

Cuando caminaban de regreso hacia la plaza del Parlamento, a Briony le daba vueltas la cabeza y, de tanto reírse, le flaqueaban todavía las rodillas. Le asombró lo rápido que cambiaba de ánimo. Sus preocupaciones no se disipaban, pero retrocedían, con su poder emocional transitoriamente agotado. Cruzaron el puente de Westminster cogidas del brazo. La marea estaba baja, y bajo una luz tan fuerte había un brillo púrpura en las orillas de limo, donde miles de lombrices arrojaban diminutas sombras afiladas. Cuando Briony y Fiona doblaron a la derecha para enfilar Lambeth Palace Road, vieron una fila de camiones militares aparcados delante de la entrada principal. Las chicas rezongaron de buen humor ante la perspectiva de que llegaran más suministros que desembalar y almacenar.

Después vieron las ambulancias entre los camiones, y al acercarse más vieron las camillas, cantidades de camillas, depositadas sin orden ni concierto en el suelo, y un montón de sucios trajes de campaña verdes y de vendajes manchados. Había también grupos de soldados, aturdidos e inmóviles, y también vendados, como los hombres que yacían en el suelo envueltos en vendas sucias. Un ordenanza recogía fusiles de la trasera de un camión. Dos docenas de camilleros, enfermeras y médicos deambulaban entre la gente. Habían sacado a la entrada del hospital cinco o seis carritos claramente insuficientes. Durante un momento, Briony y Fiona se pararon a mirar y a continuación, simultáneamente, echaron a correr.

En menos de un minuto estaban entre los hombres. El aire fresco de la primavera no eliminaba el hedor a aceite de motores y a heridas purulentas. Los soldados tenían la cara y las manos negras, con la barba de días y el pelo moreno apel-

340

mazado, y con las etiquetas que les habían atado en los puestos donde recibían a las bajas, todos parecían idénticos, una raza primitiva de hombres oriundos de un mundo terrible. Los que estaban de pie parecían dormidos. Del hospital salían más enfermeras y médicos. Un médico jefe había asumido el mando y se había organizado un tosco sistema de clasificación. Estaban subiendo a los carritos a algunos de los casos urgentes. Por primera vez en todo su período de formación, Briony se vio interpelada por un médico, un jefe de ingresos al que nunca había visto.

–Usted, coja el extremo de esta camilla.

El médico levantó el otro extremo. Ella nunca había transportado una camilla y le sorprendió lo mucho que pesaba. Cuando ya habían franqueado la entrada y recorrido diez metros del pasillo, supo que su muñeca izquierda no lo aguantaría. Estaba en el lado de los pies. El soldado tenía galones de sargento. No llevaba botas y sus dedos azulados apestaban. Tenía la cabeza envuelta en una venda empapada de color carmesí y negro. Su traje de campaña estaba destrozado por una herida a la altura del muslo. Briony creyó ver la blanca protuberancia del hueso. Cada paso que daban provocaba dolor al herido. Tenía los ojos firmemente cerrados, pero abría y cerraba la boca en un gesto de sufrimiento silencioso. Si a Briony le fallaba la mano izquierda, sin duda se volcaría la camilla. Sus dedos ya estaban aflojando cuando llegaron al ascensor, entraron y posaron la camilla. Mientras ascendían lentamente, el médico tomó el pulso del soldado e inhaló por la nariz una profunda bocanada de aire. Se había olvidado de la presencia de Briony. Cuando el segundo piso descendía ante sus ojos, ella pensó únicamente en los treinta metros de pasillo que había hasta el pabellón, y en si lograría recorrerlos. Era su deber decirle al médico que no podía hacerlo. Pero él le daba la espalda cuando abrió de par en par las puertas del ascensor y le dijo que cogiera el otro extremo.

Deseó tener más fuerza en el brazo izquierdo, y deseó que el doctor fuera más deprisa. No soportaría la deshonra si fallaba. El hombre de cara negra abría y cerraba la boca, en una especie de acción masticatoria. Tenía la lengua cubierta de puntos blancos. Su nuez negra subía y bajaba, y ella se obligó a mirarla. Giraron hacia el pabellón y ella tuvo la suerte de que hubiera una cama de emergencia libre al lado de la puerta. Los dedos ya le resbalaban. Les estaban esperando una monja y una enfermera cualificada. Cuando maniobraban con la camilla para ponerla paralela a la cama, los dedos de Briony se le aflojaron, perdió el control y levantó la rodilla izquierda a tiempo de soportar el peso. El mango de madera chocó contra su pierna. La camilla se bamboleó, y fue la monja la que se inclinó para enderezarla. El sargento herido exhaló entre los labios un soplido de incredulidad, como si nunca hubiese imaginado que el dolor pudiera ser tan intenso.

–Por el amor de Dios, chica –murmuró el médico. Depositaron con suavidad al paciente en el lecho.

Briony aguardó para saber si la necesitaban. Pero ahora los tres estaban atareados y no le prestaban la menor atención. La enfermera estaba retirando la venda de la cabeza, y la monja estaba cortando los pantalones del soldado. El médico se hizo a un lado para estudiar a la luz las notas garabateadas en la etiqueta que había arrancado de la camisa del herido. Briony carraspeó suavemente y la monja se volvió y mostró su desagrado al verla todavía allí.

–No se quede ahí parada, enfermera Tallis. Vaya abajo a ayudar.

Ella se alejó humillada, y notó que una sensación hueca se le esparcía por el estómago. En el preciso momento en que la guerra llegaba a su vida, en el primer momento de tensión, había fallado. Si tenía que transportar otra camilla, no llegaría ni a la mitad del camino hasta el ascensor. Pero si se lo pedían no se atrevería a negarse. Si se le caía su lado de la camilla, lisa y llanamente se marcharía, recogería las cosas de su cuarto, haría la maleta y se iría a Escocia a trabajar de labriega. Eso sería lo mejor para todos. Cuando corría por el pasillo de la planta baja, se topó con Fiona que venía en dirección opuesta, delante de una camilla. Era más fuerte que Briony. La cara del hombre al que ayudaba a transportar estaba totalmente tapada por vendas, salvo un oscuro agujero oval en el lugar de la boca. Las miradas de ambas se cruzaron y se transmitieron algo, conmoción o vergüenza por haber estado riéndose en el parque mientras en el hospital acontecía aquello.

Briony salió a la calle y vio con alivio que estaban descargando las últimas camillas sobre carritos adicionales, y a camilleros que los empujaban. Había una docena de enfermeras cualificadas colocadas a un lado, con sus respectivas maletas. Reconoció a algunas de su pabellón. No había tiempo de preguntarles adónde las enviaban. Algo aún peor estaba sucediendo en algún otro sitio. La prioridad ahora eran los heridos capaces de caminar. Todavía quedaban más de doscientos. Una monja le dijo que condujera a quince hombres al pabellón Beatrice. La siguieron en fila india por el pasillo, como niños alineados en una escuela. Algunos tenían el brazo en cabestrillo, otros heridas en la cabeza o el pecho. Tres hombres caminaban con muletas. Ninguno habló. Había un atasco alrededor de los ascensores debido a los carros que esperaban para llegar a los quirófanos del sótano, y otros que seguían intentando subir a los pabellones. Encontró un hueco para que se sentaran los hombres con muletas, les dijo que no se movieran y condujo a los demás escaleras arriba. El avance era lento y hacían un alto en cada rellano.

–Ya falta poco –repetía, pero ellos no parecían advertir su existencia.

Cuando llegaron al pabellón, el protocolo exigía que informase a la monja. No estaba en su despacho. Briony se volvió hacia su rebaño, que estaba agolpado detrás de ella. No la miraron. Miraban más allá de ella, hacia el grandioso espacio victoriano del pabellón, las columnas majestuosas, las palmeras en tiestos, las camas pulcramente ordenadas y las sábanas puras, desdobladas.

–Esperen aquí –dijo ella–. La hermana les buscará una cama.

Caminó con paso rápido hasta el rincón alejado donde la monja y dos enfermeras atendían a un paciente. Unos pasos se arrastraban detrás de Briony. Los soldados la seguían a través del pabellón.

Horrorizada, agitó las manos hacia ellos.

–Vuelvan, por favor, vuelvan a su sitio y esperen.

Pero ahora se estaban dispersando por el pabellón. Cada hombre había visto la cama que le correspondía. Sin que se las hubieran asignado, sin quitarse las botas, sin baños ni despiojes ni pijamas de hospital, se estaban subiendo a las camas. Recostaron en las almohadas su pelo sucio y sus caras negras. La hermana se acercaba a paso vivo desde el fondo del pabellón, y sus tacones resonaban en el venerable espacio. Briony se acercó a una cama y tiró de la manga de un soldado tendido boca arriba, acunando el brazo que se había desprendido del cabestrillo. Al estirar las piernas dejó una mancha de aceite encima de la manta. La culpa era de Briony.

–Tiene que levantarse –dijo, cuando la hermana ya estaba a su lado. Y añadió débilmente–: Hay unas normas.

–Estos hombres necesitan dormir. Las normas son para más tarde. –La voz era irlandesa. La hermana puso una mano en el hombro de Briony y la volvió para poder leer su nombre en la placa–. Ahora vuelva a su pabellón, enfermera Tallis. Me parece que la necesitarán allí.

Con un empujón levísimo, Briony fue despachada a sus

344

tareas. El pabellón podía prescindir de ordenancistas como ella. Los hombres de alrededor ya estaban dormidos, y ella se había vuelto a comportar como una idiota. Por supuesto que tenían que dormir. Ella sólo había querido hacer lo que creía que se esperaba de ella. Las normas, en definitiva, no las había inventado ella. Se las habían inculcado en aquellos meses anteriores, los miles de detalles referentes a un nuevo ingreso. ¿Cómo iba a saber ella que en la práctica no significaban nada? Estos pensamientos indignantes la atribularon casi hasta que llegó a su pabellón, donde se acordó de los hombres con muletas que esperaban abajo a que les subieran en el ascensor. Bajó corriendo las escaleras. El hueco estaba desierto, y no había rastro de ellos en los pasillos. No quería poner su ineptitud de manifiesto preguntando entre monjas o camilleros. Alguien debía de haber congregado arriba a los heridos. En los días que siguieron, no volvió a verles.

Habían decidido que su pabellón sirviese de recinto excedente para cirugía aguda, pero al principio las definiciones no significaron nada. Podría haber sido un puesto de acogida de heridos en el frente. Se había requerido la ayuda de monjas y enfermeras curtidas, y cinco o seis médicos atendían los casos más urgentes. Había dos sacerdotes, uno que hablaba sentado con un hombre tendido a su lado y el otro que rezaba junto a una figura cubierta con una manta. Todas las enfermeras llevaban mascarillas, y ellas y los médicos se habían remangado. Las monjas se desplazaban velozmente entre las camas, poniendo inyecciones –probablemente de morfina– o repartiendo las agujas de transfusión para conectar a los heridos con los recipientes de sangre completa y los frascos amarillos de plasma que colgaban como frutas exóticas de los altos percheros móviles. Las alumnas recorrían el pabellón con pilas de botellas de agua caliente. El eco tenue de voces, de voces médicas, llenaba el pabellón, y lo perforaban a intervalos gemidos y gritos de dolor. Todas las camas

345

estaban ocupadas, y a los casos nuevos los dejaban en las camillas, intercalados entre las camas para aprovechar los sistemas de transfusión. Dos camilleros se disponían a llevarse a los fallecidos. Unas enfermeras retiraban vendas sucias de numerosas camas. Siempre una decisión, la de ser suave y lenta, o firme y rápida y descargar de golpe la punzada de dolor. En aquel pabellón se optaba por esto último, lo que explicaba algunos de los gritos. Por todas partes, una sopa de olores: el pegajoso olor agrio de la sangre fresca, y también de ropa sucia, de sudor, aceite, desinfectante, alcohol y, sobrevolando todos los efluvios, el hedor de la gangrena. Dos casos que bajaban al quirófano resultaron ser amputaciones.

Como las enfermeras jefes habían sido enviadas a centros de acogida de heridos, situados fuera del sector del hospital, y como llegaban pacientes nuevos, las enfermeras cualificadas impartían órdenes libremente, y a las estudiantes en prácticas del grupo de Briony les encomendaban otras responsabilidades. Una enfermera mandó a Briony que retirase el vendaje y limpiara la pierna herida de un cabo tendido en una camilla cerca de la puerta. No debía volver a vendarla hasta que un médico la hubiese examinado. El cabo estaba tumbado de bruces, e hizo muecas cuando ella se arrodilló para hablarle al oído.

–No haga caso si grito –murmuró él–. Límpiela, enfermera. No quiero perderla.

La pernera estaba desgarrada por un corte. El vendaje exterior parecía relativamente reciente. Empezó a desenrollarlo, y cuando le era imposible pasar la mano por debajo de la pierna, utilizaba tijeras para cortar la venda.

–Me vendaron en el muelle de Dover.

Ahora sólo había gasa, que estaba negra por la sangre coagulada, a todo lo largo de la herida que llegaba desde la rodilla hasta el tobillo. La pierna no tenía vello y estaba negra. Ella se temió lo peor y respiró a través de la boca.

–¿Pero cómo se ha hecho esto? –dijo ella, adoptando un tono alegre.

–Cayó un proyectil que me lanzó contra una alambrada de chapa ondulada.

–Qué mala suerte. Pero usted sabe que hay que quitar este vendaje.

Levantó con suavidad un borde y el cabo hizo un gesto de dolor. Dijo:

–Cuente uno, dos y tres, y hágalo aprisa.

El cabo apretó los puños. Ella agarró el borde que había despegado, lo cogió con fuerza entre el pulgar y el índice y jaló de la venda con un tirón súbito. Le asaltó un recuerdo de la infancia, el de cuando vio en una fiesta de cumpleaños el famoso truco del mantel. La venda se desprendió entera, con un áspero sonido pegajoso. El cabo dijo:

–Voy a vomitar.

Había una bacinilla a mano. Eructó, pero no expulsó nada. En los pliegues de piel de la nuca tenía gotas de transpiración. La herida medía unos cuarenta y cinco centímetros, quizás más, y se curvaba por detrás de la rodilla. Los puntos de sutura eran torpes y desiguales. Aquí y allá, un reborde de piel rasgada se levantaba sobre otro, revelando sus capas adiposas, y de la hendidura brotaban pequeñas intrusiones como racimos de uvas rojas. Ella dijo:

–No se mueva. Voy a limpiar alrededor de la herida, pero no la tocaré.

No la tocaría aún. La pierna estaba negra y blanda, como un plátano demasiado maduro. Empapó un algodón en alcohol. Temiendo que la piel se despegase sola, lo aplicó con suavidad, en torno a la pantorrilla, cinco centímetros por encima de la herida. Luego siguió limpiando, apretando un poco más. Al ver que la piel estaba tensa, apretó el algodón hasta que el soldado se estremeció. Retiró la mano y vio la extensión de piel blanca que había quedado al descubierto. El algodón estaba negro. No había gangrena. No pudo contener una exclamación de alivio. Hasta sintió que se le contraía la garganta. Él dijo:

–¿Qué es, enfermera? Puede decírmelo. –Se incorporó y trató de mirar por encima del hombro. Había miedo en su voz.

Ella tragó saliva y dijo, en tono neutro:

–Creo que está cicatrizando bien.

Cogió más algodón. Era aceite, o grasa, mezclada con arena de playa, y no se desprendía fácilmente. Limpió una zona de unos quince centímetros, desinfectando en torno a la herida.

Llevaba algunos minutos en esta labor cuando una mano se posó en su hombro y una voz de mujer le dijo al oído:

–Está bien, enfermera Tallis, pero tiene que trabajar más rápido.

Estaba de rodillas, inclinada sobre la camilla, apretujada contra una cama, y no era fácil volverse. Para cuando lo hizo, sólo vio una silueta familiar que se alejaba. El cabo estaba ya dormido cuando Briony empezó a limpiar alrededor de los puntos. Él se estremeció y se removió, pero no se despertó del todo. La extenuación era su anestesia. Cuando por fin ella se enderezó y recogió su bacía y todos los algodones manchados, llegó un médico que la despidió de allí.

Se restregó las manos y le encomendaron otra tarea. Todo era distinto para ella ahora que había conseguido un pequeño logro. Le encargaron que repartiera agua entre los soldados que se habían derrumbado a causa de la fatiga del combate. Era importante que no se deshidratasen. Vamos, soldado Carter. Beba esto y luego siga durmiendo. Levántese un poco... Sostenía una pequeña tetera blanca esmaltada y les dejaba sorber el agua del pico del recipiente, mientras acunaba las cabezas sucias contra su delantal, como a bebés gigantescos. Volvió a restregarse las manos e hizo una ronda de cuñas. Nunca le había importado menos. Le dijeron que atendiese a un soldado que tenía heridas en el estómago y que también había perdido una parte de la nariz. A través del cartílago ensangrentado, se le veía la boca y el fondo de la lengua lacerada. Su tarea consistía en lavarle la cara. Otra vez era aceite y arena lo que se le había incrustado en la piel. Supuso que el soldado estaba despierto, pero mantenía los ojos cerrados. La morfina le había calmado, y se mecía ligeramente de un lado para otro, como al compás de una música que hubiese en su cabeza. A medida que iban surgiendo sus facciones por debajo de aquella máscara negra, ella pensó en aquellos libros de brillantes páginas en blanco que tenía de niña y que había que frotar con un lápiz sin punta para que apareciese el dibujo. Pensó también que alguno de aquellos hombres podía ser Robbie, y que le vendaría las heridas sin saber quién era, y le frotaría la cara tiernamente con pedazos de algodón hasta que aflorasen sus rasgos conocidos, y que él la miraría con gratitud, comprendería quién era y le cogería la mano y, apretándola en silencio, la perdonaría. Después le permitiría que ella le acomodase para dormir.

Sus responsabilidades aumentaban. La enviaron con fórceps y una bacinilla a un pabellón contiguo, a la cabecera de un aviador con metralla en la pierna. Él la observó con cautela mientras ella depositaba su instrumental.

–Si me la van a sacar, prefiero que me operen.

A ella le temblaban las manos, pero le asombró descubrir la facilidad con que le salía la voz enérgica de enfermera eficiente. Corrió la cortina alrededor de la cama.

–No diga tonterías. Se la sacaremos en un periquete. ¿Cómo ocurrió?

Mientras él le explicaba que su trabajo consistía en construir pistas de aterrizaje en los campos del norte de Francia, clavaba los ojos una y otra vez en los fórceps de acero que ella había cogido del autoclave. Goteaban en la bacía de bordes azules.

–Estábamos trabajando y llegan los boches y lanzan su carga. Nos retiramos, empezamos desde el principio en otro campo y entonces llegan otra vez y tenemos que desalojar. Hasta que nos empujaron al mar.

Ella sonrió y retiró las mantas y las sábanas.

–Vamos a echar un vistazo, ¿de acuerdo?

Le habían limpiado de las piernas el aceite y la mugre para dejar al descubierto una zona más abajo del muslo, donde había esquirlas de metralla incrustadas en la carne. Él se inclinó hacia delante, observando a Briony con inquietud. Ella dijo:

–Túmbese para que vea lo que hay aquí.

–No me molesta nada.

–Túmbese.

Había varias esquirlas insertadas a lo largo de una extensión de unos treinta centímetros. Había hinchazón y una ligera inflamación alrededor de cada desgarradura de la piel.

–No me molestan, enfermera. Me gustaría que se quedaran donde están. –Sonrió sin convicción–. Algo que enseñar a mis nietos.

–Se están infectando. Y podrían hundirse.

–¿Hundirse?

–En la carne. En la corriente sanguínea, y llegar al corazón. O al cerebro.

Él pareció creerla. Se tumbó y suspiró hacia el techo distante.

–Qué putada. Oh, perdone, enfermera. Creo que no estoy en condiciones de que me las saque hoy.

–Vamos a contarlas juntos, ¿le parece?

Contaron en voz alta. Ocho. Ella le dio un empujón suave en el pecho.

–Hay que extraerlas. Ahora túmbese. Lo haré lo más rápido que pueda. Si le sirve de ayuda, agárrese al cabezal que tiene detrás.

La pierna se tensó y temblaba mientras ella cogía los fórceps.

—No contenga la respiración. Trate de relajarse.

Él emitió un resoplido desdeñoso.

—¡Relajarme!

Ella se serenó la mano derecha con la izquierda. Le habría facilitado la tarea estar sentada en el borde de la cama, pero no era una conducta profesional y estaba estrictamente prohibida. Cuando posó la mano izquierda en una parte sana de la pierna, él dio un respingo. Ella eligió la esquirla más pequeña que encontró en el borde del racimo. La parte sobresaliente tenía una forma triangular oblicua. La aferró, esperó un segundo y a continuación la extrajo limpia y firmemente, pero sin tirar.

—¡Hostia!

La palabra proferida rebotó en las paredes del pabellón y pareció repetirse varias veces. Hubo un silencio, o por lo menos una disminución del sonido detrás de las pantallas. Briony sostenía todavía entre los fórceps la esquirla ensangrentada. Era de unos dos centímetros de largo y se estrechaba hasta terminar en una punta. Se aproximaban unos pasos resueltos. Briony dejaba caer el fragmento de metralla en la bacinilla cuando sor Drummond abrió bruscamente la cortina. Miró con perfecta calma el pie de la cama, para ver el nombre del herido y, supuestamente, su estado, y luego se inclinó sobre él y le miró a la cara.

—Cómo se atreve —dijo la monja en voz baja. Y a continuación—: ¿Cómo se atreve a hablar de ese modo delante de una de mis enfermeras?

—Le pido disculpas, hermana. Se me ha escapado.

Sor Drummond miró con desdén la bacinilla.

—Comparado con las que hemos atendido en estas últimas horas, aviador Young, sus heridas son superficiales. Así que puede considerarse afortunado. Y va a mostrar un valor digno de su uniforme. Siga, enfermera Tallis.

En el silencio que siguió cuando la hermana se fue, Briony dijo, animadamente:

—¿Seguimos, entonces? Sólo quedan siete. Cuando terminemos, le traeré un trago de brandy.

El soldado sudó, todo su cuerpo se estremeció y los nudillos se le volvieron blancos al agarrarse al cabezal de hierro, pero no emitió sonido alguno mientras ella continuaba extrayendo fragmentos de metralla.

—Puede gritar, si quiere.

Pero él no quería una segunda visita de sor Drummond, y Briony lo comprendió. Reservaba para el final la esquirla más grande. No salió al primer intento. Él se retorcía en la cama, y soplaba a través de los dientes apretados. En la segunda tentativa, la esquirla sobresalió de la piel cinco centímetros. A la tercera la sacó íntegra y la levantó para enseñársela, un estilete sangriento de diez centímetros y acero dentado. Él la miró maravillado.

—Límpiela debajo del grifo, enfermera. Me la llevaré a casa.

Dicho lo cual, se volvió hacia la almohada y empezó a sollozar, quizás debido a la palabra casa, así como al dolor. Ella se fue en busca del brandy, y se detuvo en el cuarto de enjuagues para vomitar.

Durante largo tiempo retiró vendas, lavó y vendó de nuevo las heridas más superficiales. Luego recibió la orden que más temía.

—Quiero que vaya a vendar la cara del soldado Latimer.

Ella ya había intentado alimentarle con una cuchara de té a través de lo que quedaba de su boca, procurando ahorrarle la humillación de babear. Él le había apartado la mano. Tragar le producía un dolor insoportable. Le habían volado la mitad de la cara. Lo que Briony temía, más que quitarle la venda, era la expresión de reproche en sus grandes ojos castaños. ¿Qué me habéis hecho? Su forma de comunicación se reducía a un suave *aah* desde el fondo de la garganta, un pequeño gemido de desilusión.

–Enseguida le curamos –le había repetido ella, y no atinaba a pensar en otra cosa.

Y ahora, al acercarse a la cama con el instrumental, dijo alegremente:

–Hola, soldado Latimer. Soy yo otra vez.

Él la miró sin reconocerla. Ella dijo, mientras le soltaba los alfileres que sujetaban la venda alrededor de la cabeza:

–Todo irá bien. Saldrá de aquí por su propio pie dentro de un par de semanas, ya verá. Es más de lo que les podemos decir a muchos ingresados aquí.

Era un consuelo. Siempre había alguien que estaba peor. Media hora antes le habían practicado una amputación múltiple a un capitán de los East Surreys, el regimiento en el que se habían alistado los mozos del pueblo. Y además había moribundos.

Con ayuda de unas pinzas quirúrgicas, ella empezó a retirar con cuidado las tiras de gasa empapadas, coaguladas, de la cavidad que había en un costado de la cara. Cuando retiró la última, se asemejaba muy poco al modelo de corte transversal que habían utilizado en las clases de anatomía. Aquello era un destrozo carmesí y en carne viva. A través del boquete en la mejilla, Briony vio los molares superiores e inferiores, y la lengua reluciente y espantosamente larga. Más arriba, donde apenas se atrevía a mirar, se veían los músculos que rodeaban la cuenca del ojo. Algo tan íntimo y que no había sido concebido para verse. El recluta Latimer se había convertido en un monstruo, y él debía de adivinarlo. ¿Le habría amado alguna chica? ¿Podría seguir amándole?

–Enseguida le curamos –mintió de nuevo.

Empezó a envolverle de nuevo la cara con una gasa limpia, empapada en desinfectante. Cuando le aseguraba los alfileres, él emitió su triste sonido.

—¿Quiere que le traiga la botella?

Él negó con la cabeza y de nuevo emitió el sonido.

—¿Está incómodo?

—No.

—¿Agua?

Él asintió. Sólo subsistía una pequeña comisura de los labios. Ella insertó la pequeña espita de la tetera y le sirvió. A cada trago, él hacía un gesto de dolor, lo que a su vez le producía un dolor atroz en los músculos que le faltaban de la cara. No aguantaba más, pero cuando ella retiraba la tetera, él levantó una mano hacia la muñeca de Briony. Quería beber más. Prefería el dolor que la sed. Y esta pauta continuó durante unos minutos: no soportaba el dolor, pero tenía que beber.

Ella se había quedado a su lado, pero siempre había otra cosa que hacer, siempre una monja que pedía ayuda o un soldado que llamaba desde el lecho. Disfrutó de un descanso cuando un hombre que despertaba de la anestesia le vomitó en el regazo y tuvo que ir a ponerse un delantal limpio. Le sorprendió ver, desde la ventana de un pasillo, que fuera había oscurecido. Habían transcurrido cinco horas desde que habían vuelto del parque. Estaba junto al almacén de ropa blanca, atándose el delantal, cuando apareció sor Drummond. Era difícil decir lo que había cambiado: la actitud seguía siendo calladamente distante, sus órdenes no admitían discusión. Tal vez por debajo del dominio de sí misma había un poso comunicativo en la adversidad.

—Enfermera, vaya a ayudar a poner las bolsas Bunyan en los brazos y las piernas del cabo MacIntyre. Al resto del cuerpo aplíquele ácido tánico. Si hay algún problema, venga a verme en el acto.

Se dio media vuelta para impartir instrucciones a otra

enfermera. Briony había visto cómo traían al cabo. Era uno de los hombres abrasados por aceite ardiendo en un transbordador que naufragó en la costa de Dunkerque. Un destructor lo recogió del agua. El aceite viscoso se adhería a la piel y achicharraba el tejido. Lo que alzaron hasta la cama eran los restos calcinados de un ser humano. Ella pensó que no sobreviviría. No era fácil encontrarle una vena para inyectarle morfina. En algún momento de las dos últimas horas había ayudado a otras dos enfermeras a levantarle sobre una cuña y él había gritado al primer contacto de sus manos. Las bolsas Bunyan eran grandes recipientes de celofán. El miembro dañado flotaba dentro, amortiguado por una solución salina que tenía que estar exactamente a la temperatura correcta. Una variación de un grado no era tolerada. Cuando Briony llegó, una alumna en prácticas, con un hornillo de queroseno en un carrito, ya estaba preparando la solución nueva. Había que cambiar las bolsas con frecuencia. El cabo MacIntyre yacía de espaldas debajo de un bastidor, porque no soportaba el contacto de una sábana con su piel. Gemía lastimeramente pidiendo agua. Los casos de quemaduras siempre estaban gravemente deshidratados. Tenía los labios tan deteriorados, tan hinchados, y tantas ampollas en la lengua que no podían administrarle líquido por la boca. Se le había soltado el goteo salino. La aguja no se sostenía en la vena dañada. Una enfermera cualificada a la que Briony nunca había visto estaba atando una bolsa nueva al colgador. Briony preparó el ácido tánico en un cuenco y cogió el rollo de algodón. Pensó en empezar por las piernas del cabo, para no estorbar a la enfermera, que comenzaba a buscarle una vena en el brazo ennegrecido. Pero la enfermera dijo:

–¿Quién le ha mandado venir?

–Sor Drummond.

La enfermera habló concisamente, sin levantar la vista del sondeo que estaba realizando.

—Está sufriendo demasiado. No quiero que le trate hasta que le haya hidratado. Vaya a buscar otra cosa que hacer.

Briony obedeció. No sabía si era mucho más tarde; quizás fuese ya de madrugada cuando la mandaron a buscar toallas limpias. Vio a la enfermera parada cerca de la entrada de la sala de guardia, llorando discretamente. El cabo MacIntyre había muerto. Su cama ya había sido ocupada por otro paciente.

Las enfermeras en prácticas y las de segundo año trabajaban doce horas sin descanso. Las demás estudiantes y las enfermeras cualificadas seguían trabajando, y nadie sabía el tiempo que pasaban en los pabellones. Briony pensó más adelante que toda la formación que había recibido había sido útil, sobre todo en el capítulo de la obediencia, pero que todo lo que sabía sobre el oficio de enfermera lo aprendió aquella noche. Hasta entonces nunca había visto a hombres llorando. Al principio fue una conmoción, pero al cabo de una hora estaba acostumbrada. Por otra parte, le había asombrado, y hasta horrorizado, el estoicismo de algunos soldados. Hombres que acababan de sufrir una amputación parecían obligados a hacer bromas horribles. ¿Y ahora con qué le voy a dar una patada a la parienta? Todos los secretos del cuerpo quedaban al descubierto: huesos que asomaban entre la carne, vislumbres sacrílegos de un intestino o un nervio óptico. De esta nueva perspectiva íntima extrajo una enseñanza simple, una cosa obvia que siempre había sabido y que todos sabían: que una persona es, entre todo lo demás, una cosa material, que se rompe fácilmente pero que no es fácil recomponer. Llegó lo más cerca que estaría nunca de un campo de batalla, pues cada caso que ayudaba a atender poseía algunos de sus elementos esenciales: sangre, aceite, arena, barro, agua de mar, balas, metralla, grasa de motores, o el olor de la cordita, o el húmedo y sudoroso traje de campaña cuyos bolsillos contenían comida junto con las migajas empapadas de chocolatinas Amo. A menudo, cuando volvía una vez más al fregadero de los grifos altos y el taco de sosa, era arena de playa lo que se desprendía al restregarse los dedos. Ella y las demás estudiantes de su promoción se veían sólo como enfermeras, no como amigas: apenas tuvo conciencia de que una de las chicas que la había ayudado a desplazar al cabo MacIntyre encima de la cuña era Fiona. A veces, cuando un soldado al que Briony cuidaba estaba sufriendo mucho, sentía una ternura impersonal que la despegaba del padecimiento y le permitía hacer su trabajo con eficiencia y sin horror. Entonces entrevió lo que representaba ser enfermera, y ansió diplomarse y tener aquella placa. Concebía la posibilidad de abandonar sus ambiciones de escribir y dedicar su vida a aquellos momentos de amor eufórico y generalizado.

Hacia las tres y media de la mañana le dijeron que fuese a ver a sor Drummond. La monja estaba sola, haciendo una cama. Un rato antes, Briony la había visto en el cuarto de enjuagues. Parecía estar en todas partes, ocupada en toda clase de trabajos. Briony, sin pensarlo, se puso a ayudarla. La monja dijo:

—Creo recordar que usted hablaba un poco de francés.

—Francés de escuela sólo, hermana.

La religiosa hizo un gesto hacia el fondo del pabellón.

—¿Ve a aquel soldado sentado en la cama, al final de la fila? Cirugía aguda, pero no hace falta ponerse una mascarilla. Coja una silla y vaya a sentarse a su lado. Cójale de la mano y hable con él.

Briony no pudo por menos de sentirse ofendida.

—Si no estoy cansada, hermana. De verdad, no lo estoy.

—Haga lo que le digo.

—Sí, hermana.

Él aparentaba ser un chico de quince años, pero ella vio en el gráfico que tenía su edad: dieciocho. Estaba sentado, recostado en varias almohadas, observando el alboroto que le rodeaba con una especie de extrañeza abstracta y algo infantil. Costaba pensar que era un soldado. Tenía una cara hermosa y delicada, de cejas oscuras y ojos de un color verde oscuro, y una boca blanda y carnosa. Su tez era pálida y tenía un brillo insólito, y los ojos irradiaban un fulgor enfermizo. Gruesas vendas le envolvían la cabeza. Cuando ella acercó la silla y se sentó, él sonrió como si la hubiese estado esperando, y cuando ella le cogió de la mano él no pareció sorprenderse.

–*Te voilà enfin.*

Las vocales francesas tenían un deje musical, pero ella apenas conseguía entenderle. Tenía la mano fría y grasienta al tacto. Ella dijo:

–La hermana me ha dicho que venga a charlar con usted un rato.

Como no conocía la palabra en francés, tradujo «hermana» literalmente.

–Su hermana es muy amable. –Ladeó la cabeza y añadió–: Pero siempre lo ha sido. ¿Le va todo bien? ¿Qué hace últimamente?

Había tanta cordialidad y encanto en sus ojos, un ansia tan juvenil de agradarle, que ella sólo pudo seguirle la corriente.

–También es enfermera.

–Por supuesto. Ya me lo ha dicho usted. ¿Sigue siendo feliz? ¿Se casó con el hombre al que quería tanto? Verá, no me acuerdo de su nombre. Espero que me perdone. Tengo mala memoria desde que sufrí la herida. Pero me han dicho que la recobraré pronto. ¿Cómo se llamaba él?

–Robbie. Pero...

–¿Y ahora están casados y son felices?

–Pues... Espero que se casen pronto.

–Me alegro mucho por ella.

–No me ha dicho cómo se llama.

–Luc. Luc Cornet. ¿Y usted?

Ella vaciló.

–Tallis.

–Tallis. Es muy bonito.

Lo era, tal como él lo pronunciaba.

Apartó la mirada de la cara de Briony y miró al pabellón, girando la cabeza lentamente, con un silencioso asombro. Luego cerró los ojos y empezó a divagar, hablando en voz baja, entre dientes. El vocabulario de Briony no le permitía seguirle fácilmente. Captó:

–Las cuentas despacio, en la mano, en los dedos..., el pañuelo de mi madre..., eliges el color y tienes que aceptarlo.

Guardó silencio durante unos minutos. Su mano aumentó la presión sobre la de ella. Cuando volvió a hablar, lo hizo con los ojos todavía cerrados.

–¿Quiere saber algo raro? Es la primera vez que estoy en París.

–Luc, está en Londres. Pronto le enviarán a casa.

–Me dijeron que la gente sería fría y antipática, pero es todo lo contrario. Es muy amable. Y usted también lo es, por venir a verme.

Por un momento ella creyó que se había quedado dormido. Como llevaba horas sin sentarse, sintió que la fatiga se le agolpaba detrás de los ojos.

Acto seguido él miró a su alrededor, con el mismo giro lento de la cabeza, y luego la miró y dijo:

–Claro, usted es la chica con acento inglés.

–Dígame qué hacía antes de la guerra –dijo ella–. ¿Dónde vivía? ¿Se acuerda?

–¿Se acuerda de aquella Pascua en que vino a Millau?

Mientras hablaba, columpiaba débilmente la mano de Briony de un lado para otro, como para espabilarle la memoria, y sus ojos verde oscuro escudriñaban su cara, a la espera de que ella se acordase.

Ella pensó que no estaba bien seguirle la corriente.

–No he estado nunca en Millau...

–¿Se acuerda de la primera vez que entró en nuestra tienda?

Ella acercó más la silla a la cama. La cara de Luc, pálida y grasienta, brillaba y se inclinaba delante de sus ojos.

–Luc, quiero que me escuche.

–Creo que fue mi madre la que la atendió. O quizás fue una de mis hermanas. Yo estaba en la trastienda con mi padre, trabajando en los hornos. Oí su acento y salí para verla...

–Quiero decirle dónde está. Esto no es París...

–Luego volvió al día siguiente, y esta vez yo estaba allí y usted dijo...

–Se dormirá enseguida. Vendré a verle mañana, se lo prometo.

Luc se llevó la mano a la cabeza y frunció el ceño. Dijo, con voz más baja:

–Quiero pedirle un pequeño favor, Tallis.

–Por supuesto.

–Estos vendajes están muy prietos. ¿Me los afloja un poco?

Ella se levantó y le examinó la cabeza. Las tiras de gasa estaban atadas para que fuera más fácil soltarlas. Mientras ella deshacía con suavidad los lazos, él dijo:

–¿Se acuerda de mi hermana menor, Anne? Es la chica más guapa de Millau. Aprobó el examen con una pequeña pieza de Debussy, muy ligera y divertida. Bueno, eso es lo que dice Anne. La oigo continuamente en mi cabeza. Quizás la conozca usted.

Tarareó al azar unas cuantas notas. Ella estaba desenrollando la capa de gasa.

–Nadie sabe de dónde sacó ese don. El resto de la familia no tiene el menor oído. Cuando ella toca pone la espalda muy recta. No sonríe nunca hasta que llega al final. Ya empiezo a sentirme mejor. Creo que fue Anne la que le atendió la primera vez que usted vino a la tienda.

Ella no tenía intención de retirar la gasa, pero, al aflojarla, la gruesa toalla estéril que había debajo se deslizó y se llevó consigo una parte de la venda ensangrentada. A la cabeza de Luc le faltaba un costado. Tenía el pelo bien rapado a partir de la porción de cráneo que faltaba. Debajo de la línea irregular de hueso había una esponjosa masa carmesí de cerebro, de varios centímetros de largo, que llegaba desde la coronilla hasta la punta de la oreja. Briony atrapó la toalla antes de que cayera al suelo, y la sujetó mientras aguardaba a que la náusea remitiera. Solo entonces comprendió la insensatez, impropia de una profesional, que había cometido. Luc permaneció callado, esperando a Briony. Ella recorrió el pabellón con la mirada. Nadie prestaba atención. Volvió a colocar la toalla en su sitio, afianzó la gasa y ató de nuevo las tiras. Cuando volvió a sentarse, buscó la mano del chico y trató de reponerse con ayuda de su frío y húmedo contacto.

Luc divagaba otra vez.

—Yo no fumo. Le prometí mi ración a Jeannot... Mira, está toda encima de la mesa..., ahora debajo de las flores..., el conejo te oye, estúpido...

Las palabras brotaban ahora en un torrente, y ella se perdió. Más adelante captó una referencia a un maestro de escuela que era demasiado estricto, o quizás fuese un oficial del ejército. Por fin, Luc se calló. Ella le limpió la cara sudorosa con una toalla y aguardó.

Cuando Luc abrió los ojos, reanudó la conversación como si no hubiese habido un interludio.

—¿Qué le parecen nuestras *baguettes* y *ficelles*?

—Deliciosas.

—Por eso venía usted todos los días.

—Sí.

361

Él hizo una pausa para reflexionar. Luego dijo con cautela, abordando una cuestión delicada:

–¿Y nuestros cruasanes?

–Los mejores de Millau.

Él sonrió. Cuando hablaba, el fondo de su garganta producía un sonido carrasposo que los dos pasaban por alto.

–Es la receta especial de mi padre. Todo depende de la calidad de la mantequilla.

Ahora él la miraba arrobado. Extendió su mano libre para tomar la de ella.

–Ya sabe que mi madre le tiene mucho cariño –dijo.

–¿Sí?

–No para de hablar de usted. Cree que deberíamos casarnos en verano.

Ella le sostuvo la mirada. Ahora sabía por qué la habían mandado. A él le costaba tragar, y se le formaban gotas de sudor en la frente, a lo largo del borde de la venda y a lo largo del labio superior. Se las enjugó, y estaba a punto de ir a buscarle agua cuando él dijo:

–¿Me quiere?

Ella titubeó.

–Sí.

No había otra respuesta posible. Además, en aquel momento, era cierto. Era un chico encantador que estaba muy lejos de su casa y a punto de morir.

Le dio un poco de agua. Mientras le estaba limpiando la cara de nuevo, Luc dijo:

–¿Ha estado alguna vez en Causse de Larzac?

–No. Nunca he estado allí.

Pero él no se ofreció a llevarla. Ladeó la cabeza hacia la almohada y poco después estaba musitando un delirio ininteligible. Mantenía la presión sobre la mano de Briony, como si fuese consciente de su presencia.

Cuando recobró la lucidez, volvió la cabeza hacia ella.

—No se marche todavía.

—Claro que no. Me quedaré con usted.

—Tallis...

Sin dejar de sonreír, Luc había cerrado los ojos. De repente, se incorporó con una sacudida, como si le hubiesen aplicado una corriente eléctrica en los miembros. Miró a Briony con sorpresa, con los labios separados. Luego se dobló hacia delante, como si se abalanzara sobre ella. Ella se levantó de un salto para impedir que se desplomara hacia el suelo. Luc no le había soltado la mano, y con el brazo libre le rodeaba el cuello. Apretaba la frente contra el hombro de Briony, y la mejilla contra su mejilla. Ella temió que la toalla estéril se le desprendiera de la cabeza. Pensó que no soportaría su peso y que tampoco aguantaría ver otra vez la herida. El carraspeo en el fondo de la garganta de Luc resonaba en sus oídos. Tambaleándose, le ayudó a tenderse en la cama y a posar la cabeza en las almohadas.

—Me llamo Briony —dijo, de forma que sólo él lo oyera.

En sus ojos abiertos de par en par había una expresión de asombro, y su tez cerúlea relucía bajo la luz eléctrica. Ella se acercó y le aproximó los labios a la oreja. Detrás de ella había alguien, y luego una mano se posó en su hombro.

—No me llamo Tallis. Soy Briony —susurró, cuando la mano se extendió para tocar la suya y le soltó los dedos enlazados con los del chico.

—Levántese, enfermera Tallis.

Sor Drummond la agarró del codo y la ayudó a incorporarse. Las mejillas de la monja brillaban, y su piel pasaba bruscamente del rosa al blanco a lo largo de los pómulos.

Al otro lado de la cama, una enfermera cubrió con la sábana la cara de Luc Cornet.

Frunciendo los labios, la hermana enderezó el cuello de Briony.

—Es una buena chica. Ahora vaya a lavarse la sangre de la cara. No hay que sobresaltar a los demás pacientes.

Ella hizo lo que le decía y fue a los lavabos y se lavó la cara con agua fría, y minutos después volvió a sus tareas en el pabellón.

A las cuatro y media de la mañana, a las enfermeras en prácticas les ordenaron que se fuesen a dormir a sus cuartos y les dijeron que se presentaran a las once. Briony se fue con Fiona. Ninguna de las dos habló, y cuando enlazaron los brazos pareció que estaban reanudando, al cabo de una vida entera de experiencia, su paseo por el puente de Westminster. No habrían podido empezar a contarse el tiempo que habían pasado en los pabellones, o cómo esas horas las habían transformado. Era suficiente poder caminar, detrás de las otras chicas, por los pasillos vacíos.

Cuando se hubieron deseado buenas noches Briony entró en su cuarto minúsculo y encontró una carta en el suelo. La letra del sobre era desconocida. Una de las chicas debía de haberla recogido en la garita del portero y la habría deslizado debajo de la puerta. En lugar de abrirla enseguida, se desvistió y se preparó para dormir. Se sentó en la cama, en camisón y con la carta en el regazo, y pensó en el chico. El rincón de cielo que se veía por su ventana era ya blanco. Todavía oía su voz, la manera en que pronunciaba «Tallis» y lo transformaba en un nombre de chica. Se imaginó el futuro inaccesible: la panadería en una calle estrecha y sombreada que hervía de gatos flacuchos, la música de piano desde una ventana del piso de arriba, sus cuñadas risueñas que le tomaban el pelo por su acento, y la avidez con que la amaba Luc Corner. Le habría gustado llorar por él, y también por su familia de Millau, que estaría esperando noticias de su hijo. Pero no sentía nada. Estaba vacía. Permaneció sentada durante casi media hora, aturdida, y por fin, exhausta pero todavía sin sueño, se ató el pelo moreno con la cinta que siempre usaba, se metió en la cama y abrió la carta.

Querida señorita Tallis:

Gracias por enviarnos *Dos figuras junto a una fuente* y, por favor, acepte nuestras disculpas por haber tardado tanto en contestarle. Como sin duda sabe, no tenemos por costumbre publicar relatos cortos de un escritor desconocido ni, a decir verdad, de uno consagrado. Sin embargo, lo hemos leído con la idea de seleccionar algún fragmento. Por desgracia, no podemos hacerlo. Le devuelvo el manuscrito en un sobre aparte.

Dicho esto (y a sabiendas, en principio, de que no debíamos hacerlo, pues hay muchas cosas que hacer en esta oficina), empezamos a leer su texto con sumo interés. Aunque no podemos ofrecerle la publicación de ninguna parte del relato, pensamos que debe usted saber que en esta redacción hay otras personas, además de mí mismo, que leeríamos con interés lo que usted pudiera escribir en el futuro. No nos satisface el promedio de edad de nuestros colaboradores y estamos ansiosos de publicar a jóvenes prometedores. Nos gustaría ver su trabajo, en especial si piensa escribir algunos cuentos cortos.

Dos figuras junto a una fuente nos pareció lo bastante fascinante para leerlo con profunda atención. No lo digo a la ligera. Rechazamos muchos textos, incluso de autores de renombre. Hay algunas imágenes buenas —me gustó «la hierba larga acechaba junto al amarillo leonado del pleno verano»—, y apresa usted una secuencia de pensamiento y luego lo representa con diferencias sutiles, con el fin de intentar caracterizaciones. Capta algo singular e inexplicado. No obstante, nos preguntamos si esto no es quizás en exceso tributario de las técnicas de Virginia Woolf. El cristalino instante presente es, por supuesto, un asunto digno por sí mismo, sobre todo para la poesía; permite a un escritor mostrar sus dotes, ahondar en los misterios de percepción, ofrecer una versión estilizada de los procesos mentales, explorar las rarezas y la naturaleza imprevisible del ego personal, etc.

¿Quién duda del valor de esta experimentación? Sin embargo, una escritura así puede convertirse en preciosista cuando no produce una sensación de avance. Dicho a la inversa, nuestra atención se habría mantenido tanto más despierta si hubiese habido un flujo subyacente de simple narrativa. Hace falta desarrollo.

Así por ejemplo, está bellamente descrita la fundamental incomprensión que de la situación tiene la niña que está en la ventana, y cuya crónica es la primera que leemos. También lo está la determinación que ella toma, y el sentimiento de iniciación en los misterios de los adultos. Sorprendemos a esta chica en el despertar de su propio ser. Nos intriga su resolución de abandonar los cuentos de hadas y los cuentos populares caseros y las obras de teatro que ha estado escribiendo (sería mucho mejor que conociéramos alguno de ellos), pero quizás haya arrojado al bebé de la técnica narrativa junto con el agua de la ficción popular. A pesar del buen ritmo de escritura y de ciertas felices observaciones, no sucede mucho más después de un comienzo tan prometedor. Un joven y una joven que se encuentran junto a una fuente, claramente unidos por no pocos sentimientos sin resolver entre ellos, se disputan un jarrón Ming y lo rompen. (Más de uno de nosotros pensó que un jarrón Ming sería demasiado valioso para sacarlo al aire libre. ¿No sería más apropiado un jarrón de Sèvres o un Nymphenburg?) La mujer se introduce en la fuente totalmente vestida para recuperar las piezas. ¿No le parece mejor que la niña que presencia la escena no sepa que en realidad el jarrón se ha roto? Así sería mucho más misterioso para ella que la mujer se sumerja en el agua. Muchas cosas podrían emanar del material que posee, pero dedica veintenas de páginas a la calidad de la luz y la sombra, y a impresiones fortuitas. Luego vemos las cosas desde el punto de vista del hombre, después tal como las ve la mujer..., aunque a decir verdad aprendemos muy poca cosa nueva. Sólo algo más sobre la apariencia y la textura de las cosas, y algunos recuerdos extemporáneos. El hombre y la mujer se separan, dejan un reguero de humedad en el suelo que se evapora rápidamente... y hemos llegado al final. Esta cualidad estática no realza como debería el evidente talento de la autora.

Que la niña haya comprendido plenamente o haya observado con tanta perplejidad la extraña y breve escena que se ha desarrollado ante sus ojos, ¿de que modo afectaría a la vida de los adultos? ¿Que la niña se interponga entre ellos de algún modo desastroso? ¿O uniéndoles más, ya sea sin querer o adrede? ¿Les delatará, acaso, de una manera inocente, por ejemplo, ante los padres de la joven? Ellos sin duda no aprobarían un enredo amoroso entre su hija primogénita y el hijo de la asistenta. ¿Tal vez la joven pareja utilizará a la niña como mensajera?

En otras palabras, en lugar de demorarse tanto tiempo en las percepciones de cada uno de los tres protagonistas, ¿no sería posible presentarlos con mayor economía de medios, sin por ello renunciar a una parte de esa escritura exuberante sobre la luz, la piedra y el agua que usted hace tan bien, para después crear cierta tensión, infundir al propio relato alguna luz y sombra? Puede que sus lectores más refinados campen a sus anchas por entre las teorías más recientes de Bergson sobre la consciencia, pero estoy seguro de que conservan un deseo infantil de que les cuenten una historia, de que les mantengan en suspenso y de saber lo que ocurre. Dicho sea de paso, a juzgar por su descripción, el Bernini al que usted alude es el que está en la Piazza Barberini, no en la Piazza Navona.

Por decirlo simplemente, necesita la espina dorsal de

367

una historia. Puede que le interese saber que una de sus ávidas lectoras ha sido Elizabeth Bowen. Recogió las hojas mecanografiadas en un momento de ocio en que pasaba por esta oficina cuando se dirigía a almorzar, pidió que le permitieran llevárselas a su casa y las acabó de leer la misma tarde. Al principio consideró que la prosa era «sobreabundante, empalagosa», aunque compensada por «reminiscencias de *Dusty Answer*» (cosa que a mí jamás se me hubiera ocurrido). Luego el texto la «enganchó un rato» y finalmente nos pasó algunas notas que están, por así decirlo, entremezcladas con lo que antecede. Puede que usted esté muy satisfecha con sus páginas tal como se encuentran, puede que nuestras reservas le inspiren una rabia desdeñosa o una desesperación tal que no quiera volver a poner en ellas la mirada. Sinceramente esperamos que no sea así. Nuestro deseo es que tome nuestros comentarios –que formulamos con sincero entusiasmo– como una guía para una nueva versión.

Su carta de presentación era admirablemente reticente, pero daba a entender que en el presente no dispone casi de tiempo libre. Si esta circunstancia cambiara y usted pudiera pasarse por aquí, estaríamos más que contentos de ofrecerle un vaso de vino y de hablar más de todo esto. Confiamos en que no se desaliente. Quizás le ayude saber que nuestras cartas de rechazo no suelen contener más de tres frases.

Se disculpa usted, de pasada, por no escribir sobre la guerra. Le enviaremos un ejemplar de nuestro último número, con un editorial que hace al caso. Como verá, no creemos que los artistas tengan la obligación de adoptar una actitud cualquiera ante la guerra. En realidad, tienen razón y hacen bien en no prestarle atención y en consagrarse a otros temas. Puesto que los artistas son políticamente impotentes, tienen que aprovechar este tiempo para desarrollar estratos emocionales más profundos. Su tarea, su tarea bélica, consiste en cultivar su talento, y en seguir el rumbo que le exija. La guerra, como hemos dicho, es enemiga de la actividad creativa.

Su dirección sugiere que quizás sea usted médico o que sufre una larga enfermedad. En este último caso, permítanos desearle una recuperación rápida y completa.

Por último, una persona de nuestra redacción se pregunta si no tendrá usted una hermana mayor que estudió en Girton hace seis o siete años.

Atentamente,

CC

En los días que siguieron, el retorno a un estricto sistema de turnos disipó la sensación de intemporalidad flotante de aquellas primeras veinticuatro horas. Se consideraba afortunada por tener turnos de día, de las siete hasta las ocho, con media hora para las comidas. Cuando sonaba el despertador, a las cinco y cuarenta y cinco, emergía de un blando pozo de extenuación, y en los varios segundos en tierra de nadie que mediaban entre el sueño y la plena vigilia, era consciente de que se avecinaba una emoción, un placer o un cambio trascendental. Era como despertar el día de Navidad cuando era niña: la emoción somnolienta, antes de recordar su causa. Con los ojos todavía cerrados contra la luz brillante de la mañana, buscó a tientas el botón del reloj, volvió a hundirse en la almohada y entonces lo recordó. Exactamente lo contrario de la Navidad. Lo contrario a todo. Los alemanes estaban a punto de invadirles. Todo el mundo dijo que era así, desde los porteros que estaban formando su propia unidad de voluntarios para la defensa del hospital local, hasta el propio Churchill, que pintó una imagen del país sojuzgado y famélico, en el que sólo la Royal Navy seguía en libertad. Briony sabía que sería espantoso, que habría combates cuerpo a cuerpo en las calles y linchamientos públicos, una caída en la esclavitud y la destrucción de todas las cosas decentes. Pero cuando se sentó en el borde de la cama arrugada y todavía caliente y se puso los calcetines, no pudo impedir ni negar su horrible exaltación. Como repetía todo el mundo, el país ahora estaba solo, y era mejor que lo estuviera.

Todo parecía ya distinto: el estampado de la flor de lis en su neceser, el marco de yeso resquebrajado del espejo, el reflejo de su cara mientras se peinaba: todo parecía más brillante, iluminado por un foco más intenso. El pomo, cuando lo giró, parecía en su mano llamativamente frío y duro. Cuando salió al pasillo y oyó pesados pasos lejanos en la escalera, pensó en botas alemanas y el estómago le dio un vuelco. Antes del desayuno dispuso de un par de minutos para un paseo sola por la orilla del río. Incluso a aquella hora, bajo un cielo despejado, había una chispa despiadada en la frescura fluvial conforme sobrepasaba el hospital. ¿Sería en verdad posible que los alemanes se apoderasen del Támesis?

El frescor incipiente y la exuberancia de principios de verano no eran ciertamente los causantes de que fuese tan claro todo lo que ella veía o tocaba u oía: era la conciencia inflamada de una conclusión inminente, de sucesos que convergían hacia un punto final. Briony intuía que aquéllos eran los últimos días, y que brillarían en la memoria de un modo especial. Aquel fulgor, aquel largo hechizo de los días soleados, era la última tentativa de la historia antes de que comenzase otra extensión de tiempo. Las tareas de primera hora de la mañana, temprano, el cuarto de enjuagues, la grata ronda del té, el cambio de vendas y el contacto renovado con todo el daño irreparable no atenuaban esta percepción acentuada. Condicionaban todo lo que hacía y eran un continuo telón de fondo. Y conferían una urgencia a todos sus proyectos. Sentía que no tenía mucho tiempo. Si se retrasaba, pensaba, los alemanes podían llegar y quizás no tuviera otra oportunidad.

Todos los días llegaban casos nuevos, pero ya no en tropel. El sistema sanitario empezaba a funcionar, y había camas para todos los nuevos. Los casos quirúrgicos los preparaban para los quirófanos del sótano. Después, la mayoría de los pacientes eran trasladados para la convalecencia a hospitales de la periferia. El índice de mortandad era elevado, pero ya no era un drama para las enfermeras en prácticas, sino algo rutinario: las cortinas corridas alrededor del murmullo del sacerdote en la cabecera del lecho, las sábanas alzadas, los camilleros que acudían, la cama deshecha y otra vez vuelta a hacer. Qué rápido se superponían los muertos unos a otros, de modo que la cara del sargento Mooney se convertía en la del soldado Lowell, y ambos intercambiaban sus heridas mortales con las de otros hombres cuyos nombres ya no recordaban.

Ahora que Francia había caído, se suponía que el bombardeo de Londres, el debilitamiento, empezaría enseguida. Nadie se quedaría en la ciudad innecesariamente. Reforzaron con más sacos de arena las ventanas de las plantas bajas, y los constructores civiles subieron a los tejados para comprobar la solidez de las chimeneas y las claraboyas. Hubo varios simulacros de evacuación de los pabellones, con muchos gritos severos y pitidos de silbato. Hubo también simulacros de incendios, y afluencia a los puntos de reunión, y colocación de máscaras de gas a pacientes impedidos o inconscientes. A las enfermeras se les recordó que primero se pusieran las suyas. Ya no estaban aterradas por sor Drummond. Ahora que estaban curtidas ya no les hablaba como a colegialas. Impartía sus instrucciones con un tono frío, profesional y neutro, y ellas se sentían halagadas. En aquel nuevo ambiente, a Briony le resultaba relativamente fácil trocar el día libre con Fiona, que generosamente le cambiaba el sábado por un lunes.

Debido a una pifia administrativa, a algunos soldados se les dejaba convalecer en el hospital. En cuanto el sueño les había repuesto de la extenuación, se habían acostumbrado a un régimen regular de comidas y habían recuperado un poco de peso, se mostraban agrios o huraños, incluso los que no padecían una invalidez permanente. Casi todos eran soldados de infantería. Fumaban tumbados en la cama, mirando en silencio al techo y rumiando sus recuerdos recientes. O se reunían para hablar en grupos soliviantados. Estaban asqueados de sí mismos. Algunos le dijeron a Briony que nunca habían disparado un tiro. Pero casi todos estaban furiosos con los «mandamases» y con sus propios oficiales por haberles abandonado durante la retirada, y con los franceses por haberse desplomado sin presentar batalla. Les amargaban las celebraciones que hacía la prensa de la milagrosa evacuación y el heroísmo de las pequeñas embarcaciones privadas.

–Un puto caos –les oía murmurar ella–. Puta RAF.

Algunos hombres eran incluso hostiles y no colaboraban con la medicación, tras haber conseguido eliminar distinciones entre los generales y las enfermeras. Ambos representaban para ellos una autoridad sin sentido. Hizo falta una visita de sor Drummond para que entraran en razón.

A las ocho de la mañana del sábado, Briony salió del hospital sin desayunar y caminó río arriba, con el río a su derecha. Pasaron tres autobuses cuando recorría las verjas de Lambeth Palace. Todos los rótulos que indicaban el destino estaban ahora en blanco. Para confundir al invasor. No tenía importancia, porque ella ya había decidido ir andando. No la ayudaba haber memorizado algunos nombres de calles. Todas las señales habían sido retiradas o tapadas. Tenía la vaga idea de que debía seguir el río unos tres kilómetros y luego doblar a la izquierda, donde debía de estar el sur. Casi todos los planos y mapas de la ciudad habían sido incautados por orden gubernativa. Al final ella se había agenciado un mapa prestado de itinerarios de autobús, que databa de 1926 y estaba hecho trizas. Estaba rasgado por la línea de los pliegues, justo donde figuraba el recorrido que ella se proponía hacer. Abrir el mapa era arriesgarse a desmigajarlo. Y le ponía nerviosa la impresión que daría. En el periódico había historias sobre paracaidistas alemanes disfrazados de enfermeras y de monjas, que se desperdigaban por las ciudades y se infiltraban entre la población. Se les identificaba por los mapas que consultaban a veces y, al hablar con ellos, por la excesiva perfección de su inglés y su ignorancia respecto a canciones infantiles corrientes. Una vez se le metió esto en la cabeza, Briony no pudo dejar de pensar que debía de tener un aspecto muy sospechoso. Había creído que su uniforme la protegería mientras cruzaba territorio desconocido. Pero en realidad parecía una espía.

Caminando a contracorriente del tráfico matutino, le volvieron a la memoria las canciones infantiles que recordaba. Muy pocas habría sabido recitarlas enteras. Delante de ella, un lechero se había apeado de su carro para apretar las cinchas de su caballo. Cuando ella se acercó, le estaba cuchicheando algo al animal. Parada detrás del hombre, y carraspeando educadamente, le asaltó un recuerdo del viejo Hardman y su carruaje. Quien tuviese ahora, pongamos, setenta años, habría tenido la edad de Briony en 1888. Era todavía la era del caballo, al menos en las calles, y los viejos no se resignaban a considerarla acabada.

Preguntó el camino y el lechero se mostró bastante amable y le dio largas e imprecisas indicaciones del trayecto. Era un tipo corpulento, con una barba blanca manchada de tabaco. Sufría un problema de adenoides que le atropellaba las palabras y producía un zumbido a través de los orificios nasales. Con un gesto de la mano dirigió a Briony hacia una calle que se bifurcaba a la izquierda, por debajo de un puente de ferrocarril. Ella pensaba que quizás fuese demasiado pronto para apartarse del río, pero al seguir andando presintió que el hombre la observaba y consideró descortés no hacer caso de sus indicaciones. Tal vez la bifurcación a la izquierda fuese un atajo.

Le asombró lo torpe y cohibida que estaba, después de todo lo que había aprendido y visto. Se sentía una inepta, se sentía molesta por estar sola en la calle y por no formar ya parte de su grupo. Llevaba meses viviendo una vida recluida cuyo empleo del tiempo estaba pautado por un horario. Conocía el puesto humilde que le correspondía en el pabellón. A medida que se hacía más eficiente en su trabajo, tanto mejor recibía órdenes, cumplía procedimientos y dejaba de pensar por sí misma. Hacía mucho tiempo desde la última vez en que había hecho algo por su cuenta: desde la semana que había pasado en Primrose Hill, mecanografiando su relato, que ahora le parecía una excitación idiota.

Estaba ya debajo del puente cuando un tren pasó por encima. El retumbo rítmico, atronador, le llegó directamente a los huesos. Acero que se deslizaba sobre y chocaba contra acero, sus grandes capas atornilladas muy por encima de Briony en la penumbra, una puerta inexplicable empotrada en la estructura de ladrillo, tuberías imponentes anilladas por abrazaderas roñosas y que nadie sabía lo que transportaban; aquella invención brutal pertenecía a una raza de superhombres. Ella, en cambio, fregaba suelos y ponía vendas. ¿Tendría en verdad fuerzas para aquel viaje?

Cuando salió de debajo del puente y atravesó una isleta

de polvorienta luz matinal, el tren que se alejaba estaba emitiendo un inofensivo chasquido suburbano. Briony volvió a repetirse que lo que necesitaba era una espina dorsal. Rebasó un diminuto parque municipal con una pista de tenis donde dos hombres con pantalones de franela peloteaban con indolente confianza para calentar los músculos antes del partido. En un banco cercano, dos chicas en pantalón corto de color caqui leían una carta. Pensó en la suya, en la nota almibarada de rechazo. La había llevado en el bolsillo durante su turno de trabajo y la segunda página había adquirido una mancha de fénico en forma de cangrejo. Había acabado por advertir que la carta, sin proponérselo, formulaba una trascendente acusación personal. *¿Que la niña se interponga entre ellos de algún modo desastroso?* Sí, en efecto. Y, después de hacer eso, ¿podría ella encubrir el hecho inventando un relato ligero, apenas inteligente, y satisfacer su vanidad mandándolo a una revista? Las páginas interminables sobre la luz, la piedra y el agua, una separación narrativa entre tres puntos de vista distintos, la estacionaria inminencia de algo que no parecía que llegase a ocurrir: nada de esto servía para ocultar su cobardía. ¿De verdad pensaba que podía esconderse detrás de algunas nociones prestadas de escritura moderna, y ahogar su culpa en un monólogo interior –¡tres monólogos interiores!–? Las evasiones de su pequeña novela eran exactamente las mismas de su vida. También faltaba en su texto –y era necesario para el mismo– todo lo que ella no quería afrontar. ¿Qué iba a hacer ahora? No era la espina dorsal de una historia lo que le faltaba. Era su propia fibra personal.

Dejó atrás el parque y pasó por una pequeña fábrica cuyo repiqueteo de maquinaria imprimía vibración a la acera. No se sabía lo que estaban fabricando detrás de aquellas altas ventanas sucias, ni por qué una señera y delgada chimenea de aluminio vertía un humo amarillento y negro. Enfrente, en diagonal con respecto a un chaflán, las puertas dobles de un pub, abiertas de par en par, sugerían un escenario de teatro. En el interior, donde un chico de aspecto atrayente y pensativo estaba vaciando ceniceros en un cubo, el aire de la noche anterior conservaba un tono azulado. Dos hombres con mandiles de cuero descargaban barriles de cerveza por la rampa de un carro. Briony nunca había visto tantos caballos en las calles. Las autoridades militares debían de haber requisado todos los camiones. Alguien empujaba desde dentro la trampilla de la bodega. Las jambas de la trampilla, al impactar contra la acera, levantaron polvo, y un hombre con la coronilla tonsurada, que tenía todavía las piernas por debajo del nivel de la calle, hizo un alto y miró pasar a Briony. A ella el hombre le pareció una pieza de ajedrez gigantesca. Los dos hombres con mandil también la observaron pasar, y uno de ellos lanzó un silbido de requiebro.

—¿Todo bien, monada?

A ella no le molestó, pero nunca sabía qué responder. ¿Sí, gracias? Sonrió a los tres hombres, complacida por los pliegues de su capa. Presumió que todo el mundo pensaba en la invasión, pero no había nada que hacer, salvo seguir adelante. Aunque llegaran los alemanes, la gente seguiría jugando al tenis, chismorreando o bebiendo cerveza. Tal vez se acabaran los piropos. A medida que la calle se curvaba y se estrechaba, el tráfico constante se volvía más ruidoso y las humaredas calientes le soplaban en la cara. Una casa adosada victoriana, de vivo ladrillo rojo, daba directamente a la acera. Una mujer con un delantal estampado barría con un vigor demencial delante de su casa, por cuya puerta abierta salía el olor a las fritangas del desayuno. Se apartó para dejar paso a Briony, pues la calle era muy estrecha en aquel punto, pero volvió la cara bruscamente cuando Briony le dio los buenos días. Hacia ella avanzaba una mujer acompañada de cuatro niños con orejas de soplillo, que acarreaban maletas y mochilas. Los chicos se empujaban y gritaban y daban puntapiés a un zapato viejo. Hicieron caso omiso del grito derrengado de su madre cuando Briony no tuvo más remedio que apartarse para que ellos pasaran.

—¡Estaos quietos de una vez! Dejad paso a la enfermera.

Cuando Briony pasó, la mujer le esbozó una sonrisa esquinada, de disculpa compungida. Le faltaban dos dientes delanteros. Usaba un perfume intenso y tenía entre los dedos un cigarrillo apagado.

—Están excitadísimos porque vamos al campo. No lo han visto nunca, ¿puede creerlo?

—Buena suerte —dijo Briony—. Espero que les toque una familia agradable.

La mujer, que también tenía las orejas separadas, pero tapadas en parte por la melena, lanzó una risa alegre.

—¡No saben lo que les espera con esta recua!

Llegó por fin a una confluencia de calles mugrientas que, a juzgar por el fragmento despejado de su mapa, supuso que era Stockwell. Presidiendo el camino hacia el sur había un fortín, y junto a él, con un solo fusil para todos, había un puñado de Home Guards[1] aburridos. Un individuo de edad, con sombrero de fieltro, un mono y un brazalete, y los carrillos colgantes como los de un bulldog, se adelantó y le pidió su tarjeta de identidad. Con un gesto de suficiencia, le indicó que continuara. Ella juzgó más conveniente no pedirle información sobre el trayecto. A su entender, tenía que seguir derecho y recorrer más de tres kilómetros a lo largo de Clapham Road. Allí había menos gente y menos tráfico, y la calle era más ancha que aquella por la que había venido. Lo único que se oía era el traqueteo de un tranvía que arrancaba. Junto a una hilera de elegantes apartamentos eduardianos, a una distancia prudencial de la calle, se concedió me-

---

1. Milicias de civiles voluntarios durante la Segunda Guerra Mundial. (*N. del T*)

dio minuto de respiro sentada en un pretil bajo, a la sombra de un plátano, y se quitó un zapato para examinarse una ampolla en el talón. Pasó un convoy de camiones de tres toneladas que salía de la ciudad, rumbo al sur. Automáticamente, miró a las traseras de los vehículos, esperando casi ver hombres heridos. Pero sólo había cajas de madera.

Cuarenta minutos más tarde llegó a la estación de metro de Clapham Common. Había una iglesia achaparrada, de piedra rugosa, y cerrada con llave. Sacó la carta de su padre y volvió a leerla. Una mujer de una zapatería la encaminó hacia el Common. Ni siquiera después de haber cruzado la calle y entrado en el césped, Briony veía al principio la iglesia. Estaba medio escondida entre los árboles en flor, y no era lo que ella se esperaba. Se había imaginado el escenario de un crimen, una catedral gótica, cuya bóveda flamígera estaría inundada de la luz insolente, escarlata y añil, que entraba por el telón de fondo —una escena de sufrimiento morboso— de una vidriera. Conforme se acercaba, entre los árboles serenos se fue perfilando un granero de ladrillo de elegantes dimensiones, como un templo griego, con un techo de azulejos negros, ventanas de cristal sencillo y un pórtico bajo con columnas blancas debajo de una torre de reloj de proporciones armoniosas. Estacionado fuera, cerca del pórtico, había un lustroso Rolls Royce negro. La puerta del conductor estaba entreabierta, pero no se veía a chófer alguno. Al pasar por delante del coche notó el calor de su radiador, tan íntimo como el calor corporal, y oyó un chasquido de metal que se contrae. Subió las escaleras y empujó la puerta gruesa y tachonada.

El dulzón olor ceroso de madera, el olor acuoso de la piedra, eran los de una iglesia cualquiera. Incluso en el momento de volverse para cerrar discretamente la puerta, tuvo conciencia de que la iglesia estaba casi vacía. Las palabras del párroco formaban un contrapunto con los ecos de la nave.

Se quedó junto a la puerta, parcialmente oculta por la pila bautismal, y aguardó a que sus ojos y oídos se habituaran. Luego avanzó hacia el último banco y lo recorrió hasta el extremo, desde donde alcanzaba todavía a ver el altar. Había asistido a varias bodas de la familia, aunque era muy joven para haber presenciado en la catedral de Liverpool el gran acontecimiento del enlace del tío Cecil y la tía Hermione, cuya silueta y vistoso sombrero distinguía ahora en el banco delantero. A su lado estaban Pierrot y Jackson, trece o quince centímetros más altos, encajados entre los contornos de sus padres distanciados. En el otro lado del pasillo estaban tres miembros de la familia Marshall. No había más feligreses. Era una ceremonia privada. Ningún periodista de sociedad. Briony no debía estar allí. Estaba lo bastante familiarizada con las palabras rituales para saber que no se había perdido el momento crucial.

–En segundo lugar, fue decretado como un remedio para el pecado y para evitar la fornicación, que las personas que no poseen el don de la continencia puedan casarse y ser miembros sin mancilla del cuerpo de Cristo.

Frente al altar, enmarcadas por la figura elevada y envuelta en blanco del párroco, estaba la pareja. Ella vestía de blanco, el completo atuendo tradicional, y según Briony pudo advertir desde donde estaba, al fondo de la nave, llevaba un largo velo. Tenía el pelo recogido en una sola trenza infantil que colgaba desde debajo de la gasa de tul y organdí y recorría toda la longitud de su columna. Marshall se mantenía erguido, y los contornos de las hombreras almohadilladas de su chaqué se perfilaban como un nítido grabado contra la sobrepelliz del párroco.

–En tercer lugar, se decretó que para la convivencia, ayuda y consuelo mutuos, que uno tenía que prestar al otro...

Sintió los recuerdos, los punzantes detalles, como un sarpullido, como suciedad sobre su piel: Lola entrando en su habitación hecha un mar de lágrimas, con las muñecas magulladas e irritadas, y los rasguños en su hombro y en la parte inferior de la cara de Marshall; el silencio de Lola en la oscuridad a la orilla del lago, mientras dejaba que su seria, ridícula, ah, tan mojigata prima menor, que no distinguía la vida real de las historias que tejía en su cabeza, pusiera a salvo al atacante. Pobre Lola vanidosa y vulnerable, con su gargantilla recamada de perlas y su perfume de agua de rosas, que ansiaba despojarse de las últimas trabas de la infancia, que se había salvado de la humillación enamorándose, o convenciéndose de que estaba enamorada, y que no podía dar crédito a su suerte cuando Briony insistió en hablar por ella y en formular las acusaciones. Y qué suerte había tenido Lola —poco más que una niña, forzada y poseída— casándose con su violador.

—Por consiguiente, si alguien puede alegar causa justa en contra de que se celebre esta unión lícitamente, que hable ahora o calle para siempre.

¿Sucedía de verdad? ¿Era cierto que ahora ella se estaba levantando, con las piernas débiles, el estómago vacío y contraído y el corazón tartamudeando, y que se desplazaba a lo largo del banco para ocupar el centro del pasillo y exponía sus razones, sus causas justas, con una voz desafiante y firme, a medida que avanzaba con su capa y su tocado, como una novia de Cristo, hacia el altar, hacia el párroco boquiabierto, que en su larga carrera jamás había sido interrumpido, y hacia los feligreses que giraban el cuello y las caras blancas de la pareja que se había vuelto a medias? No lo había planeado, pero la pregunta del rito, que había olvidado por completo, era una provocación. ¿Y cuáles eran exactamente los impedimentos? Ahora tenía la oportunidad de proclamar en público toda su angustia privada y de purificarse de todo el mal que había causado. Ante el altar de la más racional de las iglesias.

Pero los rasguños y las contusiones habían cicatrizado hacía mucho, y todas las declaraciones que había hecho en su momento afirmaban lo contrario. Tampoco la novia parecía una víctima, y disponía del consentimiento de sus padres. Más que eso, sin duda: un potentado del chocolate, el fundador de la chocolatina Amo. La tía Hermione se estaría frotando las manos. ¿Que Paul Marshall, Lola Quincey y ella, Briony Tallis, habían conspirado por medio de silencio y falsedades para enviar a la cárcel a un hombre inocente? Pero las palabras que le habían condenado habían salido de los labios de Briony, habían sido leídas en voz alta en su nombre ante el tribunal del condado. La sentencia ya se había cumplido. La deuda estaba pagada. El veredicto se mantenía en pie.

Permaneció en su asiento con el corazón acelerado y las palmas de la mano sudorosas, y humildemente inclinó la cabeza.

—Os conmino y exhorto a los dos, pues responderéis cuando los secretos de todos los corazones sean revelados el terrible día del juicio, a que si alguno de los dos conoce algún impedimento por el cual no sea lícito uniros en matrimonio, lo confiese ahora.

A la luz de cualquier cálculo, faltaba un largo tiempo hasta el día del juicio, y hasta entonces la verdad que sólo Marshall y su novia conocían de primera mano estaba siendo firmemente tapiada dentro del mausoleo de su matrimonio. Allí reposaría a salvo en la oscuridad, hasta mucho después de que hubiesen muerto todas las personas a quien concernía. Cada palabra de la ceremonia era un nuevo ladrillo añadido a la tapia.

—¿Quién ha dado esta mujer en matrimonio a este hombre?

Como un pajarillo, el tío Cecil dio un rápido paso adelante, sin duda ansioso de cumplir su cometido antes de apresurarse a volver al santuario de All Souls, en Oxford. Aguzando el oído para percibir el más leve titubeo en sus voces, Briony oyó a Marshall y después a Lola repetir las palabras que decía el párroco. Marshall tronaba, inexpresivo, Lola habló con dulzura y aplomo. Qué flagrante, qué sensual resonó ante el altar lo que dijo: «Con mi cuerpo te idolatro.»

–Oremos.

Las seis figuras de los bancos delanteros agacharon las cabezas y el párroco se quitó las gafas de carey, alzó la barbilla y con los ojos cerrados y un sonsonete cansino y afligido invocó a los poderes celestiales.

–Oh, Dios eterno, creador y conservador de todo el género humano, fuente de toda gracia espiritual, autor de la vida eterna; bendícenos a todos tus servidores, y a este hombre y a esta mujer...

El último ladrillo quedó colocado cuando el oficiante, tras haberse puesto de nuevo las gafas, enunció la fórmula famosa –os declaro marido y mujer– e invocó a la Trinidad que daba nombre a la iglesia. Hubo más rezos, un salmo, el padrenuestro y otra larga oración cuyos tonos menguantes de despedida transmitieron el melancólico carácter de algo irrevocable.

–... Que vierta sobre vosotros la abundancia de su gracia, que os santifique y bendiga, que podáis complacerle en cuerpo y alma y que viváis juntos en santo amor hasta el fin de vuestras vidas.

Inmediatamente, el órgano ondulante derramó una cascada de confetis de tres notas que se dispersaban al tiempo que el párroco se volvía para preceder por el pasillo a la pareja y a los seis familiares que caminaban detrás. Briony, que estaba arrodillada, fingiendo que rezaba, se levantó y se volvió para situarse de cara a la procesión que se acercaba. El párroco parecía tener un poco de prisa y caminaba muy por delante del resto de la comitiva. Al mirar a su izquierda y ver a la joven enfermera, su expresión amable y su ladeo de cabeza expresaron a la vez curiosidad y bienvenida. Prosiguió su camino para abrir de par en par una de las grandes puertas. Una lengua sesgada de luz del sol llegó hasta el sitio donde estaba Briony y le iluminó la cara y el tocado. Quería que la viesen, pero no tan de lleno. Ahora sería imposible no verla. Lola, que avanzaba por el lado de Briony, llegó a su altura y sus miradas se cruzaron. Llevaba ya el velo abierto. Sus pecas habían desaparecido, pero por lo demás no había cambiado mucho. Era quizás un poco más alta, tenía la cara más tersa y redonda y las cejas depiladas a conciencia. Briony no hizo más que mirarla. Se conformaba con que Lola supiese que estaba allí y que se preguntara el porqué de su presencia. La luz del sol entorpecía la visión de Briony, pero durante una fracción de segundo pareció que en la cara de la novia se pintaba un diminuto pliegue de disgusto. Después frunció los labios, miró hacia delante y pasó de largo. Paul Marshall también había visto a Briony, pero sin reconocerla, como tampoco la reconocieron la tía Hermione y el tío Cecil, que hacía años que no la veían. Pero los gemelos, que cerraban el cortejo, con los pantalones del uniforme del colegio demasiado cortos, se mostraron encantados de verla e hicieron muecas de espanto por su indumentaria y bostezaron con los ojos en blanco igual que payasos, agitando las manos encima de la boca.

Ella se quedó sola en la iglesia con el organista invisible, que seguía tocando por su propio placer. Todo había transcurrido demasiado deprisa, y no había conseguido nada seguro. Permaneció en su sitio, con una incipiente sensación de haber hecho una tontería, y sin ganas de marcharse de la iglesia. La luz del día y la trivialidad de la charla familiar disiparían el impacto que hubiera podido causar su iluminada aparición espectral. Además le faltaba valor para una confrontación. ¿Y cómo explicaría a su tío y a su tía su presencia como testigo no invitado? Podrían ofenderse o, peor aún, en lugar de eso, pretender llevarla a un insoportable desayuno en un hotel, en que los desposados Lola y Paul Marshall rezumarían odio, y Hermione no lograría ocultar su desprecio por Cecil. Briony se demoró un par de minutos más, como si la retuviese allí la música, y luego, disgustada por su propia cobardía, salió presurosamente al pórtico. El párroco estaba, como mínimo, a unos cien metros de distancia, atravesando el césped con paso rápido y un balanceo libre de los brazos. Los recién casados estaban en el Rolls, y Marshall, al volante, daba marcha atrás para girar. Estaba segura de que ellos la habían visto. El cambio de marchas emitió un chirrido metálico: una buena señal, tal vez. El automóvil se alejó, y por una ventanilla lateral Briony vio la silueta blanca de Lola acurrucada contra el brazo del conductor. En cuanto a la comitiva, se había esfumado totalmente entre los árboles.

Sabía por el mapa que Balham estaba al fondo del Common, en la dirección hacia donde caminaba el párroco. No estaba muy lejos, y este solo hecho la disuadió de continuar. Llegaría demasiado pronto. No había comido nada, tenía sed y el talón le daba punzadas y se le había pegado a la parte posterior del zapato. Ahora hacía calor, y tendría que cruzar una extensión de hierba sin sombra, interrumpida por senderos rectos de asfalto y refugios públicos. A lo lejos había un quiosco de música y hombres de uniforme azul oscuro que pululaban por él. Pensó en Fiona, en que le había cedido su día libre, y en la tarde que pasaron juntas en St.

James's Park. Aquel paseo inocente parecía ya remoto, y sin embargo databa de no más de diez días atrás. En aquel momento, Fiona estaría haciendo la segunda ronda de cuñas. Briony permaneció a la sombra del pórtico y pensó en el pequeño regalo que le compraría a su amiga: algo delicioso de comer, un plátano, naranjas, chocolate suizo. Los porteros sabían dónde agenciarse esas cosas. Les había oído decir que cualquier cosa, todas las cosas eran asequibles si se disponía del dinero necesario. Observó la hilera del tráfico girando alrededor del Common, a lo largo de su propio trayecto, y pensó en comida. Lonchas de jamón, huevos escalfados, una pata de pollo asado, un estofado denso, merengue de limón. Una taza de té. Reparó en la música inquieta y nerviosa que sonaba a su espalda en el instante mismo en que dejó de oirse, y en ese súbito lapso de silencio, que parecía conferir libertad, decidió desayunar. No había tiendas a la vista en la dirección que debía seguir, sino tan sólo insulsos bloques de apartamentos de ladrillo, de color anaranjado oscuro.

Pasaron varios minutos y salió el organista con su sombrero en una mano y un pesado manojo de llaves en la otra. Le habría preguntado dónde estaba el café más cercano, pero era un hombre excitable, en consonancia con su música, que parecía resuelto a no prestarle atención mientras cerraba de un portazo la puerta de la iglesia y se encorvaba para cerrarla con llave. Se encasquetó el sombrero y se marchó velozmente.

Tal vez aquél fuese el primer paso en su cambio de planes, pero ya había empezado a desandar su camino hacia Clapham High Street. Desayunaría, y volvería a pensarlo. Cerca de la estación de metro pasó por delante de un abrevadero y de buena gana habría hundido la cara dentro. Encontró un garito mugriento con las ventanas manchadas y el suelo sembrado de colillas, pero la comida no podía ser peor que la que estaba acostumbrada a comer. Pidió té y tres tostadas con margarina y mermelada de naranja de un color rosa muy pálido. Cargó de azúcar el té, pues ella misma se había diagnosticado que padecía hipoglucemia. El dulzor no encubrió del todo un sabor a desinfectante.

Tomó otra taza, contenta de que estuviese templada para engullirla de un trago, y después hizo uso de un retrete hediondo y sin taza que había detrás del café, cruzando un patio empedrado. Pero no había fetidez que impresionase a una enfermera en prácticas. Se metió papel higiénico en el talón del zapato. Le serviría durante un par de kilómetros. Había un lavabo de un solo grifo atornillado a una pared de ladrillo. Optó por abstenerse de tocar la pastilla de jabón con vetas grises. Cuando abrió el grifo, el agua desbordó y le cayó justo encima de las espinillas. Se las secó con las mangas y se peinó, tratando de imaginar su cara en la pared de ladrillo. Pero no podía repintarse los labios sin la ayuda de un espejo. Se aplicó en la cara unos toques de agua con un pañuelo empapado y se palmeó las mejillas para sacarles color. Una decisión se había tomado: al parecer, sin que ella interviniera. Se estaba preparando para una entrevista con miras al puesto de amada hermana menor.

Salió del café y mientras caminaba por el Common notó que se ensanchaba la distancia entre ella y otro yo, no menos real, que regresaba andando hacia el hospital. Quizás la Briony que caminaba hacia Balham era la persona imaginaria o espectral. Esta sensación de irrealidad se acrecentó cuando, media hora después, desembocó en otra High Street, más o menos la misma calle que la que había dejado atrás. Así era Londres en su periferia, un hacinamiento de localidades monótonas. Resolvió que nunca viviría en una de ellas.

Para llegar a la calle que buscaba había que doblar en la tercera que había después de la estación de metro, que era a su vez otra réplica. Las casas adosadas eduardianas, astrosas y con visillos, formaban una hilera de casi un kilómetro.

43 Dudley Villas se encontraba en la mitad de aquel trecho, sin nada más que la distinguiera de las otras que un viejo Ford 8 sin ruedas, sostenido sobre pilas de ladrillos, que ocupaba todo el jardín delantero. Si no había nadie ella podría irse, diciéndose a sí misma que lo había intentado. El timbre no funcionaba. Dio dos golpes con la aldaba y retrocedió. Oyó una voz iracunda de mujer, luego un portazo y el ruido sordo de pasos. Briony retrocedió otro más. Todavía estaba a tiempo de correr calle arriba. Hubo un forcejeo con el pestillo y un suspiro irritado, y abrió la puerta una mujer en la treintena, alta y de facciones angulosas, que había perdido el resuello a causa de algún tremendo esfuerzo. Estaba furiosa. La había interrumpido en medio de una pelea, y no pudo modificar la expresión –la boca abierta, el labio superior ligeramente curvado– mientras examinaba a Briony.

–¿Qué quiere?

–Estoy buscando a la señorita Cecilia Tallis.

La mujer combó los hombros y echó la cabeza hacia atrás, como si rehuyera un insulto. Miró a Briony de los pies a la cabeza.

–Usted se le parece.

Desconcertada, Briony se limitó a mirarla.

La mujer lanzó otro suspiro que era casi como un escupitajo, y cruzó el recibidor hasta el pie de la escalera.

–¡Tallis! –gritó–. ¡Puerta!

La mujer recorrió la mitad del pasillo hasta la entrada del cuarto de estar, fulminó a Briony con una mirada de desprecio y desapareció, cerrando la puerta con violencia tras ella.

La casa estaba en silencio. Briony veía desde la puerta abierta un trecho de linóleo de flores estampadas y los primeros siete u ocho escalones, cubiertos por una alfombra rojo oscuro. Faltaba la varilla de latón en el tercer peldaño. A mitad de camino del recibidor, contra la pared, había una mesa en forma de medialuna, y sobre ella un atril de madera barnizada, como una rejilla para tostadas, destinada a depositar cartas. No había ninguna. El linóleo se extendía más allá de la escalera, hasta una puerta con un cristal esmerilado que probablemente daba a la cocina, al fondo. El empapelado era también de flores: un ramillete de tres rosas alternando con un dibujo de copos de nieve. Desde el umbral hasta el arranque de la escalera contó quince rosas y dieciséis copos. Un signo agorero.

Por fin, oyó que una puerta se abría arriba, posiblemente la que habían cerrado de un portazo cuando ella llamó a la aldaba. A continuación, el crujido de un peldaño, y asomaron unos pies enfundados en calcetines gruesos, y un destello de piel desnuda, y una bata azul de seda que Briony reconoció. Por último apareció la cara de Cecilia, inclinada hacia un costado mientras se agachaba para atisbar a quien estaba en la puerta de la calle y ahorrarse la molestia de seguir bajando, impropiamente vestida. Le llevó unos instantes reconocer a su hermana. Bajó despacio otros tres escalones.

—Oh, Dios mío.

Se sentó y cruzó los brazos.

Briony permaneció como estaba, con un pie todavía en el sendero del jardín y el otro sobre el escalón de la entrada. Resonó una radio en el cuarto de estar de la casera, y la risa de un público creció a medida que las válvulas se calentaban. Siguió un monólogo adulador de un comediante, interrumpido al final por aplausos, y una alegre banda atacó una pieza. Briony se adentró un paso en el recibidor. Murmuró:

—Tengo que hablar contigo.

Cecilia estaba a punto de levantarse, pero cambió de idea.

—¿Por qué no me has dicho que venías?

—Como no contestaste a mi carta, he venido.

Cecilia se ciñó la bata alrededor del cuerpo y palmeó el bolsillo, probablemente con la esperanza de encontrar un cigarrillo. Tenía la tez mucho más morena, y sus manos también eran marrones. No había encontrado lo que buscaba, pero de momento no hizo ademán de levantarse.

Más por ganar tiempo que por cambiar de tema, dijo:

—Estás en prácticas.

—Sí.

—¿En qué pabellón?

—En el de sor Drummond.

No era posible saber si a Cecilia le resultaba conocido aquel nombre, o si le desagradaba que su hermana pequeña estuviese estudiando en el mismo hospital. Había otra diferencia obvia: Cecilia siempre le había hablado con un tono condescendiente o maternal. ¡Hermanita! Ya no había espacio para eso. Había una dureza en su tono que previno a Briony de que se abstuviese de preguntar por Robbie. Dio otro paso más en el recibidor, consciente de que la puerta de la calle estaba abierta a su espalda.

—¿Y tú dónde estás?

—Cerca de Morden. Es un SMU.

Un hospital de servicios médicos urgentes, un centro requisado que seguramente se ocupaba del grueso, del auténtico grueso de la evacuación. Eran demasiadas las cosas que no podían decirse ni preguntarse. Las hermanas se miraron. Aunque Cecilia tenía el aspecto desaliñado de quien se acaba de levantar de la cama, estaba más hermosa de lo que Briony recordaba. Aquella cara larga siempre había poseído algo extraño y vulnerable, caballuno, decía todo el mundo, incluso vista a la luz más favorable. Ahora parecía osadamente sensual, con el arco acentuado de los labios henchidos y púrpuras. Los ojos oscuros estaban dilatados, quizás por la fatiga. O por la tristeza. La nariz larga y fina, el delicado fulgor de sus ventanillas: había en su rostro algo como de máscara, como esculpido, inmóvil. Y difícil de leer. La apariencia de su hermana aumentaba la desazón de Briony y agravaba su sensación de torpeza. Apenas conocía a aquella mujer a la que no había visto desde hacía cinco años. Briony no podía dar nada por supuesto. Buscaba otro tema neutral, pero no había ninguno que no condujera a los temas sensibles –los que tendría que afrontar en cualquier caso–, y por fin dijo, porque ya no podía soportar el silencio ni las miradas:

–¿Has sabido algo de papá?

–No, nada.

El tono bajo indicaba que no quería saber, y que no le importaría ni respondería si Briony sabía algo. Cecilia dijo:

–¿Y tú?

–Recibí una nota suya hace un par de semanas.

–Bien.

Conque no había nada que añadir a este respecto. Tras otra pausa, Briony volvió a intentarlo.

–¿Sabes algo de casa?

–No. No estoy en contacto. ¿Y tú?

–Ella me escribe de vez en cuando.

–¿Y qué noticias te manda, Briony?

Tanto la pregunta como el empleo de su nombre eran sardónicos. Mientras Briony buceaba en sus recuerdos, sintió que la estaban delatando como a una traidora a la causa de su hermana.

–Tienen en casa evacuados y Betty los detesta. Han arado el parque para plantar trigo.

Enmudeció. Era una estupidez seguir enumerando aquellos pormenores. Pero Cecilia dijo fríamente:

–Sigue. ¿Qué más?

–Bueno, casi todos los mozos del pueblo se han alistado en los East Surrey, menos...

–Menos Danny Hardman. Sí, todo eso lo sé.

Sonrió de un modo radiante, artificial, aguardando a que Briony continuara.

–Han construido un fortín al lado de correos, y han quitado todas las antiguas verjas. Y... la tía Hermione vive en Niza y, ah, sí, Betty rompió el jarrón del tío Clem.

Fui al oír esto cuando Cecilia abandonó su frialdad. Descruzó los brazos y se apretó la mejilla con una mano.

–¿Lo rompió?

–Se le cayó en un peldaño.

–¿Quieres decir que está roto, hecho añicos?

–Sí.

Cecilia lo pensó. Finalmente dijo:

–Es terrible.

–Sí –dijo Briony–. Pobre tío Clem.

Por fin su hermana dejaba de mostrarse desdeñosa. El interrogatorio prosiguió.

–¿Han guardado los pedazos?

–No lo sé. Emily dijo que papá le gritó a Betty.

En ese momento, la puerta se abrió de golpe y la casera se plantó delante mismo de Briony, tan cerca que ésta percibió el olor a menta en el aliento de la mujer. Señaló la puerta de entrada.

–Esto no es una estación de tren. O entra, señorita, o se queda fuera.

Cecilia se estaba levantando sin excesiva prisa, y se estaba atando el cinturón de seda de su bata. Dijo, lánguidamente:

–Le presento a mi hermana Briony, señora Jarvis. Procure cuidar sus modales cuando hable con ella.

–Hablo como se me antoja en mi propia casa –dijo la señora Jarvis. Se volvió hacia Briony–: Quédese si quiere, y si no, váyase y cierre la puerta al salir.

Briony miró a su hermana y presintió que ahora Cecilia no estaba dispuesta a dejarla marchar. La casera había actuado como una aliada involuntaria.

Cecilia habló como si ella y Briony estuvieran solas.

–Olvida a la casera. Me voy al final de esta semana. Cierra la puerta y sube.

Briony, observada por la señora Jarvis, siguió a su hermana por la escalera.

–Y en cuanto a usted, señora Marquesa... –llamó la señora Jarvis.

Pero Cecilia se volvió bruscamente y la cortó en seco.

–Ya basta, señora Jarvis. Ya vale con eso.

Briony reconoció su tono. Era puro Nightingale, para su empleo con pacientes difíciles o estudiantes en lágrimas. Costaba años perfeccionarlo. Seguramente Cecilia habría sido ascendida a jefa de pabellón.

En el rellano del primer piso, cuando estaba a punto de abrir la puerta de su cuarto, lanzó a Briony una mirada, una mirada fría para darle a entender que nada había cambiado, que nada se había mitigado. El cuarto de baño, al otro lado del pasillo, exhalaba por su puerta entornada un aire húmedo y perfumado y un sonido hueco de goteo. Cecilia se disponía a darse un baño cuando llegó Briony. La hizo entrar en su estudio. Algunas de las enfermeras más pulcras del pabellón vivían en cuartos que parecían cuchitriles, y a Briony no le habría sorprendido presenciar una nueva versión del antiguo caos de Cecilia. Pero su alojamiento daba una impresión de vida sencilla y solitaria. Una habitación de tamaño mediano había sido dividida para crear la estrecha franja de una cocina y, posiblemente, un dormitorio contiguo. Las paredes estaban empapeladas con un dibujo de pálidas rayas verticales, como un pijama masculino, lo que acrecentaba el aire de reclusión. El linóleo se componía de retales desiguales del que había abajo, y en algunos lugares asomaban tablas grises. Debajo de la ventana de guillotina había un fregadero con un solo grifo, y una cocina de gas con un solo quemador. Contra la pared, dejando poco espacio para pasar, había una mesa cubierta con un mantel de algodón de cuadros amarillos. Encima había un tarro de mermelada lleno de flores azules, campánulas quizás, un cenicero repleto y una pila de libros. Debajo del todo estaba la *Anatomía* de Gray y unas obras completas de Shakespeare, y encima, con lomos más delgados, nombres escritos en oro y plata descoloridos: vio títulos de Housman y de Crabbe. Junto a los libros había dos botellas de cerveza negra. En el extremo más alejado de la ventana, sobre la puerta que daba al dormitorio, había un mapa del norte de Europa clavado con chinchetas.

Cecilia sacó un cigarrillo de un paquete que estaba junto a la cocina y, recordando que su hermana ya no era una niña, le ofreció uno. Había dos sillas de cocina junto a la mesa, pero Cecilia, recostada en el fregadero, no invitó a Briony a sentarse. Las dos mujeres fumaban esperando, o, al menos, eso creyó Briony, a que se disipara en el aire la presencia de la casera.

Cecilia dijo, en voz baja y serena:

—Cuando recibí tu carta fui a ver a un abogado. No es en absoluto sencillo, a no ser que haya pruebas nuevas y concluyentes. Tu cambio de opinión no será suficiente. Lola seguirá diciendo que no lo sabe. Nuestra única esperanza era el viejo Hardman, que ya ha muerto.

—¿Hardman?

Los elementos en pugna —el hecho de que el hombre hubiese muerto, la importancia de su testimonio en el caso— ofuscaron a Briony, que se esforzaba en hacer memoria. ¿Hardman fue aquella noche en busca de los gemelos? ¿Vio algo? ¿Se dijo algo ante el tribunal que ella ignoraba?

—¿No sabías que había muerto?

—No. Pero...

—Increíble.

Las tentativas que hacía Cecilia de mantener un tono neutro y factual se estaban desmoronando. Agitada, se apartó del área de la cocina, sorteó de costado la mesa, fue hasta el otro extremo de la habitación y se quedó de pie junto a la puerta del dormitorio. Su respiración era entrecortada mientras procuraba dominar su cólera.

–Qué raro que Emily no incluyera esto en sus noticias sobre el trigo y los evacuados. Hardman tenía cáncer. Quizás con su temor de Dios, en sus últimos días andaba diciendo algo que era de lo más inoportuno para una persona en su estado.

–Pero, Cee...

–¡No me llames así! –saltó ella. Repitió, con voz más suave–: Por favor, no me llames así.

Tenía los dedos en el picaporte de la puerta del dormitorio, y daba la impresión de que la entrevista estaba llegando a su fin. Cecilia estaba a punto de desaparecer.

Con un alarde de calma nada convincente, resumió para Briony:

–Pagué dos guineas para descubrir lo siguiente: no va a haber un recurso sólo porque cinco años más tarde hayas decidido decir la verdad.

–No entiendo lo que estás diciendo...

Briony quería volver a hablar de Hardman, pero Cecilia necesitaba decirle lo que últimamente había debido de rumiar en su cabeza muchas veces.

–No es difícil. Si mentías entonces, ¿por qué iba a creerte un tribunal ahora? No hay hechos nuevos, y no eres una testigo fiable.

Briony llevó al fregadero su cigarrillo a medio consumir. Se estaba mareando. Cogió un platillo del escurridor para usarlo como cenicero. Era horrible oír de los labios de su hermana la confirmación de su crimen. Pero desconocía aquella nueva perspectiva. Débil, estúpida, ofuscada, cobarde, evasiva: se había odiado por todo lo que había sido, pero nunca se había considerado una mentirosa. Qué extraño y qué claro debía de parecerle a Cecilia. Para ella era evidente e irrefutable. Y, sin embargo, por un momento pensó en defenderse. No había tenido intención de engañar, no había obrado así por maldad. Pero ¿quién lo creería?

Se quedó donde había estado Cecilia, de espaldas al fregadero e, incapaz de sostener la mirada de su hermana, dijo:

—Lo que hice fue horrible. No espero que me perdones.

—No te preocupes por eso —dijo Cecilia, con voz tranquilizadora, y durante el par de segundos en que dio una profunda calada de su cigarrillo, Briony, estremecida, vio crecer sus ilusorias esperanzas—. No te preocupes —repitió su hermana—. No te perdonaré nunca.

—El que no pueda ir a un tribunal no me impedirá decirle a todo el mundo lo que hice.

Cuando su hermana lanzó una carcajada feroz, Briony comprendió cuánto temor le inspiraba Cecilia. Su irrisión era aún más difícil de encajar que su furia. Aquella habitación estrecha, con sus rayas como barrotes, encerraba una historia sentimental que nadie podía imaginar. Briony insistió. En definitiva, estaba interpretando una parte de la conversación que había ensayado.

—Iré a Surrey a hablar con Emily y con papá. Se lo diré todo.

—Sí, ya lo dices en tu carta. ¿Qué te detiene? Has tenido cinco años. ¿Por qué no has ido nunca a verles?

—Antes quería verte a ti.

Cecilia se separó de la puerta del dormitorio y se acercó a la mesa. Dejó caer la colilla en el cuello de una de las botellas de cerveza. Hubo un breve siseo y un hilillo de humo ascendió del cristal negro. Este acto de Cecilia reavivó las náuseas de Briony. Había creído que las botellas estaban llenas. Pensó que tal vez estaba malo algo de lo que había comido en el desayuno. Cecilia dijo:

—Sé por qué no has ido. Porque supones lo mismo que yo. No quieren saber nada más del asunto. Lo que tiene de desagradable pertenece al pasado, muchísimas gracias. Lo hecho, hecho está. ¿Para qué remover las cosas ahora? Y sabes muy bien que creyeron la historia de Hardman.

Briony se distanció del fregadero y se colocó en el lado de la mesa opuesto al de su hermana. No era fácil mirar a aquella hermosa máscara. Dijo, con sumo cuidado:

—No entiendo de qué estás hablando. ¿Qué tiene que ver él con esto? Siento que haya muerto, siento no haberlo sabido...

La sobresaltó un sonido. La puerta del dormitorio se estaba abriendo y Robbie apareció ante ellas. Vestía camisa y pantalones del ejército y calzaba botas lustradas, y los tirantes le colgaban sueltos a la altura de la cintura. Estaba sin afeitar y despeinado, y posó los ojos solamente en Cecilia. Ella se había vuelto para mirarle, pero no se encaminó hacia él. Durante los segundos en que ambos se miraron en silencio, Briony, parcialmente tapada por Cecilia, se achicó dentro de su uniforme.

Él le habló a Cecilia suavemente, como si estuvieran solos:

—He oído voces y he pensado que sería algo sobre el hospital.

—Está bien.

Él consultó su reloj.

—Más vale que nos pongamos en marcha.

Al cruzar la habitación, un instante antes de salir al rellano, Robbie hizo una breve señal con la cabeza en dirección a Briony.

—Disculpa —dijo.

Oyeron que se cerraba la puerta del cuarto de baño. En el silencio que siguió, Cecilia dijo, como si no hubiese nada entre ella y su hermana:

—Tiene un sueño muy profundo. No he querido despertarle. —Luego añadió—: Me ha parecido mejor que no os vierais.

A Briony le empezaban a temblar realmente las rodillas. Apoyando una mano en la mesa, se alejó de la zona de la cocina para que Cecilia pudiese llenar la tetera. Briony tenía muchas ganas de sentarse. No se sentaría hasta que la invitasen, y en modo alguno pensaba pedir permiso. Conque permaneció de pie junto a la pared, fingiendo que no se apoyaba en ella, y observó a su hermana. Lo sorprendente era la rapidez con que el alivio de que Robbie estuviera vivo había sido suplantado por el temor de encararse a él. Ahora que le había visto atravesar el cuarto, la otra posibilidad, la de que hubiese muerto, era descabellada, contra toda lógica. No habría tenido sentido. Miraba fijamente la espalda de su hermana moviéndose por la cocina diminuta. Briony quería decirle que era maravilloso que Robbie hubiese vuelto sano y salvo. Qué liberación. Pero qué banal hubiera sonado. Y no era ella quien debía decirlo. Temía a su hermana, y su desprecio.

Todavía con náuseas, y ahora acalorada, Briony apretó la mejilla contra la pared. No estaba más fresca que su cara. Se moría de ganas de beber un vaso de agua, pero no quería pedirle nada a su hermana. Enérgicamente, Cecilia acometía sus tareas, mezclando leche y agua con huevos batidos, y poniendo en la mesa un tarro de mermelada y tres platos y tazas. Briony lo advirtió, pero no le sirvió de consuelo. Únicamente agravaba el presagio de la reunión que se avecinaba. En aquella situación, ¿de verdad pensaba Cecilia que podían sentarse los tres juntos y comer con apetito unos huevos revueltos? ¿O se estaba calmando con todo aquel ajetreo? Briony aguzó el oído para captar pasos en el rellano, y sólo para distraerse probó a emplear un tono de conversación. Había visto la capa colgada en el envés de la puerta.

–Cecilia, ¿eres jefa de pabellón ahora?

–Sí.

Lo dijo con una superioridad tajante, que zanjaba el

tema. Su profesión común no iba a representar un lazo. No había ninguno, y nada que hablar hasta que Robbie volviera.

Por fin oyó el chasquido del cerrojo en la puerta del baño. Robbie cruzó el rellano silbando. Briony se apartó más de la puerta hacia el rincón más oscuro del cuarto. Pero estaba en el campo de visión de Robbie cuando entró. Tenía la mano derecha medio levantada para estrechar la de ella, y con la izquierda libre se aprestaba a cerrar tras él la puerta. Si fue una reacción tardía no resultó teatral. En cuanto sus miradas se cruzaron, él dejó caer las manos a los costados y lanzó un pequeño suspiro entrecortado, al mismo tiempo que la miraba con dureza. Aunque intimidada, ella sintió que no podía apartar la vista. Olió el débil perfume de su jabón de afeitar. El sobresalto fue que estaba muy envejecido, sobre todo alrededor de los ojos. ¿Todo tenía que ser culpa de ella?, se preguntó tontamente. ¿No podía ser también culpa de la guerra?

—Así que eras tú —dijo él finalmente. Cerró la puerta con el pie. Cecilia se había puesto a su lado y él la miró.

Ella hizo un resumen exacto, pero aunque hubiera querido no habría podido contener su sarcasmo.

—Briony va a contar la verdad a todo el mundo. Antes quería verme a mí.

Él se volvió hacia Briony.

—¿Pensaste que yo podía estar aquí?

La preocupación inmediata de Briony era no llorar. En aquel momento, nada habría sido más humillante. Alivio, vergüenza, piedad por sí misma: no sabía lo que era, pero se aproximaba. La tersa ola ascendió, tensándole la garganta, y le impedía articular palabra, y luego, como ella se resistía, apretando los labios, cedió su empuje y ella se encontró a salvo. Retuvo las lágrimas, pero su voz era un mísero susurro.

–No sabía que estabas vivo.

Cecilia dijo:

–Si vamos a hablar, deberíamos sentarnos.

–No sé si puedo.

Robbie se dirigió impacientemente hacia la pared contigua, a una distancia de unos dos metros, y se recostó en ella, con los brazos cruzados, mirando por turnos a una y otra hermana. Casi de inmediato volvió a desplazarse por la habitación hasta la puerta del dormitorio, donde dio media vuelta para volver, se lo pensó mejor y se quedó donde estaba, con las manos en los bolsillos. Era un hombre corpulento, y el cuarto parecía que hubiese encogido. No paraba de moverse en aquel espacio cerrado, como si se ahogara. Sacó las manos de los bolsillos y se alisó el pelo de la nuca. Luego descansó las manos en las caderas. Después las dejó caer. Briony necesitó todo este tiempo, el de este movimiento, para comprender que estaba enfadado, muy enfadado, y ella apenas se había percatado de ello cuando él dijo:

–¿Qué haces aquí? No me hables de Surrey. Nadie te va a impedir que vayas. ¿A qué has venido aquí?

–Tenía que hablar con Cecilia.

–Oh, sí. ¿Y de qué?

–De aquello tan terrible que hice.

Cecilia se encaminaba hacia él.

–Robbie –susurró–. Cariño.

Le puso la mano en el brazo, pero él lo apartó.

–No sé por qué la has dejado entrar –dijo, y a Briony–: Voy a ser totalmente sincero contigo. Estoy dudando entre romperte aquí tu estúpido cuello o sacarte fuera y tirarte por la escalera.

De no haber sido por su reciente experiencia, Briony habría estado aterrada. A veces, en el pabellón, oía a los soldados echando pestes contra su impotencia. En el paroxismo de su pasión, era insensato razonar con ellos o tratar de sosegarlos. Tenían que expulsarlo, y era mejor quedarse escuchando. Sabía que incluso anunciar que se marchaba podía ser una provocación ahora. De modo que encaró a Robbie y aguardó el resto, su merecido. Pero no le tenía miedo, no físicamente.

Él no alzó la voz, aunque en ella vibraba el desprecio.

–¿Tienes la más ligera idea de cómo son las cosas allá dentro?

Ella se imaginó ventanucos altos en un pared lisa de ladrillo, y pensó que quizás sí se hacía una idea, a la manera en que la gente imaginaba los diversos tormentos del infierno. Negó con la cabeza, débilmente. Para recobrar la compostura procuró concentrarse en los detalles de la transformación de Robbie. La impresión de una mayor estatura se debía a su postura de plaza de armas. Ningún estudiante de Cambridge se hubiera mantenido tan tieso. Hasta distraído, Robbie echaba hacia atrás los hombros y tenía la barbilla en alto como un boxeador del viejo estilo.

–No, por supuesto que no. Y cuando estuve en la cárcel, ¿te alegrabas?

–No.

–Pero no hiciste nada.

Ella había pensado muchas veces en esta conversación, como una niña que se anticipa a una zurra. Ahora por fin se estaba produciendo, y era como si ella no estuviese presente del todo. Observaba desde lejos y estaba entumecida. Pero sabía que las palabras de Robbie le dolerían más tarde.

Cecilia había retrocedido. Puso de nuevo la mano en el brazo de Robbie. Había adelgazado, aunque parecía más fuerte, con una ferocidad de músculos magros y fibrosos. Él se volvió a medias hacia ella.

–Recuerda –empezó a decir Cecilia, pero él la interrumpió.

–¿Crees que ataqué a tu prima?

–No.

–¿Lo creíste entonces?

Ella buscó las palabras.

–Sí, sí y no. No estaba segura.

–¿Y qué es lo que te ha hecho estar segura ahora?

Ella titubeó, a sabiendas de que al responder estaría presentando una forma de defensa, unos motivos, y de que eso quizás le enfureciese aún más.

–Los años.

Él le clavó la mirada, con los labios ligeramente separados. Había cambiado mucho en cinco años. La dureza de su mirada era nueva, y tenía los ojos más pequeños y estrechos, y en los rabillos había la firme impronta de las patas de gallo. Su cara era más delgada de lo que ella recordaba y tenía las mejillas hundidas, como un guerrero indio. Se había dejado un bigote de cepillo, al estilo militar. Era asombrosamente guapo, y a ella le asaltó el recuerdo, años atrás, cuando ella tenía unos diez u once, de la pasión que había sentido por él, un auténtico flechazo que había durado días. Después se lo confesó a Robbie en el jardín, una mañana, e inmediatamente se olvidó del asunto.

No se había equivocado en ser cautelosa. Robbie era presa de esa clase de cólera que se confunde con el estupor.

–Los años –repitió. Briony dio un respingo cuando él alzó la voz–. ¡Maldita sea! Tienes dieciocho años. ¿Cuántos necesitas todavía? Hay soldados que mueren a los dieciocho en el campo de batalla. Ya son lo bastante mayores para que los dejen morir en los caminos. ¿Sabías eso?

–Sí.

Era una patética fuente de consuelo que él no pudiese saber lo que ella había visto. Era extraño que, a pesar de su sentimiento de culpa, Briony sintiera la necesidad de oponerle resistencia. Si no lo hacía sería aniquilada.

Se limitó a asentir. No se atrevía a hablar. Al mencionar

la muerte, a Robbie le había envuelto una oleada emocional que le arrastraba más allá de la ira, hasta un desconcierto y repugnancia extremos. Respiraba de un modo irregular y trabajoso, y cerraba y abría el puño derecho. Pero su mirada seguía clavada en Briony, con una expresión rígida y salvaje. Le brillaban los ojos, y tragó saliva con fuerza varias veces. Los músculos de la garganta se le tensaron formando nudos. Él también estaba combatiendo una emoción que no quería que nadie presenciase. Ella había aprendido lo poco que sabía, las minúsculas pizcas, casi inexistentes, que le salían al paso a una enfermera en prácticas, en la seguridad del pabellón y la cabecera de una cama. Sabía lo suficiente para advertir que a él se le estaban agolpando los recuerdos y que no podía nada contra ellos. No le permitirían hablar. Ella nunca sabría qué escenas suscitaban aquella conmoción. Él dio un paso adelante y ella retrocedió, ya no tan segura de que fuese inofensivo: aunque no pudiese hablar, podía actuar. Otro paso más y su brazo vigoroso habría podido alcanzarla. Pero Cecilia se interpuso entre los dos. De espaldas a Briony, encaró a Robbie y le puso las manos en los hombros. Él apartó la cara de la de ella.

—Mírame —murmuró Cecilia—. Robbie. Mírame.

Briony no vio la reacción de Robbie. Oyó su disconformidad o su negativa. Tal vez fue una obscenidad. Cuando Cecilia le sujetó más fuerte, él retorció todo el cuerpo para zafarse de ella, y pareció que luchaban cuando ella alargó el brazo y trató de acercar hacia ella la cabeza de Robbie. Pero él impulsó la cara hacia atrás, con los labios levantados y los dientes expuestos en una macabra parodia de sonrisa. Ahora ella le estaba sujetando firmemente las mejillas, y con un esfuerzo le obligó a girar la cara y se la atrajo hacia la suya. Por fin él la miró a los ojos, pero ella le seguía agarrando las mejillas. Le aproximó un poco más, forzándole a que la mirase, hasta que sus caras se juntaron y ella le besó en los labios leve, despaciosamente. Con una ternura que Briony recordaba de años antes, cuando se despertaba de noche, Cecilia dijo:

—Vuelve... Robbie, vuelve.

Él asintió débilmente y aspiró profundamente un aire que liberó poco a poco, mientras ella aflojaba la presión y retiraba las manos de su cara. En el silencio, la habitación parecía hacerse todavía más pequeña. Robbie rodeó a Cecilia con los brazos, bajó la cabeza y la besó con un beso profundo, pausado, íntimo. Briony se dirigió en silencio hacia la ventana, en el otro extremo del cuarto. Bebió un vaso de agua del grifo de la cocina, mientras el beso se prolongaba, uniendo a la pareja en su soledad. Se sintió borrada, eliminada de la habitación, y sintió alivio.

Les dio la espalda y miró la hilera apacible de casas adosadas a la plena luz del sol, en el trayecto que ella había seguido desde High Street. Descubrió con asombro que no quería marcharse todavía, aunque la incomodase el largo beso y la posible continuación que presagiaba. Vio a una anciana que llevaba un grueso abrigo, a pesar del calor. Paseaba por la acera del fondo a un daschhund achacoso, de panza prominente, atado con una correa. Ahora Robbie y Cecilia hablaban en voz baja, y Briony, para respetar su intimidad, decidió seguir mirando por la ventana hasta que le dirigieran la palabra. Era relajante observar a la mujer desatando la cancilla, que cerró tras ella cuidadosamente, con una precisión quisquillosa, y ver que luego, a mitad de camino hasta su puerta, se agachaba con dificultad para arrancar un hierbajo del estrecho arriate que se extendía a lo largo del sendero de entrada. Mientras ella hacía esto, el perro anadeó hacia su ama y le lamió la muñeca. La anciana y el perro entraron en la casa y la calle quedó otra vez desierta. Un mirlo se posó en un seto de aligustre y, al no hallar un punto de apoyo conveniente, alzó el vuelo. La sombra de una nube atenuó la luz, rápidamente, y pasó de largo. Podía ser una tarde cualquiera de sábado. No había signos visibles de guerra en aquella calle de las afueras. A lo sumo una vislumbre de postigos del oscurecimiento en una ventana del otro lado de la acera y el Ford 8 asentado sobre unos ladrillos.

Briony oyó que su hermana decía su nombre y se volvió hacia ella.

–No tenemos mucho tiempo. Robbie tiene que presentarse a las seis esta tarde y tiene que coger un tren. Así que siéntate. Hay algunas cosas que vas a hacer por nosotros.

Era de nuevo la voz de jefa de pabellón. Ni siquiera era autoritaria. Simplemente describía lo inevitable. Briony cogió la silla que tenía más cerca, Robbie se sentó en un taburete y Cecilia tomó asiento entre los dos. Se olvidaron del desayuno que ella había preparado. Las tres tazas vacías ocupaban el centro de la mesa. Él depositó en el suelo la pila de libros. Mientras Cecilia desplazaba el tarro de mermelada con campánulas hacia un lado donde no pudiesen derribarlo, cruzó una mirada con Robbie.

Él miraba fijamente las flores al tiempo que se aclaraba la garganta. Su voz estaba desprovista de emoción cuando empezó a hablar. Parecía que estaba leyendo las cláusulas de un reglamento. Ahora miraba a Briony. Tenía los ojos serenos, y era perfectamente dueño de sí mismo. Pero tenía gotas de sudor en la frente, encima de las cejas.

–En lo más importante ya has estado de acuerdo. Tienes que ir a ver a tus padres lo más pronto posible y decirles todo lo que necesitan saber para convencerse de que tu testimonio era falso. ¿Cuándo es tu día libre?

–El domingo que viene.

–Entonces vas el domingo. Te llevas nuestras direcciones y les dices a Jack y a Emily que Cecilia está esperando noticias suyas. La segunda cosa la haces mañana. Vas a ver a un abogado que te tome una declaración bajo juramento, firmada en presencia de testigos. En ella dirás lo que hiciste mal y que te retractas de tu testimonio. Nos mandas una copia a cada uno. ¿Está claro?

−Sí.

−Después me escribirás con mucho mayor detalle. En esa carta pondrás absolutamente todo lo que te parezca pertinente. Todo lo que te indujo a declarar que me viste a la orilla del lago. Y por qué, a pesar de que no estabas segura, ratificaste tu versión de los hechos en los meses anteriores a mi juicio. Quiero saber si hubo presiones sobre ti por parte de tus padres o de la policía. ¿Lo has entendido? Tiene que ser una carta larga.

−Sí.

Robbie cruzó la mirada con Cecilia y asintió.

−Y también queremos saber si te acuerdas de algo relacionado con Danny Hardman, dónde estaba, qué hacía, a qué hora, quién más le vio..., cualquier cosa que pudiese poner en entredicho su coartada.

Cecilia estaba escribiendo sus direcciones respectivas. Briony meneaba la cabeza y empezaba a hablar, pero Robbie no le hizo caso y siguió hablando. Se había levantado y consultaba su reloj.

−Hay muy poco tiempo. Vamos a acompañarte al metro. Cecilia y yo queremos pasar juntos la última hora antes de que yo me vaya. Y tú tienes que dedicar lo que queda de hoy a escribir tu declaración y a informar a tus padres de que vas a verles. Y podrías empezar a pensar esa carta que vas a enviarme.

Hecho este resumen crispado de las obligaciones de Briony, Robbie abandonó la mesa y se encaminó hacia el dormitorio.

Briony también se levantó y dijo:

–El viejo Hardman probablemente dijo la verdad. Danny estuvo con él toda la noche.

Cecilia estaba a punto de entregarle la hoja de papel doblada en que había estado escribiendo. Robbie se había parado ante la puerta del dormitorio. Cecilia dijo:

–¿Qué quieres decir con eso? ¿Qué estás diciendo?

–Fue Paul Marshall.

Durante el silencio que siguió, Briony intentó imaginar los reajustes mentales que los dos estarían haciendo. Llevaban años viéndolo de un cierto modo. Y sin embargo, por muy asombroso que fuera, no era más que un detalle. No modificaba nada esencial. No cambiaba nada de la conducta de Briony.

Robbie volvió hasta la mesa.

–¿Marshall?

–Sí.

–¿Lo viste?

–Vi a un hombre de su estatura.

–De la mía.

–Sí.

Cecilia se había levantado y miraba a su alrededor; iba a empezar una búsqueda de cigarrillos. Robbie los encontró y le lanzó el paquete por el aire. Cecilia encendió uno y dijo, exhalando una bocanada:

–Me cuesta creerlo. Es un cretino, ya sé...

–Es un cretino glotón –dijo Robbie–. Pero no consigo imaginarle con Lola Quincey, ni siquiera durante los cinco minutos que duró...

A la vista de todo lo que había ocurrido, y de sus terribles consecuencias, Briony sabía que era una actitud frívola, pero experimentó un placer sosegado en comunicar su contundente noticia.

–Vengo de su boda.

De nuevo, la matización, la repetición incrédula. ¿Su boda?

¿Esta mañana? ¿En Clapham? Siguió un silencio pensativo, interrumpido por observaciones individuales.

—Tengo que encontrarle.

—No harás semejante cosa.

—Quiero matarle.

Y a continuación:

—Es hora de irse.

Había muchas más cosas que habrían podido decirse. Pero parecían exhaustos, o por la presencia de Briony o por el asunto mismo. O quizás sencillamente deseaban estar solos. En cualquier caso, pensaban que la reunión había terminado. La curiosidad había cesado. Todo podía esperar hasta que Briony escribiese la carta. Robbie cogió del dormitorio su guerrera y su gorra. Briony se fijó en su galón de cabo. Cecilia le estaba diciendo a Robbie:

—Es inmune. Ella le encubrirá siempre.

Perdieron unos minutos buscando la cartilla de racionamiento de Cecilia. Ella desistió, por último, y le dijo a Robbie:

—Estoy segura de que está en la casa de Wiltshire.

Cuando se disponían a marcharse, y él mantenía abierta la puerta para que pasaran las hermanas, Robbie dijo:

—Supongo que le debemos disculpas al marinero de primera Hardman.

Abajo, la señora Jarvis no salió de su cuarto cuando ellos pasaron por delante. Oyeron música de clarinetes en su radio. Ya franqueada la puerta de la calle, Briony tuvo la impresión de que entraba en otro día distinto. Soplaba una brisa fuerte y arenosa, y en la calle había un áspero relieve, con más luz de sol y menos sombras que antes. En la acera no había sitio suficiente para que los tres caminaran a la par. Robbie y Cecilia, con las manos enlazadas, caminaban detrás. Briony notó que el talón ampollado le rozaba contra el zapato, pero estaba resuelta a que ellos no la vieran cojear.

Tuvo la sensación de que la estaban expulsando del lugar. En un momento dado se volvió para decirles que prefería ir al metro sola. Ellos insistieron en acompañarla. Tenían compras que hacer para el viaje de Robbie. Caminaron en silencio. Toda charla trivial resultaba improcedente. Sabía que no tenía derecho a preguntarle a su hermana su nueva dirección, ni adónde le llevaría el tren a Robbie, ni a preguntar nada sobre la casa de campo en Wiltshire. ¿De allí procederían las campánulas? Era indudable que allí había habido un idilio. Tampoco podía preguntar cuándo volverían a verse Robbie y Cecilia. Los tres, ella, su hermana y Robbie, tenían un solo tema de que hablar, y era referente al pasado inmutable.

Se pararon fuera de la estación de metro de Balham, que tres meses más tarde cobraría triste fama con motivo del *Blitz*.[1] Una fina corriente de compradores de sábado pasaba a su alrededor y les forzaba a juntarse. La despedida fue fría. Robbie le recordó que llevara dinero cuando fuese a ver al notario. Cecilia le dijo que no se olvidase de llevarse a Surrey las direcciones que le había dado. Y eso fue todo. La miraron, a la espera de que se marchase. Pero quedaba una cosa que Briony no había dicho. Habló lentamente.

—Lo lamento muchísimo. Os he causado una angustia horrible. —Ellos seguían mirándola, y ella prosiguió—: Lo siento mucho.

Sonaba tan insensato y extemporáneo como si hubiera volcado una planta de interior favorita, u olvidado un cumpleaños.

Robbie dijo, en voz baja:

—Simplemente haz todas las cosas que te hemos pedido.

Era casi conciliador, aquel «simplemente», pero no del todo, no todavía. Ella dijo:

1. Los bombardeos alemanes de Londres, en 1940-41. *(N. del T.)*

—Por supuesto.

Se volvió y se fue, consciente de que ellos la observaban mientras entraba en el vestíbulo de las taquillas y lo atravesaba. Compró un billete a Waterloo. Al llegar a la barrera, miró atrás y ya se habían ido.

Enseñó el billete y, bajo la sucia luz amarilla, se dirigió a la cima de la estrepitosa y crujiente escalera mecánica, que empezó a descenderla hacia la brisa de calor humano que subía de la oscuridad, el aliento de un millón de londinenses que le refrescaban la cara y le tiraban de la capa. Se dejó transportar, inmóvil, agradecida por moverse sin que le rozase el talón. Le sorprendió lo serena que estaba, y sólo un poquito triste. ¿Era decepción? Apenas había concebido la esperanza de que la perdonaran. Sentía más bien añoranza de un hogar, aunque era un sentimiento sin origen, pues ya no existía un hogar. Pero le entristecía dejar a su hermana. Era a ella a quien echaba de menos o, para ser más precisa, a su hermana con Robbie. A su amor mutuo. Ni Briony ni la guerra lo habían destruido. Eso la sosegó a medida que se hundía más profundamente en las entrañas de la ciudad. El modo en que Cecilia había atraído a Robbie con los ojos. La ternura de su voz cuando le rescató de sus recuerdos, de Dunkerque o de las carreteras que conducían allí. Cecilia solía hablar así con Briony algunas veces, cuando Cecilia tenía dieciséis años y su hermana era una niña de seis y las cosas iban increíblemente mal. O de noche, cuando Cecilia acudía a rescatarla de una pesadilla y se la llevaba a su propia cama. Eran las mismas palabras que empleaba. *Vuelve. No es más que un sueño. Vuelve, Briony.* Qué fácilmente se olvidaba aquel irreflexivo amor familiar. Ahora se deslizaba a través de la luz marrón como una sopa, casi hasta el pie de la escalera. No había otros viajeros a la vista, y de repente el aire se tornó silencioso. Se encontraba en calma cuando repasó lo que tenía que hacer. La nota a sus padres y la declaración formal, las dos cosas juntas, las haría en un santiamén. Luego estaría libre durante el resto del día. Sabía lo que exigían de ella. No una simple carta, sino una nueva crónica, una expiación, y estaba preparada para redactarla.

BT
Londres, 1999

Londres, 1999

Qué extraña ha sido esta época. Hoy, la mañana de mi setenta y siete cumpleaños, he decidido hacer una última visita al Museo Imperial de la Guerra, en Lambeth. Casaba con mi singular estado de ánimo. La sala de lectura, situada arriba, en la cúpula del edificio, fue antiguamente la capilla del Royal Bethlehem Hospital, el antiguo Bedlam. Donde los trastornados acudían antaño a rezar sus oraciones, hoy se congregan los eruditos para investigar la insania colectiva de la guerra. El coche que iba a enviarme la familia no iba a llegar hasta después del almuerzo, por lo que pensé en distraerme comprobando los últimos detalles y despidiéndome del conservador de documentos, y de los bedeles que me habían acompañado en mis subidas y bajadas en ascensor durante aquellas semanas de invierno. También tenía el propósito de donar a los archivos la docena de cartas largas que había recibido del señor Nettle. Supongo que era un regalo de cumpleaños para mí pasar una o dos horas medio simulando que estaba atareada, trajinando en esas pequeñas tareas de ordenación de ficheros que llegan a su fin y forman parte del renuente proceso de abandono. Con el mismo talante trabajé en mi estudio ayer por la tarde; ahora los borradores están en orden y fechados, las fuentes documentales fotocopiadas

413

y clasificadas, los libros prestados listos para ser devueltos y todo está en el archivador correspondiente. Siempre me ha gustado dejarlo todo arreglado. El tiempo era tan frío y húmedo que no me apetecía tomar un transporte público. Cogí un taxi en Regent's Park, y durante el largo atasco en el centro de Londres pensé en aquellos tristes internados en Bedlam que fueron en su día objeto de general pasatiempo, y me compadecí de mí misma al pensar que pronto me sumaría a sus filas. Fui a ver al médico ayer por la mañana para saber el resultado de mi ecografía. No me dieron buenas noticias. Así me lo dijo él en cuanto me hube sentado. Mis dolores de cabeza, la sensación de presión alrededor de las sienes, tienen una causa especial y siniestra. Me señaló unas manchas granulares a través de una sección del escáner. Vi cómo le temblaba en la mano la punta del lápiz, y me pregunté si no padecería él también algún desorden neurológico. Con ese ánimo de matar al mensajero, deseé que así fuera. Dijo que yo estaba sufriendo una serie de minúsculos, imperceptibles ataques. El proceso será lento, pero mi cerebro, mi mente, se está cerrando. Los pequeños fallos de memoria que nos acosan a todos a partir de cierta edad se vuelven más visibles, más enervantes, hasta que llegue el momento en que no los note porque habré perdido la capacidad de discernir cualquier cosa. Me serán inaccesibles los días de la semana, los sucesos de la mañana o hasta los ocurridos diez minutos atrás. Olvidaré mi número de teléfono, mi dirección, mi nombre y todo lo que he hecho en mi vida. Al cabo de dos, tres o cuatro años, no reconoceré a los amigos más antiguos que me quedan, y cuando despierte por la mañana no me percataré de que estoy en mi cuarto. Y pronto no lo estaré, porque necesitaré atención continua.

Tengo demencia vascular, me dijo el médico, y son pocos los consuelos. Uno es la lentitud del proceso, que él debió de mencionar una docena de veces. Además, no es tan malo como el Alzheimer, con sus cambios de humor y sus agresiones. Si tengo suerte, puede que resulte algo benigno. Podría no ser infeliz: tan sólo una viejecita alelada en una silla que no se entera de nada y no espera nada. No me puedo quejar, porque le pedí que fuese sincero. Después empezó a meterme prisa. Había doce personas aguardando su turno en la sala de espera. En resumidas cuentas, mientras me ayudaba a ponerme el abrigo, me marcó el itinerario: pérdida de memoria, a corto y largo plazo, desaparición de palabras aisladas —los sustantivos simples podrían ser los primeros—, luego del lenguaje en sí, junto con el equilibrio, y poco después, todo control motor, y por último la autonomía del sistema nervioso. *Bon voyage!*

Al principio no me sentí angustiada. Al contrario, estaba eufórica, y quise decírselo con urgencia a mis amigos más íntimos. Pasé una hora al teléfono dando la noticia. Quizás ya estaba perdiendo el rumbo. Pero la cosa era trascendental. Pasé toda la tarde entretenida en mi estudio ordenando los ficheros, y cuando terminé había seis archivadores nuevos en las estanterías. Stella y John vinieron por la noche y encargamos comida china. Entre los dos se bebieron dos botellas de Morgon. Yo bebí té verde. La encantadora pareja se mostró desolada por la descripción de mi futuro. Los dos son sesentones, lo bastante mayores para andar engañándose con la idea de que a los setenta y siete todavía eres joven. Hoy, en el taxi, cuando atravesaba Londres a paso de peatón bajo la lluvia glacial, apenas pensé en otra cosa. Me estoy volviendo loca, me decía. Que no me vuelva loca. Pero en realidad no conseguía creerlo. Quizás yo no fuese más que una víctima de los diagnósticos modernos; en otro siglo habrían dicho de mí que era una vieja y que en consecuencia estaba perdiendo el juicio. ¿Qué otra cosa podía esperar? O sea que me estoy muriendo, simplemente, me estoy sumiendo en la inconsciencia.

Mi taxi pasaba por las calles traseras de Bloomsbury, por delante de la casa donde vivió mi padre después de su segundo matrimonio, y del apartamento en un sótano donde yo viví y trabajé en los años cincuenta. A partir de cierta edad, un trayecto por la ciudad se vuelve ingratamente meditabundo. Las direcciones de los muertos se amontonan. Cruzamos la plaza donde Leon cuidó a su esposa heroicamente y después crió a sus hijos turbulentos con una dedicación que nos asombró a todos. Algún día yo también suscitaré un momento de reflexión en el pasajero de un taxi que pasa. Es un atajo frecuente, el Inner Circle de Regent's Park.

Cruzamos el río por el puente de Waterloo. Me senté en el borde del asiento para contemplar mi vista predilecta de la ciudad, y al girar el cuello, río abajo hacia St. Paul y río arriba hacia el Big Ben, el panorama completo del Londres turístico, me sentí físicamente bien y mentalmente intacta, descontando las jaquecas y un poco de cansancio. Por muy ajada que esté, todavía me siento exactamente la misma persona que siempre he sido. Es difícil explicar esto a los jóvenes. Puede que parezcamos reptiles, pero no pertenecemos a una tribu distinta. Dentro de uno o dos años, sin embargo, perderé mi derecho a esta protesta familiar. Los enfermos graves y los perturbados son de otra especie, una especie inferior. Nadie me convencerá de lo contrario.

Mi taxista estaba maldiciendo. Una zona de obras en el puente nos obligaba a tomar un desvío hacia el antiguo County Hall. Cuando giramos en la rotonda, rumbo a Lambeth, vislumbré el hospital de St. Thomas. Fue muy castigado por el *Blitz* —yo no estaba dentro, gracias a Dios–, y los edificios que lo han sustituido y el bloque de apartamentos son una deshonra nacional. Trabajé en tres hospitales durante la guerra —Alder Hey, el Royal East Sussex y también el St. Thomas–, y los he mezclado en mi relato para concentrar en

416

un solo lugar todas mis experiencias. Una licencia muy práctica, y la menor de mis ofensas a la veracidad.

La lluvia era menos pertinaz cuando el taxista viró en redondo, describiendo una U, en medio de la calzada, para dejarme delante de la fachada principal del museo. Entre que recogía mi bolso, buscaba un billete de veinte libras y desplegaba mi paraguas, no me fijé en el automóvil que había aparcado justo delante de nosotros hasta que el taxi se alejó. Era un Rolls negro. Por un momento pensé que no había nadie dentro. De hecho, el chófer era un individuo diminuto, casi perdido detrás del volante. No estoy segura de que lo que voy a contar pueda considerarse, en realidad, una sorprendente coincidencia. Suelo pensar en los Marshall cada vez que veo aparcado un Rolls sin chófer. Con los años, se ha convertido en una costumbre. A menudo me vienen a la mente, sin que me inspiren un sentimiento especial. Me he acostumbrado a esa presencia. Siguen saliendo en los periódicos de vez en cuando, por algo relacionado con su Fundación y sus muchos donativos para investigación médica, o por la colección que han donado a la Tate Gallerie, o por su generosa financiación de proyectos agrícolas en el África subsahariana. Y por sus fiestas, y por sus enérgicas denuncias por difamación contra diarios nacionales. No era de extrañar que Lord y Lady Marshall me vinieran al pensamiento cuando me acercaba a los macizos cañones gemelos que hay delante del museo, pero me sobresaltó ver que descendían la escalera hacia mí.

Una tropa de funcionarios —reconocí al director del museo— y un único fotógrafo formaban el comité de despedida. Dos jóvenes sostenían paraguas sobre la cabeza de los Marshall mientras éstos bajaban los escalones junto a las columnas. Retrocedí, reduciendo el paso en vez de pararme y atraer la atención. Hubo una ronda de apretones de mano y un coro de cordial risa por algo que Lord Marshall había dicho.

Se apoyaba en un bastón, un báculo lacado que creo que se había convertido en un sello personal. Él y su mujer y el director del museo posaron para la cámara y luego el matrimonio se fue, acompañado por los jóvenes del séquito que les sostenían los paraguas. Los funcionarios permanecieron en las escaleras. Mi inquietud era ver por qué lado se iban los Marshall, con el fin de evitar un encuentro frontal. Optaron por dejar los cañones a su izquierda, y yo hice lo mismo.

Aunque me escondí, en parte oculta por los cañones levantados y sus emplazamientos de cemento, y en parte por mi paraguas ladeado, conseguí verles bien cuando pasaron en silencio. A él lo reconocí por las fotos de la prensa. A pesar de las manchas biliares y las bolsas purpúreas debajo de los ojos, a la postre parecía un plutócrata cruelmente guapo, aunque algo disminuido. La edad le había hundido la cara y conferido el aspecto que siempre había evitado por un pelo. Era su barbilla lo que había decrecido; la pérdida de hueso había sido amable. Temblequeaba un poco y tenía los pies planos, pero caminaba razonablemente bien para un hombre de ochenta y ocho años. Una llega a erigirse en juez de estas cosas. Pero su mano agarraba con firmeza el brazo de su esposa, y el bastón no era un mero objeto decorativo. Con frecuencia se había comentado el mucho bien que Marshall hacía en el mundo. Quizás se hubiera pasado toda la vida rectificando errores. O tal vez había seguido su camino sin pensar en nada, para vivir la vida que le correspondía.

En cuanto a Lola —mi prima de vida suntuosa y fumadora empedernida—, allí estaba, todavía tan delgada y tan en forma como un galgo, y todavía fiel. ¿Quién lo habría soñado? Aquello, como solía decirse, era el lado de su tostada untado de mantequilla. Puede que parezca agrio, pero fue lo que se me pasó por la cabeza al lanzarle una mirada. Llevaba un abrigo de marta cibelina y una pamela escarlata de ala ancha. Más bien llamativa que vulgar. Cerca de los ochenta

418

años, y todavía con tacones altos. Repiqueteaban en la acera con el sonido que hace al andar una mujer más joven. No había trazas de ningún cigarrillo. De hecho, le rodeaba un aura de clínica de adelgazamiento y de bronceado artificial. Ahora era más alta que su marido, y su vigor era indiscutible. Pero también había en ella algo cómico... ¿o me aferraba yo a un clavo ardiendo? Llevaba una gruesa capa de maquillaje, muy exagerada en torno a la boca, y una pródiga dosis de crema y polvos matizadores. Como a este respecto he sido siempre una puritana, no me considero una testigo fidedigna. Me pareció que en ella había un toque de mala de la película: la figura demacrada, el abrigo negro, los labios pálidos. Con una boquilla y un perro faldero debajo del brazo habría podido ser Cruella de Vil.

Nos cruzamos en cuestión de segundos. Seguí subiendo la escalera y me detuve debajo del frontón, a cobijo de la lluvia, para observar al grupo que se encaminaba hacia el coche. Le ayudaron a él primero, y vi lo endeble que estaba. No podía doblar la cintura ni sostener sobre un solo pie su propio peso. Tuvieron que levantarle hasta el asiento. Abrieron la otra puerta para Lady Lola, que se dobló con una agilidad tremenda. Miré al Rolls perderse en el tráfico, y después entré. Verles me lastró el ánimo, y procuré no pensar en ello ni sentir aquel peso. Ya había tenido bastante con que apechugar aquel día. Pero la salud de Lola persistía en mi mente cuando entregué mi bolso en el guardarropa e intercambié alegres saludos con los porteros. La norma en el museo es que tienen que acompañarte hasta la sala de lectura en un ascensor, cuyo espacio es tan exiguo que, en mi caso, hace perentoria una charla intrascendente. Mientras hablábamos —hacía un tiempo de perros, pero se esperaba que mejorase para el fin de semana—, no pude evitar pensar sobre mi encuentro en la puerta del museo en términos fundamentales de salud: tal vez yo sobreviviese a Paul Marshall, pero Lola sin duda me sobreviviría a mí. Las consecuencias de este hecho son obvias. La cuestión lleva años pendiente. Como mi editor dijo una vez, la publicación equivale a litigio. Pero no estoy en condiciones de afrontarlo ahora. Ya era suficiente que no quisiera pensar en ello. Había ido al museo a trabajar.

Charlé un rato con el conservador de documentos. Le entregué el fardo de cartas que el señor Nettle me escribió sobre Dunkerque: las recibió con mucha gratitud. Las guardarán con las demás que les hes dado. El conservador me había encontrado a un servicial ex coronel de los Buffs, un historiador aficionado que había leído las páginas pertinentes de mi manuscrito y enviado por fax sus sugerencias. Ahora me entregaron sus notas: irascibles, útiles. Merecieron mi completa atención, gracias a Dios.

«Absolutamente ningún (subrayado dos veces) soldado del ejército británico diría "paso ligero". Sólo un norteamericano daría una orden semejante. El término correcto es "a paso ligero".»

Me encantan estas minucias, este enfoque puntillista de la verosimilitud, la exactitud de detalle que al acumularse proporciona tanta satisfacción.

«A nadie se le ocurriría decir "cañones de veinticinco libras". El término es "cañones de veinticinco". El que usted emplea le sonaría rarísimo incluso a un hombre que no estuviese en la artillería.»

Como policías en una batida, nos ponemos a gatas y nos arrastramos hacia la verdad.

«Le ha puesto una boina a su amigo de la RAF. No lo creo posible. Aparte de la unidad de tanques, ni siquiera el ejército tenía boinas en 1940. Me parece mejor que le ponga al amigo una gorra de incursión aérea.»

Por último, el coronel, que encabezaba su carta con el tratamiento de «Señorita Tallis», dejaba entrever cierta impa-

420

ciencia hacia mi sexo. ¿A qué venía eso de inmiscuirnos en estos asuntos?

«Madame (subrayado tres veces): un Stuka no transporta "una sola bomba de mil toneladas". ¿Sabe usted que ni siquiera una fragata de la armada lleva tanta carga? Le sugiero que investigue un poco más al respecto.»

Una simple errata. Quise teclear «libras». Tomé nota de estas correcciones y le envié al coronel una carta de agradecimiento. Pagué algunas fotocopias de documentos que ordené en montones para mis propios archivos. Devolví a la recepción los libros que había consultado y tiré varios pedazos de papel. El lugar de trabajo quedó limpio de toda huella de mi paso. Cuando me despedía del conservador, supe que la Fundación Marshall se proponía crear una subvención al museo. Después de estrechar la mano a los demás bibliotecarios y prometer que dejaría constancia de la ayuda que me había prestado el departamento, llamaron a un bedel para que me acompañase abajo. Muy amablemente, la chica del guardarropa llamó a un taxi, y uno de los miembros más jóvenes de la portería me llevó el bolso hasta la misma acera.

En el trayecto de regreso al norte, pensé en la carta del coronel o, mejor dicho, en el placer que me causaban aquellos retoques triviales. Si fuera tan meticulosa con los hechos, debería haber escrito otro tipo de libro. Pero mi obra ya estaba hecha. No habría más versiones. En estas cosas estaba pensando cuando entramos en el antiguo túnel del tranvía, debajo de Aldwych, justo antes de quedarme dormida. Cuando el taxista me despertó, estábamos delante de mi apartamento en Regent's Park.

Archivé los papeles que había llevado de la biblioteca, preparé un bocadillo y después un equipaje de fin de semana. Mientras deambulaba por el piso, de una habitación familiar a otra, era consciente de que mis años de independencia podrían acabar pronto. En mi escritorio había una foto enmarcada de mi marido, Thierry, sacada en Marsella dos años antes de su muerte. Algún día no sabría quién era. Me tranquilicé tomándome el tiempo de elegir un vestido para la cena de mi cumpleaños. Este trámite me rejuvenecía de verdad. Estoy más delgada que el año pasado. Al recorrer con los dedos el perchero, me olvidé del diagnóstico durante varios minutos. Opté por un camisero de cachemira gris paloma. A partir de ahí, todo fue más fácil: un pañuelo de raso blanco sujeto por un camafeo de Emily, zapatos de charol —de tacón bajo, por supuesto— y un chal *dévoré* negro. Cerré el maletín y me sorprendió lo poco que pesaba mientras lo transportaba hasta el recibidor.

Mi secretaria vendría al día siguiente, antes de volver yo. Le dejé una nota en la que le explicaba lo que quería que hiciese, y después cogí un libro y una taza de té y me senté en la butaca junto a la ventana con vista al parque. Siempre he sabido no pensar en las cosas que de verdad me preocupan. Pero no podía leer. Estaba excitada. Un viaje al campo, una cena en mi honor, lazos familiares reanudados. Y sin embargo había mantenido una de esas conversaciones clásicas con un médico. Debería estar deprimida. ¿Era posible que, psicológicamente, me negase a aceptar la realidad? Pensar esto no cambiaba nada. El coche no llegaría hasta dentro de media hora y yo estaba inquieta. Me levanté de la butaca y caminé varias veces de un lado a otro de la habitación. Me dolían las rodillas si permanecía sentada mucho tiempo. Me obsesionaba el pensamiento de Lola subiendo al Rolls, la severidad de aquella cara pintada, vieja y demacrada, la audacia de sus pisadas con los peligrosos tacones altos. ¿Estaba compitiendo con ella al recorrer la alfombra desde la chimenea hasta el Chesterfield? Siempre pensé que la vida suntuosa y el tabaco acabarían con ella. Lo pensaba incluso cuando las dos andábamos por los cincuenta. Pero a los ochenta ella tenía una expresión voraz y astuta. Seguía siendo la chica más mayor y superior, con un paso de ventaja sobre mí. Pero yo llegaré antes a ese importante trance final, mientras que ella vivirá hasta los cien. No podré publicar en vida. El Rolls debió de aturdirme, porque cuando llegó el coche –con quince minutos de retraso– me sentí decepcionada. Esas cosas no suelen perturbarme. Era un minitaxi polvoriento, con el asiento trasero cubierto por una piel de nilón rayada como una cebra. Pero el conductor, Michael, era un jovial muchacho antillano que me cogió el maletín y se empeñó en deslizar hacia adelante el asiento del pasajero para que yo me sentara atrás. Una vez establecido que yo no toleraría a ningún volumen el aporreo de la música que salía de los altavoces situados en una repisa detrás de mi cabeza, y en cuanto se recobró de un pequeño malhumor, congeniamos y hablamos de nuestras familias respectivas. No había conocido a su padre y su madre era médico en el hospital de Middlesex. Él, por su parte, era licenciado en Derecho por la Universidad de Leicester y ahora acudía a la London School of Economics para escribir su tesis doctoral sobre legislación y pobreza en el Tercer Mundo. Cuando salíamos de Londres por la lúgubre Westway, me expuso su versión abreviada: no había leyes sobre la propiedad, y en consecuencia no había capital y en consecuencia no había riqueza.

–Habla un abogado –dije–. Agenciándose casos.

Su risa fue cortés, aunque debió de considerarme profundamente estúpida. Es del todo imposible en estos tiempos deducir algo sobre el nivel educativo de la gente por la manera en que hablan o se visten o por sus gustos musicales. Resulta más prudente tratar a cualquiera que conozcas como a un intelectual destacado.

Al cabo de veinte minutos ya habíamos hablado suficiente, y cuando el coche entró en una autopista y el motor adquirió un zumbido invariable, volví a quedarme dormida, y cuando desperté estábamos en una carretera rural y una tirantez dolorosa me presionaba la frente. Saqué de mi bolso tres aspirinas que mastiqué y tragué con desagrado. ¿Qué porción de mi mente, de mi memoria, había perdido durante ese pequeño ataque mientras estaba dormida? Nunca lo sabría. Fue entonces, en el asiento trasero de aquel cochecillo de hojalata, cuando experimenté por primera vez algo semejante a la desesperación. Decir pánico sería exagerar. La claustrofobia formaba parte de aquel sentimiento, una reclusión impotente en el interior de un proceso de decadencia, y una sensación de que encogía. Di unos palmaditas en el hombro de Michael y le pedí que pusiera su música. Él se negó, porque supuso que era indulgente con él porque estábamos cerca de nuestro destino. Pero yo insistí, y volvió a sonar la voz gangosa de bajo y, sobre ella, una de barítono ligero entonando en dialecto caribe los compases de una canción infantil o un tintineo de salto a la comba en un patio de recreo. Me ayudó. Me divirtió. Sonaba tan infantil, aunque tenía la sospecha de que se estaban expresando sentimientos terribles. No le pedí que me lo tradujese.

La música seguía sonando cuando entramos en el camino del Hotel Tilney. Más de veinticinco años habían trascurrido desde la última vez en que hice este trayecto, para el entierro de Emily. Lo primero que advertí fue la ausencia de árboles en el jardín, los olmos gigantes habrían muerto por enfermedad, supuse, y los robles viejos que quedaban habrían sido talados para hacer sitio a un campo de golf. Circulábamos más despacio ahora, para dejar que cruzaran unos golfistas y sus caddies. No pude por menos de considerarles intrusos. Los bosques que rodeaban el antiguo bungalow de Grace Turner seguían todavía allí, y cuando el camino rebasó un último hayedo, apareció la casa principal. No había necesidad de ser nostálgica: la mansión siempre había sido fea. Pero desde cierta distancia poseía una apariencia desnuda y desvalida. La hiedra que antaño suavizaba el efecto de aquella fachada de un color rojo intenso había sido arrancada, tal vez para preservar el enladrillado. No tardamos en acercarnos al primer puente, y vi que el lago ya no existía. Encima del puente estábamos suspendidos sobre un área de césped perfecto, como el que a veces se ve en un foso antiguo. No era desagradable en sí mismo, si no sabías lo que había habido allí en otro tiempo: la juncia, los patos y la carpa gigantesca que dos vagabundos habían asado y se habían comido junto al templo de la isla. El cual también había desaparecido. Donde antes se alzaba había ahora un banco de madera y un cesto de basura. La isla, que por supuesto ya no lo era, formaba un largo montículo de hierba lisa, como un inmenso túmulo arcaico, donde crecían rododendros y otras especies de arbustos. Un sendero de grava lo circunvalaba, con más bancos dispersos aquí y allá, y luces de jardín esféricas. No tuve tiempo de intentar localizar el paraje donde en su día me senté a consolar a la joven Lady Lola Marshall, porque ya estábamos cruzando el segundo puente y reduciendo la marcha para entrar en el aparcamiento asfaltado que flanqueaba toda la longitud de la casa.

Michael transportó mi maletín hasta la zona de recepción en el antiguo vestíbulo. Qué raro que se hubiesen tomado la molestia de cubrir con una alfombra de pana acanalada las baldosas blancas y negras. Supuse que la acústica siempre fue un incordio, aunque a mí no me molestó nunca. Una *Estación* de Vivaldi fluía a borbotones de altavoces ocultos. Había un discreto escritorio de palisandro, con una pantalla de ordenador y un jarrón de flores, y montando guardia a cada lado había dos armaduras; colgados en los lienzos de pared, alabardas cruzadas y un escudo de armas; sobre ellos, el retrato que solía estar en el comedor y que mi abuelo había importado para dar a la familia alguna alcurnia. Di una propina a Michael y sinceramente le deseé suerte con los derechos de propiedad y la pobreza. Trataba de desdecirme de mi comentario idiota sobre los abogados. Me deseó un feliz cumpleaños, me estrechó la mano –qué liviano y desmayado fue su apretón– y se marchó. Desde el otro lado de la mesa, una muchacha de cara grave, vestida con un traje de calle, me dio mi llave y me dijo que la vieja biblioteca había sido reservada para uso exclusivo de nuestro grupo. Los pocos que ya habían llegado habían salido a dar un paseo. Estaba previsto que todos los invitados se reunieran a las seis para tomar una copa. Un conserje me subiría el maletín. Había un ascensor a mi disposición.

Así que no había nadie para recibirme, lo cual me tranquilizó. Prefería inspeccionar por mi cuenta tantos cambios interesantes, antes de verme obligada a actuar como invitada de honor. Tomé el ascensor al segundo piso, crucé una serie de puertas de cristal contra incendios y recorrí el pasillo cuyas tablas barnizadas crujían de una forma familiar. Se me hizo raro ver los dormitorios numerados y cerrados. El número de mi habitación, por supuesto –el siete–, no me dijo nada, pero creo que ya había adivinado dónde iba a dormir. No estaba sorprendida, al menos, cuando me detuve delante de la puerta. No era mi antigua habitación, sino la de tía Venus, que siempre se había considerado que tenía la mejor vista de la casa, sobre el lago, el sendero de entrada, los bosques y, más allá, las colinas. Charles, el nieto de Pierrot y el organizador de todo, la habría reservado para mí.

Al entrar tuve una grata sorpresa. Las dos habitaciones contiguas habían sido unidas para formar una gran suite. Sobre la mesa baja de cristal había un ramillete gigante de flores de invernadero. La enorme cama alta que la tía Venus había ocupado sin quejarse durante tanto tiempo había desaparecido, al igual que el arcón tallado del ajuar y el sofá de seda verde. Habían pasado a ser propiedad del hijo mayor que Leon había tenido en su segundo matrimonio, y ahora estaban instalados en un castillo, en alguna parte de las Highlands escocesas. Pero el nuevo mobiliario era bonito, y me gustó la habitación. Llegó mi maletín, pedí una tetera y colgué mi vestido. Inspeccioné la salita de estar, provista de un escritorio y una buena lámpara, y me impresionaron las dimensiones del cuarto de baño, con su popurrí y sus montones de toallas sobre un toallero caldeado. Fue un alivio que no fuese todo una decadencia de mal gusto: es fácil que se convierta en una costumbre de la edad. Me acerqué a la ventana para admirar la luz sesgada del sol sobre el campo de golf, que bruñía los árboles pelados de las colinas lejanas. No aceptaba del todo la ausencia del lago, pero quizás pudiesen reponerlo algún día, y el propio edificio albergaba sin duda más felicidad humana ahora, que era un hotel, que cuando yo lo habitaba.

Charles telefoneó una hora más tarde, cuando yo ya empezaba a pensar en vestirme. Propuso pasar a recogerme a las seis y cuarto, después de que todo el mundo estuviese ya reunido, y acompañarme abajo para que yo hiciese mi entrada. Y de este modo entré en la enorme habitación en forma de L, del brazo de Charles y con mis mejores galas de cachemira, para recibir el aplauso, seguido de las copas en alto, de cincuenta parientes. Mi impresión inmediata al entrar fue que no reconocía a nadie. ¡Ni una cara conocida! Me pregunté si sería un anticipo de la desmemoria que me habían vaticinado. Después, poco a poco identifiqué a la gente. Hay que tener en cuenta el paso de los años y la rapidez con que bebés con pañales se transforman en bulliciosos niños de diez años. Mi hermano era inconfundible, torcido y derrumbado hacia un costado de su silla de ruedas, con una servilleta en la garganta para recoger las gotas derramadas del champán que alguien le acercaba a los labios. Cuando me incliné para besar a Leon, logró esbozar una sonrisa con la mitad de la cara que todavía controlaba. Y tampoco confundí al larguirucho Pierrot, muy apergaminado y con una calva reluciente que quise tocar con la mano, pero tan centelleante como siempre y muy en su papel de paterfamilias. Existe un acuerdo tácito de no mencionar nunca a su hermana.

Hice el recorrido de la habitación con Charles a mi lado, que me indicaba los nombres. Era una delicia hallarse en el centro de una reunión tan conciliadora. Volví a familiarizarme con los hijos, los nietos y los bisnietos de Jackson, que había muerto quince años antes. De hecho, a decir verdad, los gemelos habían poblado entre los dos la habitación. Y Leon tampoco se quedaba atrás, con sus cuatro matrimonios y su dedicación a la paternidad. Nuestra escala de edad iba desde los tres meses hasta los ochenta y nueve años. Y qué algarabía de voces, desde la bronca hasta la estridente, cuando los camareros pasaron distribuyendo más champán y limonada. Los hijos ya mayores de primos lejanos me saludaron como si fueran amigos perdidos largo tiempo atrás. Una de cada dos personas quería decirme algo amable sobre mis libros. Un grupo de adolescentes adorables me dijeron que los estudiaban en el colegio. Prometí leer el manuscrito de una novela escrita por el hijo ausente de un invitado. Me ponían en las manos notas y tarjetas. Amontonados sobre una mesa, en un rincón del cuarto, estaban los regalos que yo debía abrir —me dijeron varios niños— antes, y no después, de que fueran a acostarse. Lo prometí, estreché manos, besé mejillas y labios, admiré y cosquilleé a bebés, y justo cuando empezaba a pensar en las ganas que tenía de sentarme en algún sitio, advertí que estaban colocando filas de sillas mirando en el mismo sentido. Entonces Charles dio unas palmadas y, gritando para hacerse oír por encima del ruido que apenas amainaba, anunció que antes de la cena habría un espectáculo en mi honor. Nos pidió que nos sentáramos.

Me condujeron hasta una butaca en la primera fila. A mi lado estaba el anciano Pierrot, que conversaba con un primo situado a su izquierda. Un cuasi silencio nervioso se instauró en la habitación. De una esquina llegaban los suspiros agitados de unos niños, que juzgué conveniente, por cuestión de tacto, hacer como que no oía. Mientras aguardábamos, mientras disponía, por así decirlo, de algunos segundos para mí misma, miré alrededor y sólo entonces reparé propiamente en el hecho de que habían retirado todos los libros de la biblioteca, así como todos los anaqueles. Por eso la habitación parecía mucho más grande de lo que yo la recordaba. El único material de lectura eran las revistas sobre la vida en el campo de los revisteros junto a la chimenea. Alguien chistó, se oyó el chirrido de una silla y entonces se levantó y se puso delante de nosotros un niño que llevaba una capa negra sobre los hombros. Era pálido, pecoso y pelirrojo: sin lugar a dudas, un niño Quincey. Calculé que tendría unos nueve o diez años. Su cuerpo endeble producía la impresión de que tenía la cabeza grande, y le prestaba una apariencia etérea. Pero parecía seguro de sí mismo cuando paseó la mirada por la habitación, a la espera de que el auditorio se callase. Entonces, por fin, elevó su barbilla menuda y delicada, llenó sus pulmones y habló con una clara y pura voz de tiple. Yo me esperaba un truco de magia, pero lo que oí poseía un acento sobrenatural.

He aquí la historia de la espontánea Arabella,
que se fugó con un tipo extrínseco.
Afligió a los padres que su primogénita
desapareciera del hogar para irse rumbo a Eastbourne
sin su consentimiento, y que cayó enferma y sufrió
indigencia hasta que agotó el último níquel.

De pronto tuve allí mismo, delante de mis ojos, a aquella niña industriosa, mojigata, engreída, que no había muerto, porque cuando el público se rió entre dientes, apreciando la palabra «extrínseco», mi débil corazón —¡ridícula vanidad!– me dio un pequeño brinco. El chico recitaba con una claridad emocionante y un toque disonante de ese acento que mi generación habría llamado *cockney*, aunque en estos tiempos desconozco lo que significa una «t» glótica. Sabía que las palabras eran mías, pero a duras penas las recordaba, y era difícil concentrarse entre tantas preguntas y tantos sentimientos que se agolpaban. ¿Dónde habían encontrado la copia, y era aquel aplomo celestial del chico un síntoma de una época distinta? Miré de soslayo a mi vecino, Pierrot. Había sacado un pañuelo y se estaba enjugando los ojos, y no creo que fuese únicamente por orgullo de bisabuelo. Sospeché, además, que aquello era idea suya. El prólogo alcanzó su razonable apogeo:

> Despuntó el dulce día en que la chica fortuita
> habría de casarse con su príncipe magnífico.
> Mas Arabella, ay, aprendió tarde su gran cuita:
> ¡que antes de amar hace falta cavilar!

Hubo un aplauso clamoroso. Hubo incluso silbidos chabacanos. ¿Dónde estaría ahora aquel diccionario, el *Oxford Concise*? ¿En el noroeste de Escocia? Quería recuperarlo. El chico hizo una reverencia, retrocedió unos pasos y se reunió con otros cuatro niños que habían surgido sin que yo lo advirtiese, y que estaban esperando en lo que podríamos llamar los bastidores.

Y así empezó *Las tribulaciones de Arabella*, con la despedida de los padres inquietos y entristecidos. Descubrí enseguida que la que interpretaba a la heroína era la bisnieta de Leon, Chloe. Qué chica más solemne y encantadora es, con su voz bien timbrada de bajo y la sangre española de su madre. Recuerdo que estuve en su primera fiesta de cumpleaños, y parece que fue sólo hace meses. Observé su convincente caída en la pobreza y su desespero cuando fue abandonada por el conde malvado, que era el chico con la capa negra que había recitado el prólogo. En menos de diez minutos terminó la obra. En mi memoria, distorsionada por la noción del tiempo que tiene un niño, siempre me había parecido que tenía la extensión de una obra de Shakespeare. Había olvidado por completo que, después de la ceremonia de la boda, Arabella y el príncipe médico se enlazan del brazo y, hablando al unísono, dan un paso al frente para declamar delante del público un pareado final.

Aquí empieza el amor, concluido lo doliente,
conque adiós, amigos, ¡ponemos vela al poniente!

No era mi mejor dístico, pensé. Pero todo el auditorio, excepto Leon, Pierrot y yo misma, se levantaron para aplaudir. Aquellos niños eran actores consumados, hasta en su salida final al escenario. Cogidos de la mano, formaron una cadena y, obedeciendo a una señal de Chloe, dieron dos pasos atrás y luego avanzaron para hacer una nueva reverencia. En el alboroto, nadie reparó en que el pobre Pierrot estaba totalmente abrumado y había hundido la cara entre las manos. ¿Estaba reviviendo aquel episodio aterrador y solitario que aconteció aquí, después del divorcio de sus padres? Por fin se representaba, sesenta y cuatro años más tarde, y cuando su hermano llevaba ya muchos difunto, la obra en que tanto deseaban actuar los gemelos aquella noche en la biblioteca.

Me ayudaron a levantarme de mi cómoda butaca para pronunciar un pequeño discurso de agradecimiento. Rivalizando con el lloriqueo de un bebé al fondo de la habitación, intenté evocar aquel caluroso verano de mil novecientos treinta y cinco en que los primos llegaron del norte. Me dirigí al elenco de actores para decirles que nuestra función no habría igualado la calidad de la suya. Pierrot asentía enfáticamente. Expliqué que la cancelación de los ensayos había sido enteramente culpa mía, porque en el intervalo había decidido hacerme novelista. Hubo una risa benévola, más aplausos y a renglón seguido Charles anunció que había llegado la hora de la cena. Y así transcurrió la agradable velada: la cena ruidosa en la que incluso bebí un poco de vino, los regalos, el momento de acostarse para los más pequeños y el de ver la televisión para sus hermanos y hermanas mayores. Hubo más discursos durante el café y muchas risas cordiales, y hacia las diez de la noche empecé a pensar en mi espléndida alcoba del piso de arriba, no porque estuviera cansada, sino porque me había cansado de estar en compañía y ser objeto de tanta atención, por amable que fuera. Las buenas noches y las despedidas ocuparon otra media hora, y luego Charles y su mujer Annie me acompañaron a mi dormitorio.

Ahora son las cinco de la mañana y sigo sentada ante el escritorio, rememorando estos dos extraños días. Es verdad lo que dicen de que los viejos no necesitan dormir; por lo menos, no de noche. Todavía tengo muchas cosas que meditar y pronto, quizás dentro de este año, tendré menos cabeza para hacerlo. He estado pensando en mi última novela, la que debería haber sido la primera. La primera versión data de enero de 1940, y la última de marzo de 1999, y entre una y otra hay media docena de borradores distintos. El segundo es de junio de 1947, el tercero... ¿a quién le interesa saberlo? Mi misión de cincuenta y nueve años está cumplida. Fue nuestro crimen —el de Lola, el de Marshall y el mío—, y desde la segunda versión en adelante me propuse referirlo. He considerado que mi deber consiste en no disfrazar nada— los nombres, los lugares, las circunstancias—; lo he expuesto todo como un tema de crónica histórica. Pero como cuestión de realidad jurídica, los más diversos editores me han asegurado a lo largo de los años que mi relato forense no podría publicarse mientras mis cómplices del delito estuviesen vivos. Sólo puedes difamarte a ti mismo y a los muertos. Los Marshall han permanecido activos en los tribunales desde finales de los años cuarenta, defendiendo su buen nombre con una ferocidad de lo más costosa. Podrían arruinar sin gran esfuerzo la cuenta corriente de una editorial. Una casi pensaría que tienen algo que ocultar. Puedo pensarlo, sí, pero no escribirlo. Se han formulado las sugerencias obvias: sustituir, transformar, encubrir. ¡Tiende las nieblas de la imaginación! ¿Para qué sirven los novelistas? Ve lo más lejos que sea necesario, instala el campamento a unos centímetros fuera de su alcance, de la yema de los dedos de la ley. Pero nadie conoce esas distancias exactas hasta que se emite una sentencia. Para estar a salvo, tendrías que ser anodina y oscura. Sé que no puedo publicar hasta que hayan muerto. Y esta mañana acepto que ellos morirán después de que yo haya muerto. No es suficiente que uno de los dos fallezca. Ni siquiera con la jeta descarnada de Lord Marshall por fin en las páginas necrológicas, mi prima del norte toleraría una acusación de complicidad criminal.

Hubo un delito. Pero también hubo dos amantes. A los amantes y sus finales felices los he tenido presentes durante toda la noche. Como el poniente hacia donde zarpamos. Una inversión desafortunada. Se me ocurre pensar que en definitiva no he viajado mucho más allá desde que escribí mi pequeña obra. O, mejor dicho, he hecho una digresión tremenda para regresar al punto de partida. Sólo en esta última versión mis amantes acaban bien, caminando juntos por una acera del sur de Londres mientras yo me alejo. Todos los manuscritos anteriores eran despiadados. Pero ya no pienso en cuál sería el propósito perseguido si trato de convencer al lector de que, pongamos por caso, Robbie Turner murió de septicemia en Bray Dunes el 1 de junio de 1940, o de que a

Cecilia, en septiembre del mismo año, la mató la bomba que destruyó la estación de metro de Balham. Que no los vi vivos aquel año. Que mi recorrido a través de Londres concluyó en la iglesia de Clapham Common, y que una Briony cobarde volvió renqueando al hospital, incapaz de enfrentarse con la hermana desconsolada por la muerte reciente de su amante. Que las cartas escritas por los amantes están en los archivos del Museo de la Guerra. ¿Cómo podría ser eso un epílogo? ¿Qué sentido o esperanza o satisfacción reportaría a un lector un relato semejante? ¿Quién quisiera creer que Robbie y Cecilia nunca volvieron a verse, nunca consumaron su amor? ¿Quién quisiera creerlo, salvo en nombre del más descarnado realismo? No podía hacerles eso. Soy demasiado vieja, estoy demasiado asustada y demasiado enamorada del jirón de vida que me queda. Me espera una inminente marea de olvidos, y después la inconsciencia. Ya no poseo la valentía de mi pesimismo. Cuando yo haya muerto y los Marshall hayan muerto y la novela se publique por fin, existiremos tan sólo como invenciones mías. Briony será tan imaginaria como los amantes que compartían cama en Balham y enfurecían a su casera. A nadie le importará qué sucesos y qué individuos fueron tergiversados para componer una novela. Sé que siempre hay un cierto tipo de lector que se verá compelido a preguntar: pero ¿qué sucedió *realmente*? La respuesta es sencilla: los amantes sobreviven y prosperan. Mientras exista una sola copia, un manuscrito solitario de mi versión definitiva, mi hermana espontánea y fortuita y su príncipe médico sobrevivirán para el amor.

El problema a lo largo de estos cincuenta y nueve años ha sido el siguiente: ¿cómo puede una novelista alcanzar la expiación cuando, con su poder absoluto de decidir desenlaces, ella es también Dios? No hay nadie, ningún ser ni forma superior a la que pueda apelar, con la que pueda reconciliarse o que pueda perdonarla. No hay nada aparte de ella misma. Ha fijado en su imaginación los límites y los términos. No hay expiación para Dios, ni para los novelistas, aunque sean ateos. Esta tarea ha sido siempre imposible, y en esto ha residido el quid de la cuestión. La tentativa lo era todo.

He permanecido de pie junto a la ventana, presa de oleadas de cansancio que absorben las fuerzas remanentes de mi cuerpo. Es como si el suelo ondulara debajo de mis pies. He estado contemplando la primera luz gris que ilumina el parque y los puentes sobre el lago desaparecido. Y el largo sendero angosto por el que se llevaron a Robbie hacia la blancura. Me complace pensar que no es debilidad ni evasión, sino un postrer acto de bondad, una resistencia contra el olvido y la desesperación, permitir que mis amantes vivan y dejar que se unan al final. Les di felicidad, pero yo no era tan interesada como para hacer que me perdonasen. No del todo, no todavía. Si tuviera el poder de hacer que aparecieran en la celebración de mi cumpleaños... ¿Robbie y Cecilia, todavía vivos, el uno sentado al lado de la otra en la biblioteca, sonriendo al presenciar *Las tribulaciones de Arabella?* No es imposible.

Pero ahora tengo que dormir.

AGRADECIMIENTOS

Estoy en deuda con el personal del Departamento de Documentos del Museo Imperial de la Guerra por haberme permitido consultar cartas inéditas, diarios y reminiscencias de soldados y enfermeras que sirvieron en 1940. Estoy asimismo en deuda con los autores y libros siguientes: Gregory Blaxland, *Destination Dunkirk;* Walter Lord, *The Miracle of Dunkirk;* Lucilla Andrews, *No Time for Romance.* Estoy agradecido a Claire Tomalin, y a Tom Craig Raine y Tim Garton-Ash por sus observaciones incisivas y útiles, y sobre todo a mi mujer, Annalena McAfee, por todo su aliento y su extraordinariamente atenta lectura.

I. M.

ÍNDICE

Impreso en Talleres Gráficos
LIBERDÚPLEX, S.L.U.
Pol. Ind. Torrentfondo
Ctra. Gelida BV-2249 Km. 7,4
08791 Sant Llorenç d'Hortons (Barcelona)